BRYNNES LIEBE

DIE AFFÄRE BLACKSTONE – BAND 4

RAINE MILLER

Aus dem Englischen von Franziska Popp

Aus dem Englischen von Franziska Popp

~*~

Covergestaltung: Jena Brignola
Lektor: Christian Popp

WIDMUNG

Für den Heldenmut
– und die Soldaten, die sich nicht davor scheuen in den
Krieg zu ziehen.

"Alles Vortreffliche ist ebenso schwierig wie selten."

-BARUCH DE SPINOZA, 17. JAHRHUNDERT

PROLOG

7. Mai 1837

Heute habe ich J. besucht. Ich habe mit ihm gesprochen und meine Neuigkeiten mit ihm geteilt. Mehr noch wünsche ich mir Verständnis. Sein Verständnis für meine Reue ... doch im tiefsten Inneren meines Herzens weiß ich, dass das erst passieren wird, wenn ich meinem Schöpfer gegenübertrete. Vielleicht erfahre ich dann, was J. wirklich denkt.

Was sollte der Preis für eine Tat wie die meine sein? Wie sollten Schuldgefühle bestraft werden? Ein Wort mit dreizehn schweren Buchstaben, das mir wie eine Last auf den Schultern liegt. Ich lebe; ein Geschenk, das ich nicht verdient habe! Jeden Tag tue ich mein Bestes und bewältige die Routine, aber mit welchem Zweck? Was bringe ich den Menschen, die ich liebe? Kann mich mit dem Geheimnis, das ich in meinem Herzen trage, überhaupt jemanden lieben? Ich habe in einer Situation, in der ich das Richtige hätte machen können, das Falsche getan! Ich habe geschwiegen, weil ich Angst hatte, die Person von mir fernzuhalten, die ich mehr liebte als jeden anderen. Jeden Morgen wird meine bittere Reue mit ewigem Schweigen wiedergeboren. Ein Schweigen, das die Herzen meiner Liebsten brach.

Zudem habe ich heute meine Zustimmung gegeben, einen Mann zu heiraten, der – wie er sagt – einfach nur die Ehre will, sich um mich zu kümmern und mir zeigen möchte, dass ich etwas

1

Besonderes bin. Er sieht mir auf eine Weise in die Augen und berührt einen Teil meiner Seele, der mir Angst macht. Gleichzeitig fühle ich diese Anziehungskraft. Ich glaube, dass er mit seinem Blick allein mein Geheimnis aufdecken könnte. Er versteht mich; seine Worte berühren die Essenz meines Problems, weshalb ich keine andere Wahl habe, als mich seinen Wünschen hinzugeben.

Also werde ich mit ihm auf Stonewell Court leben und mir ein Leben mit diesem Mann aufbauen. Furchtbare Angst lässt meinen Körper erzittern, wenn ich an das denke, was mich dort erwartet. Wie soll ich seinen Erwartungen gerecht werden? Ich verdiene dieses Leben nicht! Mittlerweile habe ich das Gefühl, dass mein Herz in Gefahr ist, zerschmettert zu werden. Ich verdiene es nicht, von einem wie Darius Rourke versorgt und geliebt zu werden – und obwohl ich gebrochen bin, ist er fest entschlossen, mich glücklich zu machen. Das Einzige, was er von mir verlangt, ist mein Vertrauen.

Ich weiß nicht, woran es liegt … aber es ist mir nicht möglich, Darius seine Wünsche abzuschlagen; genauso wenig wie es mir möglich war, meinem geliebten Jonathan etwas abzuschlagen …

M.G.

TEIL EINS

SOMMER

So shine bright, tonight you and I
We're beautiful like diamonds in the sky
Eye to eye, so alive
We're beautiful like diamonds in the sky

-RIHANNA – DIAMONDS

KAPITEL 1

24. August
Somerset

„Ich kann das Meer hören", sagte sie mit ihrer Hand in meinem Nacken. Ihre federleichten Berührungen, ihr blumiger Duft und der sanfte Druck, den sie mit ihrem Körper auf meiner Brust auslöste, machten mich wahnsinnig.

„Mmm hmm." Ich hielt an der Stelle an, die für die Enthüllung perfekt war. „Wir sind am Ziel angekommen, Mrs. Blackstone. Ich werde dich runterlassen, damit du alles auf dich wirken lassen kannst", warnte ich Brynne, bevor ich sie auf die Füße stellte. Ich drehte sie dem Haus zu und bedeckte mit einer Hand ihre Augen.

„Lass mich schauen. Schlafen wir heute Nacht hier?"

„Keine Ahnung, wie viel wir *schlafen* werden, aber wir werden die Nacht hier verbringen." Ich küsste ihre Schulter und nahm die Hand weg. „Für dich, meine Schöne. Du kannst jetzt deine Augen öffnen."

Brynne ließ ihren Blick über das Haus schweifen, das von der Einfahrt bis unters Dach beleuchtet war. „Stonewell Court", hauchte sie. „Das dachte ich mir schon. Von unserem ersten Besuch erinnere ich mich an den Duft des Meeres und das Geräusch der Kieselsteine unter unseren Füßen. Es ist wunderschön. I-ich kann nicht glauben, dass wir die Nacht hier verbringen werden." Sie spreizte die Arme. „Bei wem muss ich mich noch dafür bedanken, Ethan?"

Noch versteht sie nicht das Ausmaß. Von hinten legte ich meine Hände auf ihre Schultern und küsste ihren Hals. Das Bedürfnis, meine Lippen auf ihrer Haut zu spüren, drängte diesen Moment in den Hintergrund. „Hannah", murmelte ich. „Sie hat aus der Entfernung ein Wunder vollbracht. Ich danke Gott für Videokonferenzen und elektronische Unterschriften."

Sie drehte sich mit einem irritierten Ausdruck auf ihrem wunderschönen Gesicht zu mir um. „Was?", fragte sie. Ich liebte es, sie zu überraschen und bisher schien die Überraschung geglückt zu sein. Brynne glücklich zu machen, machte auch mich glücklich. In der letzten Zeit hatten wir genug Zeit am Check-in des Heartbreak Hotels verbracht. Es war Zeit, den Herzschmerz etwas zu lindern und Freude in den Alltag zurückzubringen. Jedenfalls war das meine Ausrede.

„Heute Nacht gehört das Haus uns allein", sagte ich. Ich schob eine ihrer entflohenen Haarsträhnen hinters Ohr, atmete mehr von ihrem berauschenden Duft ein und akzeptierte mit großer Zufriedenheit, dass wir es geschafft hatten: Wir hatten überlebt und es zu diesem Augenblick geschafft.

Verheiratet. Ehemann und Ehefrau. Ein Baby auf dem Weg. Die Besitzer eines verdammt riesigen Landhauses. Schwer zu glauben, dass diese Dinge mir zuzuschreiben waren. Dennoch stand ich hier und betrachtete den Beweis.

Eine Sache war klar: Ich genoss alles davon in vollen Zügen. Daran gab es keinen Zweifel. Nicht einen.

Alles mir.

Brynne biss sich mit ihren weißen Zähnen auf die

Unterlippe. Ich musste ein Stöhnen unterdrücken. Dieser sinnliche Mund … Ich brauchte diesen Mund auf meiner Haut. Und zwar so schnell wie möglich. Im Geiste malte ich mir bereits aus, wie die nächsten Stunden ablaufen würden. Als pornografische Bilder durch meinen Kopf schossen, flüsterte sie: „Deine Schwester war wirklich erfolgreich. Ach Ethan, der Anblick raubt mir den Atem! Das ist der perfekte Ort für unsere Hochzeitsnacht. Nichts könnte diesen Moment noch perfekter machen."

„Du bist es, die diesen Moment noch perfekter macht." Ich legte die Hände auf ihre Wangen und lehnte mich vor. Meine Lippen kamen in den Kontakt mit den ihren. Mit der Zunge drang ich vor und gönnte mir eine Kostprobe ihres lieblichen Geschmacks, während wir von dem Licht der Laternen in der Einfahrt und der sommerlichen Nachtbrise umhüllt wurden. Ich brachte sie dazu, sich für mich zu öffnen – natürlich kam sie meinen Wünschen nach. Ich ließ mir Zeit; küsste mein Mädchen leidenschaftlich und ausgiebig. So war es schon immer. Zu jeder Zeit hatte ich das Bedürfnis, sie wissen zu lassen, dass sie mir allein gehörte. *Meine Frau.*

So. Verdammt. Sexy.

„Es gefällt dir also?", fragte ich, nachdem es mir gelungen war, mich von ihren Lippen loszureißen. Es war zu viel Zeit vergangen, seit ich sie das letzte Mal genommen hatte. Vor unserer Hochzeit hatte sie nämlich zwei Wochen bei ihrer Tante Marie übernachtet. Mittlerweile waren meine Eier so dick, dass ich es kaum noch aushielt. Ich wurde mit der einen Frage zurückgelassen: Wie zum Teufel schafften es Menschen in Abstinenz zu leben, ohne dabei ihren verdammten Verstand zu verlieren? Na ja, vielleicht kannte ich die Antwort: Es war hart – alles daran – und ich stand kurz vor einer Zwangseinweisung.

„Mehr als das, Ethan. Ich *liebe* es hier." Sie wandte

sich wieder dem Haus zu und presste ihre Kurven gegen meinen Körper. *Oh, verdammt, ja!* Bis jetzt war die weiße Spitze ihres Hochzeitskleides das Einzige, was ihren saftigen Arsch berühren durfte – doch das würde sich bald ändern. Es war nur noch eine Frage der Zeit, bis sie genau dort meinen harten Schwanz spüren würde. Ich konnte mich nicht noch länger zurückhalten. Zwei Wochen. Zwei Wochen, ohne sie unter mir zu spüren, waren einfach zu lang. *Viel* zu lang. Vor allem, wenn ich über meine Besessenheit sinnierte, sie neben mir im Bett zu wissen. Ohne sie, ohne ihre eindeutige Präsenz, fand ich keinen Schlaf. Brynne durfte nicht länger in meinem Bett fehlen. Ich brauchte sie. Ich wollte sie in meinen Armen halten und ihren lieblichen Duft einatmen.

Und wenn ich einen von diesen verdammten Träumen hatte …

So sehr ich es auch hasste, sie mit meinem emotionalen Scheiß zu belasten, realisierte der verletzliche Teil in mir, dass nur ihre Anwesenheit die flachwachsenden Dämonen in Zaum halten konnte. Brynne war meine Definition von Trost. Trotzdem befürchtete ich jede Nacht aufs Neue, sie mit meinen furchtbaren Erinnerungen und Träumen zu verschrecken. Auch ein Grund dafür, dass ich alles versuchte, um die Albträume in Schach zu halten. Manchmal gelang mir das. Manchmal nicht. Glücklicherweise war es mir gelungen, einen Albtraum ähnlich dem, den ich in der Nacht vor ihrer Entführung durch Karl Westman hatte, im Keim zu ersticken.

Dieses Arschloch. Bei dem Gedanken an ihn kochte mein Blut. Dieser Wichser würde sie nie wieder verletzen können. Auch keine andere Person, wenn wir schon beim Thema waren. Die Erinnerung daran, wie er sie mir wegnehmen wollte, machte mich krank.

„Ethan? Was ist los?"

Ich schüttelte meinen Kopf, versuchte die Geister der Vergangenheit damit zu vertreiben und zog sie enger an meinen Körper. „Sorry. Ich war – ich – alles ist gut, Baby." Mit der Nase streichelte ich über ihren Nacken.

„Ich habe dir gerade gesagt, wie toll ich es finde, die Nacht in dem Haus zu verbringen und du hast nicht geantw –"

Ich unterbrach sie, bevor sie tiefer vordringen konnte. Mein Mädchen kannte mich sehr gut. Sie würde fühlen, wo meine Gedanken waren und sich Sorgen machen. Brynne wusste mehr über meine dunklen Orte als jeder andere. Trotzdem wollte ich nicht riskieren, sie noch weiter in die Dunkelheit zu ziehen. Das konnte ich meinem süßen, unschuldigen Mädchen nicht antun – meiner Ehefrau und der Mutter meines Kindes. Vor allem nicht heute: Schließlich wollte ich, dass sie ihre Hochzeitsnacht genoss. Dafür würde ich alles geben.

Also lenkte ich sie von mir ab.

„Das freut mich ungemein, Mrs. Blackstone. Nachdem wir auf dieses Haus gestoßen sind, habe ich es einfach nicht mehr aus dem Kopf bekommen. Ich wollte dich wieder an diesen Ort bringen. Das Innere braucht etwas Zuwendung, aber das Gerüst und das Fundament sind vielversprechend. Und das Meer ist ein zusätzlicher Pluspunkt. Dieses Haus ist schon seit sehr langer Zeit ein Teil dieser Welt und das wird es hoffentlich auch noch sein, wenn es uns nicht mehr gibt."

Ich zog einen kleinen Umschlag aus meiner Jackentasche und hielt ihn ihr hin.

„Was ist das?" Der sanfte Ton ihrer Stimme brachte mein Herz zum Rasen.

„Dein Hochzeitsgeschenk. Öffne den Umschlag."

Sie öffnete die Lasche und der Schlüsselbund fiel in ihre Hand – eine Ansammlung aus alten und neuen Schlüsseln. „Schlüssel?" Ihr Gesicht war von Wunder und Schock gezeichnet. „Du hast das Haus gekauft?"

Bei ihrer Reaktion war es mir nicht möglich, mein

Grinsen zurückzuhalten. „Nicht direkt." Ich drehte sie wieder zum Haus, wickelte die Arme um sie und ruhte mein Kinn auf ihrem Kopf. „Ich habe *uns* ein Haus gekauft. Für dich, für mich, unseren kleinen Pfirsich und jede Himbeere oder Blaubeere, die sich unserer Familie in der Zukunft noch anschließen wird. Dieses Anwesen hat genug Räume, um für alle ein Zimmer zu finden."

„Von wie vielen Blaubeeren sprechen wir hier? Dieses Haus ist riesig und muss Platz für sehr, sehr viele Blaubeeren haben."

„Das, Mrs. Blackstone, werden wir noch sehen. Ich kann dir aber versprechen, dass ich mein Bestes geben werde, um ein paar der Räume mit Leben zu füllen." *Oh, und wie ich das werde.*

„Und warum stehen wir dann noch hier draußen? Solltest du dich nicht an die Arbeit machen?" Ich liebte ihren neckenden Ton.

Ich hob sie in meine Arme und marschierte los. Wenn sie für die Hochzeitsnacht bereit war, dann war ich nicht so dumm, den Spaß noch weiter hinauszuziehen. Ich war ja kein Idiot.

Meine Beine schluckten die Einfahrt mit Leichtigkeit und schon bald überwand ich die Steintreppe zu unserem neuen Landhaus. Mit den Schultern stieß ich die schwere Eichentür auf und sagte: „Und die Braut wird über die Türschwelle getragen."

„Mit jedem Tag gibst du dich mehr Traditionen hin, Mr. Blackstone", sagt sie amüsiert.

„Ich weiß. Irgendwie gefällt mir das."

„Oh, warte kurz. Mein Päckchen. Ich will, dass du dein Geschenk öffnest, Ethan. Lass mich runter. Im lichtdurchfluteten Foyer wird die Überraschung noch besser kommen."

Sie gab mir die schwarze Box mit dem silbernen Geschenkband, die sie schon die ganze Zeit gegen ihre Brust gedrückt hielt. Sie sah in ihrem Hochzeitskleid aus

Spitze so bezaubernd und glücklich aus. Und das Beste? Sie trug die Kette mit dem Herzanhänger um ihren Hals. Bei diesem Anblick wurde ich kurz von einer Erinnerung heimgesucht: Als ich sie nach der Entführung wieder in den Armen gehalten und jeden Zentimeter ihres Körpers nach Verletzungen abgesucht hatte, trug sie mein Geschenk um ihren Hals. Dann duschten wir gemeinsam und die Kette war das Einzige, was sie noch an ihrem Körper trug. *Nur ein diamantenbesetztes Herz an einer Kette, die den wunderschönen Hals meines amerikanischen Mädchens schmückte.*

Im Geiste gab ich mir einen Arschtritt und schüttelte den Gedanken an ihren Entführer ab. Ich war wütend auf mich selbst, diesen überhaupt zugelassen zu haben. Im nächsten Moment drängte ich die Erinnerung in die tiefsten Abgründe meines Unterbewusstseins. Heute Abend gab es keinen Platz für hässliche Dinge. Das war unsere Nacht. Nur schöne Gedanken waren willkommen.

Ich öffnete den Deckel der dünnen Box und schob schwarzes Seidenpapier aus dem Weg. Die Fotografien, die sich meinem Blick offenbarten, raubten mir den Atem: Brynne, nackt. Wunderschön posierte sie für die Kamera und trug nichts, abgesehen von ihrem Hochzeitsschleier.

„Für dich, Ethan. Diese Fotos sind nur für deine Augen bestimmt", flüsterte sie. „Ich liebe dich aus ganzem Herzen, mit meinem Verstand und meinem Körper. Einfach alles an mir gehört dir."

„Die Fotos sind wunderschön", hauchte ich, während ich den Blick nicht abwenden konnte und ich jedes Detail verinnerlichte. Jetzt verstand ich es. Seit unserem Kennenlernen versuchte ich, die Motivation hinter ihren Modeljobs zu verstehen. „Wunderschön, Baby. Ich denke – ich denke, dass ich jetzt verstehe, warum es dir so wichtig ist, Fotos dieser Art zu haben." Brynne verspürte den Drang, ihren Körper auf wunderschöne Weise zu inszenieren. Das war ihre Realität. So wie ich ihr und mir zeigen musste, dass sie mir gehörte – dass ich der Dominante war. Das war *meine* Realität. Ich konnte einfach nicht anders. Ich wusste, dass ich nur auf diese Weise mit ihr zusammen sein konnte. Ich war, wer ich war, und wenn es um Brynne ging, würde sich das niemals ändern.

„Ich wollte, dass du diese Fotos bekommst. Sie sind nur für dich, Ethan. Nur du wirst sie jemals zu Gesicht bekommen. Sie sind mein Geschenk an dich."

„Ich weiß nicht, was ich sagen soll." Ich sah mir die einzelnen Posen genauer an und saugte den Anblick in mich auf. „Diese Pose gefällt mir am besten. Wo du über deine Schulter schaust und der Schleier über deinen Rücken fällt." Ich sah mir das Bild genauer an. „Deine Augen sind geöffnet ... und es hat den Anschein, als würdest du nur mich sehen."

„Das tue ich. Bei unserem Kennenlernen haben sich meine Augen zum ersten Mal geöffnet. Du hast mir einfach alles gegeben. Du hast dafür gesorgt, dass ich meine Augen öffnen und sehen wollte, was um mich herum geschieht – zum ersten Mal seit einer sehr langen Zeit. Du hast dafür gesorgt, dass ich mich nach einem anderen Menschen gesehnt habe – nach dir allein – und dass ich mein Leben wieder genießen konnte. Du bist das Geschenk, das ich nie erwartet, aber so dringend gebraucht habe, Ethan James Blackstone." Sie hob die Hand und berührte meine Wange. Ihre braunen Augen sagten mir, was sie fühlte: *Sie liebt mich.*

Ich legte meine Hand auf die ihre. „Und das bist du auch für mich."

Ich küsste meine Ehefrau in dem Foyer unseres neuen, alten Landhauses. Für eine lange Zeit verschmolzen unsere Münder. Wir hatten es nicht eilig. Es fühlte sich an, als hätten wir die Ewigkeit.

Als wir bereit waren, hob ich sie wieder in meine Arme. Ich liebte es, ihr Gewicht an meinem Körper zu spüren und ich liebte es auch, wie sie sich an mir festhielt. Auf diese Weise kam auch *ich* nicht aus dem Gleichgewicht. Dieses Konzept klang logisch. Ich konnte es nicht erklären, aber dafür gab es auch keine Notwendigkeit. Der Sinn musste sich nur für mich erschließen.

Brynne war mein wertvollstes Geschenk. Sie war die erste Person, die in meine Seele geblickt hatte. Nur ihre Augen schienen dazu fähig. Nur Brynnes Augen.

KAPITEL 2

Sicher trug mich Ethan in seinen Händen die Treppe hoch. Sein würziger Geruch und seine harten Muskeln füllten meine Sinne und erweckten ein Gefühl der Lust in mir. Panik vor der Hochzeitsnacht? Vielleicht ein bisschen, mit einer Prise Erschöpfung. Seit zwei Wochen hatten wir keinen Sex mehr gehabt und ich vermisste die Intimität. Liebe machen war ein Teil unseres starken Fundaments. Ich schämte mich nicht zuzugeben, dass unsere erste explosive Zusammenkunft auf körperlicher Anziehung beruht hatte. Sex. Daran war nichts falsch.

Als er mich in seinen Armen trug, betrachtete ich den Ausdruck auf seinem Gesicht – so unnachgiebig attraktiv, dass es gemeißelt wirkte. Ich fragte mich, was in diesem Kopf vor sich ging. Was dachte der Mann hinter der Maske? Mein Mann. Mein *Ehemann*.

Ich machte mir keine Sorgen. Ich wusste, dass er mir sagen würde, was er dachte. Ethan hatte selten Probleme damit, mir zu sagen, was ihm durch den Kopf ging. Das war Teil seines Charmes. Bei dem Gedanken an die vielen Dinge, die er mir seit unserer ersten Begegnung gesagt hatte, musste ich lächeln.

Obwohl er mich die imposant geschnitzte Treppe

hinaufschleppte und eigentlich außer Atem sein müsste, fragte er mich: „Was hat dieses sexy Lächeln heraufbeschwört?" Das Innere des Hauses war wunderschön und ich konnte es nicht erwarten, mehr zu sehen. Allerdings bezweifelte ich, dass ich abgesehen von unserem Schlafzimmer in nächster Zeit viel zu Gesicht bekommen würde.

„Ich musste gerade an deinen speziellen Charme denken, Mr. Blackstone."

Er zog eine Augenbraue hoch und grinste mich mit einem sinnlichen Lächeln an. „Wird mein Charme dazu führen, dass du und ich gleich nackt sein werden, *Mrs. Blackstone?* Das hoffe ich, denn ich kann es gar nicht erwarten, endlich in dir zu sein und die Hochzeitsnacht einzuläuten."

Seine verdeckte Beschwerde über den Mangel an Sex brachte mich zum Lachen. Aber mir erging es nicht anders. Auch ich wollte ihn endlich wieder in mir spüren. Ich dachte einfach, dass dies ein guter Testlauf wäre. Hinzu kam, dass die Vorfreude so viel intensiver war, weil wir vor der Hochzeit eine Sexpause eingelegt hatten. Natürlich hatte ich vor, ihn dafür zu entschädigen. „Was denkst du denn? Hochzeitsnacht und Nacktsein gehen doch miteinander einher."

„Und was geht in deinem Kopf noch so vor sich, meine Schöne?"

„Oh, nicht viel. Nur die Erinnerung an den Moment, als mein wunderschöner Ehemann am Alter darauf gewartet hat, dass ich auf ihn zu laufe", – ich pausierte – „und wie ich ihn für seine Geduld in den letzten zwei Wochen belohnen kann."

Er sog scharf den Atem ein und beschleunigte sein Tempo.

Ich hob meine Hand an seine Wange. Die Stoppeln seines Bartes erinnerten mich daran, wie ich ihm unmissverständlich klar gemacht hatte, sich für die Hochzeit unter keinen Umständen zu rasieren. Ich liebte seinen erregenden Drei-Tage-Bart; das Gefühl, wenn er mit seinen Lippen über meine empfindliche Haut fuhr. Ein kleines Detail, das ich immer mit meinem Ethan in Verbindung brachte. Ich liebte ihn so, wie ich ihn bei unserer ersten Begegnung kennengelernt hatte, und wollte diesen Anblick während unseres Hochzeitsschwurs genießen.

Wie es schien, hatte er auf mich gehört.

Als wir im Obergeschoss ankamen, ging er nach links und lief durch einen langen Flur. Am Ende befand sich ein Raum: Unsere Hochzeitssuite, wie ich annahm.

„Wir sind angekommen, My Lady." Den Rest murmelte er: „Endlich, verdammt."

Ich unterdrückte mein Lachen.

Vorsichtig ließ er mich an seinem Körper auf die Füße rutschen. Er behielt mich an seine Brust gepresst und fuhr mit den Händen über meine Oberarme. Seine Berührungen bedeuteten mir so viel. Sie ließen mich aufblühen. Ich war mir sicher, dass wir auch dadurch von Beginn an so explosionsartig zusammengefunden hatten. Er tat genau die richtigen Dinge, um einen Teil in mir zu erwecken, den ich für unwiderruflich gebrochen gehalten hatte. Und jetzt? Mittlerweile definierte mich der Begriff *gebrochen* nicht länger. Dafür konnte ich Ethan danken.

„Das sehe ich. Es ist wunderschön hier." Ich ließ meinen Blick durch den Raum schweifen und sah mindestens fünfzig flackernde Kerzen in verschiedenen Größen. Ihr warmes Licht warf Schatten auf die Wände und die Möbel. Ich hatte das Gefühl, in eine andere Welt eingetaucht zu sein, nein besser: Wir schienen eine Zeitreise gemacht zu haben und jetzt befand ich mich an einem Ort, der vor vielen Jahrzehnten existiert hatte. Ich war schlichtweg in ein anderes Jahrhundert gestolpert – und wenn ich an mir heruntersah und das Kleid begutachtete, gab es an dieser Feststellung nichts zu rütteln. „Ich kann es noch immer nicht fassen, dass du das Haus gekauft hast", sagte ich mit einem Blick über meine rechte Schulter. „Ich kann dir gar nicht sagen, wie glücklich mich das macht, Ethan. Ich liebe dieses Haus."

Ich konnte nicht anders, als über die Menschen nachzudenken, die vor uns in diesem Haus gelebt hatten. Was hatten sie in diesem wunderschönen Zimmer gemacht? Hatte es andere Hochzeitsnächte gegeben?

Ich betrachtete die Größe des Bettes mitten im Raum, das jedes andere Möbelstück in den Hintergrund drängte. Ein massives Himmelbett aus Holz mit weißen Laken und hauchdünnen Vorhängen, die von der Sommerbrise zum Tanz aufgefordert wurden. Das Eichenholz bestach durch das beeindruckende Handwerk vergangener Künstler.

„Glaube es ruhig. Ich liebe *dich* so sehr."

Ethans tiefe Stimme hinter mir durchbrach die Stille.

Ich bewegte mich nicht und wartete.

Mein Schleier wurde in meinem Nacken zur Seite geschoben, gefolgt von meinen Haaren. Dann spürte ich seine weichen Lippen auf meiner Haut – wie eine Brandmarkung. Seine warme Zunge zeichnete Muster und raubte mir den Atem. Ich erschauerte. Diese kleine Berührung von Ethan reichte aus und ich wurde zu einer zügellosen Kreatur, die sich verzweifelt nach ihm sehnte. Und das wusste er auch.

„Du hättest das Haus nicht kaufen müssen", flüsterte ich. „Du, Ethan. Du bist alles, was ich brauche."

Er erstarrte und sprach mit sanfter Stimme: „Und das ist der Grund, warum du mein Mädchen bist und es auch für immer bleiben wirst." Er verteilte Küsse auf meinem Hals. „Dir ist egal, was ich habe. Du siehst nur mich. Schon am Anfang konnte ich das erkennen."

Er drehte mich in seinen Armen und umfasste mit seinen Händen mein Gesicht. Seine Daumen rieben über meine Wangen, während er mir mit seinen durchdringenden blauen Tiefen in die Augen sah. „Ich brauche dich wie die Luft zum Atmen. Du bist meine Luft, Brynne."

Und dann landete sein Mund auf dem meinen. Mit tiefen Zungenschlägen vereinnahmte er mich. Sofort spürte ich, wie sich meine untere Hälfte erhitzte. Begierde und eine tiefverwurzelte Sehnsucht erwachten zum Leben. Ethan zeigte mir, wie weit die Ausmaße seines Verlangens für mich reichten.

Meine Hände vergruben sich in seinen Haaren und krallten sich an seinen samtweichen Strähnen fest. Unsere Begierde aufeinander stieg ins Unermessliche. Ich hörte mich stöhnen. Gleichzeitig verzehrte er mich mit leidenschaftlichen Küssen, die Lustschauer durch meinen Körper jagten. Ich wusste, dass ich die Sache beenden musste, bevor es kein Zurück mehr gab.

Ich zog unter Anstrengung meine Hände aus seinen Haaren. Sie wanderten auf seine Brust, wo ich es geradeso schaffte, ihn weit genug von mir zu schieben, um unsere gierigen Lippen voneinander zu trennen. Das fiel mir nicht leicht – weder körperlich noch emotional. Ich sehnte mich so sehr danach, mich ihm die ganze Nacht hinzugeben, aber ich hatte einen Plan und den würde ich auch durchziehen.

Ohne uns zu berühren, standen wir nur wenige Zentimeter voneinander entfernt und atmeten so heftig, dass ich seinen Atem an meinen Lippen spürte. Er in seinem Smoking mit der lilafarbenen Brokatweste und ich in meinem Vintage inspirierten Hochzeitskleid aus Spitze. Eine sexuelle Spannung, ein tobender Sturm, der kurz davor stand, alles in der Umgebung zu zerstören.

Ich sagte Ethan, was ich wollte: „Ich m-möchte mich für dich fertigmachen. Bitte?", hauchte ich unter größter Anstrengung. Ich hoffte, dass er verstand, wie viel mir das bedeutete.

Er schluckte schwer, was den Adamsapfel an seinem

Hals auf und ab springen ließ. „Okay", sagte er in einem gelassenen Ton – eine kalkulierte Antwort auf meine Worte, ohne mir zu zeigen, was er tatsächlich dachte. Ich hatte das Gefühl, dass es ihm nicht im Geringsten zusagte, noch länger zu warten. Doch für mich stimmte er zu, denn so war er eben. Verständnisvoll, jedenfalls mit mir. „Dann werde ich das Gleiche tun, Mrs. Blackstone."

„Danke, Ethan. Ich verspreche dir, dass sich die Wartezeit lohnen wird." Ich stellte mich auf die Zehenspitzen und küsste ihn auf seinen stoppeligen Hals.

„Oh, das bezweifle ich nicht." Meine Lippen spürten die Vibration seiner geknurrten Worte. „Alles, was du tust, ist es wert, darauf zu warten, Baby."

Ich ließ von ihm ab und wandte mich dem Licht des Badezimmers zu. Ich hatte ein schlechtes Gewissen, ihn aus dem Schlafzimmer zu werfen, auch wenn ich nicht lange brauchen würde.

„Das angrenzende Zimmer ist auch sehr schön." Er zeigte auf eine Tür links vom Bett. „Die alten Anwesen hatten immer aneinandergrenzende Zimmer für die Lady und den Lord, damit sie sich nachts für die wirklich wichtigen Dinge treffen konnten." Mit einem Finger fuhr er am Ausschnitt meines Kleides über mein entblößtes Dekolleté.

„Oh? Die *wirklich wichtigen* Dinge, sagst du?"

„Oh ja, Baby. Der Sex ist schließlich sehr, sehr wichtig." Mit kleinen, betörenden Küssen gab er nach jedem Wort der Bedeutung Nachdruck.

„Sind wir gerade im Zimmer der Lady oder des Lords?", hauchte ich die Frage. Ich hatte das Gefühl, dass der ganze Sauerstoff aus dem Raum gesogen worden war.

Er zuckte mit den Schultern. „Keine Ahnung. Aber ist mir auch egal. Du bist meine Lady. Für den Sex und zum Schlafen werde ich dir überallhin folgen und daran wird sich niemals etwas ändern. Such dir ein Zimmer aus, Mrs. Blackstone."

Er nahm meine Hand und drückte einen galanten Kuss auf meinen Handrücken, während seine Augen die meinen fanden und sie mit einem intensiven Ausdruck ein weiteres Stück meines Herzens gefangen nahmen. Wem machte ich etwas vor? Er hatte bereits mein gesamtes Herz für sich gewonnen. Für immer.

Ein sehnsüchtiger Seufzer entrang mir und ich zwang mich dazu, einen Schritt zurückzutreten. Ich brauchte den Abstand. Doch er ließ nicht von meiner Hand ab und mein Arm streckte sich. „Okay. Wie wäre es dann, wenn wir uns in fünfzehn Minuten wieder in diesem Raum einfinden?" Ich trat einen weiteren Schritt zurück und richtete mich rücklinks zum Badezimmer aus. Dabei ließ ich den Blick nicht von seinen blauen Augen ab, die jede meiner Bewegungen beobachteten.

Dieselben wunderschönen Augen, die mit unkontrollierter Hitze glühten. Es wurde mehr als deutlich, dass dieser Mann mich bald sehr glücklich machen würde. Langsam entglitt ich seiner Hand. Ich vermisste die Wärme seiner Haut bereits jetzt.

Er sah mich mit seinem typischen Blick an. Es handelte sich um seinen ernsten Ausdruck, den ich sehr gut kannte – gefüllt mit dem Versprechen auf seine sexuellen Talente und der Dominanz, die mich zum Brennen brachte.

„Fünfzehn Minuten zu lang, meine Schöne."

Ich musste ein Stöhnen unterdrücken. Seine Worte hatten immer diese Wirkung auf mich. Schließlich war ich auch nur eine Frau. Ethan war derjenige, der nicht nur wie ein griechischer Gott aussah, sondern sich auch so verhielt.

Er schickte einen weiteren versengenden Blick in meine Richtung, der eine wilde Nacht zwischen den Laken versprach. Dann drehte er sich um, lief durch die Tür und schloss sie mit einem leisen Klicken hinter sich.

Stille umgab mich. Ohne ihn fühlte ich mich beraubt. Ich bewegte mich nicht vom Fleck und absorbierte die Atmosphäre des Ortes, an dem ich mich gerade befand. *Ich werde mich fertigmachen, um mit meinem Ehemann Sex zu haben.* Dieser Gedanke riss mich aus meiner Versunkenheit und ich setzte mich in Bewegung.

Ich hastete zum Badezimmer und schälte mich aus dem Kleid, was sich durch den Reißverschluss an der Seite zum Glück nicht als schwierig herausstellte. An der Tür befand sich ein Kleiderbügel, an dem ich es aufhängte. Ich nahm an, dass der Bügel nur für diesen Grund dort hing. Ich musste mich auf irgendeine Art bei Hannah bedanken. Sie hatte wirklich an alles gedacht.

Ich legte meinen Schleier beiseite, putzte mir die Zähne und trank ein Glas Wasser. Dann entledigte ich mich mit Ausnahme der Strümpfe und der lavendelfarbenen Strapse meiner Unterwäsche. Ich betrachtete mein Profil im Spiegel: Ein kleines Bäuchlein war zu sehen. Noch war nicht viel zu erkennen, aber der Beweis meiner Schwangerschaft war sichtbar. Ich streichelte unseren süßen Pfirsich und streckte meine Hand nach dem Schleier aus. Ich legte den hauchdünnen Stoff wieder an und trat ins Schlafzimmer. Ich kletterte auf das Bett und kniete mich auf die weiche Daunenbettdecke. Mit Präzision achtete ich darauf, dass mein Rücken der Tür zugewandt war, durch die er das Zimmer verlassen hatte. Auch bei seiner Rückkehr würde er durch diese Tür kommen. Ich wollte, dass sein erster Blick auf mich wie geplant ablief. Ich war bereit für ihn, obwohl mein Herz beinahe aus der Brust zu springen drohte.

Ich schloss meine Augen und wartete darauf, dass Ethan zu mir kam.

♥

DAS GERÄUSCH einer Tür, die geöffnet und dann

wieder geschlossen wurde, gab mir die Sicherheit, dass er den Raum betreten hatte.

Ich fühlte seinen Blick auf mir und der Gedanke erregte mich. Ich drehte meinen Kopf und fand ihn mit meinen Augen.

Er stand ein paar Meter vom Bett entfernt und sagte: „Ich möchte dich einfach nur für einen Moment betrachten." Ich konnte ihm ansehen, dass ihn mein Anblick erregte – seine Augen waren auf Halbmast und sein Kiefer angespannt. Das ermutigte mich.

„Nur, wenn ich dich auch ansehen darf."

Mein Ethan hatte sich für mich vorbereitet. Der wunderschöne Smoking mit der lilafarbenen Brokatweste hing wahrscheinlich genauso wie mein Hochzeitskleid an der Tür des Badezimmers. Jetzt trug er nur noch ein Kleidungsstück: Eine seidene Pyjamahose, die tief auf seinen Hüften hing. Der Kontrast zwischen der schwarzen Hose und seiner goldfarbenen, muskulösen Brust und dem gemeißelten Bauch verwöhnte meine Augen mit Perfektion. Ich bekam nun die Chance, seinen Anblick in mich aufzusaugen. Sein Waschbrettbauch, der unter seinem Bauchnabel zu einem V verlief, ließ mir das Wasser im Mund zusammenlaufen. Ich schluckte schwer. Eine meiner Lieblingsstellen an meinem Mann und ich hatte vor, ihn dort schon bald mit meinen Lippen zu berühren.

Dieser wunderschöne Körper, voller Männlichkeit und Stärke. Manchmal tat es weh, ihn anzusehen.

Ich senkte den Blick.

„Dreh dich zu mir um."

Der Befehl in der tiefen Stimme entflammte mich und ließ mich erneut erkennen, wie sehr ich diesem Teil in unserer Beziehung und seiner Dominanz verfallen war. Ethans Kontrolle beim Sex. Seine Kontrolle über mich.

Das machte mich so heiß.

Er kam näher. Sein Körper strahlte Macht und Begierde aus, als er darauf wartete, dass ich seiner Anordnung folgte.

Ich rutschte auf den Knien herum, bis ich ihm lediglich bekleidet in Strapsen, dazugehörigen Strümpfen und meinem Schleier gegenübersaß. Ich platzierte die Hände auf dem Bett, wodurch sich meine Brüste ihm entgegenreckten. Unter seinem intensiven Blick kribbelten meine Nippel und wurden hart. Ich wimmerte, denn das Gefühl grenzte an unendlicher Folter. Die Geste, mich meinem Ehemann in unserer Hochzeitsnacht als Braut anzubieten, brachte meine Libido auf bisher unbekannte Weise zum Beben.

Ich fand wieder seinen Blick. „Nur für dich", sagte ich sanft.

Die Muskeln in seinem Hals spannten sich an, als er näherkam. „Baby, du bist so wunderschön, so sexy. Beweg dich nicht. Bleib so sitzen und lass mich dich berühren."

Ich wusste genau, wie dieses Spiel funktionierte. Es würde nicht lange dauern, bis ich für das Einhalten der Spielregeln belohnt wurde.

Er gesellte sich auf dem Bett zu mir und die Matratze gab unter seinem Gewicht nach. Er kniete sich vor mich hin, so nah, dass die Hitze seines Körpers in Wellen auf meine Haut traf.

Ich bewegte mich nicht, jedoch spannte sich mein Körper in freudiger Erwartung auf das Kommende an. Wo würde er mich zuerst berühren?

Für einen Moment saß er nur vor mir, betrachtete mich und nahm mich mit seinen Augen in Besitz. Ethan mochte ein Hauch Voyeurismus in unserem Leben. Mit einer Prise Verdorbenheit und sehr viel Dominanz. Ich würde ihn nicht anders wollen.

Nach einer halben Ewigkeit senkte er seinen Kopf auf mein Schlüsselbein und saugte meinen Duft in sich auf. Dann spürte ich seine Zunge an meiner rechten

Brust. Mit trägen Zungenschlägen näherte er sich meinem Nippel. Er nahm die harte Knospe in seinen Mund und saugte daran. Ich schnappte nach Luft und bereitete mich auf einen Ansturm vor.

„Einfach fühlen, Baby. Lass mich für eine Weile deine wunderschönen und perfekten Titten kosten. Ich habe mich in den letzten Wochen nach ihnen verzehrt."

Er nahm sich die Zeit, seinen Hunger zu stillen und erregte mich mehr und mehr.

Mit der Zunge umkreiste er die empfindliche Knospe, bis er mir eine belohnende Empfindung verpasste, in dem er den Nippel zwischen seine Zähne nahm und daran knabberte.

Ich erschauerte und obwohl ich wusste, dass ich zu warten hatte, gierte ich nach mehr. Aber das waren die Regeln. Und ich war immer ein gutes Mädchen.

Trotz allem stöhnte ich in einem flehenden Ton: „Ethan …"

Er bearbeitete noch immer einen Nippel mit dem Mund und den anderen mit den Fingern, um dieses köstliche Gefühl durch meinen Körper zu jagen, nach dem ich mich in den letzten zwei Wochen gesehnt hatte

„Was ist?", fragte er. Seine Berührungen raubten mir den Verstand. Wie hatte Ethan wissen können, dass meine Brüste so empfindlich waren? Keine Ahnung, aber diese Tatsache nutzte er bereits seit unserem ersten Mal zu seinem Vorteil aus. *Nicht, dass ich mich beschweren würde, Mr. Blackstone.*

Ich stöhnte, warf meinen Kopf zurück und presste meine Brüste gegen seinen Mund und seine Hände. *Mehr, gib mir mehr!*

„Du willst mehr als meinen Mund an deinen heißen Titten, habe ich nicht recht?"

„Ja."

„Dachte ich mir schon." Ein dunkles Lachen entrang ihm. „Meine Schöne, seit Wochen sehne ich mich nach dir", schnurrte er an meinem Hals. Er knabberte an meiner Haut und fuhr fort: „Aber ich muss dich warnen: Beim ersten Mal werde ich mich wahrscheinlich wie ein Biest benehmen. Schließlich ist es das erste Mal, dass ich meine wunderschöne Ehefrau mit den perfekten Titten ficken werde."

„Oh, Ethan ..."

„Das gefällt dir, hmm?", lockte er, als seine Hand zu meiner anderen Brust wanderte, über meine Rippen, zu meinem Bauch und direkt zwischen meine Schenkel.

Ich hob ihm mein Becken entgegen. Ich brauchte die Berührung, die nur er mir geben konnte. Jener glorreiche Druck seiner Hand, um den erregenden Schmerz in meinem Geschlecht zu lindern. „Ja, das tut es. Ich liebe es, wenn du zum Biest wirst", ächzte ich.

Begleitet von einem verführerischen Lächeln schob er die Finger zwischen meine Schamlippen und fand meine Klitoris. Bei der intensiven Einwirkung wölbte ich mich ihm entgegen. „Oh, Gott ... wie sehr ich es vermisst habe, dich zu berühren", sagte er. Sein Ton war jedoch tadelnd. Immerhin war es mir nicht erlaubt, mich zu bewegen.

„Ich brauche dich, Ethan", protestierte ich mitleiderregend. Meine Atemzüge kamen hektisch über meine Lippen, während mich der Strom mitriss. Ich wusste nicht, wie ich noch länger seiner Anordnung Folge leisten sollte. Er bearbeitete meine Klitoris, meinen Nervenbündel der Lust, und ich stand kurz davor, zu explodieren.

„Oh, ich brauche dich auch ... so sehr. Aber zuerst will ich sehen, wie du das erste Mal als meine Ehefrau kommst. Wir werden so viele erste Male haben."

Er sah mir direkt in die Augen und bewegte seine magischen Finger, als ich über die Klippe fiel. Mein ganzer Körper spannte sich an. Wellen der Lust fegten über mich hinweg und vereinnahmten mich von innen heraus.

„Ahhh ... Ethaaan." Ich zuckte und bebte. Mein

Körper übernahm die Kontrolle. Ich war hilflos und konnte nur noch akzeptieren, was mir geschenkt wurde.

Während ich kam, bedeckte Ethan meinen Mund mit dem seinen und küsste mich. Er küsste mich, als bräuchte er mich zum Überleben – verzweifelt und dennoch auf eine leidenschaftliche und romantische Weise. Es war ein wundervolles Gefühl, in diesem Moment von ihm gehalten zu werden.

Mit dem Orgasmus am Verebben und den Nachwirkungen, die noch immer durch meine Adern jagten, sprach er: „Ich liebe dich so sehr. Heute Nacht werde ich dir alles geben, was ich habe, Baby. Ich werde nicht einen Körperteil auslassen und dich vollständig in Besitz nehmen. Wo dein Körper mich aufnehmen kann, werde ich dich nehmen. Ich werde dich nehmen und abfüllen." Seine Worte, zusammen mit seinem durchdringenden Blick, fragten unterschwellig nach meiner Zustimmung. Er stellte sicher, dass ich einverstanden war, bevor er mich auch sexuell als seine Ehefrau in Besitz nahm. Und das war ich. Nichts wünschte ich mir mehr, als mich ihm hinzugeben.

In Momenten wie diesen liebte ich ihn noch mehr – wenn das überhaupt möglich war. Ethan war zwar ein dominanter Liebhaber, aber ich kam zuerst. Er respektierte mich zu sehr, als dass er meine Wünsche ignorieren würde. Er liebte mich. Die Dominanz im Schlafzimmer war lediglich eine sexuelle Vorliebe, die nichts mit uns als Individuen zu tun hatte. Ethan war kein Chauvinist. In unserem alltäglichen Leben war er nur ein Mann.

Ein Mann, der ganz allein mir gehörte.

Mein Schweigen musste ihn angespornt haben, denn er sagte: „Wenn ich das nicht tue, Brynne, bezweifle ich, dass ich noch einen Tag länger durchhalte, ohne wahnsinnig zu werden." Er knabberte an meiner Schulter und meinem Hals. „Ich liebe dich so sehr, dass ich innerlich verbrenne. Erlaube mir, dir zu zeigen, wie sehr ich dich liebe." Seine Hände erkundeten meinen Körper, meine Brüste, meinen Bauch und erreichten über die Strapse und meine Schenkel schließlich die Strümpfe, über die er genüsslich seine Finger gleiten ließ. „So wunderschön. Wie eine Göttin hast du darauf gewartet, dass ich zu dir komme."

Ich antwortete ihm mit zittriger Stimme: „I-ich will, dass du es mir zeigst. Nimm mich, wie auch immer du willst."

Als Antwort stöhnte er und ich spürte seine Stoppeln an meinem Hals, neckend und betörend. Er saugte an der Stelle und seine Lippen brachten mich zum Erschauern. Auch ich brannte für ihn.

„Weißt du, warum ich das tun muss?"

„Jaaa, das tue ich."

„Dann sag es mir. Sag die Worte, die ich hören muss. Ich will sie aus deinem süßen Mund kommen hören."

„Weil ich dir gehöre, Ethan."

Meine Antwort führte dazu, dass er handelte. Ich wurde auf die weiche Matratze gedrückt. Er schwebte über mir. Seine blauen Augen durchsuchten die meinen, verschleiert mit dunkler Begierde und sexueller Überlegenheit. Für mich. Ich konnte die Liebe in seinen blauen Tiefen sehen. Und auch diese Liebe war nur an mich gerichtet.

„Ja, das tust du", sagte er selbstzufrieden und lehnte sich auf seine Knie zurück. „Zuerst muss ich sicherstellen, dass du bereit für mich bist, Baby. Öffne dich für mich und lass mich einen Blick auf deine berauschende Pussy werfen, die ich über alle Maßen vermisst habe."

Mein Voyeur war zurück.

Ich hob die Hände zu meinem Kopf und löste die Kämme, die den Schleier an meinen Haaren befestigten. Dann schob ich den Schleier zur Seite und ließ ihn neben dem Bett auf den Boden flattern.

Ethans Augen weiteten sich bei dem Anblick. Die Erektion unter seiner Seidenhose zuckte. *Ich brauche diesen Schwanz.*

Langsam und kontrolliert, meiner Macht bewusst, spreizte ich die Beine. Meine Füße blieben auf der Matratze, als ich mit angewinkelten Knien erst das eine und dann das andere Bein versetzte. Das Bedürfnis, den Blick abzuwenden, war groß. Seine Augen verschlangen jede meiner Bewegungen, aber ich verstand seine Fantasie, mich vollkommen offen vor ihm zu sehen. Bereit, genommen zu werden. Bereit, sich seinem Willen zu ergeben. Der Gedanke führte dazu, dass ich mich noch schamloser fühlte. Und ich liebte es.

Sein Gesicht näherte sich meinem Geschlecht. „So wunderschön. So perfekt. Und mir allein", hauchte er.

Der sexuelle Hunger und die sexuelle Spannung, die mich zu diesem Punkt geführt hatten, brachten mich zur Verzweiflung. Wenn er mir nicht bald half, würde ich sterben.

„Oh, scheiße, ja", sagte er und vergrub sich mit seiner Zunge in meiner feuchten Höhle.

Ich schrie seinen Namen. Es war mir nicht möglich, die Lautstärke zu minimieren. Ich war froh, dass wir in dem Haus allein waren, denn ich konnte nicht kontrollieren, was ich sagte oder tat, nachdem Ethan seinen Mund auf mich herabgesenkt hatte.

Er verköstigte mein Geschlecht, drang mit seiner Zunge immer wieder in mich ein. Mit seinem Finger sorgte er dafür, dass ich mich rasant einem zweiten Orgasmus näherte, der mich schon bald mehr schreien lassen würde als nur seinen Namen.

Ethan leckte und knabberte an mir, bis ich kurz davor stand, den Verstand zu verlieren. Ich wusste nicht, wie viel ich noch ertragen konnte. Immer und immer wieder ließ er mich den Gipfel erklimmen, nur um sich zurückzuziehen und mich zu foltern. Aber er wusste genau, was er wollte. Er wollte den Moment hinauszögern. Und er hatte das Talent dazu.

Ich spürte, wie er sich eine andere Position suchte. Dann folgte das Rascheln seiner Hose, die er sich vom Körper riss. Ich beobachtete, wie er seine mächtige Erektion in Stellung brachte und weit genug in mich hineinglitt, um seine Eichel zu befeuchten.

Ethan hielt inne und ich spürte, wie sein wunderschöner, harter Schwanz pulsierte. Ein berauschendes Gefühl. Ethan berauschte mich. Ein Sexgott, der gekommen war, um sich mit mir zu vereinen und mich direkt in den Himmel zu ficken. Sein Anblick, so potent, so erregend, hätte mich beinahe alle Kontrolle vergessen lassen. Es fehlte nicht viel und ich würde kommen.

„Noch nicht, meine Schöne. Du musst noch warten", warnte er mich.

„Ich kann nicht mehr warten." Ich hob meine Hüften und versuchte, ihn mit dieser Bewegung in mich aufzunehmen.

Er fuhr mit den Händen von meinen Hüften bis zu meinem Gesicht und packte meine Haare in seinen Fäusten. Er war mir so nah, dass sich unser Atem vermischte und wir einander in die Augen sahen. Das war seine Bedingung. Meine Augen mussten mit seinen verschmelzen.

„Du willst meinen Schwanz." Keine Frage. Nur die Wahrheit.

„Das will ich", flehte ich ihn an.

Er ächzte: „Dann, meine Schöne, sollst du ihn haben", und vergrub sich mit einem Stoß in mir, füllte mich, wie versprochen, bis zum Anschlag aus.

Wir schrien im Einklang. Die Intensität unserer Zusammenkunft war überwältigend. Er nahm sich einen Augenblick, in dem er mich lediglich ansah, ohne sich zu bewegen. Er erlaubte mir, seine pulsierende Härte zu akzeptieren und das Gefühl in mich aufzunehmen. Unsere Herzen verschmolzen zu einem Ganzen.

Mein Mund wurde von seiner Zunge ausgefüllt, als er begann, sich in Bewegung zu setzen. Unsere Körper kamen in Ekstase zusammen. Hitze und primitive Lust definierten den Akt und er flüsterte, was ich von meinem Mann hören wollte.

Ethan hielt mich an seinen Körper gepresst, mit seinen Händen auf meinen Wangen, und hauchte Worte gegen meine Lippen, während er mich für sich beanspruchte: Wie sehr er mich liebte. Wie wunderschön ich war. Wie sehr ich ihn befriedigte, wenn ich mich ihm hingab. Wie er beabsichtigte, mich jeden Tag auf diese Weise zu nehmen. Wie gut sich meine Fotze anfühlte, wenn sich die Wände meines Geschlechtes um seine Länge zusammenzogen …

All die wundervollen, unanständigen Dinge, die er mir so oft ins Ohr flüsterte und mir hoffentlich bis ans Ende unserer Tage sagen würde.

Wie erwartet, hielt Ethan sein Versprechen: Mein Ehemann war ein unbändiges Biest, als er seine Ehefrau zum ersten Mal fickte.

KAPITEL 3

Durch ein Zucken erwachte ich aus dem Schlaf und saugte Luft in meine Lungen. *Brynne.* Ich hasste es, dass sich mein erster Gedanke darum drehte, was ich ihr schlafend angetan haben könnte und wie ihre Reaktion ausfallen würde. Hatte ich Dinge gebrüllt, die ihr Angst machten? Hatte ich im Bett um mich getreten und ihren Schlaf gestört? Hatte ich versucht, sie wie ein Wahnsinniger zu ficken, um wieder zu Verstand zu kommen?

Meine Ängste waren berechtigt, denn alles davon hatte ich bereits in ihrer Anwesenheit getan.

Ich wagte einen Blick auf ihre schlafende Gestalt und versuchte, mein rasendes Herz unter Kontrolle zu bringen. Da lag sie: auf ihrer Seite, in all ihrer glorreichen Nacktheit, mit den Haaren auf dem Kissen ausgebreitet. Der Duft von Blumen und die Essenz von Sex hafteten ihr an. Ihr Kinn war in meine Richtung ausgerichtet und ich konnte den Eindruck nicht los werden, dass sie versuchte, mich einzuatmen. Sie schlief friedlich.

Gott sei Dank. Verdammt.

Desaster gebannt. Ein weiteres Mal. Obwohl ich

mich nicht an den Traum erinnerte, passierte es recht häufig, dass ich so wie heute aus dem Schlaf gerissen wurde. Diese Nächte hasste ich fast so sehr wie die Träume, die mich plagten.

Um Brynne ansehen zu können, legte ich mich auch auf die Seite und genoss den Anblick, den sie mir bot. Ich liebte es, sie beim Schlafen zu beobachten – vor allem dann, wenn wir uns beim Ficken verausgabt hatten. Und in unserer Hochzeitsnacht hatten wir uns ziemlich verausgabt und uns mit zahlreichen Orgasmen einen perfekten Start in das gemeinsame Eheleben beschert. Der Drang nach einer Kippe war überwältigend; doch ich wusste eines: Weder mein Körper noch meine Frau oder mein ungeborenes Kind sehnten sich nach der euphorischen Wirkung des Nikotins! *Nur* mein Gehirn.

Meine Frau war wunderschön, wenn sie schlief. Ich dachte nach: Natürlich war sie immer wunderschön. Im Gegensatz zu anderen Frauen in meiner Vergangenheit ließ sie ihre Schönheit nicht wie einen üppigen Busen heraushängen. Brynne unterschied sich von jeder dieser besagten Frauen. Zu ihrer äußeren Schönheit gesellte sich eine unterschwellige hinzu, die sie in die Lage versetzte, ihre Reize nicht jedem Mann präsentieren zu müssen. Diese natürliche Schönheit vermochte es, das Interesse jeden Mannes zu wecken.

Bereits bei meinem ersten Blick auf sie in der Andersen Galerie war mir das aufgefallen. Mein Verstand hatte noch vor meinem Körper verstanden, wie besonders sie ist. An meinem ersten Blick auf sie würde ich für immer festhalten – ein entscheidender Moment in meinem Leben. Zu dieser Erinnerung kehrte ich zurück, wenn ich von den dämonischen Albträumen meines Unterbewusstseins gefoltert wurde. Ich blickte zurück und dachte an das erste Mal, als unsere Augen verschmolzen waren. Diese Erinnerung war ein sicherer Ort für mich.

Sie zu beobachten, reichte aus, dass ich sie erneut wollte. Es war die Tatsache, dass sie jetzt mir gehörte, emotional und legal, die mich hart werden ließ.

Weil ich Brynne schnell geheiratet und geschwängert hatte, würden manche Leute sagen, dass ich unter ihrem Pantoffel stand. Das stimmte vielleicht. Aber ganz ehrlich: Mir ging es am Arsch vorbei, was andere Leute sagten. Wenn ich ein Pantoffelheld sein musste, damit mein Leben funktionierte, dann war alles genauso, wie es sein sollte. Nur mit Brynne an meiner Seite hatte ich die Hoffnung darauf, normal zu sein …

♥

ALS ICH DAS ZWEITE Mal aufwachte, wusste ich, dass ein neuer Tag angebrochen war. Nicht nur die Sonnenstrahlen auf meinem Gesicht gaben diese Tatsache preis. Jemand rieb über meinen Schwanz und leckte mit seiner pinken Zunge über meine Nippel. „Dir auch einen guten Morgen", seufzte ich zufrieden.

Brynne hob den Kopf und grinste mich an. „Guten Morgen, Ehemann."

„Mir gefällt, wie sich das anhört, Baby. Und noch mehr gefällt mir, wie du mich an unserem ersten Morgen als Mann und Frau aufweckst." Ich hob meine Hüften und rieb meinen Schwanz an ihrer Handfläche. Die zusätzliche Reibung war genau, was ich brauchte.

„Ich fange gerade erst an. Die letzte Nacht hattest du die Kontrolle. Jetzt bin ich an der Reihe", sagte sie.

„Dann bin ich doch wirklich ein verdammt glücklicher Bastard." Ich zerrte sie zu mir, damit ich sie küssen konnte, und presste meinen Mund auf den ihren. Nach einer Weile entriss ich ihr meine Lippen, betrachtete ihr Gesicht und suchte nach Abscheu. „Ist alles in Ordnung, meine Schöne?" Ich wollte nur sichergehen, dass ich es letzte Nacht nicht übertrieben hatte. Ich machte mir Gedanken, dass ich sie zu hart rannahm. Schließlich war sie jetzt schwanger. Ich wusste, dass wir es zum Ende hin etwas herunterschrauben mussten, aber Dr. B hatte mir versichert, dass es im Moment keinen Grund zur Sorge gab.

„Ja. Um genau zu sein, ist alles perfekt." Sie lächelte mich an und ihre wunderschönen, goldbraunen Augen funkelten.

„Die letzte Nacht war unglaublich." Wieder küsste ich sie. „*Du* warst unglaublich."

Sie errötete. Gerade musste sie an die wirklich dreckigen Dinge gedacht haben, die wir im Bett machten. Dieser Gedanke machte mich noch heißer auf sie. Sie erlaubte mir immer, sie zu nehmen, wie ich das brauchte und vertraute mir mit ihrem Körper und ihrem Herzen. Ihr Vertrauen in mich zwang mich in die Knie: Niemals würde ich es als selbstverständlich ansehen. „Das warst du auch", sagte sie und rieb meine Länge mit einem festen Griff, mit einer Drehung an der Eichel, die mich unwahrscheinlich hart machte.

„... das fühlt sich so verdammt gut an", presste ich heraus.

„Ich weiß", sagte sie frech, bevor sie nach unten rutschte und meinen Schwanz in ihren Mund nahm.

„Ahh ... scheiße, ja! Ja, verdammt, genau so ..." Ich verlor die Fähigkeit, Worte zu formen, weswegen ich mich in Stille zwang und ich das annahm, was sie mir so bereitwillig gab.

Brynne war perfekt. Sie wusste genau, wie sie mir einen blasen musste. Sie kannte alle Geheimnisse. Die in die Länge gezogenen Bewegungen, bis meine Eichel ihre Kehle streifte. Ihre Zunge, die über die dicke Ader an meinem Schwanz leckte und die Massage, die sie meinen Hoden in den richtigen Momenten gewährte.

Sie ließ ihren erregenden Zauber wirken; dann warf ich meinen Kopf zurück und erlaubte es ihr, meine Lust zu kontrollieren. Zumindest solange, bis meine Triebe die Oberhand gewannen und ich die Kontrolle wieder an mich riss.

Sie bearbeitete mich unermüdlich mit ihren talentierten Lippen. Saugte mich in einer von ihr vorgegebenen Rhythmik wieder und wieder in ihren feucht-warmen Mund. Tiefer und immer tiefer verlor sich mein Schwanz in ihrer Kehle, bis ich schließlich spürte, wie meine Härte vor angestauter Lust am Explodieren war und meine Hoden sich für das Finale anspannten. Ich traf eine schnelle Entscheidung: An diesem Morgen wollte ich in ihrer süßen Fotze kommen.

Ich zog sie von mir runter und hob sie rücklings auf meinen Schoß. Rasch fand ich mit meinem Schaft das Ziel. Sie verstand sofort, nach was ich mich sehnte, und führte meine Länge nach Hause. Mit einer geschmeidigen Bewegung nahm sie mich bis zum Anschlag auf.

Wunderschön. Verdammt perfekt.

Mein Eindringen brachte sie zum Schreien. Sie warf ihren Kopf in den Nacken. Ihre Haare fielen in Wellen über ihren durchgedrückten Rücken und ich bekam einen ungehinderten Blick auf den Punkt, an dem mein Schwanz ihre Fotze zum Beben brachte. Wir fickten, als würde unser Leben davon abhängen.

Sie wusste es. Sie wusste genau, was mir gefiel, und wie ich es mochte. Meine perfekte Sexgöttin.

Als sie meinen Schwanz ritt, entrangen ihr Laute, die mit purer Begierde angefüllt waren, und mich vorantrieben. Ich packte ihre Hüften und ließ sie meine Länge reiten, bis ihre kleinen Laute einen anderen Ton annahmen: Tiefer, gezeichnet von der Verzweiflung, machte sie mir deutlich, wie sehr sie sich danach sehnte, zu kommen.

„Sieh mich an, Baby. Lass mich in deine wunderschönen Augen blicken, wenn du um meinen Schwanz kommst. Lass mich deinen Nektar spüren.

Lass mich dein Gesicht sehen, wenn es passiert."

Was nach diesen Worten zwischen uns passierte, würde ich niemals vergessen: Ihre glühenden Augen, mit denen mich meine Brynne im Moment absoluter Inbesitznahme ansah, und die gleichzeitig ihrer Befriedigung Ausdruck verliehen. Ihr vor Lust errötetes Gesicht. Ihre harten Nippel, ihre bebenden Brüste und ihr seidenweiches Haar, das sich wellenartig über ihre Schultern ausbreitete.

Atemberaubend.

Sie senkte ihren Kopf und sah mich direkt an. Im Nebel ihrer braunen Augen flammte ein Feuer auf. Sie wandte den Blick nicht ab, als ich die ersten Zuckungen um meine Länge bemerkte. Sie kam und ihre Wände zogen sich eng um meinen Schwanz zusammen. Ich schwoll an und bereitete mich auf eine Explosion vor. Bei einem derartigen Ritt konnte ich mich nur auf den Orgasmus konzentrieren, der sich mit rasender Geschwindigkeit auf mich zubewegte. Mein Schwanz in ihrer Pussy, mein Mund an ihrer Haut, meine Hände in ihren Haaren … Ethan in Brynne. Die Welt um mich herum existierte nicht länger.

Ich wusste nicht, wie viel Zeit vergangen war. Als ich wieder klar denken konnte, lag sie schwer atmend auf mir, während ich noch immer in ihrer Wärme steckte. Mein Mund klebte an ihrem Hals. Ich saugte sanft an ihrer Haut und leckte mit der Zunge beruhigend über die Stelle.

Ich zog mich zurück und hatte meine Sinne schließlich wieder beisammen. Brynne war gebrandmarkt: Ein riesiger Knutschfleck thronte auf ihrem wunderschönen Hals. Es sah so aus, als hätte ich sie gebissen. Manchmal konnte ich nicht anders: Ich verlor mich einfach in Brynne. Ich war dankbar, dass sie diese Markierungen nie störten. Nichtsdestotrotz fühlte ich mich jedes Mal schuldig, wenn ich die Kontrolle verlor. Dieser Kontrollverlust würde sich jedoch nur noch auf Brynne konzentrieren – denn sie ist die erste Frau in meinem Leben, bei der ich mich auf diese Weise gehen lassen konnte. Und sie wird auch die Letzte sein. Ich entblößte meine Seele vor ihr. Immer wieder. Und das konnte ich nur, weil ich ihr bedingungslos vertraute – und sie mir.

„Ich habe dir einen riesigen Knutschfleck aufgedrückt, Baby. Es tut mir leid, dass ich –"

Brynne hob ihren Kopf und unterbrach mich: „Du weißt doch, dass es mich nicht stört."

„Dieses Mal stört es dich vielleicht", sagte ich, „denn wir müssen bald zum Haus von Freddy und Hannah und den Gästen guten Morgen sagen, die über Nacht geblieben sind." Ich rieb mit dem Daumen über den Bluterguss, der zwischen Nacken und Ohr aufblühte, und fragte mich, was sie sagen würde, sobald sie einen Blick darauf warf. „Was soll ich sagen … Ich bin ein Biest."

„Du bist *mein* Biest. Es ist mir egal, mit was du mich gekennzeichnet hast. Im Notfall kann ich den Knutschfleck mit den Haaren verdecken." Sie legte sich wieder hin und kuschelte sich mit einem sexy Gähnen an mich.

„Da ist aber jemand müde."

„Na ja, was hast du erwartet? Schließlich haben wir in der letzten Nacht nicht sehr viel Schlaf abbekommen", erwiderte sie. Gleichzeitig hob sie die Hand zu meinen Rippen, als hätte sie eine Kitzelattacke geplant.

Mit einer Hand umfasste ich ihr Handgelenk und unterband ihre Attacke, während meine andere eine ihrer hinreißenden Pobacken packte. Das Gefühl ihrer weichen Kurven machte die Welt zu einem besseren Ort. „Wir sollten wahrscheinlich aufstehen, Baby", erinnerte ich sie. Ich war genervt, dass wir nicht einfach im Bett bleiben und die nächsten Stunden mit Schlafen und Sex verbringen konnten.

„Habe ich dich gerade richtig gehört? Wer hatte denn die glorreiche Idee, diese extravagante Hochzeit auf die Beine zu stellen – inklusive der Übernachtungsgäste und dem Frühstück am nächsten Morgen, hmm? Ich ganz sicher nicht."

Sie hatte den Nagel auf den Kopf getroffen. Unsere Hochzeit hatte eher einem Event geähnelt, auf das wir beide hätten verzichten können. Zu dem Zeitpunkt der Hochzeitsplanung hatte die Größenordnung allerdings Sinn gemacht. Ich hatte so viel Aufmerksamkeit gewollt wie möglich. Je berühmter die Gäste waren, desto höher war die Wahrscheinlichkeit, Brynne vor ihrem Stalker zu beschützen. Während der Planung hatte keiner damit gerechnet, dass es sich bei dem Wahnsinnigen um Karl Westman handelte. Ich hatte die Befürchtung gehabt, dass höhere Instanzen involviert waren. Zu guter Letzt hatte ich nicht vollkommen falsch gelegen: Westman war von dem US-amerikanischen Secret Service niedergestreckt worden. Gefahr aufgespürt und eliminiert. Von professionellen Experten, die darin Erfahrung hatten, eine Person verschwinden zu lassen.

Zu der Zeit, in der Westman ausgeschaltet wurde, waren unsere Hochzeitspläne im vollen Gange gewesen und Pressemitteilungen wurden in Klatschmagazinen veröffentlicht. Es war zu spät gewesen, alles rückgängig zu machen und die Gästeliste zu ändern. Wir hatten uns schlicht und einfach an den Originalplan gehalten: Große Hochzeit, viele Partys, Wochenendgäste und ein aufwendiger Abschied in die luxuriösen Flitterwochen nach Italien. Informationen wurden mit Bedacht publiziert, um Brynnes Status als Ehefrau eines Elitekämpfers und Bodyguards zu unterstreichen, der Verbindungen zur britischen Regierung hatte.

Und das Wichtigste: Es war offenbar gerade trendy, auserlesene Gäste über Nacht im Haus zu haben, damit sie dem Ehepaar einen guten Morgen wünschen konnten. Ich unterdrückte ein Schnauben. Ich konnte es nicht erwarten, sie von dem Trubel wegzureißen und sie nur für mich alleine zu haben: Alleine in unserer kleinen Welt, wo alles sicher und friedvoll war, und wir wieder Kraft tanken konnten.

Ich lächelte sie an und küsste ihre Nasenspitze. „Es war meine Idee, meine Schöne. Ich nehme die gesamte Schuld auf mich."

Sie neigte den Kopf und öffnete ein Auge. „Dafür, dass du mich während der Hochzeitsnacht ausgelaugt hast, oder für die riesige, hektische Hochzeit, die keiner von uns beiden wollte?"

Ihre Logik brachte mich zum Lachen. „Beides. Schuldig in allen Anklagepunkten, Mrs. Blackstone."

„Okay. Deine Strafe soll darin bestehen, die Dusche anzumachen und mich in die Kabine zu tragen. Ich bezweifle nämlich, dass ich laufen kann. Du weißt ja, was deine Orgasmen mit mir anstellen."

Das wusste ich allerdings. Normalerweise schlief sie für ein paar Minuten ein. „Ich weiß nicht, ob *ich* nach diesem epischen Fick laufen kann, aber ich werde einen Versuch wagen." Ich rollte vorsichtig von ihr runter und setzte mich auf die Bettkante. „Ich bin hochgradig motiviert, Baby. Immerhin will ich dich an einen Ort entführen, an dem ich dich ganz für mich allein habe." Ich nahm mein Handy in die Hand und checkte die Zeit. „Und um dieses Ziel zu erreichen, muss ich dich in genau fünf Stunden in ein Flugzeug kriegen, das uns mit Vollgas an die italienische Küste bringt. Wenn ich vorher mit ein paar Leuten frühstücken muss, damit dieses Ziel Realität wird, dann ist das eben so. Was ich aber mit hundertprozentiger Sicherheit weiß: Wenn ich es hinbekommen hätte, wären wir schon vor langer Zeit rausgeschlichen und auf dem Weg nach Italien."

Brynnes einzige Reaktion bestand darin, mich liegend zu beobachten. Ich stand auf und ging ins Badezimmer, um das Wasser anzustellen. Als ich zurückkam, hatte sie sich keinen Millimeter bewegt: Sie lag einfach nur da, das Bettlaken zwischen ihren Beinen.

Ihre Haut berauschte mich noch immer durch ihren bezaubernden Rosaton, den sie aufwies, seit sie in meinen Armen erschauert war. So wunderschön, dass ich nicht wusste, mit was ich sie vergleichen sollte. Brynne war die wahrgewordene Definition von Schönheit – so wie jetzt, wenige Minuten, nachdem ich sie zum Höhepunkt geführt hatte.

Ihre Augen schweiften über meinen Körper. Sie sah und evaluierte, wie sie das so oft tat, wenn wir nackt waren. Mein Mädchen liebte es hin und wieder, ihre zügellose Neigung herauszulassen. Wenn wir uns nicht gerade erst den Verstand aus dem Gehirn gefickt hätten, würde mein Schwanz bei ihrem anzüglichen Blick um ihre Aufmerksamkeit betteln. Brynne konnte so viel ausdrücken, ohne jemals ein Wort zu sagen. Eines werde ich wahrscheinlich nie verstehen: Wie schaffte sie es, mich mit nur einem einzigen Blick so heiß zu machen? Ich war lediglich der glückliche Bastard, der die Lorbeeren erntete.

Wir betrachteten einander; keiner war bereit, den Blick abzuwenden – schon gar nicht, als sie ihr Lächeln zum Besten gab. Ein Lächeln, so unauffällig und sanft, das Zufriedenheit zum Ausdruck brachte. Sie freute sich auf den wolkenfreien Himmel in unserer Zukunft.

„Du bist gerade so niedlich, Mr. Blackstone."

Ich schüttelte den Kopf. „Ich kann an sehr viele Wörter denken, die mich im Moment beschreiben würden, und *niedlich* gehört definitiv nicht dazu." *Fuchsteufelswild und verzweifelt vielleicht, aber auf keinen Fall ‚niedlich'.*

„In meinen Augen bist du das", sagte sie. „Du bist so frustriert, dass du gleich unter Menschen gehen und zivilisiert sein musst. Du musst für diese *Leute*, wie du sie nennst, eine Show abgeben. Leute, die zu unseren Familien und engsten Freunden zählen, und die sich nur das Beste für uns wünschen und uns mit Stil in die Flitterwochen entsenden wollen."

„Ich weiß", sagte ich. „Ich will dich im Moment einfach nicht teilen … mit niemandem." Und das wollte ich wirklich nicht. Wenigstens war ich ehrlich.

Brynne streckte ihre Arme nach mir aus. Ich hob sie hoch, drückte sie gegen meine Brust und umfasste ihren Hintern mit den Händen, als sie ihre Beine um meine Hüfte schlang. Mit ihr um meinen Körper gewickelt lief ich ins Badezimmer. Auf dem Weg dorthin verließen meine Lippen nicht eine Sekunde die ihren. Und ich musste es wissen: Ich zählte jede Einzelne, bis mein Wunsch in Erfüllung gehen würde und ich sie ganz für mich allein hätte.

NATÜRLICH GAB ES Sticheleien, Gegröle und ein Pfeifkonzert, als wir für das Morgen-danach-Frühstück auf Hallborough eintrafen. Ethan wäre am liebsten aus dem Fenster und in die Freiheit geklettert. Ich versuchte ihm daraufhin, diese Aktion auszureden und erinnerte ihn gleichzeitig daran, wie glücklich es unsere Familie und Freunde machte, uns heute Morgen zu sehen. Trotz einiger Gegenwehr hatte er mir letztlich zugestimmt. Ich konnte sehr überzeugend sein.

Die Gesichtsausdrücke und die wissenden Blicke unserer Lieben über das, was Ethan und ich die Nacht getrieben hatten, waren zu viel für meinen Geschmack. Mir gefiel es nicht, wenn Menschen darüber nachdachten, was man in den eigenen vier Wänden trieb. Obwohl ich wusste, warum das der Fall war, konnte diese Erkenntnis nicht an meinen Empfindungen rütteln.

Ich versuchte zu lächeln und glücklich auszusehen, doch der Gedanke, dass die Leute in diesem Raum an die sexuellen Abenteuer von meinem Ehemann und mir dachten, machte mich defensiv. Ethans Fluchtplan durchs Fenster klang immer verlockender; Bilder dieser

Flucht realisierten sich vor meinem geistigen Auge und ich konnte schon beinahe eine Brise der italienischen Küste auf meiner Haut wahrnehmen. Ich wurde aus meinen Träumen gerissen, als Ethan seine Hand an meiner Hüfte festigte. Er musste meine Zurückhaltung bemerkt haben und flüsterte schließlich: „Vier Stunden, meine Schöne. Wir schaffen das." Er presste einen Kuss auf meine Schläfe und dann führte er mich weiter in den Raum.

Unabhängig von den Pflichten, die wir gegenüber unseren Gästen hatten, war mir sehr wohl bewusst, wie viel sich Hannah für unser Glück ins Zeug gelegt hatte. Zusammen mit unserem Hochzeitsplaner und Elaina hatten sie alle dafür gesorgt, dass das Event ohne Zwischenfälle oder Katastrophen über die Bühne gebracht wurde. Ich war mehr als zufrieden, wie die Hochzeit abgelaufen war, und gerade deswegen sollte ich glücklich sein.

Es fehlte nur eine Sache. Na ja, eine Person. Allerdings konnte mir in diesem Fall niemand helfen. *Ich hab dich lieb, Dad.*

Im Ballsaal auf Hallborough standen Tische mit cremefarbenen Tischdecken, lilafarbenen Blumen und altem Silberbesteck, das ein halbes Vermögen wert sein musste. Dass Ethan und ich bald in Nachbarschaft mit Freddy, Hannah und ihren drei wundervollen Kindern leben würden, machte mich wahnsinnig glücklich. Die Familie in der Nähe zu haben, jemanden auf den Verlass war, bedeutete mir einfach alles. Und sie hatten bereits so viel für uns getan. Ich freute mich schon darauf, sie noch besser kennenzulernen und Zeit mit ihnen zu verbringen.

Im glorreich geschmückten Raum lief ich mit meinem *Ehemann* an der Seite von Grüppchen zu Grüppchen. Wir bedankten uns bei jedem, dass sie für die Festlichkeiten nach Hallborough gekommen waren. Ohne sich groß Mühe zu geben, sah Ethan wie immer hinreißend aus. Seine noch immer feuchten Haare lockten sich im Nacken seines cremefarbenen Pullovers, den er mit einer ausgewaschenen Jeanshose und butterweichen, karamellfarbenen Lederschuhen kombinierte. Ethan bewältigte den lässigen Look genauso spielend wie den formellen und festlichen mit Anzügen. Mir lief das Wasser im Mund zusammen.

Nach unserer Dusche hatten wir uns flott angezogen und waren hergefahren, um letzte Unterhaltungen mit unseren Gästen zu führen, bevor wir in die Flitterwochen aufbrachen. Wir hatten auf ein ungezwungenes Frühstück bestanden, weshalb Ethan eine Jeans trug und ich mit einem weißen Sommerkleid und Lederwedges daherkam. Auch meine Haare trug ich dem Anlass entsprechend offen. Ethan hatte nicht gelogen: Seitlich an meinem Hals prangte ein riesiger Knutschfleck und ich hatte nicht das Bedürfnis, auch noch dieses Detail meiner Hochzeitsnacht mit den anderen zu teilen. Dieser Anblick würde ihnen nur noch mehr Zündstoff für das Wie und Was unseres nächtlichen Treibens geben. Weiß Gott, für so einen Schwachsinn wollte ich meine Privatsphäre nicht hinhalten.

Mich überraschte immer wieder aufs Neue die Reue, die Ethan überkam, wenn er mich kennzeichnete. Für einen Mann, der beim Sex derart dominant war, sorgte er sich sehr um mich. Zum wiederholten Male musste ich ihm klarmachen, dass ich ihm sagen würde, falls er zu weit ging. Ich bin mir allerdings nicht sicher, ob er mir wirklich glaubte. *Oh, Ethan, was soll ich nur mit dir machen?*

Während des Rundgangs ließ er seine Hände nicht von mir ab. Bei jeder Gruppe hatte er einen Arm um meine Hüfte geschwungen oder eine Hand auf meinem Rücken. Er platzierte Küsse auf meiner Schläfe oder meinen Haaren, und rieb mir über meinen nackten Arm, wenn wir wie bestellt und nicht abgeholt herumstanden. Er schien diese Berührungen zu brauchen. Aus irgendeinem Grund hatte der Gedanke, dass er mich für sein eigenes Wohlbefinden berühren musste, auch eine heilende Wirkung auf mich. Ich fühlte mich geliebt und überaus wertgeschätzt, als wir unsere Runde drehten und uns bei allen Gästen bedankten.

Sogar meine Mutter konnte sich für uns freuen.

„Oh, Liebling, das ist wirklich ein hübsches Kleid für den heutigen Tag. Ich liebe es, was der Designer mit dem Saum gezaubert hat", sprudelte es aus ihr heraus.

Der Saum? Echt jetzt? „Ahh, ähm, danke, Mom. Du weißt ja, wie ich bin: Ich mag die Dinge eben brutal simpel", sagte ich ihr bei einer Umarmung. Es entging mir nicht, dass Ethan und meine Mutter sich nicht begrüßten. Die beiden hatten eine Art Waffenstillstand. Sie waren immerhin intelligent genug, die Hochzeit ohne Drama überstehen zu wollen. Armer Ethan; er hatte sich mit mir ein Schwiegermonster angelacht und musste sie jetzt für alle Ewigkeit ertragen.

Meine Mutter runzelte die Stirn bei meiner Antwort. Es war nur ein kleines Runzeln, weil ihr straffes Gesicht nicht wie das einer vierundvierzigjährigen Frau wirkte. „Im Moment kannst du natürlich noch alles tragen, Brynne. Das solltest du ausnutzen, solange es noch möglich ist." Als die Worte ihren Mund verließen, erkannte meine Mutter ihren Fehler und zupfte nervös an meinen Haaren herum. Sie hatte es geschafft, meine Schwangerschaft anzusprechen, ohne direkt auf den Elefanten im Raum zu zeigen. Bravo, Mom. Wieso konnte sie nicht ein bisschen mehr wie Tante Marie sein? Marie verurteilte niemanden und gab mir niemals das Gefühl, eine verantwortungslose Schlampe zu sein, nur weil ich vor meiner Hochzeit schwanger geworden war. Sie würde die Tatsache willkommen heißen, in wenigen Monaten zur Großmutter zu werden. „Ich verstehe nicht, warum du deine Haare nicht hochsteckst, Liebling. Das würde dem Ganzen einen eleganten –"

Moms Augen weiteten sich. Dann ließ sie von meinen Haaren ab, als würde sie radioaktiven Müll zwischen den Fingern haben. Meine Haare fielen wieder auf meine Schultern und meine Mutter schob Frank zu mir, um mir meine Glückwünsche auszurichten. Der Knutschfleck hatte sie wirklich geschockt. Ich war eine böse Tochter, denn ich stellte mir gerade vor, wie es wäre, ihr von dem berauschenden Moment zu erzählen, in dem der Knutschfleck entstanden war. Gerade wünschte ich mir nichts sehnlicher als mir einen von diesen Mimosas zu gönnen, den alle zu trinken schienen.

Mein Stiefvater Frank küsste mich auf die Wange und sagte mir, was für eine wunderschöne Braut ich gewesen war. So sehr ich seine Geste auch schätzte, fühlte ich bei seinen Worten ein Stechen in meinem Herzen. Ich vermisste meinen Vater. Und ich würde ihn nie wiedersehen.

Ethan bedankte sich bei beiden fürs Kommen. Er fühlte, dass ich weitergehen wollte. Er wusste immer genau, was ich brauchte. Ich war so unendlich erleichtert, als wir uns auf den Weg zu Neil und Elaina machten.

Mit einem herzlichen Klaps auf Ethans Rücken neckte Neil: „Du kannst noch laufen, Kumpel."

„Das kann ich." Ethan erwiderte mit einer dieser Umarmungen, die nur Männer zu tun schienen: halb Umarmung und halb Schlag auf den Rücken.

Ich war mir sicher, dass Neil mit seinen spitzen Bemerkungen noch nicht durch war. Ich hatte die beiden Freunde bereits in Aktion gesehen und sie ließen sich keine Gelegenheit entgehen, einander aufs Korn zu nehmen. „Wie hat er sich denn angestellt, Brynne?", fragte Neil glucksend. „Nebenbei bemerkt: Du strahlst heute Morgen geradezu."

Elaina schlug ihrem Verlobten gegen den Arm und gab ihm zu verstehen, sich zusammenzureißen.

Ich lachte und sagte ihm, dass eine Lady derartige Dinge nicht ausplauderte. Dann akzeptierte ich von zweien unserer engsten Freunde Umarmungen und Küsse auf die Wangen. Neil war Ethans Geschäftspartner bei Blackstone Security und Elaina und ich hatten uns gleich von Anfang an gut verstanden. Die beiden wohnten in London direkt gegenüber von uns und wir verbrachten sehr viel Zeit miteinander – sei es ein Abendessen oder einfach abends vor dem Fernseher.

„In sechs Wochen werden wir dieses Theater wiederholen und dann werden wir den Spieß mit der Hochzeitsnacht umdrehen", sagte ich zu Neil und erinnerte ihn damit daran, dass sein großer Tag kurz bevorstand.

Sofort breitete sich auf Neils Gesicht ein breites Grinsen aus. Er zog Elaina an seinen riesigen Körper und sagte: „Ich weiß und ich zähle bereits die Tage, bis ich aus Elaina eine ehrbare Frau machen kann."

„Ha, eher andersrum, mein Freund. Elaina wird aus dir einen ehrbaren Mann machen", schoss Ethan zurück.

„Auch wieder wahr. Ich bin froh, dass du Brynne auf diese Weise endlich nach Schottland bringen und ihr das Anwesen zeigen kannst."

„Eins kannst du mir glauben, Neil: Im Moment hätte ich wirklich nichts dagegen, wenn wir uns in Schottland bei *deinem* Hochzeitsfrühstück befinden würden", sagte ich ihm ehrlich.

Ich fand Ethans Blick und wir teilten ein geheimes Lächeln, da die Übernachtung mit dem Frühstück eigentlich die Idee von den beiden gewesen war. Neil gehörte in Schottland ein Anwesen und auch seine Gäste würden dort übernachten. Zu der Zeit hatte die Idee wirklich gut geklungen.

„Warum?", fragten Neil und Elaina gleichzeitig.

„Das werdet ihr schon sehen", antworteten Ethan

und ich mit unschuldigen Mienen.

♥

„UND WO IST GABY? Ich will mich auch von ihr verabschieden." Zum wiederholten Male suchte ich den Raum nach ihr ab, aber ich konnte sie nirgends entdecken.

„Das ist wirklich eine gute Frage", antwortete Ethan. „Und wenn wir schon mal dabei sind: Wo ist Ivan?"

Ich zuckte mit den Schultern. „Sieht so aus, als hätten sich unser Trauzeuge und unsere Trauzeugin auf und davon gemacht." Ich kicherte. „Ob sie sich vielleicht an denselben Ort verzogen haben? Das wäre doch eine interessante Wendung."

„Wäre es. Gabrielle ist auf jeden Fall Ivans Typ."

„Ich könnte schwören, dass ich gestern Funken zwischen den beiden habe sprühen sehen. Ben war bei mir und wir haben die beiden beim Fotoshooting mit Simon beobachtet. Denkst du, dass meine Freundin und dein Cousin etwas am Laufen haben?"

„Wenn es stimmt, dann hat mir Ivan nichts darüber gesagt. Allerdings erinnere ich mich an einen Vorfall bei der Mallerton Gala. Der Alarm plärrte unaufhörlich und ich habe mich immer gefragt, was an dem Tag passiert ist: Als das Gebäude evakuiert wurde, kamen beide wenige Sekunden nacheinander aus derselben Richtung. Du hättest sie sehen sollen. Ich könnte mir gut vorstellen, dass sie … naja …"

„Warum hast du mir davon bisher noch nichts erzählt, Ethan?" Ich schüttelte ungläubig den Kopf. „Männer. Unglaublich. Sowas könnt ihr doch nicht einfach für euch behalten."

„Zu dem Zeitpunkt waren meine Gedanken woanders, Baby. Ich war damit beschäftigt, *dich* zu finden." Er zog mich an sich, presste einen harten Kuss auf meine Lippen und ließ mich vergessen, dass wir uns in einem Raum voller Menschen befanden. Jedenfalls, bis jeder im Raum gegen sein Glas zu schlagen schien und ein klirrender Chor an meine Ohren trat. Ich wurde rot und hörte, wie Ethan stöhnend von meinen Lippen abließ und etwas in die Richtung von „nur noch vier Stunden" murmelte.

„Da seid ihr ja. Mr. und Mrs. Blackstone sind endlich hier." Ethans Vater Jonathan öffnete die Arme und umarmte uns beide gleichzeitig. „Ihr habt es getan. Habt ihr gut gemacht, wenn ich das mal so sagen darf." Er küsste mich auf die Wange. Dann gab er Ethan einen Klaps auf den Rücken und sah ihm direkt in die Augen, von Mann zu Mann. Vater und Sohn teilten einen besonderen Augenblick miteinander, eine lautlose Kommunikation und dennoch war ich mir sicher, dass sie sich verstanden.

Ich konnte nur erraten, was in den Köpfen der beiden vorging, aber natürlich hatte ich ein paar Theorien. Ich nahm an, dass sie an Ethans Mutter dachten. An diesem besonderen Tag des Lebens ihres Sohnes war sie im Herzen bei ihm. Jonathan hob für den Bruchteil einer Sekunde den Kopf gen Decke, bevor er Ethan zunickte. Ich sah, dass Ethan die Geste erwiderte und spürte, wie er meine Hand drückte.

Die Hand, die er während dieses privaten Momentes mit seinem Vater niemals losgelassen hatte.

Jetzt waren wir verheiratet. Unser Eheleben hatte an einem Sommertag im August seinen Anfang gefunden – nur vier Monate nach unserem ersten Aufeinandertreffen. Das Schicksal hatte eingegriffen und so den Beginn unserer gemeinsamen Reise in einer Galerie in London angestoßen. Unsere Leben wurden für alle Zeiten geändert.

KAPITEL 4

30. August
Italienische Riviera

Die italienische Sonne über der Stadt Porto Santo Stefano wärmte mich. Obwohl der Anblick über die felsige Umgebung in der kleinen Bucht atemberaubend war, sträubte ich mich dagegen, meine Augen zu öffnen. Mir war so schön warm. Alles war perfekt. Ich fühlte mich zu wohl, als das ich an etwas Anderes denken konnte. Ich wollte nur noch jenen ruhigen Moment genießen. Was für einen Unterschied ein paar Tage ausmachen konnten.

Ethan und ich konnten endlich entspannen. Wir mussten uns keine Gedanken mehr über Hochzeitsvorbereitungen machen, was passieren könnte oder was uns bereits passiert war.

Mein Leben hatte keine Ähnlichkeit mehr zu dem Leben, das ich vor vier Monaten geführt hatte. Nicht, dass mich das stören würde. Schließlich liebte ich meinen Ehemann, und nachdem sich der anfängliche Schock bezüglich meiner Schwangerschaft gelegt hatte, war ich auch in die Idee verliebt, Mutter zu werden.

Ich legte eine Hand auf meinen Bauch und rieb sanft

über die kleine Erhebung. Für zwei Tage würden wir noch einen Pfirsich haben, danach folgte die Zitronen-Phase. Mein nächster Termin mit Dr. Burnsley war erst wieder in einem Monat angesetzt. Zu diesem Zeitpunkt sollte es schon möglich sein, das Geschlecht zu erkennen. Ich war allerdings dazu entschlossen, mir die Überraschung nicht zu verderben. In diesem Punkt würde mich niemand umstimmen können. Ich hatte nichts dagegen, wenn Ethan es wusste; jedoch hatte ich ihm deutlich zu verstehen gegeben, dieses Wissen besser für sich zu behalten. Nachdem ich diese Drohung ausgesprochen hatte, sah er mich mit einem Ausdruck an, der zu sagen schien: *Ich liebe dich, aber im Moment machst du mir tierische Angst, Baby.* Danach hatte er sofort das Thema gewechselt. Ein typischer Mann eben. Und er war *mein* Mann. Ganz allein mein. Zusammen würden wir den Weg zur Elternschaft schon überstehen.

Hier war ich nun, hegte verschiedenste Gedanken und sonnte mich an einem privaten Strand in Italien, der zu einer exklusiven Villa gehörte. Im Moment wartete ich darauf, dass mir mein Mann nach dem Schwimmen ein kühles Getränk brachte. *Das Leben konnte nicht besser sein, Mrs. Blackstone.* Ich konnte immer noch nicht glauben, dass ich jetzt diesen Namen trug. Ethan stellte natürlich sicher, dass ich meinen neuen Namen nicht vergaß: Er sprach mich ständig damit an.

Ich warf einen Blick auf meinen Ehering und drehte ihn um meinen Finger. *Ich bin jetzt verheiratet. Mit Ethan. Ende Februar werden wir ein Baby bekommen.* Ob ich jemals realisieren würde, dass all das kein Traum war?

Ich drehte meinen Kopf auf die andere Seite und schloss wieder meine Augen. Ich wollte so viel italienische Sonne wie möglich tanken, die im Gegensatz zu unserer Heimatstadt hier so großzügig schien. Der Herbst in London stand kurz bevor. Düstere Wintermonate würden folgen. Und daher war es für Londoner ein Muss, jeden einzelnen Sonnenstrahl aufzunehmen.

Mein Verstand wanderte, verlor sich an Orten, an denen ich glücklich und sorgenfrei war. Die anderen Gedanken versuchte ich in dem unheimlichen Schrank wegzusperren, den ich nicht gerne öffnete. Der Schrank, in dem das Böse Staub ansetzte – Momente meines Lebens, Verlust und Trauer und Entscheidungen, die ich bereute und die mit unangenehmen Konsequenzen einhergingen.

♥

EISIGE TROPFEN fielen auf meine Schulter und rissen mich aus meiner Trance am Strand. Ethan musste mit meinem Getränk zurücksein. Ich öffnete ein Auge. Mit seinem Körper blockierte er die Sonne; weil er mich der herrlichen Wärme beraubte, setzte ich einen mürrischen Gesichtsausdruck auf. *Gott*, ich konnte ihm nicht lange böse sein. Was für ein wunderschöner Mann er doch war. Niemals würde ich mich an seinen definierten Muskeln und seiner goldbraunen Haut sattsehen können. Und die Tatsache, dass ihm die Meinungen anderer über ihn am Arsch vorbeigingen, machte ihn noch unwiderstehlicher! Ethan war kein Schönling, der aus der Bewunderung eben dieser Befriedigung zog. Im Gegenteil: Obwohl er überall auf Bewunderer stieß, egal ob Frau oder Mann, schien er die bewundernden Blicke nie zu bemerken.

„Was hast du mir mitgebracht?", murmelte ich.

Er ignorierte meine Frage und gab mir die kalte Wasserflasche. „Es ist an der Zeit für mehr Sonnencreme. Du wirst rot."

„Das sagst du doch nur, damit du mich mit deinen Händen berühren kannst", sagte ich.

Neben meinem Handtuch kniete er sich hin und zog eine Augenbraue hoch. „Da hast du verdammt nochmal recht, meine Schöne."

Ich nahm einen Schluck von dem Wasser und schloss meine Augen, als er kühlende Sonnencreme auf meinen Schultern und den Armen verteilte. Ich liebte es, seine großen Hände auf meinem Körper zu spüren. Ich genoss jede Sekunde: Seine Hände. Seine Berührung. Das Gefühl seiner Hände auf meiner Haut machten mich wahnsinnig.

Es wunderte mich nicht, dass jeder seiner Annäherungsversuche bei mir von Erfolg gekrönt war. Das war von Anfang an der Fall gewesen: Sein heißer Blick, der mich in der Andersen Galerie gefesselt hatte. Seine Überzeugungskraft, bis er mich in seinem Rover nachhause fahren konnte. Seine Sturheit, mir etwas zum Essen und zum Trinken zu geben, das er kurz zuvor gekauft hatte. Der erste kontrollierende Kuss im Flur des Shire-Gebäudes. Die Freiheit, die er sich herausnahm, um mich zu berühren – so als ob das sein gutes Recht wäre.

Ethan hatte schon zu Beginn genau gewusst, was er wollte. Mich. Und jetzt hatte er mich.

Ethans ‚Inbesitznahme' hatte sich auf eine Weise vollzogen, der ich mir von Anfang an bewusst war. Ich verstand sein Vorgehen, obwohl ich nie verstanden hatte, wie sich ein Mann wie er für mich interessieren konnte. Trotz allem hatte es sich immer richtig angefühlt, mein Schicksal mit Ethan James Blackstone zu akzeptieren. Jedes Mal, wenn er mich berührte, machte er seine Besitzansprüche deutlich. Und es fühlte sich himmlisch an.

„Das fühlt sich so gut an."

„Dem stimme ich zu", flüsterte er. „Und jetzt dreh dich um."

Ich rollte auf den Rücken und hob den Arm, um die Sonne abzuschirmen. Behutsam cremte er mich ein und stellte sicher, dass er auch jede Stelle abgedeckt hatte. Als er bei meinen Brüsten ankam, schob er seine talentierten Finger unter das Bikinioberteil und rieb über meine empfindlichen Nippel – vor und zurück, bis sie sich aufrichteten und ich erschauerte.

„Willst du etwa in der Öffentlichkeit dein Glück mit mir versuchen?", fragte ich.

„Nicht im Geringsten." Er lehnte sich vor, küsste mich und fuhr fort: „Ich will mein Glück mit dir an einem *privaten* Strand versuchen, an dem uns keiner stören wird."

Seine Hände wanderten zu den Trägern und schoben sie über meine Schultern. Er entblößte meine Brüste und im nächsten Moment spürte ich seine Bartstoppeln in der Nähe meiner Nippel. Beim ersten Kontakt schoss ein Blitzschlag durch meinen Körper. Das war sicherlich auf die Schwangerschaft zurückzuführen. Meine überempfindlichen Nippel gewöhnten sich schnell an seine Berührungen und nach einer Weile fühlte sich das Saugen und Knabbern seiner Lippen und Zähne so berauschend wie immer an. Meine Hände fanden ihren Weg in seine Haare, als er Küsse auf meinen Brüsten verteilte und mir die Aufmerksamkeit gab, nach der ich mich sehnte.

„Nur damit du es weißt, Blackstone: Es wird keinen Sex an diesem Strand geben."

„Aber, Baby, sag sowas nicht. Ich hatte für die Flitterwochen geplant, mehr als nur einmal heißen Sex am Strand zu haben."

„Na ja, wenn du dir eine Chance ausmalen willst, dann solltest du es noch einmal probieren, nachdem die Sonne untergegangen ist. Es ist mitten am Tag und es könnte uns jeder Dahergelaufene beobachten. Ich habe kein Interesse daran, mich der Öffentlichkeit auf diese Weise zu präsentieren. Hast du noch nie diese Shows gesehen, bei denen versteckte Kameras Leute beim Strandsex filmen?"

Er rollte mit den Augen und schüttelte den Kopf. „Aber es ist keine Menschenseele zu sehen. Es gibt nur den Sand, das Meer und uns." Er ließ anzüglich die Augenbrauen auf und ab springen.

„Du bist verrückt; ich hoffe, das ist dir klar." Mit

Daumen und Zeigefinger packte ich sein Kinn und zog ihn zu einem Kuss an meine Lippen.

Er lachte und beobachtete, wie ich die Bikiniträger wieder an ihren Platz schob, um mich zu bedecken. „Und du bist wahnsinnig schön, wie du hier in deinem Bikini auf diesem Handtuch liegst. Es sollte verboten werden, so etwas zu tragen."

Ich lächelte bei seinem Kompliment und hoffte, dass es der Wahrheit entsprach. Ich legte eine Hand auf meinen Bauch. „Bald werde ich keinen Bikini mehr tragen können."

Er legte seine Hand auf die meine. „Du kannst mir ruhig glauben: Du siehst wunderschön aus. Unser kleiner Pfirsich würde mir zustimmen." Er senkte den Kopf und richtete die nächsten Worte an meinen Bauch. „Pfirsich? Ich bin's, dein Dad. Sag deiner Mami, wie wunderschön sie in ihrem Bikini aussieht, okay?"

Ich lachte. Er war einfach bezaubernd. Wenn das überhaupt möglich war, liebte ich ihn in diesem Moment noch mehr als vor einer Minute.

Er presste ein Ohr gegen meinen Bauch und hielt inne, als würde er auf eine Antwort warten. Dann nickte er ein paar Mal zustimmend. „Richtig. Also, Baby, Pfirsich stimmt mir zu, dass du wunderschön aussiehst. Ich bin mir ziemlich sicher, dass es keinen Sinn macht mit einem Baby zu argumentieren, das noch nicht auf die Welt gekommen ist."

Ich entließ einen zufriedenen Seufzer. „Ich liebe dich, verrückter Ehemann."

„Ich liebe dich auch, wunderschöne Ehefrau", sagte er mit einem verheißungsvollen Grinsen. „Ich denke trotzdem, dass wir am Strand wenigstens einmal Sex haben sollten, bevor wir wieder nach Hause fliegen."

„Oh, mein Gott, kannst du an nichts anderes denken?" Ich schüttelte ungläubig den Kopf. „Wir müssen ein Hobby für dich finden."

Er warf den Kopf in den Nacken und lachte. „Baby,

mein Hobby besteht darin, mit dir Sex zu haben. Ich dachte, das wäre offensichtlich."

Ich kitzelte ihn an den Rippen. „Ich finde, Gartenarbeit klingt gut. Oder vielleicht kannst du Raufußhühner jagen."

Er packte meine Hand und unterband meine Kitzelattacke. „Ich habe nichts dagegen, in deinem Garten zu spielen", murmelte er zwischen kleinen Küssen auf meine Lippen. „Oder deine Hühner zu jagen."

Ich kuschelte mich an ihn, platzierte meinen Kopf unter seinem Kinn und spürte die feinen Haare an meiner Wange. Ich atmete seinen Duft in meine Nase und sagte: „Du machst mich so glücklich, Ethan."

Meine Worte schienen etwas in ihm auszulösen, denn noch nie hatte ich ihn so schnell reagieren sehen.

Ethan hob mich in seine Arme und sagte: „Wickle deine Beine um meine Hüfte."

Beim Verlassen des Strandes küssten wir uns, ohne auch nur einmal Luft zu holen – als könnten wir unser Überleben nur mit dem Atem des anderen sichern. Ethans Kraft hatte mir schon immer den Atem geraubt. Dass er mich in seinen Armen zur Villa trug, hatte die gleiche Wirkung auf mich. Ich war erregt. Schon wieder.

Die nächsten Stunden verbrachten wir im Bett, in dem wir Liebe miteinander machten. Wir ließen uns nicht stressen und genossen die Nähe des jeweils Anderen in vollen Zügen.

♥

„WAS WOLLEN wir zum Abendessen machen? Soll ich kochen?"

„Nein", antwortete er.

„Es macht mir nichts aus, Ethan. Die Küche ist der Wahnsinn und der Kühlschrank ist bis oben hin vollgepackt."

Ethan spielte mit meinen Haaren und fuhr mit den Fingern durch meine Strähnen. Das machte er oft – eine gedankenverlorene Berührung, wenn wir zusammen im Bett lagen. Ich hatte das Gefühl, dass ihm das mehr bedeutete, als mir bewusst war: Es schien ihn zu entspannen; vielleicht auch, weil diese Art der Berührung mit nichts Sexuellem verbunden war. Ethan liebte es, mich zu berühren. Immer und überall.

„Du bist hungrig."

Ich nickte und diese Reaktion spürte er an seiner Handfläche. „Mein Appetit ist zurückgekehrt. Jetzt brauche ich Nahrung, damit das Baby in mir wachsen kann. Und Nachtisch." Ich pikste ihm in die Rippen, um ihn in Bewegung zu bringen.

„Du kannst so frech sein ... und ungeduldig", neckte er mich. „Aber ich bin nicht so dumm, einer schwangeren Frau Essen vorzuenthalten –"

„– ganz zu schweigen vom Nachtisch", wollte ich ihn mit einem weiteren Piksen erinnern, das er mit Leichtigkeit vereitelte.

„Ich werde dich heute Abend ausführen. Ich will nicht, dass du kochst. Und ich bin mir sicher, dass wir für mein Mädchen ein dekadentes Dessert finden werden."

„Das klingt perfekt. Danke dir, Baby. Du bist so gut zu mir." Ich bot ihm meine Lippen für einen Kuss an, doch er küsste mich nicht. Stattdessen glühten seine Augen auf eine Weise, die sündhafter nicht sein konnte. Dann landete seine Hand auf meinem Hintern. Ein verspielter Klaps, der ihn zum Grinsen brachte. „Du solltest besser deine köstliche Pussy in die Dusche bewegen, bevor es mich erneut überkommt, dich zu meiner Mahlzeit zu machen."

Ich rutschte aus dem Bett. Bevor ich meinen liebevollen, aber kontrollsüchtigen Ehemann in all seiner glorreichen Nacktheit zurückließ, platzierte ich einen Finger auf seiner Brust. Ich schenkte ihm einen verführerischen Augenaufschlag, umfasste meine Brüste, zwickte meine Nippel und leckte über meine Lippen.

Er konnte den Blick nicht von mir nehmen. Während meiner Sex-Show lag er so still, dass ich arg am Zweifeln war, ob er überhaupt noch atmete. Mein Finger fand einen seiner Nippel. Ich umkreiste diesen, bevor ich mit der Fingerspitze nach unten wanderte, über seinen Sixpack und seinen Bauch glitt, nur um am Ende seines köstlichen Vs auf den Quell unserer Freude zu stoßen.

Seine Brust spannte sich an und seine Bauchmuskeln tanzten, als ich ihn ohne Erbarmen betörte. In dem Moment war Ethan mein Ergebener. Das war uns beiden klar. Gerade deswegen konnte ich mir meine nächste Handlung auch nicht verkneifen.

Ich zwinkerte ihm zu. „Ich gewinne", flüsterte ich. Dann drehte ich mich schnell um und rannte ins Badezimmer.

Er jagte mich. Ich konnte seine Schritte hören. Als er mich schließlich einholte, wickelte er die Arme um meine Hüften und kitzelte mich, bis mich ein böser Lachanfall in seine Hände fallen ließ.

Erst als er sich für meine kleine Show mit vielen Orgasmen revanchiert hatte, konnten wir uns aufs Duschen konzentrieren.

❤

„JEMAND GENIEßT ihr Essen heute Abend ganz besonders." Mit einem breiten Grinsen auf seinem wunderschönen Gesicht beobachtete Ethan mich beim Essen.

Bei dem köstlichen Geschmack der Pasta auf meiner Zunge stöhnte ich. „Oh wow, oh Wahnsinn, das ist die beste gebackene Ziti, die ich jemals hatte. Ich wünschte, dass ich dieses Gericht auf diese Weise zubereiten könnte."

„Vielleicht kannst du das. Mach ein Foto mit deinem Handy, damit du dich auch später noch daran erinnerst, wie es zubereitet wurde."

„Eine gute Idee. Warum habe ich nicht daran gedacht?" Ich griff nach meiner Handtasche.

Der Ausdruck in seinen Augen kündigte eine neckende Antwort an. „Wahrscheinlich, weil du zu beschäftigt damit bist, dir deinen Mund vollzustopfen."

Unter dem Tisch trat ich gegen sein Schienbein. „Arsch."

„Nur ein Scherz", grunzte er. „Ich bin einfach nur froh, dass du wieder essen kannst. Ich habe mir wirklich Sorgen gemacht. Jetzt gibt es eine Sache weniger, um die ich mich sorgen muss."

Ich warf ihm einen Luftkuss zu. „Zum einen hast du mich vorhin an den Rand der Erschöpfung gebracht. Zum anderen denke ich, dass mein Körper die Zeit nachholt, als ich nichts im Magen behalten habe. Wenn ich mit dem Essen zu lange warte und megahungrig bin, wirst du schon sehen, was du dir mit einer Xanthippe als Frau angelacht hast." Ich verzog das Gesicht zu einer Grimasse. „Vertraue mir, du willst nicht, dass das passiert."

Mein Magen vertrug das Ziti. Ich könnte mich daran gewöhnen, wieder normal zu essen, ohne dass ich dabei mit Übelkeit zu kämpfen hatte. Unser Baby gab seine oder ihre Anwesenheit eindeutig bekannt, obwohl es noch so winzig war. Nahrung war nötig, um es zufriedenzustellen.

Er legte Messer und Gabel ab und richtete seinen Blick auf mich. „Erstens habe ich es sehr genossen, dich an den Rand der Erschöpfung zu bringen und zweitens gefällt es mir, dich essen zu sehen. Ich bin nicht dämlich, Baby. Wenn mein Mädchen Nahrung braucht, dann bekommt sie besser sofort etwas zum Essen." Er nahm einen Schluck von seinem Wein. „Und drittens:

du bist eine verdammt heiße Xanthippe, sogar wenn du mir Angst machst."

„Bin ich denn so furchtbar, Ethan? Du kannst ehrlich sein." Mir war klar, dass ihn meine Stimmungsschwankungen erschreckten. Zu meinem Leidwesen musste ich allerdings sagen, dass auch mir die Schwangerschaft an die Nieren ging. Die Veränderungen in mir bereiteten mir schwere Sorgen: Ich wollte nicht die klischeehafte hormongebeutelte Frau sein, die ihren Mann zerfleischte und durch die er sich nach dem Junggesellendasein zurücksehnte. Immerhin konnte ich nichts davon kontrollieren!

„Niemals." Er nahm meine linke Hand in die seine, küsste den Handrücken und sah mich liebevoll an. „Furchtbar wäre nur, wenn ich nicht länger mit meiner süßen Xanthippe und meinem kleinen Pfirsich zusammen sein könnte."

„Ich liebe dich." Ich brachte diese Worte über die Lippen, ohne in Tränen auszubrechen. Ethan konnte mit einem Blick Emotionen in mir freisetzen, die mit einmal alle Barrieren in mir zerstören konnten.

„Ich liebe dich mehr", hauchte er. Dann lächelte er, griff nach seinem Wein und nahm einen großen Schluck. „Der Beweis dafür war, dass ich dich habe fahren lassen." Er leerte sein Glas. „Mein Herz muss sich immer noch von der wilden Fahrt beruhigen."

„Versuchst du etwa, mich mit deinen Kommentaren und dem Wein, den du so genüsslich vor meiner Nase schlürfst, auf die Palme zu bringen, Mister? Du weißt ja, dass ich keinen Wein trinken darf, oder?"

Geschockt öffnete er seinen Mund, bevor sich sein Ausdruck zu einem hinreißenden Lächeln umwandelte. „Du denkst also, dass ich dich mit Absicht auf die Palme bringen möchte, Baby?"

Ich sagte nichts; stattdessen lehnte ich mich zurück und betrachtete meinen Ehemann: Das schlichte Hemd betonte die Farbe seiner Augen und ging mit der einfachen Leinenhose eine maskuline Einheit ein, nach der ich mich verzehrte. Seine Rolex und sein Ehering waren die einzigen Schmuckstücke. Ethan brauchte keine zusätzlichen Verzierungen; sein Gesicht und sein Körper waren vollkommen ausreichend. Mein Ehemann war ein wahrhaft wunderschöner Mann. Mir war sehr wohl bewusst, dass mir diese Tatsache in Zukunft noch Probleme bereiten könnte. Andere Frauen würden versuchen, ihn für sich zu gewinnen und ihre Versuche würden mich wahnsinnig machen.

„Ich habe erkannt, dass ich es liebe, dich zu ärgern", gab er schließlich zu. Die Art und Weise, wie er seine Augen über meinen Körper schweifen ließ, machte mir klar, dass ihm meine Reaktion erregte.

„Was hast du davon?", flüsterte ich. Mein Körper spannte sich in Vorbereitung auf seine Worte an.

„Es macht mich hart, wenn ich sehe, wie deine Augen funkeln und du dein Mundwerk einsetzt." Seine eigenen Augen glühten und seine Stimme senkte sich. „Dann kann ich nur an eine Sache denken, Brynne." Er streckte die Hand aus, strich mit dem Finger über meinen Ringfinger und löste ein Kribbeln in mir aus. „Willst du wissen, was es ist?"

„Ja ..."

„Wie lange es dauern wird, bis ich dich wieder ficken kann und deinen sinnlichen Körper unter meinem spüre."

Ich schloss meine Augen und unterdrückte den Lustschauer, der durch meinen Körper jagte und zwischen meinen Schenkeln stoppte. Das italienische Wasser vor mir trank ich in einem Zug. Mittlerweile war es mir egal, ob ich noch einen Nachtisch bekam oder nicht.

Warum zum Teufel musste ich dem Vorschlag zustimmen, heute auszugehen?

Ich räusperte mich und versuchte mit aller Macht, Ethans hitzigem Blick zu widerstehen und das Gespräch vor wenigen Minuten wieder aufzunehmen. „Also, eben hast du auf meinen Fahrstil angespielt ...“

Er nahm meine Hand und rieb mit dem Daumen über meine Fingerknöchel. Seine Augen verrieten mir, dass er seine sündhaften Gedanken umsetzen würde, sobald wir in der Villa ankämen. „Ja, meine Schöne?“

„M-mein Fahrstil ist gar nicht so schlimm.“ Ich legte den Kopf auf die Seite. „Oder?“ Ethan hatte sich ergeben und mich wieder fahren lassen. Wir waren schließlich in Italien, wo sie auf der *rechten* Seite fuhren. Mein kalifornischer Führerschein war noch gültig und ich sollte in Übung bleiben. In den vier Jahren, in denen ich schon in London wohnte, hatte ich kein Auto besessen. Das war nicht nur dem Linksverkehr geschuldet, der mir Angst machte, sondern auch der Tatsache, dass der Nahverkehr gut ausgebaut war. Ich hatte nie das Bedürfnis verspürt, in England zu fahren. Jetzt hatten wir aber einen verdammt heißen Mietwagen und die Chance, mit einem mitternachtsblauen BMW 650 Cabrio zu fahren, durfte nicht ungenutzt bleiben.

„Natürlich nicht; du bist in nichts schlecht ...“, sagte er gedehnt. „Es liegt einfach daran, dass mich die Sache mit der linken Spur nervös macht. Und ich will nicht, dass du verletzt wirst. Hinzu kommt, dass ich mich wohler fühlen würde, wenn du in einem größeren Auto mit einer besseren Sicherheitsausstattung sitzen würdest.“

„Ich denke nicht, dass ich jemals in London fahren werde. Ich meine es ernst. Ich bezweifle, dass ich mich jemals in dem Straßenverkehr zurechtfinde – nicht einmal, wenn ich dort für den Rest meines Lebens zu Hause wäre.“

Er betrachtete mich mit einem nachdenklichen Lächeln. Das Blau seiner Augen verdunkelte sich zu einem mitternachtsblau. „Du wirst den Rest deines Lebens mit mir verbringen. Es ist mir egal, wo das ist, solange wir zusammen sind. Und über das Fahren in

London musst du dir nicht den Kopf zerbrechen. Es ist ein verdammter Albtraum und ich will nicht, dass du es überhaupt probierst. Dafür hast du mich." Er hob meine Hand an seine Lippen und presste einen verführerischen Kuss auf meine Handfläche. „Aber falls du Interesse am Fahren bekommen *solltest*, könnte ich etwas in die Wege leiten –"

In dem Moment wurden wir von unserem Kellner unterbrochen. Er kam mit einem Geschenk: eine Weinflasche – und zwar eine sehr kostspielige Biondi Santi, die ich traurigerweise nicht trinken konnte. Wir sahen beide in die Richtung, in die der Kellner verwies, und sahen einen Mann, der mir irgendwie bekannt vorkam: Groß, karamellfarbene Haut, sehr attraktiv und er bewegte sich mit einer Eleganz auf uns zu, wie es nur ein Athlet vermochte. Jede Bewegung kalkuliert und mit Selbstvertrauen ausgeführt.

„Ich grüße dich auch", sagte Ethan mit Verweis auf die Flasche, „und vielen Dank. Sehr nett von dir." Die Zwei teilten ein herzliches Händeschütteln.

„War mir ein Vergnügen", antwortete der Mann in einem kultivierten, englischen Akzent und einem amüsierten Unterton in der Stimme.

Ethan stellte uns einander vor: „Dillon, das ist meine Frau, Brynne. Und dieser Kerl, mein Schatz, ist Dillon Carrington."

„Wie geht's dir, Brynne? Es freut mich, dich endlich persönlich kennenzulernen. Bisher habe ich dich immer nur in Klatschzeitschriften bewundern dürfen." Er streckte mir die Hand entgegen und ich akzeptierte. Irgendwie erinnerte er mich an jemanden. Hatte Ethan ihn vielleicht schon einmal erwähnt? Das könnte sein, oder?

„Es freut mich auch, Dillon. Vielen Dank für den Wein. Der ist bestimmt köstlich, aber sag mal: Kennen wir uns? Ich habe das Gefühl, dass ich dich von irgendwoher kenne."

Dillon lachte. „Nein, bisher hatten wir noch nicht das Vergnügen. Wenn wir uns schon einmal begegnet wären, würde ich mich erinnern, Brynne."

„Ethan?" Ich fand seinen Blick und hoffte, dass er meine Gedanken entwirren konnte. Statt mir zu helfen, hatte ich eher den Eindruck, dass er sich auf meine Kosten amüsierte. Er zwinkerte mir lediglich zu und richtete seine nächsten Worte an Dillon.

„Weißt du, Dillon, das ist witzig: Ich habe gerade erst mit Brynne darüber gesprochen, ihr das Linksfahren in England beizubringen, weil sie ja in den USA aufgewachsen ist – und dann tauchst du auf."

„Ahhh, das klingt nach viel Spaß – eine Person, die sich daran gewöhnen muss, auf der linken Seite zu fahren. Willst du dir meine feuerfeste Ausrüstung ausleihen, Kumpel?", fragte Dillon.

Feuerfeste Ausrüstung? Ich hatte keine Ahnung, wer dieser Typ war, nichtsdestotrotz hatte ich das Gefühl, ihn kennen zu müssen – vor allem, da er wusste, wer *ich* war. Ich sollte öfter ein Klatschmagazin in die Hand nehmen. Ethan kannte viele berühmte Leute und unsere Hochzeit war in den britischen Medien breitgetreten worden.

„Bist du allein? Wenn ja, kannst du uns gerne Gesellschaft leisten", bot Ethan aus Höflichkeit an.

„Nein, danke. Ich will euer Abendessen nicht stören. Ich habe euch beim Kommen gesehen, wollte ‚Hallo' sagen und meine Glückwünsche aussprechen. Ich bin mit jemandem verabredet."

„Ahh, okay, na dann. Ich bin froh, dass du kurz hergekommen bist. Wir haben dich auf der Hochzeit vermisst, aber ich weiß, dass du an dem Tag etwas beschäftigt warst."

Dillon lachte bei dem Kommentar. „Kann man so sagen. Das ganze Wochenende war ich damit beschäftigt, im Kreis zu fahren. Ich komme immer gern an diesen Ort, um von dem ganzen Trubel wegzukommen."

„Glückwunsch zu deinem Sieg. Ich habe die Highlights geschaut und du hast es ihnen allen gezeigt. Wirklich eine bemerkenswerte Leistung." Ich konnte Ethan anhören, dass er über alle Maßen von Dillons Leistung beeindruckt war.

„Danke. Vielen Dank auch für das Sponsoring. Ich hoffe, du hast die signierten Geschenke erhalten, die vor Kurzem verschickt wurden."

„Eine gute Investition meinerseits, wenn du mich fragst. Den Namen Blackstone auf der Nummer einundachtzig zu sehen, macht mich sehr stolz."

Ich wagte es, eine Vermutung abzugeben und unterbrach: „Bist du ein Rennfahrer, Dillon?"

„Ich fahre Rennen, das stimmt." Er neigte seinen Kopf. „Ich könnte dir in kürzester Zeit das Fahren auf der linken Seite beibringen, Brynne", sagte er. Seine Antwort war begleitet von einem charmanten Grinsen, welches seine Augen verschmitzt funkeln ließ. „Sag einfach Bescheid, wenn du dich nach Fahrstunden sehnst."

„Keine Chance, Dillon. Ich werde die Ehre haben, meiner Frau das britische Fahren beizubringen, also nimm dich zurück."

„Na dann. Du kannst mir ja bei Neil und Elainas Hochzeit sagen, wie die Stunden laufen. Ich werde es mir nicht nehmen lassen, Brynne dort zu fragen, wie sich ihr Fahrlehrer macht", forderte er Ethan heraus. Zusätzlich zwinkerte er mir noch zu.

„Oh, du wirst zur Hochzeit kommen?", fragte ich ihn.

„Das werde ich." Er nickte. „Neil und ich kennen uns schon seit der Schule. Elainas Bruder kenne ich auch. Die beiden sind sehr gute Freunde von mir." Dillon sah über die Schulter zu seinem Tisch. „Mein Gast ist angekommen, was bedeutet, dass ich mich von euch verabschieden muss. Es hat mich sehr gefreut, dich kennenzulernen, Brynne." Er neigte seinen Kopf in Verabschiedung. „Und du, Blackstone, bist ein glücklicher Bastard." Ein teuflisches Grinsen tanzte über seine Lippen.

„Scharfsinnig wie immer, Carrington. Vielen Dank für den Wein und wir sehen uns dann in Schottland."

Dillon winkte uns ein letztes Mal zu und kehrte zu seinem Tisch zurück. Sein gutes Aussehen erregte die Aufmerksamkeit der anderen Gäste im Restaurant, als er sein Date, eine exotische Brünette mit langen Beinen und Silikonbrüsten, begrüßte. Ihr Blick war auf unangenehme Weise auf mich und Ethan gerichtet.

„Er scheint sehr nett zu sein", sagte ich. „Und er ist berühmt, oder?"

„Nur ein bisschen. Dir wurden gerade Fahrstunden des Formel-Eins-Weltmeisters angeboten."

„Wow. Er ist eine Legende! Ich wusste doch, dass er mir bekannt vorkommt. Mir war nur nicht klar, dass es aus dem Fernseher und vom Zeitungsstand war." Ich warf einen Blick in Dillons Richtung. „Seine Freundin schien nicht gerade begeistert zu sein, dass er sich mit uns unterhalten hat. Wenn Blicke töten könnten …"

„Ich glaube nicht, dass sie seine Freundin ist." Ethans Ton war schneidend.

„Was meinst du damit?"

„Baby …" Und jetzt fügte er noch einen zensierenden Blick zu seinem Repertoire hinzu. „Weil ich den Mann kenne. Dillon Carrington hat keine Freundinnen. Er hat Dates." Mit einem Nicken wies er auf Dillons Tisch. „Und *sie* ist ein Date."

„Und das weißt du, weil?", hakte ich weiter.

„Weil es nicht lange her ist, dass ich genauso –" Die Unterhaltung war ihm sichtlich unangenehm. Er rutschte verlegen auf dem Stuhl umher und sah aus, als würde er sich gerne die Zunge abbeißen. „Ist egal. Ich will während meiner Flitterwochen nicht über Carringtons Privatleben philosophieren."

„Ich auch nicht", sagte ich. Ich musste wirklich nicht noch mehr hören. So wie es schien, sprach Ethan aus Erfahrung.

Bevor er mich fand, musste er sich genau wie Dillon Carrington verhalten haben.

KAPITEL 5

S o sehr ich es auch liebe, mit dir zu schwimmen, sollten wir doch besser reingehen und uns für die Party fertigmachen. Ich muss mir die Haare waschen."

Ich stöhnte meinen Protest mit genügend Unzufriedenheit, in der Hoffnung, dass sie ihre Meinung ändern würde. „Tu mir das bitte nicht an, Baby."

„Komm schon, Ethan. Du weißt, dass wir gehen müssen. Marco meinte, wir sind seine Ehrengäste und er hat uns eingeplant. Wie unhöflich wäre es dann, nicht aufzutauchen?"

Ich wickelte ihre Beine um meine Hüfte und hielt sie an meinem Körper gefangen, während ich durch das glitzernde Wasser der kleinen Bucht glitt. Es blieb mir keine Wahl: Ich musste die Sache von einer anderen Seite angehen. „Ich werde dich für immer im hellblauen Ozean behalten." Ich knabberte an ihrem Ohr, leckte mit der Zunge über ihr Ohrläppchen und kostete den Geschmack ihrer Haut in Verbindung mit den Tropfen der salzigen See.

Sie erlaubte mir Zugang zu ihrem Hals, in dem sie den Kopf neigte und fragte: „Für immer, wirklich?"

„Korrekt." Ihr unterwürfiges Verhalten belohnte ich und saugte an ihrem wunderschönen Hals. Den

Knutschfleck, den ich in unserer Hochzeitsnacht hinterlassen hatte, verblasste bereits. Ich hatte sie genau, wo ich sie wollte – mit ihren Beinen um meine Hüfte und den Armen um meinen Hals. Jetzt musste es mir nur noch gelingen, sie von der verdammten Cocktailparty abzulenken, auf die sie unbedingt gehen wollte. Dann würde sie mit mir alleine die nächsten Stunden verbringen: Im Meer treibend und Sonne tankend. „Für immer, Baby. Mit dir allein und ohne die sterbenslangweilige Party voller Idioten."

Sie entließ einen gedehnten Seufzer. Wahrscheinlich hatte sie genug von meinem Gejammer, aber sie legte ihre Stirn gegen meine und fing an, ihre Hüfte zu rotieren. „Was soll ich nur mit dir machen, Blackstone?"

„Ein paar Ideen hätte ich zu dem Thema, wenn du welche brauchst." Ich packte ihre saftigen Arschbacken ein wenig fester und presste ihre Mitte an meinen Schwanz.

„Du willst also Sex im Austausch dafür, dass du mit mir zu der Party gehst?" Unter dem Wasser rieb sie sich an meiner Länge und sorgte in wenigen Sekunden dafür, dass ich hart wurde und mich Richtung Strand aufmachte.

Seit wir hierhergekommen waren, hatte ich diese Technik schon mehrere Male angewandt. Zupacken und zurück zum Haus – das führte immer zu explosivem Sex. Außergewöhnlich gutem Sex. Der ultimative Preis an Intimität mit der Frau, die ich über alles liebte. Gemeinsam fanden wir den Pfad ins Nirwana. Ein Ort, den ich nur mit Brynne finden wollte.

Als ich sie in die Villa trug, verteilte sie kleine Küsse auf meinem Hals und motivierte mich, meine Schritte zu beschleunigen. Ich war mir sicher, dass ich mir in wenigen Minuten keine Gedanken mehr über eine Party machen musste.

♥

„DAS WILLST DU heute Abend tragen?"

Meine Frage wurde bestraft. Ihr Rücken spannte sich an und sie betrachtete mich mit einem strengen Blick, bevor sie ihre Haare mit gleichgültigem Schweigen über die Schulter warf.

Der tolle Sex vor zwei Stunden war jetzt nur noch eine weitentfernte Erinnerung. Hätte auch schon vor zwei Jahren passieren können, denn im Moment befanden wir uns in den Vorbereitungen zu Carvalettis verdammter Cocktailparty.

„Willst du mir damit sagen, dass mir dieses Kleid nicht steht, Ethan?" Ihr Ton war eisig, als sie im Badezimmer Augen-Make-up auflegte.

„Du siehst hinreißend aus und genau das ist der Teil, der mir Sorgen bereitet." Brynne war immer verdammt sexy, aber diese kleine Aufmachung wird mich heute Abend umbringen. Betonung auf *kleine*. Es handelte sich dabei um eine Art Seidentunika in den Farben Gelb und Blau und dem Print der Parthenon. Der Teil ging in Ordnung. Es war die Mikrolänge, die ihre langen, gebräunten Beine auf eine Weise in Szene setzte, die in jedem Mann nur einen Gedanken auslösen würde: *Nichts würde mir besser gefallen, als diese heißen Beine um meine Hüfte zu wickeln.*

„Du machst dir zu viele Gedanken. Es ist doch nur ein Babydoll-Sommerkleid. Schließlich befinden wir uns in der Urlaubszeit an einem Strand, verdammt nochmal. Ich bin für den Anlass angemessen gekleidet."

Ein Babydoll-Kleid? Verdammtes Höllenfeuer. Heute Abend würde ich mindestens um zehn Jahre altern. Aus verschiedenen Gründen: Zum einen hatte ich eine wunderschöne Frau, die, unabhängig davon wie zurückhaltend ihre Persönlichkeit auch war, immer die Aufmerksamkeit auf sich zog. Zum zweiten musste ich zwangsläufig an den Ort des Events und der Art von Menschen denken, die zwangsläufig an so einem Ort zu finden waren. Ich konnte nicht vorgeben, glücklich zu sein. Ich wusste, dass ich dort in der Unterzahl war, was die Kenntnis über Brynnes Modelkarriere anging.

Während ich meine Füße in die Schuhe schob, überlegte ich mir, über was ich mit den Leuten auf dieser Party reden sollte. Vielleicht: *Ethan Blackstone mein Name, es freut mich, Sie kennenzulernen. Meine Frau ist eine von Carvalettis Models. Sieht sie ohne ihre Klamotten nicht hinreißend aus? Ihre Titten sind der Hammer, oder? Antworten Sie nicht darauf, ich bin mir darüber sehr wohl im Klaren. *zwinker, zwinker* Welches Foto gefällt Ihnen von ihr am besten? Das Foto mit ihren Titten oder dieses hier, auf dem man die Kurve ihres heißen Arsches sieht?* Frustriert fuhr ich mit der Hand über meinen Bart.

Die pure Vorstellung über das bevorstehende Zusammentreffen war bereits mehr, als ich ertragen konnte. Also versuchte ich mich, mit Gedanken an unser nachmittägliches Schwimmen abzulenken. Nicht besonders hilfreich …

Carvaletti, einer ihrer Fotografenfreunde, hatte uns in sein Haus eingeladen, das genau in Porto Santo Stefano lag. Ich hatte immer dieses Glück. Brynne war entschlossen, dort hinzugehen. Das bedeutete, dass ich sie den ganzen Abend vor anderen Schwänzen abschirmen musste, anstatt mit meinem Mädchen unter den Sternen am Strand zu liegen.

Ihre Hand auf meiner Wange riss mich aus meinem Kopfkino. Sie trug einen besorgten Gesichtsausdruck. Wäre es nicht traumhaft, wenn ich sie einfach besinnungslos küssen könnte? Dann würde sie nicht länger an diese Party denken.

„Lass nicht zu, dass die Party unseren Abend ruiniert. Es werden nur Leute aus der Branche anwesend sein." Der flehende Ausdruck in ihren Augen erweichte mich. Sofort fühlte ich mich schuldig, weil ich ihre Arbeit nicht unterstützte.

„Es tut mir leid, Baby. Ich versuche wirklich, für dich da zu sein, aber ich glaube, dass das nicht zu meinen Talenten gehört. Ich werde wahnsinnig, wenn dich andere Männer anmachen. Wenn ich ihre Blicke sehe, würde ich sie am liebsten umbringen und erst später Fragen stellen." Ich schüttelte den Kopf, als mein Blick erneut auf das Babydoll-Kleid fiel. „Und wenn du dieses Kleid trägst, weiß ich, dass ich für den Rest des Abends unbändiger Folter ausgesetzt sein werde."

„Die meisten der Fotografen sind schwul, Ethan." Ich konnte geradezu hören, wie sie mich im Inneren als besitzergreifendes Arschloch betitelte, obwohl mir klar war, dass sie ihre Grenze noch nicht erreicht hatte. Betonung auf: noch nicht. Wenn ich weitermachte, könnte mein Verhalten zu einem Streit führen.

„Carvaletti gehört allerdings nicht dazu, oder?"

Sie entließ einen schweren Seufzer und presste ihre Lippen gegen meine Haare. Ich wickelte die Arme um sie, zog sie auf meinen Schoß und vergrub mein Gesicht an ihrem Hals.

„Wir müssen nicht lange bleiben, Ethan. Nur lange genug, um höflich zu bleiben und alle zu grüßen."

„Versprochen?" Ich wusste, dass ich mich wie ein Idiot aufführ, aber wenigstens war ich ehrlich mit ihr. „Ich bin nicht gut darin, dich mit anderen zu teilen und dafür werde ich mich auch nicht entschuldigen", murmelte ich an ihrem Ohr.

„Das verspreche ich dir, Ehemann." Sie bot mir ihre Lippen an. „Gib mir ein Codewort. Wenn du keine Lust mehr hast, können wir gehen."

„Wenn du so vernünftig an die Sache rangehst, fühle ich mich wie ein Höhlenmensch." Ich schob eine entflohene Locke hinter ihr Ohr. „Du bist so wunderschön, und damit meine ich nicht nur dein Äußeres, Baby." Meine Finger wanderten zu ihrem Herzen. „Genau hier strahlt deine Schönheit und blendet mich."

Der Ausdruck auf ihrem Gesicht wurde sanfter. „Ich liebe dich so sehr, Ethan – auch in den Momenten, in denen du dich wie ein Höhlenmensch aufführst." Mit Daumen und Zeigefinger an meinem Kinn zog sie mich an ihre Lippen.

„Ich weiß. Mir ist sehr wohl bewusst, was für ein glücklicher Bastard ich bin."

„Was soll unser Codewort sein?

Ich überlegte kurz und mit einem Mal kam mir die Idee. „Simba."

Sie lachte. „Simba. Geht klar."

„BELLA, DU siehst hinreißend aus. Du strahlst. Die Definition wahrer Perfektion." Marco küsste mich wie üblich auf beide Wangen und hielt mich dann auf Armlänge, um mich von Kopf bis Fuß zu betrachten. „Bezauberndes Kleid. Ich kann sehen, dass dir die Ehe und die Schwangerschaft bekommen, Darling."

Ethans Hand auf meinem Rücken entspannte sich bei Marcos freundlicher und angebrachter Begrüßung. Ich hoffte, dass er endlich seine Paranoia in Bezug auf Marco verlieren würde und akzeptierte, dass mein Fotograf nicht wie gewisse andere Männer war. Marco war ein professioneller Fotograf, der einen Job zu erledigen hatte – niemals würde er mich bei irgendeinem Modeljob ins Bett bekommen wollen. Mehr gab es nicht zu erzählen. Na ja, abgesehen von der Tatsache, dass wir befreundet waren. Marco Carvaletti war immer nett zu mir und ich arbeitete gern mit ihm zusammen. Ich hoffte, dass auch Ethan heute Abend sah, was für ein netter Kerl er war.

„Das tut es, Marco. Ich könnte nicht glücklicher sein." Ich lehnte mich gegen Ethans Seite und stieß ihm mit dem Ellbogen, um ihn zum Sprechen zu motivieren.

„Mr. Carvaletti, ich danke Ihnen für die Einladung.

Wir haben uns schon den ganzen Abend darauf gefreut." Ethan log, ohne rot zu werden und streckte seine Hand aus. Er mimte den perfekten Gentleman. Ich nahm an, dass er es tat, weil er mich liebte. Er wollte genauso wenig hier sein, wie er wollte, dass ich modelte. Mit dem Mund formte ich ein *Dankeschön*, das nur er sehen konnte. Als Antwort küsste er mich auf die Wange und flüsterte mir ins Ohr: „Vergiss Simba nicht, Baby." Dann spazierte er davon, um uns Getränke zu holen.

In der Zwischenzeit führte mich Marco in seiner elegant restaurierten Villa aus dem siebzehnten Jahrhundert herum. Ich bewunderte die Kunstwerke an den Wänden. Einen Raum hatte er als Galerie eingerichtet, in dem seine Fotos hingen. Ich entdeckte auch ein paar Fotos von mir. Auf einem Foto saß ich auf einem Stuhl, mit einem Fuß auf der Sitzfläche, natürlich strategisch platziert. Mein nachdenklicher Gesichtsausdruck richtete sich in die Ferne. Das andere Foto zeigte eine Neuinterpretation eines Ziegfeld Follies-Mädchens mit einer Federboa und Samtpumps. Das war eines der ersten Fotos, für die ich Model gestanden hatte und ich liebte es.

„Ein wunderschönes Foto, Bella. Bei diesem Shooting wusste ich, dass du eine Gabe hast." Marco stand hinter mir und bewunderte das Werk, das er mit mir als Model erschaffen hatte.

„Ich war so nervös, aber du hast mir dieses Bild von Iggy Pop in einem Kleid in den Kopf gesetzt." Ich zuckte mit den Schultern. „Das hat das Eis gebrochen."

„Funktioniert jedes Mal, Bella."

„Na ja, Iggy Pop in einem Kleid ist ja auch lustig. Sehr schlau von dir, Marco." Wir lachten und machten uns auf den Weg zurück zur Party.

Wo war Ethan mit meinem Getränk? Ich ließ meinen Blick durch den Raum schweifen, konnte ihn aber nicht entdecken. Ich brauchte wirklich etwas zum

Trinken.

„Er redet mit Carolina und Rogelio, meinen Freunden", sagte Marco. Er musste mir angesehen haben, dass ich auf der Suche nach Ethan war. „Es macht den Anschein, als würden sie sich kennen."

Wirklich? Ethan kannte Leute auf dieser Party? Seine Folter hielt sich also doch in Grenzen. Ich konnte es nicht erwarten, ihn wegen seines andauernden Gemeckers zu ärgern.

„Oh, das ist toll. Ich freue mich schon, sie auch kennenzulernen. Aber zuerst muss ich mir etwas Wasser holen. Das Schwimmen im Meer macht mich immer so durstig. Muss an dem Salz liegen."

„Komm mit mir, Bella. Ich werde mich um dich kümmern.

♥

EINE STUNDE später und ich war bereit, von hier zu verschwinden. Unglücklicherweise war ich die Einzige, die so fühlte. Ethan und seine alte *Freundin* Carolina saßen auf der Couch nebeneinander, lachten und unterhielten sich über die italienischen Wahlen, alles von den besten Skipisten in den italienischen Alpen bis hin zu Ferragamo-Schuhen. Sie schienen eine Menge Spaß zu haben. Ich auf der anderen Seite war damit beschäftigt, die anzüglichen Blicke von Rogelio abzuwehren, der immer wieder versuchte, einen Blick unter mein Kleid zu erhaschen. Zuerst hatte ich angenommen, dass er und Carolina eine Einheit bildeten, aber das war nicht der Fall. Rogelio war mit einer Frau namens Paola zusammen – ein italienisches Model, das ich bis jetzt nur von Fotos kannte. Auch sie starrte mich fast so aufdringlich an wie Rogelio. Doch der Grund war ein anderer. Während Rogelio lediglich ein abartiger Perversling war, sah mich Paola als Bedrohung an. Nicht, dass sie von mir etwas befürchten musste. Es interessierte mich so gar nicht, wie sie sich Rogelio aufdrängte und ihm erlaubte, sie in aller Öffentlichkeit zu berühren. Wenn das so weiter ging, würden die beiden gleich vor allen ficken. *Ein Perversling und eine exhibitionistische Schlampe sind die Leute, mit denen ich mich vergnügen darf?* Nicht fair.

Und Ethan ahnte von alldem nichts.

Ich rutschte auf meinem Sitzplatz umher, packte den Saum meines Kleides und wünschte, es wäre länger, um meine Beine zu bedecken. Ich wollte nach Hause und ins Bett kriechen, aber Ethan schien meine Andeutungen, wenn ich über sein Bein rieb oder seine Hand drückte, nicht zu verstehen. Was war in ihn geraten? Normalerweise war er nicht besonders gesprächig. Heute Abend war er das schon – auf einer Party, zu der er nicht hatte gehen wollen. Angefleht hatte er mich, den Abend zu Hause zu bleiben.

Es entging mir nicht, dass Carolina eine wunderschöne Frau war. Elegant, schlank – auf diese europäische Weise, die mich einschüchterte. Vor allem mit meinen Schwangerschaftskurven, die sich in den nächsten Monaten noch mehr ausweiten würden.

Ich rieb Ethans Oberschenkel.

Er drehte sich mir zu, lächelte und bedeckte meine Hand mit seiner.

Dann wandte er sich wieder der Unterhaltung mit Carolina zu und tröstete mich, in dem er mit dem Daumen über meine Fingerknöchel streichelte.

Ein Kellner näherte sich mit einem Tablett gefüllt mit italienischem Eis, das ich nicht ausschlagen konnte. Ich nahm ein Schälchen, obwohl alle anderen abwinkten.

Die reichhaltige, gefrorene Schokoladencreme schmeckte himmlisch. Das einzig Positive an dieser Party.

Paola ließ einen tadelnden Laut hören. „Das Eis hat so viele Kalorien. Ich gebe mich niemals der

Versuchung hin."

Na ja, du scheinst kein Problem damit zu haben, dich der Versuchung hinzugeben, die größte Zicke auf diesem Planeten zu sein, Paola. „Meinst du das ernst? Ich schon. Um genau zu sein, hat mir mein Arzt in London empfohlen, etwas zuzunehmen. Auf diese Weise ist es gesünder für das Baby, das in mir heranwächst." Ich schenkte ihr ein übertriebenes Lächeln und wandte meinen Blick nicht von ihr ab, als ich einen weiteren Löffel gefüllt mit der Köstlichkeit in meinen Mund schob. *Wie hat dir das gefallen, du dumme Kuh?*

Sie verengte die Augen zu Schlitzen. „Du bist schwanger?"

Ich rieb über meinen kleinen Bauch, der durch den Schnitt des Kleides kaum zu erkennen war. „Oh ja. Und verheiratet." Ich hielt meine linke Hand hoch und präsentierte meinen Ring. „Ich kann mich sehr glücklich schätzen. Manchmal denke ich, dass ich in der Lebens-Lotterie gewonnen habe." Ich lehnte mich gegen Ethan und er festigte den Arm um meine Taille.

Es befriedigte mich ungemein, als sie ihre Augen rollte und beleidigt abrauschte, um sich ein Getränk zu holen. Rogelio grunzte amüsiert und richtete mit einer Hand seine Erektion. *Ekelerregend. Hol mich verdammt nochmal hier raus!*

Ethan war so ahnungslos, was um ihn herum geschah, dass er mich bei meinen folgenden Worten verwirrt anstarrte: „Simba hat angerufen und gesagt, dass es einen Notfall gibt."

Er blinzelte und fragte: „Was?"

Mein Gesichtsausdruck versteinerte sich. Ich wagte einen erneuten Versuch: „Simba braucht uns."

„Das tut er?"

„Er meinte, es ist *dringend*, Ethan."

♥

ETHAN FUHR UNS heim, während ich im Sitz schmollte. „Du fühlst dich nicht gut, oder?", fragte er nach ein paar Minuten der ohrenbetäubenden Stille.

„Wie kommst du denn darauf?" Ich sah aus dem Autofenster und betrachtete die hübschen Lichter in Gläsern vor den Häusern. Eine Tradition in dieser Gegend, wie wir in den letzten Tagen herausgefunden hatten. Wunschgläser wurden sie genannt. Man legte einen kleinen Zettel, auf dem der Wunsch stand, in ein Glas. Durch die Kerze im Inneren verbrannte das Papier. Wenn die Worte vom Feuer konsumiert werden, wird der Wunsch in die Geisterwelt entlassen und hoffentlich erfüllt. *Ich wünschte, ich wäre niemals auf diese Party gegangen.*

„Na ja, du scheinst auf der Party nicht gerade in bester Stimmung gewesen zu sein."

„Du schon." Ich verschränkte die Arme und warf ihm einen eindeutigen Blick zu.

„Was? Ich habe mich lediglich mit einer alten Freundin unterhalten. Gott sei Dank gab es jemanden, mit dem ich reden *konnte*, sonst wäre ich wahnsinnig geworden. Oder muss ich dich daran erinnern, dass ich von Anfang an kein Interesse hatte, zu dieser Party zu gehen, Brynne? Ich bin einfach nur froh, dass es sich als angenehmer herausgestellt hat, als erwartet."

„Woher kennst du Carolina?" Ich hasste es, wie unsicher ich mich bei der Frage fühlte. Ich hatte kein Interesse daran, zu erfahren, ob sie jemals mehr als *Freunde* gewesen waren. Allerdings musste ich realistisch sein.

„Wir haben uns vor vielen Jahren bei einem wichtigen Auftrag für den italienischen Premierminister kennengelernt. Sie arbeitet für den Kultusminister der Regierung", antwortete er zu hastig. Es klang, als hätte er die Antwort vorbereitet.

Ich fühlte eine Ausweichtaktik auf mich zukommen.

Seine Reaktion erinnerte mich an den Abend der Mallerton Gala, an dem die erdbeerblonde Frau, mit der er „nur einmal ausgegangen war" nach Aufmerksamkeit von ihm gelechzt hatte.

Mein Herz setzte bei dem Gedanken an die beiden zusammen einen Schlag aus. Er hatte sie gefickt. Ich wusste es einfach.

„Oh …" Mir fiel keine bessere Antwort ein. Ich wollte einfach nur noch ins Bett und die unschönen Gedanken vergessen.

Als wir bei der Villa ankamen, wartete ich nicht darauf, dass Ethan ums Auto lief und mir die Tür öffnete. Ich stieg einfach aus und lief zu den Stufen, die zur Eingangstür führten.

Ich kam nicht sehr weit, bevor sich starke Arme um meine Taille wickelten und ich gegen eine harte Brust gezogen wurde. „Wo willst du denn hin?" Er küsste meinen Nacken. Eine Hand wanderte zu meinem Dekolletee. Sofort reagierte mein Körper: Meine Nippel richteten sich auf, was zu einem bereits bekannten, stechenden Schmerz führte.

„Ins Bett, Ethan." Ich wusste, dass *er* wusste, dass ich schmollte. Ich konnte an meinen Gefühlen nichts ändern. Ich war eifersüchtig, verunsichert und verletzt.

Er platzierte einen Kuss hinter meinem Ohr. „Noch nicht, meine Schöne." Ich konnte an seiner belegten Stimme hören, wie erregt er war. „Ich habe dich auf deine Party begleitet und mich benommen. Ich habe mir ein Date am Strand mit dir verdient, das ich schließlich von Anfang an wollte."

Bei seinen Worten entspannte ich mich. Ich drehte mich in seinen Armen und schmiegte meine Wange an seine Brust. Sein würziger Duft und sein Eau de Cologne schafften es auch jetzt wieder, mich vollkommen in seinen Bann zu ziehen. „Die Party war furchtbar", murmelte ich. „Ich habe jede einzelne Sekunde gehasst."

Er streichelte über meine Haare und küsste meine Stirn. „Langsam wird mir das klar, aber ich werde dafür sorgen, dass mein Mädchen wieder lächelt", versprach er. „Vergiss diese pompöse Party und folge mir."

„Du wolltest also nicht noch länger bleiben und dich mit Carolina unterhalten? Schließlich scheint ihr alte *Bekannte* zu sein." Meine gehässigen Worte entrangen mir, bevor ich mich stoppen konnte.

Er starrte mich an und neigte den Kopf. „Baby, was willst du mir damit sagen?"

Ich zuckte mit den Achseln. „Ich hatte einfach nur das Gefühl, dass du und sie … dass ihr in der Vergangenheit –"

Seine Augen weiteten sich, bevor er laut loslachte. „Okay, jetzt verstehe ich, was hier los ist. Du dachtest, dass Carolina und ich in der Vergangenheit miteinander ausgegangen sind." Er schüttelte den Kopf. „Nein, Baby. Wir sind nur Freunde und Kollegen. Außerdem ist sie mindestens zehn Jahre älter als ich."

„Na ja, sie ist hinreißend. Ich bezweifle, dass ihr Alter einen Mann stören würde."

„Die Tatsache, dass sie nur an Frauen interessiert ist, schon."

„Oh … also, das ist gut. Was ich meine: Das macht Sinn. Warte kurz. Carolina ist lesbisch? Diese wunderschöne Frau steht nicht auf Männer?"

„Nein. Sie spielt für dein Team, Baby. Warum denkst du, habe ich mich zwischen euch gesetzt? Ich wollte nicht, dass sie *meiner* wunderschönen Frau zu nahe kommt." Er küsste mich sanft und knabberte an meiner Lippe. „Nicht, dass ich besorgt bin, du könntest das Ufer wechseln, aber Vorsicht ist besser als Nachsicht."

„Oh, Gott. Das könnte niemals passieren." Mit den Händen stieß ich gegen seine Brust und schüttelte den Kopf. „Noch nie habe ich etwas so Lächerliches gehört."

„Hast du noch nicht erkannt, dass ich bei dir niemals ein Risiko eingehen würde, meine Süße? Einfach nicht möglich." Sein Blick verriet mir, wie ernst er es meinte.

„Der heutige Abend war sehr lehrreich …" Ich war so ein Idiot. Trotz allem beruhigte es mich ungemein, dass Ethan mich auf der Party nicht ignoriert hatte. „Dieses Kleid zum Beispiel war wohl doch nicht so eine gute Wahl." Ich sah ihn kleinlaut an. „Es *ist* zu kurz und ich werde es nicht noch einmal in der Öffentlichkeit tragen."

Er entließ einen erleichterten Seufzer. „Na ja. Du siehst darin wunderschön aus, doch glaube mir, dass ich mich über deine Entscheidung freue." Mit einer besitzergreifenden Hand berührte er meinen Arsch. „Denn du gehörst *mir*", knurrte er, bevor er seinen Kopf für einen weiteren Kuss senkte, mit seiner Zunge tief in meinen Mund eindrang und mir zeigte, wie ernst er es meinte.

Ich gehörte ihm.

Als er widerwillig seine Zunge aus mir herauszog, realisierte ich, dass er mit seiner Erklärung noch nicht fertig war. „Am liebsten hätte ich Rogelios Augäpfel aus seinem Schädel geschält. Den Wichser dabei zu beobachten, wie er dich abcheckt, hätte mich beinahe umgebracht. Ich musste mich von ihm wegdrehen, sonst wäre er jetzt blind und ich würde mir ein italienisches Gefängnis von innen ansehen." Er zuckte mit den Schultern; seine Gefühle taten ihm nicht leid. Ethan war ein sehr ehrlicher Mann und ich liebte und bewunderte diese Eigenschaft an ihm. Ich hatte gerade eine wichtige Lektion über Vertrauen gelernt.

„Oh, mein Gott. Rogelio war abartig. Ich hasse ihn."

„In dem Punkt stimme ich dir zu." Er küsste mir auf die Nasenspitze. „Lass uns nicht mehr von der grauenhaften Party reden. Ich möchte endlich mit unserem Date am Strand beginnen. Schuhe ausziehen, Mrs. Blackstone."

Als wir die Schuhe auszogen, musste ich erkennen, dass Ethan mein Unwohlsein auf der Party mehr als genossen hatte. Das Funkeln in seinen blauen Augen ließ keinen Zweifel daran. Ja, Carolinas sexuelle Orientierung beruhigte mich, nichtsdestotrotz war mir klar geworden, dass ich in Zukunft auf vergangene Sexpartner von ihm treffen könnte. Ich müsste damit umzugehen lernen.

Er führte mich über einen Pfad und ich spürte den kalten Sand zwischen meinen Zehen. „Was wollen wir am Strand?", fragte ich.

„Unser Date wartet hier auf uns. Vertrau mir, Baby. Ich habe alles geplant."

„Da bin ich mir sicher. Ich weiß sehr wohl, dass das Wort *Date* gleichbedeutend mit Sex –"

Mir blieb die Luft weg, als wir auf dem Pfad um eine Kurve gingen und schließlich mit den Füßen den Strand berührten. Die Wellen rauschten über den Sand und das beruhigende Geräusch, wenn Wasser auf Erde traf, erfüllte mich. Die Mondsichel glühte über dem Meer und dann offenbarte sich mir die wahre Schönheit dieses Abends: Am Strand standen viele Einmachgläser, in denen Teelichter brannten. Es schienen hunderte Gläser zu sein, die neben einer Holzerhöhung mit Kissen und Decken flackerten. Daneben stand ein Eimer, gefüllt mit Eis und Getränken, zusammen mit einem Tablett, auf dem sich Desserts und Früchte befanden.

„Einfach wunderschön, Ethan." Ich bekam bei dem Anblick kaum ein Wort heraus. „Wie hast du das angestellt?"

Er führte uns zu den Kissen und wir setzten uns auf die Decke. „Es war meine Idee", meinte er, „aber ich hatte etwas Hilfe. Franco hat alles hergerichtet, während wir auf der Party waren."

Ich sah mich in der Umgebung um und fragte mich, ob der Verwalter unserer Villa in den Büschen saß und auf eine Show wartete.

„Ich weiß, was du denkst, aber du musst dir keine Sorgen machen, Baby. Franco sitzt nicht in den Büschen, glaub mir."

Ich entließ ein nervöses Lachen. „Na ja, falls Franco in den Büschen hockt, wird er wahrscheinlich eine bemerkenswerte Show zu Gesicht bekommen."

„Das höre ich gern. Mein Mädchen hat endlich akzeptiert, dass es heute noch einen heißen Fick am Strand geben wird", flüsterte er mit einem neckenden Ton in mein Ohr. „Dir gefällt meine Überraschung."

Sofort erwachte mein Körper. Verzweifelt verzehrte ich mich nach ihm. Ethan konnte mich bereits mit einem Blick oder einer kleinen Berührung heiß machen. Er hob die Hände zu meinen Haaren und löste die Haarnadeln. Er wurde immer besser darin, meine wilde Mähne zu handhaben. Als er jede einzelne Haarnadel mit einem konzentrierten Gesichtsausdruck suchte, musste ich lächeln. Ich wusste, dass er schon bald seine Hände während des Sex in meinen Haaren vergraben und mich mit gezielten Bewegungen dominieren würde.

Er war noch immer mit meinen Haaren beschäftigt, dann blickte er auf und sagte: „Du lächelst."

„Ich liebe es, dich bei simplen Dingen wie diesen zu beobachten."

Meine Haare fielen in Wellen um meine Schultern.

Mit den Fingern fuhr er durch meine Strähnen. „*Simpel* ist das für mich nicht gerade", flüsterte er. Seine Lider senkten sich. Schließlich fokussierten sich seine Augen auf meine Lippen. „Es bedeutet mir alles."

Er senkte die Lippen auf die meinen und verlangte mit der Zunge nach Eintritt. Seine Hände fanden ihren Weg in meine Haare und hoben die Wellen nach oben. Dann packte er zu und zog, bis ich mich ihm entgegenwölbte und mich ihm anbot.

„Du bedeutest mir alles, Brynne", flüsterte er und fand mit den Lippen meinen Hals. Tiefer und tiefer, bis er das seidene Material meines Kleides erreichte und darüber hinweg auf meine Brust stieß. Er konzentrierte sich auf meinen Nippel, fand ihn mit den Zähnen und knabberte daran, obwohl zwei Schichten aus Stoff zwischen ihm und meiner empfindlichen Knospe lagen.

Lust schoss wie ein Blitzschlag durch meinen Körper und ich stöhnte: „Oh, Gott." Seine Berührung brachte mich der Klippe in kürzester Zeit gefährlich nah. In wenigen Sekunden hatte er mich an einen Ort geführt, an dem ich an nichts anderes denken wollte als an die sinnliche Reise, auf die er mich mitnehmen würde. Er wusste genau, was er machen musste. „Du bedeutest mir auch alles, Ethan." Meine Stimme klang atemlos.

Ich bekam gerade so mit, wie er mein Kleid hochschob. Die warme Luft traf auf meine erhitzte Haut und er zog das Kleid über meinen Kopf.

„Du bist meine Göttin. In diesem Moment, entblößt vor meinen Augen." Er presste mich auf die Decke und schwebte über mir. Mit den Armen stützte er sich seitlich meines Kopfes ab und nahm meinen Anblick mit gierigen Augen in sich auf. „Wo soll ich nur anfangen", murmelte er. „Ich will jeden Millimeter gleichzeitig kosten."

Es war mir egal, wo er anfing. Es spielte keine Rolle. Das tat es nie. Egal, was er auch machte, ich wollte es – brauchte es.

Mit den Händen fand ich die Knöpfe seines Hemdes und fing an, diese zu öffnen.

Ein sündhaftes Lächeln spielte auf seinen Lippen. Ethan liebte es, wenn ich ihn entkleidete. Er liebte es, wenn ich seinen Schwanz tief in meinem Mund aufnahm. Er liebte es, zu beobachten, wie er mit seiner harten Länge tief in mich eindrang.

Ich schob das Hemd über seine Schultern und ließ es zurück, als ich es ihm nicht vollkommen von seinem Körper reißen konnte. Seine muskulösen Arme, die er noch immer fest auf der Decke platziert hatte, machten alle Versuche zunichte. Ich richtete meine Aufmerksamkeit stattdessen auf seine Hose. Frustration wuchs in mir heran, als ich auch diese nur zur Hälfte von seiner Haut entfernen konnte und sie knapp unter seinem knackigen Arsch zum Stillstand kam.

„Mein Baby ist frustriert. Sag mir, was du willst", kommandierte er.

Durch heftige Atemzüge presste ich heraus: „Ich will dich nackt." Ich schob meine Hände in seine Boxershorts und packte seinen Schwanz. Steinhart und umschlossen von seidenweicher Haut. Ich wollte diesen perfekten Körperteil in meinem Mund und an meiner Zunge pulsieren spüren. Ich wollte an ihm saugen und ihn berühren, bis er durch mich allein zum Orgasmus fand. „Ich will deinen Schwanz. Ich will dich."

„Meine Fresse", stöhnte er. Seine Augen zeugten von einer Wildheit, als er sich auf die Knie erhob, sein Hemd mit ruckartigen Bewegungen von seinen Schultern riss und sich schließlich seiner Hose zusammen mit den Boxershorts entledigte. Dann war er endlich nackt und schob sich erneut über mich. Ich konnte seinen unkontrollierten Atem an meinen Lippen spüren, der von einer rohen und entflammbaren Besessenheit zeugte. „Ich liebe dich."

Ethan schob meinen BH hoch und packte meine beiden Brüste mit seinen Händen. Er senkte den Kopf, saugte solange an meinen Nippeln, bis sie aufgerichtet vor ihm standen. Sein Mund schaffte es immer wieder, dass sich mein Geschlecht wie das Innere eines Vulkans anfühlte, der kurz vor dem Ausbruch stand. So heiß, dass ich es kaum aushielt. Ich war mehr als bereit für seinen Schwanz, aber ich wusste, dass er mich noch warten lassen würde. Dabei spielte es auch keine Rolle, wie oft ich ihn anflehte.

Ethan kontrollierte das Tempo.

Mit seinen Händen hob er meinen Rücken an und

öffnete den Verschluss meines BHs. Wenige Sekunden später warf er das einschränkende Material über seine Schulter. Er entließ ein zufriedenes Knurren und wandte sich wieder meinen Brüsten zu: Er betörte sie mit seinen kratzigen Stoppeln und seiner weichen Zunge, die genau wusste, wie sie zu saugen, lecken und knabbern hatte, um mich in den Wahnsinn zu treiben.

Seine Hand schob sich in mein weißes Bikinihöschen und fand mein Geschlecht mit einer besitzergreifenden Berührung. „Mir allein", sagte er bestimmt und schob einen langen Finger in meine feuchte Höhle.

Schreiend hob ich ihm mein Becken entgegen, als er seinen Finger bog und meinen Lustpunkt fand. Nach diesem Moment hatte ich mich so sehr gesehnt: Ich überwand die Brücke zwischen heranwachsender Begierde und dem Orgasmus.

„Ethan, bitte!", flehte ich ihn an.

Seine Antwort bestand darin, mit dem Daumen über meine Klitoris zu schnellen, während seine Finger in meiner Hitze mich zu einem alles vernichtenden Höhepunkt trieben. Ein Höhepunkt, der mich unter ihm zum Beben brachte und nach Atem ringen ließ.

„Nicht den Blick abwenden. Ich will deine Augen auf mir spüren", stieß er heraus. „Ich will das Feuer in deinen Augen sehen und deine Beine vor Lust zittern sehen, wenn ich in dir bin. Ich will meinen Namen auf deinen Lippen sehen." Seine Finger drosselten das Tempo und brachten mich sanft auf die Erde zurück. Sein Bedürfnis, mich zu besitzen, hielt mich auch jetzt noch im Bann.

Noch hatte ich es nicht geschafft, meine Atmung wieder unter Kontrolle zu bringen, weshalb ich herauspresste: „Du sollst auch kommen." Ich nahm seinen Schwanz in meine Hand und rieb über seine harte Länge. Er sog scharf den Atem ein und ich grinste.

„Dank dir werde ich das", kam sein dunkles Versprechen.

Mein Höschen wurde mir ausgezogen und ich spürte, wie er einen ehrfürchtigen Kuss auf den Venushügel platzierte. Wie so oft eine sanfte Geste, bevor seine unanständige und teuflische Seite überhandnahm. Wie ein letztes Versprechen, dass er mich liebte. Wie eine Bitte, das nicht zu vergessen, wenn es wild wurde. Mein rasender Sexgott und sein schlechtes Gewissen. Wenn er mir auf diese Art klarmachte, wie viel ich ihm bedeutete, liebte ich ihn noch mehr.

Um mich brauchte er sich keine Sorgen zu machen. Ich akzeptierte ihn verdorben oder behutsam. Ich sehnte mich nach jeder Facette von ihm.

Ethan rollte mich auf die Seite und richtete sich selbst so aus, dass sein Schwanz meinen Mund erreichte und er mein Geschlecht verwöhnen konnte. Er hob mein Bein, bedeckte die Schenkelinnenseite mit sanften Küssen und näherte sich langsam meinem Geschlecht, als wäre ich eine Delikatesse, die es zu genießen galt.

Ich nahm seinen dicken Schaft in die Hand und rieb über die samtweiche Haut. Jedes Mal, wenn ich an der Wurzel ankam, drehte ich meine Hand, da ich wusste, wie wild ihn diese Bewegung machte. Und ich behielt recht: Er stöhnte an meiner Pussy. Dann brachte ich ihn zu meinem Mund und schloss die Lippen um seine weite Eichel. Ich saugte ihn tief in mich ein und benutzte meine Hand im gleichen Rhythmus für seinen Schaft. Saugen … drehen … reiben.

Seine Beine und sein Bauch spannten sich an und ich wusste, dass er der Erlösung näherkam. Ich schwelgte in den gehauchten Worten, die sich gedämpft durch seine Lippen bis zu meinem Geschlecht vorkämpften. Es dauerte nicht lange, bis alle Empfindungen in einen Wirbel aus Lust und Sex gesogen wurden und es unmöglich machten, Gefühle zu beschreiben. Wir verloren uns in der puren Ekstase.

„So gut. Oh scheiße. So verdammt gut. Du bläst meinen Schwanz so gut, Baby." Ethans gestöhnte Worte rissen mich aus meinem eigenen lustvollen Sturm und motivierten mich zum Handeln.

Ich liebe es, deinen wunderschönen Schwanz zu blasen. Ich setzte mich auf, kniete mich neben seine Hüfte und nahm seinen harten Schaft so tief in meinen Mund auf wie möglich. Ich saugte ihn gierig zwischen meine Lippen, bis seine Eichel gegen meine Kehle stieß. Mit einer Hand umfasste ich seine Hoden und massierte diese. In meiner Hand spannten sich seine Eier an, in Vorbereitung auf das, was ich von ihm wollte.

„Scheiße. Verdammt. Verdammt. Ich komme. Ich werde in deinem Mund kommen. Brynne –", keuchte er heraus. Im nächsten Moment zuckten seine Hüften und seine Hände packten jeweils eine Handvoll meiner Haare, um meinen Mund weiter zu ficken. Er hielt mich um seinen Schwanz gefangen, als er sich mit seiner männlichen Essenz in meiner Kehle ergoss.

Wie erwartet, rief Ethan in diesem Moment meinen Namen. Er wollte, dass ich zu ihm aufsah. Ich konnte in seiner Stimme hören, wie verzweifelt er sich nach dem Verschmelzen unserer Blicke sehnte.

Ich hob meine Augen und fand seine blauen Tiefen, die definiert waren von brennender Begierde und der Liebe, die er für immer in meine Richtung senden würde.

„Ich liebe dich", brüllte er auf eine Weise, die nur als quälende Glückseligkeit zu definieren war.

Das wusste ich nur, weil er dieselben Gefühle in mir auslöste.

Viele Stunden und mehr Orgasmen später lag ich in den starken Armen meines Mannes, umgeben von den sanften Wellen des Meeres und den flackernden Kerzen, die ein sanftes Licht auf uns warfen. Noch nie in meinem Leben war ich glücklicher gewesen. Niemals zuvor hatte ich mich mehr geliebt gefühlt. Jetzt verstand ich, wie besonders es war, eine Liebe wie die zwischen Ethan und mir zu haben.

Wie könnte ich jemals ohne diese Liebe leben? Was würde ich tun, wenn ich ihn verlor? Würde ich seinen Verlust überleben?

Ethan hatte mich für alle Ewigkeit verändert. Es gab keinen Weg zurück. Niemals.

Ich schloss meine Augen und konzentrierte mich auf das Hier und Jetzt mit ihm. Auf das Bett der Liebe mitten auf einem Strand in Italien, mit Ethans Brust gegen meinen Rücken und seiner Hand beschützend auf meinem Bauch. Sogar während er schlief, gab er mir das Gefühl von absoluter Geborgenheit.

Er hielt uns gegen sein Herz gedrückt. Wir gehörten ihm und er würde alles tun, um uns zu beschützen. Er würde alles tun, damit wir immer wussten, wie sehr er uns liebte.

Dieses Gefühl konnte ich nicht beschreiben ...

Der Gedanke, dass mir dieses Geschenk zuteilwurde, war beinahe beängstigend.

TEIL ZWEI

HERBST

Did the cold wind bite you, did you face up to the fright?
When the leaves spin from October and whip around your tail?
Did you shake from the blast, did you shiver through the gale?

-JETHRO TULL – WEATHERCOCK

KAPITEL 6

30. September
Somerset

*D*er Junge bricht auf seiner toten Mutter zusammen und weint bitterlich. Zurückgelassen im Dreck der Straße ziehen sich die Stunden in die Länge. Die Sonne steigt höher und höher und es wird immer schwieriger für mich, die Situation zu ignorieren. Sein Klagelied tritt lauter und lauter an meine Ohren und trifft mich genau in mein verdammtes Herz. Dieser Junge – das bin ich. Ich weiß, wie er sich fühlt. Ich kann es nicht länger ertragen, ihn weinen zu hören. Aus diesem Grund treffe ich die Entscheidung, zu ihm zu gehen und ihn in meine Arme zu heben. Ein schwerwiegender Fehler. Meine Entscheidung ist der Grund für den sicheren Tod dieses Jungen, denn er war der Köder. Er hat nie eine Chance gehabt, denn sie haben ihn als Köder benutzt, um mich anzulocken. Für meine Handlung gibt es keine Wiedergutmachung …

Ruckartig wurde ich aus dem Traum gerissen. Ich schnappte verzweifelt nach Luft. Der Traum war wie ein Film, der erst in Zeitlupe und dann plötzlich im Zeitraffer abgespielt wurde, der jeglicher Logik widersprach und am Ende trotzdem Sinn machte. Ich war unter dem beklemmenden Gewicht tiefster Dunkelheit begraben, nur um kurz darauf in Richtung des blendenden Lichts der Freiheit katapultiert zu werden.

Verdammte Scheiße, wie sehr ich es hasste.

Die Träume trieben mich an den Rand des Wahnsinns.

Wegen dieser Träume war ich nicht richtig im Kopf.

Und das Schlimmste: Ich schlief im selben Bett wie meine schwangere Frau. Das war der Teil an dieser Sache, der mir schwer zu schaffen machte. Jetzt folgte der Moment, in dem ich vollkommen unbeweglich auf dem Rücken lag. Ich war zu panisch, um meinen Kopf in ihre Richtung zu drehen und nachzusehen, ob sie friedlich schlief oder wach war und mich besorgt anblickte. Hatte sie mich dieses Mal erwischt? Oder war ich ihr erneut durchs Netz geschlüpft?

Ich wagte einen Blick und bewegte dabei nur meine Augen. Ich hatte Angst, mich zu viel zu bewegen. Absurd eigentlich. Schließlich bewegten sich Menschen im Schlaf ständig. Mir war es nur wichtig, dass sie weder etwas sah, noch etwas hörte. Ich musste alleine mit meinen Dämonen fertig werden.

Schlafend lag sie auf der Seite, mit dem Gesicht von mir weggedreht.

Gott sei Dank!

Seit der Schwangerschaft schlief mein Mädchen nicht mehr so tief und fest, wie ich es von ihr gewohnt war. Ein Problem, mit dem ich schon lange zu kämpfen hatte. Es war nicht schwierig, der Ursache für meine Albträume auf den Grund zu gehen.

Brynne war der Auslöser: Nachdem ich sie gefunden und mich in sie verliebt hatte, löste sie einen Instinkt in mir aus. Ich wollte sie in Besitz nehmen und sie für mich beanspruchen. Dass sie gerade dieses Verhalten mit Liebe erwiderte, führte dazu, dass ich mir immer mehr Sorgen um sie machte. Ihre Bereitwilligkeit, mich trösten zu wollen, machte sie zu etwas Besonderem.

Vor Brynne war es mir möglich gewesen, jene grauenvollen Gedanken in meinem Verstand wegzusperren und mich von den Erinnerungen des Grauens zu distanzieren. Ich hatte jegliche Art von Gefühlen und Emotionen ausgeblendet. Ich hatte die Realität hinter mir gelassen, mich reserviert verhalten und niemals Gefühle zugelassen. Jetzt war alles anders.

Wenn die Erinnerungen nun wie Gespenster durch meinen Verstand geisterten, waren die Sequenzen noch verstörender als sonst. In meinem Kopf verschmolzen die Ereignisse der Vergangenheit und der Gegenwart zu einem Durcheinander zusammen, das wie ein Flummi durch mein Bewusstsein sprang und nichts mit der Realität zu tun hatte. Und dann gab es noch die verdammte Zukunft ... dieser Bastard würde mich noch in ein frühes Grab bringen.

Die Zukunft war ein beängstigender Scheißhaufen.

Sich zu verlieben, veränderte einfach alles: Denn jetzt gab es in meinem Leben eine Person, deren Verlust ich nicht verkraften würde!

Blitzmeldung, Arschloch: Du kannst sie verlieren. Auf viele verschiedene Wege. Es gab also eine Vielzahl an Gründen, sich Sorgen zu machen. Schließlich war es nicht lange her, dass ein durchgeknallter Drecksack die einzige Person entführt hatte, ohne die ein Leben für mich unmöglich war.

Brynne war diese Person für mich. Ich brauchte sie, um zu überleben.

Ich dankte Gott dafür, dass sie im Moment schlief und sie durch meine irren Gedanken nicht in ihrem Schlaf gestört wurde.

Ich atmete tief ein und versuchte mich davon zu überzeugen, dass alles gut werden würde. Ich wurde besser darin, die bekannte Vergangenheit von dem Unbekannten in der Zukunft zu trennen.

Also konzentrierte ich mich auf Brynnes tröstenden

Duft. Ich rutschte näher und presste meine Vorderseite an ihren Rücken. Mit dem Gesicht auf dem Kissen neben ihren Haaren konnte ich den berauschenden Duft aus Blumen und Zitronen in mich aufnehmen, der nur ihr zuzuordnen war.

Eine Hand legte ich auf ihren Bauch, der während unserer Zeit in Italien zwar gewachsen war, aber noch immer nicht besonders groß aussah – höchstens eine kleine Erhebung. Nach achtzehn Wochen hatten wir gemäß der Webseite *thebump* Punkt *com* jetzt eine kleine Kartoffel. Ich wusste immer gern, was ich zu erwarten hatte.

Brynne wollte das Geschlecht unseres Babys nicht erfahren. Bisher war es sowieso noch zu früh dafür. Sie erstaunte mich immer wieder mit ihrer Fähigkeit, auf etwas warten zu können, für das andere töten würden. Sie meinte, dass sie überrascht werden wollte. Das respektierte ich und wie sie würde ich auf die Enthüllung bis zur Geburt warten. Es war besser, wenn wir beide ahnungslos blieben und uns überraschen ließen. Würde ich es nämlich vorher wissen, könnte ich mich leicht verplappern und das Geheimnis verraten. Ob wir nun mit einer Laurel oder einem Thomas gesegnet wurden – das war egal. Die Hauptsache war, dass wir am Ende alle zusammen waren.

Langsam schwebte ich zurück in die Traumwelt, friedlich und gelassen, mit ihrer Wärme an meinem Körper. Dann spürte ich, dass sie unruhiger wurde: Ihre Atmung beschleunigte sich und ihr Körper spannte sich an. Mit der Hand suchte sie ihren Bauch und fand meine Hand.

„Ethan?"

Ihre Stimme klang aufgewühlt, beinahe verängstigt, und kam in einem gedämpften Ton über ihre Lippen, der mir verriet, dass sie schlief und träumte.

„Alles ist gut. Ich bin bei dir, Baby." Durch ihr Nachthemd rieb ich behutsam über ihr Bäuchlein und mit der Nase über ihren Nacken. Es dauerte nicht lange, bis sie sich von ihrem Albtraum losreißen konnte.

Bereit für etwas Schlaf schloss auch ich meine Augen, als sie plötzlich sprach. Dieses Mal war ihre Stimme laut und deutlich zu hören.

„Ich bin immer für dich da, Ethan."

Ich war wieder putzmunter.

Ihre Worte schockierten mich – selbst im Traum brachte sie ihre Liebe für mich zum Ausdruck.

Unsere Verbindung reichte so tief und das machte mich glücklich.

Was auch immer das Schicksal für uns bereithielt, so wusste ich doch, dass ich sie niemals loslassen könnte.

♥

DIESES HAUS war riesig. Eigentlich zu groß für unsere Ansprüche, wie ich fand. Bestätigt wurde dieser Gedanke von der modernen Garage, in der ich gerade mein Auto parkte. Die Originalfassade war noch immer in Takt, wodurch das Äußere den Eindruck eines zweihundert Jahre alten Kutschenhauses erweckte. Verdammt große Kutschen und Karossen, gezogen von Pferden und geführt von Kutschern.

Es fühlte sich fremd an, plötzlich auf dem Land zu wohnen, wenn man doch immer in der Stadt gelebt hatte. Geboren und aufgewachsen. Trotz allem liebten wir dieses Haus und mein Bauchgefühl sagte mir, dass es richtig war, hier unsere Wurzeln zu schlagen. Wir konnten nicht Vollzeit hier leben, aber ein langes Wochenende hin und wieder klang himmlisch. Es war nicht möglich, London komplett den Rücken zu kehren: Zum einen befand sich mein Unternehmen dort und zum anderen studierte Brynne in der Stadt. Sie war fest entschlossen, sich nach der Geburt wieder ihrem Studium zu widmen.

Der Grundstücksmakler hatte uns ein wenig über die Geschichte von Stonewell Court erzählt. Das Fundament war 1761 gelegt worden. Nachdem der Bau des Hauses mehrere Jahre in Anspruch genommen hatte, kaufte es schließlich ein Gentleman aus London. Er nutzte es als Sommerhaus für die Zeit, in der die Hitze der Stadt zu erdrückend war. Und der Gestank, wie ich annehmen musste.

Das London der Vergangenheit war nicht so angenehm wie das moderne London, weshalb ich verstand, dass es so viele Landsitze gab. Es amüsierte mich, dass wir es den Bewohnern von damals nachmachten: In London leben und das Landleben für eine Pause genießen. Wir hatten Spaß daran und das war alles, was zählte.

Jedes Mal, wenn ich daran dachte, dass diese Monstrosität als „Cottage" bezeichnet wurde, musste ich lachen. Amüsiert schüttelte ich den Kopf und machte mich auf den Weg hinters Haus, um Brynne zu finden. Ich hatte Robbie strikte Anweisungen gegeben, sie während meiner Abwesenheit zu beschäftigen, um ihr Geburtstagsgeschenk besorgen zu können. Oh ja, mein Mädchen feierte heute ihren fünfundzwanzigsten Geburtstag und konnte sich heute Nachmittag auf eine Party freuen.

Durch einen Rundbogen gelangte ich in den Garten und suchte mit den Augen nach meiner Ehefrau: Ich fand sie im Beet, wo sie mit Blumen spielte. Wenn ich das Verb *spielen* in ihrer Gegenwart gebraucht hätte, wäre ich um einen blauen Fleck am Arm reicher. Es machte den Anschein, als hätte sie beim Bepflanzen einer alten Gartenurne sehr viel Spaß. Mit den Gartenhandschuhen und der kleinen Schaufel setzte sie grüne Ranken in die Erde.

Der Garten hatte Brynne schon vom ersten Besuch an in den Bann gezogen. Was ich faszinierend fand, weil sie behauptete, keinen grünen Daumen zu haben. Seit sie in London den Garten meines Vaters gesehen hatte, wollte sie mehr darüber in Erfahrung bringen.

Robbie James, der Gärtner, den wir mit dem Kauf des Hauses übernommen hatten, half ihr mit den verschiedenen Beeten und dem Bepflanzen. Dem Haus wurde nach Jahren der Verwahrlosung wieder neues Leben eingehaucht. Ein Lächeln tanzte über meine Lippen, als ich sah, wie viele lilafarbene Blumen sie verwendete. Ihre Lieblingsfarbe. Das wusste ich natürlich. Schließlich hatte ich ihr lilafarbene Blumen nach meinem ersten Fauxpas geschickt und hatte daraufhin eine zweite Chance bekommen. Ich hob den Blick gen Himmel und richtete ein Danke an die Engel, die an zweite Chancen glaubten.

Brynne widmete sich dieser neuen Phase ihres Lebens in vollen Zügen. Das machte mich glücklich. Wenn sie im Dreck wühlen wollte, dann sollte sie das auch tun. Allerdings sollte sie sich nicht übernehmen. Mit Robbie hatte ich dieses Thema ausführlich besprochen: Sie durfte nichts in die Hand nehmen, das schwerer war als ein Gartenschlauch. Wenn sie nicht hörte, musste er mir davon erzählen, damit ich mit ihr sprechen konnte.

Ich fand seinen Blick, winkte ihm über die Wiese hinweg zu und ließ ihn damit wissen, dass ich zurück und er mit dem Babysitten fertig war. Ihr Geburtstagsgeschenk war abgehakt. Ich freute mich bereits auf ihre Reaktion.

Ich schlich mich von hinten an sie heran und bedeckte ihre Augen mit meinen Händen. „Wer bin ich?"

„Du bist spät dran. Wir haben nicht mehr viel Zeit für unser kleines Techtelmechtel. Mein Ehemann wird gleich zurückkommen, und wenn er dich hier sieht, wird er dich umbringen."

Verdammt, ihr Mundwerk macht mich scharf. „Ich arbeite schnell. Rein und raus in kürzester Zeit und ohne, dass er etwas davon mitbekommt."

„Oh, mein Gott." Lachend wirbelte sie herum und legte ihre Hände auf meine Brust. „Das hast du gerade nicht wirklich gesagt, oder?"

„Was meinst du?", sagte ich trocken. „Wenn wir Sex haben wollen, bevor dein eifersüchtiger Ehemann zurückkommt, dürfen wir keine Zeit verlieren."

Sie lachte und trat einen Schritt von mir ab. Sie machte eine Show daraus, sich die Handschuhe von den Fingern zu streifen. Es wurde deutlich, wie sehr ihr unser kleines Rollenspiel zusagte. Sie hatte ihre Haare wieder locker auf dem Kopf zusammengesteckt. Auf diese Weise liebte ich ihre Haare am meisten, weil mir dann die Ehre zuteilwurde, ihre Wellen die langersehnte Freiheit zu schenken.

Ihr scheuer und zugleich neckischer Blick war ein Zeichen dafür, dass sie etwas vorhatte. Ich wartete, dass sie ihren Plan in die Tat umsetzte. Für einen Moment betrachteten wir uns schweigend – warteten, planten und grinsten vor freudiger Erwartung.

Sie ließ die Handschuhe fallen.

Mein Schwanz erwachte.

Ihre Augenlider senkten sich verführerisch, bevor sie plötzlich herumwirbelte und in die Richtung des Hauses rannte.

Gott, ja! Ich gab ihr einen Vorsprung von zwei Sekunden und nahm die Verfolgung auf.

Ich konnte es nicht erwarten, sie einzufangen.

♥

BRYNNE RITT MICH so, wie nur sie es konnte: Sie rotierte mit ihrer Hüfte auf eine Weise, wodurch sich die Wände ihrer Fotze so eng um meinen Schwanz zusammenschlossen, dass der Orgasmus nicht mehr lange auf sich warten ließ.

„Oh, Ethan, du bist so hart", hauchte sie. „Du fühlst dich so gut an."

„Du bist der Grund, warum ich so hart bin und ich dich auf diese Weise ficken kann." Ich packte ihre Hüfte und stieß sie sachte zurück: Ich bekam nicht genug davon, den Ort zu sehen, an dem wir miteinander verbunden waren. Bei dem Anblick spannten sich meine Hoden bis zur Unerträglichkeit an.

Zuerst wollte ich, dass Brynne kam.

„Pack deine Titten für mich."

Wie die perfekte Liebhaberin umfasste sie eine Brust mit jeder Hand und lehnte sich vor – eine Opfergabe mit preisgekrönten Früchten. *Eine verdammt perfekte Analogie.* Brynnes Brüste hatte ich schon immer als saftiges Kunstwerk angesehen. Von der Schwangerschaft veränderten sie sich – auf eine gute Art und Weise. Jetzt waren sie noch praller und saftiger.

Als sie in die pinken Nippel kniff, die aufgerichtet und hoch auf ihren beiden Schönheiten thronten, entließ sie einen lustvollen Schrei. Sie war erregt und Schmerz war der Katalysator dafür gewesen. Ich entschied, den nächsten Schritt in die Wege zu leiten: Ich schob meine Hand zwischen ihre Beine und schnellte über ihre feuchte Klitoris, während sie meinen harten Schwanz ritt.

Ihr explosiver Höhepunkt war unausweichlich und ich wartete auf das erste Anzeichen. Wenn sich ihre warmen Wände um meinen Schaft zusammenzogen und meine Länge massierten, konnte sie der Erlösung nicht mehr entkommen. Und ich auch nicht; ich würde ihr sofort folgen. Ihre Pussy hatte mich vollends unter Kontrolle. Ich konnte nichts gegen die Unausweichlichkeit des herannahenden Orgasmus tun – und ganz ehrlich: Warum sollte ich auch? Jedes Mal war der Moment überwältigend.

„Oh, ich komme …", presste sie stöhnend heraus.

In ihrer glorreichen Nacktheit fand sie auf

wunderschöne Art und Weise zu ihrer Erlösung. Weit geöffnete braune Augen ließen einen Funkenregen auf mich hinabregnen.

„Oh, ja, oh ja!" Unsere Augen verschmolzen und ich folgte meinem Mädchen auf dem Pfad der Erlösung. Die zuckenden Wände ihres Geschlechts saugten auch den letzten Tropfen meines Spermas aus der Spitze meines Schwanzes. Ich hörte nicht auf, sie zu ficken: Ich kostete jede Sekunde aus, nahm sie weiter hart ran und dachte nur daran, mein Sperma *in* sie zu bekommen. Nur auf diese Weise befand sich ein Teil von mir noch in ihr, selbst nachdem sich mein Schwanz schon längst aus ihrer Hitze zurückgezogen hatte.

Sie brach auf meiner Brust zusammen. Wir keuchten und versuchten, Luft in unsere Lungen zu bekommen. Selbst dieses atemlose Gefühl genoss ich. Ich rieb über ihren Rücken und schloss die Augen. Wir waren ein schweißgebadetes Knäuel aus Sperma und Erregung. Ein verdammt hinreißendes, nachgiebiges, dreckiges Chaos.

„Das war das beste Geburtstagsgeschenk, das man sich wünschen kann", murmelte sie. „Jetzt solltest du aber wirklich gehen, bevor dich mein Ehemann findet."

Ich lachte und verteilte Küsse auf ihrem Kiefer. „Ich bin froh, dass es dir gefallen hat. Dein Ehemann sollte dich besser im Auge behalten."

„Er sollte sich besser darauf konzentrieren, mich zu befriedigen", sagte sie. „Die Schwangerschaft führt dazu, dass ich unersättlich bin."

„Ich werde mich um dich kümmern, Baby. Vergiss ihn. Er ist ein Idiot."

„Da muss ich dir recht geben, und dein Schwanz ist sowieso um einiges größer als seiner."

„Verdammt, Weib, du bist wirklich eine Herausforderung." Ich kitzelte sie, bis sie quietschte und mich anflehte, aufzuhören.

Wir lachten und machten es uns schließlich wieder

bequem, um die Zweisamkeit zu genießen. So fühlte es sich also an, wenn man glücklich war. Ich brauchte nicht viel. Jetzt, da ich Brynnes Liebe am eigenen Leib erfuhr, wusste ich allerdings, dass ich ohne sie verloren wäre. Liebe. Ein Gefühl, nach dem ich mich nie auf die Suche begeben wollte, hatte mich gefunden und mich vollkommen vereinnahmt. So sehr, dass ich nur dadurch bei Verstand bleiben konnte.

Ich atmete ihren himmlischen Duft ein, streichelte ihr mit den Fingerspitzen über den Rücken, bis ich plötzlich an der Stelle, an dem ihre Wange auf meiner Brust lag, einen Tropfen auf meiner Haut spürte. Mit den Fingern rieb ich über die Stelle und kam in Kontakt mit einer warmen Flüssigkeit. Was zum Teufel? Ich zog die Hand zurück und sah, dass meine Finger blutrot waren.

Mein Herz stockte. „Oh, Gott, Brynne, du blutest!"

„WAS? WIRKLICH?" Ich setzte mich auf und fand Ethans angsterfüllten Blick, der die blutbedeckte Hand zwischen uns hielt. Ich hob meine eigene Hand zu meiner Nase und mir wurde schnell klar, was los war. „Es ist alles okay, Ethan. Es geht mir gut", versuchte ich ihn zu beruhigen. Natürlich verstand ich, dass mein Nasenbluten ihn geschockt hatte.

„Das ist scheiß viel Blut", spie er. „Ich rufe Fred an", sagte er und griff zeitgleich nach seinem Handy auf dem Nachttisch.

Ich legte den Kopf in den Nacken und drückte mit Daumen und Zeigefinger gegen den Nasenrücken. „Es ist doch nur Nasenbluten, Ethan. Ruf Fred deswegen bitte nicht an." Ich rutschte von ihm und vom Bett herunter, damit ich keine Blutstropfen hinterließ.

Ich hastete ins Badezimmer und fand einen Waschlappen. Diesen drückte ich mit einer gut dosierten Kraft unter meine Nase und stellte mit meiner linken Hand das kalte Wasser am Waschbecken an.

Ethan stand hinter mir und seine weit aufgerissenen Augen verrieten mir, dass er noch immer panisch vor Angst war. „Lass mich dir helfen." Er nahm mir den Waschlappen ab und sah sich meine Nase an. „Es läuft noch", stellte er mit einem blassen Gesicht fest.

Ich presste den Waschlappen wieder unter meine Nase. „Baby, es gibt wirklich keinen Grund, sich aufzuregen. Es ist nur Nasenbluten und es ist nicht das erste Mal."

„Nicht das erste Mal?", brüllte er. „Wann ist es sonst noch passiert?" Ein wütender Ausdruck hatte sich auf seinem wunderschönen Gesicht manifestiert; verschwunden war mein süßer Mann und sein neckender Ton.

„Du musst dich beruhigen. Das Nasenbluten ist nichts Ernstes. Als du gestern auf Arbeit warst, ist es auch passiert."

„Warum hast du denn nichts gesagt? Verdammte Scheiße, Brynne!" Frustriert fuhr er mit der Hand durch seine Haare und packte im Nacken ein Bündel.

„Okay." Ich hielt eine Hand hoch, denn langsam hatte ich genug von seiner übertriebenen Reaktion. „Ich will, dass du einmal tief einatmest und auf unsere Lieblingswebseite gehst. Suche nach ‚achtzehn Wochen schwanger'."

Er funkelte mich mit zusammengekniffen Augen an, hörte aber auf mich und holte sein Handy. Die Blutstriemen an seinen Fingern machten meine Situation nicht besser. Nachdem die Webseite geladen war, studierte er die Informationen gründlich. Beim Lesen bewegte er seine Augen hektisch hin und her. Dann entspannte er ein wenig, setzte sich auf die Bettkante und las vor: „Erhöhter Druck auf die Venen in deiner Nase könnte zu Nasenbluten führen." Die Situation gefiel ihm ganz und gar nicht. Er fühlte sich hilflos.

„Bist du dir sicher, dass es nichts Besorgniserregendes ist?" Ethan fand meinen Blick und bei dem Ausdruck auf seinem Gesicht fühlte ich in meinem Herzen ein Stechen. Er war traurig, verängstigt, frustriert und besorgt. Alles zur gleichen Zeit. Der arme Kerl würde Valium brauchen, wenn bei mir die Wehen einsetzten. „Es geht mir gut, wirklich." Ich drehte mich zum Spiegel und entfernte den Waschlappen. Meine Lippe und mein Kinn waren blutverschmiert, aber meine Nase hatte aufgehört zu bluten.

Ethan sprang wieder auf die Füße und kam ins Badezimmer zurück. „Lass mich das machen." Ich stand still und erlaubte es ihm, mir das Blut von Mund und Kinn zu wischen. Er machte den Waschlappen nass und rieb behutsam über mein Gesicht.

Ich schloss meine Augen und ließ ihn machen. Ich fühlte mich so geliebt und wertgeschätzt, trotz des Traumas, das mein armer Ethan gerade hatte durchleben müssen.

„Wie zur Hölle soll ich die Geburt dieses Babys überleben, Brynne?"

Ich legte meine Handflächen auf seine Wangen und sorgte dafür, dass er sich nur auf mich konzentrierte. „Das wirst du. Minute für Minute, genau wie ich." Ich wusste nicht, was ich ihm sonst sagen sollte. Auch ich hatte Angst.

Er zog mich in seine Arme, hielt mich fest gegen seine Brust gedrückt und küsste mich auf die Haare. Besänftigend rieb er dabei über meinen Rücken. Bald müssen wir duschen, um uns für die Geburtstagsparty mit seiner Familie fertigzumachen. Doch gerade zählte nur eines: Die gegenseitige Umarmung, die zumindest für den Augenblick die Ängste davonblies.

♥

„WIR HATTEN Kuchen, der übrigens sehr lecker war – danke, Hannah." Ethan nickte ihr dankend zu. „Die Geschenke wurden ausgehändigt – bis auf eins." Er grinste und sah meiner Meinung nach viel zu selbstzufrieden aus. Was zum Teufel hatte er vor? Ich nahm an, dass es etwas Großes sein musste, was mich nervös machte. Ich brauchte keine extravaganten Geschenke von ihm und wollte sie auch nicht. Ich kannte mich sehr gut. Meine Ansprüche waren nicht groß.

„Ich will Tante Brynnes Geschenk sehen", verkündete Zara lautstark. Meine fünfjährige Nichte hatte kein Problem damit, ihre Meinung in einen Raum zu brüllen. Ich war mir sicher, dass sie nichts gegen extravagante Geschenke einzuwenden hätte. Ethan liebte Zara abgöttisch und ich verehrte die Kleine. Und ihr musste es ähnlich ergehen, denn sie kam uns so oft wie möglich besuchen. Einer ihrer älteren Brüder würde sie bei schönem Wetter zu unserem Anwesen begleiten, wo sie dann übers Grundstück und durchs Haus rannte und mit ihren Barbies spielte. Zara war einzigartig.

„Okay, lasst uns gehen und einen Blick darauf werfen", sagte Ethan grinsend. „Zara, ich brauche deine Hilfe. Deine Aufgabe wird es sein, dafür zu sorgen, dass Brynne erst hinschaut, wenn ich es erlaube." Zara starrte mit dem Kopf im Nacken zu ihrem Onkel hinauf.

„Okay", sagte sie und nahm meine Hand. „Du darfst nicht gucken, Tantchen."

„Abgemacht", sagte ich. „Ethan, wenn du sagst ‚lasst uns gehen', was genau meinst du damit? Wo müssen wir hingehen?"

Ethan lachte und die anderen hatten ein geheimes Grinsen auf den Lippen.

„Vors Haus." Er hielt mir seinen Arm hin und ich hakte mich ein. Mit ihm auf der einen Seite und Zara auf der anderen wurde ich geführt.

Bevor wir durch die Eingangstür gingen, schloss ich dramatisch die Augen. Ich musste mir keine Sorgen machen; Ethan würde nicht zulassen, dass ich stolperte oder hinfiel. Das war nicht nur ein Teil seiner Persönlichkeit, sondern auch sein Beruf. Mein Mann war dazu geboren worden, um Leute zu beschützen und seinem Land zu dienen. Diese tief verankerten Merkmale zeigten sich in allem, was er tat.

Kieselsteine waren unter unseren Füßen zu hören und ich hatte immer noch keine Ahnung, was für ein Geschenk es sein könnte.

Wir hielten an.

Ich hörte geflüsterte Worte und dann brüllte Zara in ihrer niedlichen Kinderstimme: „Du kannst dir jetzt dein weißes Auto ansehen, Tante Brynne!"

Ein *Auto*? Ich öffnete die Augen und fand mich einem brandneuen, weißen Range Rover HSE Sport gegenüber. Das ganze Paket, inklusive Linksverkehr-Lenkrad. *Heilige Scheiße.*

Ich wirbelte herum und starrte Ethan mit offenem Mund an. „Du hast mir ein Auto gekauft?!"

Das Grinsen auf seinem Gesicht würde es die Mühe wert machen, das Fahren auf der linken Seite zu lernen. „Das habe ich, Baby. Gefällt es dir?"

„Ich *liebe* meinen Rover." *Ich bin so wahnsinnig eingeschüchtert von meinem Rover.* Ich wickelte die Arme um ihn und flüsterte ihm meine nächsten Worte ins Ohr: „Du bist verrückt, mir so ein extravagantes Geschenk zu machen. Du musst damit aufhören."

Er lehnte sich zurück und schüttelte den Kopf. „Verrückt nach dir und ich werde niemals aufhören."

Das wusste ich natürlich. Allein der Ausdruck in seinen Augen gab seinen Worten Nachdruck.

Ich wollte ihn gleichzeitig schütteln und küssen. Er gab viel zu viel Geld für Geschenke aus. Das musste er nicht, aber er war schon immer sehr großzügig gewesen. Er verwöhnte mich und hatte Spaß dabei.

Ich betrachtete mein neues Auto und schluckte schwer. Ich hatte eine vage Idee bezüglich des Preises und wusste, wie teuer ein derartiges Auto war. Scheiß teuer. *Oh, Gott, was passiert, wenn ich das Teil zu Schrott fahre?* Wie fährt man das überhaupt?

„Was soll ich nur mit dir machen, Blackstone?"

„Mit mir machst du gar nichts, aber ich denke, es ist an der Zeit, dass du etwas mit deinem neuen Auto machst." Er sah besorgt aus. Dachte er, dass mir sein Geschenk nicht gefiel? Ich würde ihn niemals verletzen; das stand einfach nicht zur Debatte. Zudem konnte ich ihm die Nervosität wegen des Nasenblutens ansehen. Ich bemerkte, dass dieses Problem etwas in ihm ausgelöst hatte. Mein Bauchgefühl machte seine traumatische Vergangenheit dafür verantwortlich. Innerlich seufzte ich und versuchte, zumindest für diesen Moment mein Unbehagen beiseite zu legen. Das war jetzt wirklich der falsche Zeitpunkt.

Ich betrachtete ihn. Dann fiel mein Blick auf Freddy und Hannah, Colin und Jordan, die alle mit einem breiten Grinsen darauf warteten, dass ich mein Geschenk einweihte. Zara, die Süße, brach die Anspannung, in dem sie aufgeregt auf und ab hüpfte. „Ich will mitfahren! Los geht's, Tantchen."

Ein nervöses Lachen später dachte ich: Warum eigentlich nicht? Ich war jetzt mit Ethan verheiratet. England war mein Zuhause und wir hatten ein Haus auf dem Land. Ich würde hin und wieder das Haus verlassen und wie jeder andere normale Mensch Besorgungen machen müssen. Nicht mehr lange und ich wäre eine Mutter, die Verantwortung gegenüber ihrem Kind trug. Es wäre besser, jetzt die nötigen Fähigkeiten zu erlernen.

Ich entgegnete die Erwartung mit einem hoffentlich selbstbewussten Lächeln und setzte einen Fuß vor den anderen.

Wie Rain Man, Leute. „Okay, es kann nicht schaden, mich in der Einfahrt zu probieren. Schließlich bin ich eine gute Fahrerin."

Zara und Jordan boten sich an und stiegen hinten ein. Ich ging zur Fahrerseite und öffnete die Tür. Sofort kroch mir der neue Ledergeruch in die Nase. Ich konnte einfach nicht fassen, dass dieses wunderschöne Auto mir gehörte.

Ethan, das Haus, seine Familie, das Baby. In meinem hormongesteuerten Zustand konnte ich mein Glück gar nicht begreifen.

Ich schnallte mich an. Der Gurt stellte sich als das kleinste meiner Probleme heraus: Als mein Blick auf das Armaturenbrett fiel, hatte ich das Gefühl, vor der Steuerkonsole eines Tarnkappenbombers zu sitzen. Ich schaute zu Ethan auf dem Beifahrersitz und streckte ihm meine Hand entgegen. „Schlüssel?"

Er lächelte. „Um das Auto zu starten, musst du hier drücken." Er zeigte auf einen Knopf.

„Verfluchte Scheiße, meinst du das ernst?"

Jordan gluckste. Zara kicherte. Ethans Mundwinkel zuckte, als würde er sich davon abhalten müssen, auf meinen Ausbruch mit etwas zu antworten, dass er später bereuen würde. *Kluger Ehemann.* Ich drückte den verdammten Knopf.

Bei meinem ersten Versuch auf der linken Seite zu fahren und auf der rechten Seite zu sitzen, fluchte ich mit Ethan als meinen geduldigen Fahrlehrer nur ein einziges Mal, insofern man die drei *Scheißes* nicht dazuzählte.

Die Kinder auf dem Rücksitz hatten sehr viel Spaß und liebten es, mich daran zu erinnern, auf der linken Seite der Landstraße zu bleiben. Dass es sowieso nur eine Spur gab, schien niemanden zu interessieren.

Ethan bewies erneut, wie schlau er doch war, in dem er seinen Mund hielt.

Als ich mit Ethan allein war, bedankte ich mich für sein großzügiges und gut durchdachtes Geschenk mit allem, was mich ausmachte.

KAPITEL 7

4. Oktober
London

„**D**ann sehen wir mal. Bei dem Baby hat sich in den letzten Wochen viel getan, hmm? Es hat jetzt die Größe einer Banane und mit dem Erreichen der zwanzigsten Schwangerschaftswoche können Sie Bergfest feiern; die erste Hälfte haben Sie geschafft. Die Werte und Maße versprechen eine gesunde Schwangerschaft. Nabelschnur: perfekt. Herzschlag: stark." Dr. B beschrieb, was wir auf dem Bildschirm sahen. Der magische Anblick unseres Babys, das wild strampelte, konnte in atemberaubender Klarheit bewundert werden. Ich konnte meinen Blick nicht von dem Wunder abwenden – nicht einmal, um dem Arzt zu antworten. Seit dem letzten Ultraschall hatte sich so viel verändert; ich konnte nicht verarbeiten, was ich sah. Ich blickte auf eine kleine Person und es gab keinen Zweifel daran, dass wir diese Person gemacht hatten.

Auch Brynne starrte voller Wunder auf den Bildschirm und konnte beobachten, wie ein kleiner

Daumen den Weg in den Mund unseres Babys fand und es daran lutschte. Wenige Sekunden später entließ es den Daumen wieder. „Hast du das gesehen?", fragte ich.

„Oh." Ohne den Blick vom Monitor zu nehmen, lachte Brynne sanft. „Unser Baby hat am Daumen gelutscht ... Ethan, er oder sie hat an seinem Daumen gelutscht!" Sie drückte meine Hand. Die schüchterne Aufregung auf ihrem Gesicht ließ sie auf eine Weise strahlen, die neu für mich war. Sie sah wie eine ... Mutter aus.

„Ich weiß." Momente wie diese zeigten mir, was für eine tolle Mutter Brynne sein würde. Daran hatte ich keine Zweifel. Ich rieb meinen Daumen über ihre Handfläche.

„Ahh, ja, ich kann versuchen, ob ich das Geschlecht des Babys herausfin –"

„ – nein! Ich will das Geschlecht nicht wissen, Dr. Burnsley. Sagen Sie es mir bitte nicht." Brynne schüttelte panisch mit dem Kopf. Ihre Entscheidung stand fest. Jeder Volltrottel konnte das sehen und unser guter Doktor war kein Volltrottel.

Dr. B warf mir einen Blick zu und neigte fragend seinen Kopf, ob ich an der Information Interesse hätte. Für einen Moment dachte ich daran, mit Ja zu antworten, schüttelte jedoch meinen Kopf.

„Wenn du es wissen möchtest, ist das okay, Ethan. Ich kann mich wegdrehen und Dr. Burnsley kann für dich nachsehen."

Ihre natürliche Schönheit und ihre Überzeugung in ihre Entscheidung, das Geschlecht des Babys nicht hören zu wollen, versetzten mich in Erstaunen. Sie wusste genau, wie sie die Enthüllung wollte. Brynne wollte das Geschlecht im Kreissaal erfahren, während ich am liebsten mit den Schultern gezuckt und gesagt hätte: „Klar, sagen Sie es mir, Dr. B." Dann würde ich wissen, ob wir mit einem Jungen oder einem Mädchen zu rechnen hätten. Wie aufregend wäre das? *Thomas oder*

Laurel?

„Nein, wir lassen uns zusammen überraschen", sagte ich ihr.

Meine Wertschätzung für mein Mädchen war groß. Ich brachte ihre Hand zu meinen Lippen und küsste ihren Handrücken. Wir tauschten einen Blick aus, ohne auch nur ein Wort miteinander zu wechseln. Das war nicht notwendig.

Der Arzt unterbrach unseren intimen Moment: „Na gut. Dann werden wir dafür sorgen, dass ihr überrascht werdet." Er druckte uns ein paar Bilder aus und wischte schließlich das Gel von ihrem Bauch. Anschließend schaltete er die Maschine aus, die es vermochte, atemberaubende Bilder von unserem ungeborenen Baby zu machen. *Mein Gott*, dieser Mann musste Eier aus Stahl haben. Keine zehn Pferde könnten mich dazu bringen, diesen Job machen zu wollen. „Was ich Ihnen beiden mit Sicherheit sagen kann", sagte Dr. B trocken, „das Baby wird entweder ein Junge oder ein Mädchen."

♥

„DIE ERSTE HÄLFTE zum Ziel ist geschafft, Baby." Bei unserem Mittagessen im *Indigo* musste ich akzeptieren, dass ich zu viele Dinge auf einmal tat und bei allen versagte: Nachrichten auf meinem Handy checken - die Fußball-Highlights auf dem Fernseher beobachten, der in der Bar eine Ebene unter uns hing – mich mit Brynne unterhalten. Ich benahm mich wie ein Arsch.

Ich legte mein Handy weg, ignorierte, was der Sportreporter über Manchester United und Newcastle sagte und gab Brynne meine ungeteilte Aufmerksamkeit. Auf ihren Lippen tanzte dieses schiefe Lächeln, das sie zur Perfektion beherrschte. Ein Lächeln, das verriet, dass sie mich beobachtet hatte und über meinen Mangel an Benehmen amüsiert war.

„Was denkst du gerade?", fragte ich.

„Hmm, ich genieße lediglich die Aussicht." Sie griff nach ihrem Wasserglas und nahm einen Schluck, ohne mich aus den Augen zu verlieren. „Ich habe dich an deinem Handy beobachtet, an Banane Blackstone gedacht und mich gefragt, wann du wohl merkst, dass ich dir nicht antworte."

„Sorry. Ich wurde von unwichtigen Dingen abgelenkt. Also, was denkst du darüber, was der Arzt gesagt hat?"

„Dass ich jetzt anstatt zu joggen lieber gehen sollte?"

Ich nickte. Manchmal behielt Brynne ihre Reaktionen zu bestimmten Dingen für sich. Ich wusste, dass sie gehört hatte, was der Arzt über ihre Trainingsroutine meinte. Allerdings hatte ich keine Ahnung, was sie davon hielt.

Sie zuckte mit den Achseln. „Gehen ist in Ordnung. Schließlich habe ich ja dich. Du wirst dafür sorgen, dass ich mein Workout bekomme. Alles gut." Ihr schiefes Lächeln wandelte sich zu einem ausgewachsenen, sexy Lachen.

Ohne Scheiß. Schwangerschaft führte bei vielen Frauen dazu, dass die Libido verrückt spielte. Und ich zählte zu den glücklichen Männern, dessen Frau ständig Sex wollte. Der Arzt hatte uns seinen Segen gegeben. Uns konnte also nichts aufhalten. Wir trieben es wie die Karnickel und liebten es. „Das kannst du laut sagen, Baby. Dr. B ist mein neuer bester Freund."

Sie rollte mit den Augen. „Ist das so? Typische ‚Sex ist völlig in Ordnung, solange Ihre Frau *Lust* hat'-Clubtagesordnung eben, oder?" Sie ahmte den hochtrabenden Akzent des Arztes nach. „Dazu dann noch die Andeutung. So clever und originell von unserem Doktor. Ich frage mich, wie oft er den Spruch schon gebracht hat."

„Es ist mir egal, wie oft er es schon gesagt hat. Er hat uns grünes Licht gegeben, um uns die Seele aus dem Leib zu vögeln. Der Rest geht mir am Arsch vorbei,

Baby." Ich zog die Augenbraue hoch. „Und ich kann immer."

„Das weiß ich doch", hauchte sie verführerisch, während sich ihr Hals auf eine hinreißende Weise rot färbte und den Wunsch in mir auslöste, meine Lippen an diese Stelle zu pressen.

Der Blick, mit dem sie mich gerade ansah ... Sinnlich, wunderschön – ein flüchtiger Blick von ihr auf mich, über den elegant gedeckten Tisch hinweg. Sie schaffe es immer wieder, mich aus der Umlaufbahn zu reißen. Mitten am Tag in einem Restaurant zur Mittagszeit wünschte ich mir, stattdessen sie zu verspeisen. Mehr brauchte es nicht. Ein Blick, eine kleine Berührung, ein geflüstertes Wort und ich wurde von Gedanken vereinnahmt, wann und wo ich sie das nächste Mal nehmen konnte.

Aus diesem Grund wechselte ich zu einem Thema, das in der Öffentlichkeit nicht zu einem Skandal führte. „Auch gefiel mir, was er über das Nasenbluten gesagt hat." Sie hatte recht behalten. Ich musste mir deswegen keine Sorgen machen, da es auf die Schwangerschaft zurückzuführen war. „Es tut mir leid, dass ich überreagiert habe."

Sie senkte den Kopf und warf mir einen Luftkuss zu, bevor sie mit den Lippen formte: „Vergeben und vergessen." Brynne hatte die Geduld einer Heiligen. Immer und immer wieder musste sie meinen Scheiß ertragen. Ich machte mir nichts vor; ich wusste, dass mein Arschlochverhalten ermüdend sein konnte. Brynne kannte mich sehr gut und ließ mich wissen, wenn ich mich wie ein Arsch verhielt. Aber meistens liebte sie mich einfach und rundete meine scharfen Kanten ab. Sie war etwas ganz Besonderes. Durch sie hatte ich es sogar geschafft, meinen Drang nach Kippen zu bekämpfen. Meine Nikotinsucht stand symbolisch für drei Dinge: Für den Bruch mit meiner Vergangenheit, den Wunsch nach einem gesünderen

Leben und der Verpflichtung zu zwei Menschen, die mich auch in den nächsten sechzig Jahren noch in ihrem Leben brauchten.

Mittlerweile rauchte ich nur noch eine Zigarette am Tag. Meistens abends vorm Schlafen. Ich hoffte wirklich, dass die Symbolik dahinter nicht so offensichtlich war. Alles, was die Träume und die Erinnerungen zurückhielt, war eine Wohltat für mich.

Brynne entschuldigte sich und ging zu den Toiletten, während ich mich dem Fußball-Live-Ticker und den Nachrichten auf meinem Handy zuwandte. Wie es aussah, würde ich im Januar für die XT Europe Winter Games in die Schweiz fliegen. Normalerweise sprang ich bei einem Job wie diesem immer an. Diesmal war ich jedoch besorgt: Prinz Christian von Lauenburgs Qualifikation beim Snowboarden versetzte ihn in einen Rausch. Sein Großvater – der König von Lauenburg – war weniger begeistert. Mitglieder aus Königsfamilien waren kompliziert und in Situationen wie diesen noch komplizierter. Der Enkelsohn war der einzige Thronfolger. Thronfolger bedeuteten diesen Familien einfach alles. Wenn sich der junge Prinz verletzte, war mein Ruf ruiniert. Zudem konnte man die Gefahren eines Terroranschlags nicht außer Acht lassen, die bei solchen Ereignissen immer eine Rolle spielten. Es würde nicht lange dauern, bis die ersten Drohungen eintrafen. So eine Chance konnten sich die Wahnsinnigen dieser Welt nicht entgehen lassen. Weltweite Medienaufmerksamkeit war ihr Ziel.

Ich ergab mich der Erkenntnis, dass ich den Auftrag schon über die Bühne bringen würde – wie immer. Die Aufregung fehlte und veränderte die Situation. Alles war in Ordnung, solange ich für Februar keinen Termin in meinem Kalender hatte. Das Baby sollte erst Ende des Monats das Licht der Welt erblicken – perfekt also! Nichtsdestotrotz konnte ich es niemals riskieren, kurz vor dem Entbindungstermin in der Weltgeschichte herumzureisen. Mein Magen verkrampfte sich bei dem

Gedanken. Wenn ich an die Geburt dachte, wollte ich mir vor Angst in die Hose scheißen: Krankenhäuser, Ärzte, Blut, Schmerzen, Brynnes Qualen, Komplikationen bei der Entbindung. Alles und nichts konnte schiefgehen!

Eine Nachricht von Neil warnte mich, dass etwas Dringendes nach meiner Aufmerksamkeit verlangte. Bei Notfällen verwendeten wir die gleichen Klingeltöne, um sofort reagieren zu können. Ich las seine Nachricht.

Das Blut gefror in meinen Adern.

Der News-Ticker auf dem Fernseher hatte das Programm von Sport zur Politik gewechselt.

Nein. Oh, verdammte Scheiße, nein.

ALS ICH VON DEN Toiletten zurückkam, verriet mir der Ausdruck auf Ethans Gesicht, dass etwas passiert war. Ich folgte seinem Blick zum Fernseher und fühlte, wie meine Knie bei dem Anblick *seines* Gesichts nachgaben. Ich lauschte den Worten des Reporters und was er über *ihn* zu sagen hatte. Ich las *seinen* Namen auf dem Fernseherbildschirm.

Sieben Jahre waren eine lange Zeit.

Es waren sieben Jahre vergangen, seit ich ihm das letzte Mal ins Gesicht gesehen hatte. Es wäre eine Lüge, zu behaupten, dass ich in dieser Zeit niemals an ihn gedacht hatte. Dann gingen mir so viele Gedanken durch den Kopf. „Wie konntest du mir das antun?" oder „Hast du mich denn so sehr gehasst?" oder mein Favorit: „Ist dir klar, dass ich wegen dem, was du mir angetan hast, versucht habe, mich umzubringen?"

Der Reporter erzählte die gesamte Geschichte –

effizient und auf den Punkt gebracht. In Worten, die ich nicht hören wollte und schon gar nicht bereit war, zu verarbeiten.

Leutnant Lance Oakley war einer von den Männern, die gestern schwer verletzt wurden, als vor dem Innenministerium in Bagdad eine Bombe fünf Leuten das Leben gekostet und acht weitere verletzt hat. Es wird davon ausgegangen, dass es sich um einen Terroranschlag handelt. Die Bombe zündete in den frühen Morgenstunden, als sich Angestellte gerade auf dem Weg ins Regierungsgebäude befanden. Hier residierte auch Oakley als Mitglied einer der letzten US-Einheiten, der als Botschafter arbeitete. Bisher hat sich keine Terrororganisation zu dem Anschlag erklärt. Aufgrund von Oakleys Verbindungen zu den höchsten US-amerikanischen Kreisen in der Politik wird erwartet, dass sich das in den nächsten Stunden schnell ändern wird. Leutnant Oakley ist der einzige Sohn des US-amerikanischen Senators Lucas Oakley, der sich neben Benjamin Colt als Kandidat des Vizepräsidenten für die nächste Wahl im November anbietet. Colts Kampagne für den wichtigsten Posten der Vereinigten Staaten war schon von Anfang an mit einer Anreihung von Problemen gespickt gewesen. Der Tod des US-amerikanischen Kongressabgeordneten Peter Woodson hatte dazu geführt, dass Oakley als Nachfolger für denselben aufgestellt worden ist. Wir wurden darüber in Kenntnis gesetzt, dass sich der Senator auf dem Weg zu seinem verletzten Sohn befindet, der derzeit im Lord Guildford Krankenhaus in London behandelt wird. Leutnant Oakley und die anderen Verwundeten sind aus dem Gefahrengebiet geflogen und nach England gebracht worden, um sich hier um die Verletzungen zu kümmern. Es gibt Berichte, dass ein Teil von Oakleys rechtem Bein amputiert werden muss — gleich unterhalb des Knies. Unsere Reporter stehen bereit, um weitere Informationen aus dem Krankenhaus in Erfahrung zu bringen. Politikanalysten geben bereits Prognosen ab, inwiefern dieser Vorfall Auswirkungen auf das Ergebnis der Präsidentenwahl in den USA haben könnte, die in weniger als einem Monat stattfindet. Für CNN vom Standpunkt in London berichtete …

♥

VOM MITTAGESSEN im Indigo fuhr Ethan uns direkt zu unserer Wohnung. Auf der Fahrt nach Hause sprachen wir nicht. Ich fragte mich, was er über die Angelegenheit dachte, aber hatte kein Interesse daran, die Sache zu diskutieren. Er verstand mich gut und stellte keine Fragen. Mein Mann brachte mich einfach nach Hause und in Sicherheit.

Sofort dachte ich an Dr. Roswell. Ich sollte so schnell wie möglich mit ihr reden.

Ethan war in seinem Büro, als mein Handy klingelte. Ohne nachzusehen, wusste ich bereits, um wen es sich handelte. „Hi, Mom."

„Liebling, hast du die Nachrichten über Lance gesehen?"

„Habe ich."

„Und wie fühlst du dich?"

Ich atmete tief ein und dankte Gott dafür, dass meine Mutter in San Francisco lebte und ein ganzer Ozean zwischen uns lag. Ich fand schnell heraus, in welche Richtung diese Unterhaltung gehen würde. In eine Richtung, die mir ganz und gar nicht gefiel. „Um ehrlich zu sein, will ich nicht einmal seinen Namen hören, geschweige denn sein Gesicht sehen oder von seinem zukünftigen Vizepräsidenten-Vater hören. Ich will einfach nichts davon wissen –"

„– Brynne, hör mir zu … Senator Oakley wird wollen, dass du Lance besuchst – eine Geste der Freundschaft und zur Unterstützung. Und da du in London wohnst, denke ich, dass du in Betracht ziehen solltest –"

„Nein! Auf keinen Fall, Mom! Hast du den Verstand verloren?"

Stille. Ich sah vor mir, wie sie die Lippen in kontrollierter Frustration aufeinanderpresste.

„Nein, Brynne, ich habe nicht meinen Verstand verloren. Ich denke dabei nur an dich. Über eine Sache solltest du nachdenken: Um wirklich glücklich zu sein und ohne Last auf den Schultern deine Zukunft anzutreten, solltest du in Betracht ziehen, einem alten Freund der Familie einen Besuch abzustatten."

„Wie kannst du das von mir verlangen, Mutter? Du willst, dass ich den Mann im Krankenhaus besuche, der mich verletzt und ein Video von mir gemacht hat, das mich beinahe zerstört hätte? Du willst wirklich, dass ich das tue? Warum? Weil sein Vater sich für den Posten als Vizepräsident interessiert und es gut für unseren Ruf wäre, mit einer Familie dieses Kalibers in Verbindung zu stehen? Ist das der Grund?" Zwar schmerzte es, ihr diese Frage zu stellen, aber ich musste die Wahrheit hören. Ich wollte, dass sie es aussprach, und wusste gleichzeitig, dass sie das niemals tun würde. Die Tränen, die ich vergießen wollte, kamen nicht. Stattdessen versteinerte sich mein Herz gegenüber der Frau, die mich neun Monate unter ihrem Herzen getragen hatte, noch ein wenig mehr. Immer wieder gab sie vor, mich zu lieben – auf diese Lüge würde ich nicht länger hereinfallen.

„Nein, Brynne. Ich denke doch nur an dich. Ich denke, dass du dich von dieser Situation nicht distanzieren solltest. Mit einem Besuch hättest du die Möglichkeit, die Vergangenheit zu verarbeiten und hinter dir zu lassen."

„Die Vergangenheit hinter mir lassen?" Ihre Worte fühlten sich wie ein Schlag ins Gesicht an. Mitten hinein, ohne Vorwarnung, wurde ich innerlich zerfetzt. Der Schmerz und der Schock vereinnahmten mich. Ungläubigkeit machte sich in mir breit. Nach einer Weile schaffte ich es, ihr zu antworten. „Wie stellst du dir das vor, Mom? D-denkst du, ich sollte ihn im Krankenhaus besuchen und einfach *ignorieren*, dass er mich vergewaltigt und seinen Freunden erlaubt hat, mich auf dem Billiardtisch zu benutzen und zu schänden? Dafür soll ich ihm deiner Meinung nach also ... vergeben?"

„Das denke ich, Liebling. Lass die Vergangenheit los. Dann kannst du in die Zukunft blicken. Es ist nicht hilfreich, an den Wunden alter Tage festzuhalten."

Jetzt bahnten sich die Tränen einen Weg.

Meine Mutter konnte mich einfach nicht lieben. Ich sog scharf den Atem ein, als ich bei dieser Erkenntnis den stechenden Schmerz in meiner Brust spürte.

„Nein, Mom." Meine Stimme brach, aber die folgenden Worte entsprachen der Wahrheit: „Ich wünschte, Daddy wäre noch hier. Er würde mir helfen. Er hat mich geliebt. Dad hat mich geliebt. Und soll ich dir sagen, warum ich das weiß, Mom? Weil er niemals, nicht in eine Million Jahren, etwas Derartiges von mir verlangt hätte!"

Ich gab ihr keine Chance zu antworten. Ich legte auf und unterdrückte den Drang, das Handy gegen die Wand zu werfen. Regungslos stand ich in unserem Schlafzimmer. Ich konnte mich nur darauf konzentrieren, den lebenswichtigen Sauerstoff in meine Lungen zu bekommen. Mein Körper fühlte sich taub an und dennoch hatte ich mich nie stärker gefühlt.

Diese Aussage würde zutreffen, sobald der Fluss an Tränen verebbte.

Die muskulösen Arme meines Ehemanns wickelten sich von hinten um mich und zogen mich gegen seine Brust. Ich hob die Hände, krallte mich an seinen Unterarmen fest und ... brach zusammen.

„Ethan, s-sie hat gesagt, dass i-ich Lance besuchen und ihm ver-vergeben soll ..." Die Tränen kamen in einer Flut, dass ich nichts mehr sehen konnte. „Sie denkt, dass es m-mir helfen würde, die V-Vergangenheit hinter mir zu la –"

„Ist ja gut." Er drehte mich in seinen Armen und drückte mich gegen seine Brust. Ich hieß seinen Duft willkommen, der mich in eine andere Welt trug und meine Sinne vernebelte. In seinen Armen, umhüllt von seinem Duft, fühlte ich mich geborgen. „Ich weiß", sagte er. „Ich habe einen Teil des Gespräches mitbekommen. Du musst nirgendswohin gehen, Baby. Wenn du nicht willst, musst du ihn weder besuchen noch jemals wieder mit ihm sprechen."

„I-ich kann einfach nicht glauben, dass sie das von mir verlangt hat. Ich vermisse meinen Dad so sehr ..." Meine Worte verebbten, als meine Schluchzer mit jeder vergossenen Träne an Stärke gewonnen. Ethan wandte sich der Aufgabe zu, mich zu beruhigen.

„Komm. Du solltest dich hinlegen. Diese Aufregung ist weder gut für dich noch für das Kind." Er führte mich zu unserem Bett und setzte mich auf die Kante. Vor mich hockte er sich hin und zog mir mit effizienten Handgriffen die Schuhe aus. In weniger als einer Minute lag ich im Bett auf dem Rücken. Er schwebte über mir, mit dem Gesicht nah an meinem. „Du kannst mir alles erzählen, solange du deine Beine hochlegst. Du bist erschöpft und traurig, und das gefällt mir überhaupt nicht." Seine zusammengezogenen Augenbrauen machten mir deutlich, wie wütend ihn die Situation machte – wie wütend er auf meine Mutter war. Die beiden würden sich niemals annähern. Innerlich schnaubte ich. *Mach dir nichts vor, Brynne. Nicht einmal du hast eine gesunde Beziehung mit dieser Frau.*

Nachdem er mir einen kalten Waschlappen für mein Gesicht und ein Glas Wasser gebracht hatte, gesellte er sich im Bett zu mir. Die meiste Zeit schwieg er, dennoch schaffte er es, mich mit seiner Anwesenheit zu trösten. Wir lagen beide auf der Seite und er presste seinen warmen Körper von hinten gegen meinen Rücken, streichelte mir über die Haare und hörte zu, als ich ihm die Unterhaltung mit meiner Mutter wiedergab.

Als ich jedes grausige Detail vor ihm dargelegt hatte, stellte er eine Frage. Sein sanfter und tröstender Ton nahm einen ernsteren Ausdruck an. „Brynne, hast du deiner Mutter jemals erzählt, was mit Karl Westman vorgefallen ist?"

„Nein. Du meintest, dass ich niemals einer Menschenseele davon erzählen soll."

„Und du hast ihr nichts gesagt?"

„Nein, Ethan, nicht ein Wort. Ich habe ihn noch nicht einmal bei der Therapie erwähnt."

„Das ist gut." Er machte damit weiter, mir mit den Fingern durch die Haare zu fahren, bevor er schließlich sagte: „Baby, ich weiß, dass die Situation nicht einfach war, nichtsdestotrotz darf niemand jemals von der Nacht erfahren, an dem dich Westman entführt hat. Niemals. Du musst diese Erfahrung nehmen und sie tief in deinem Bewusstsein vergraben, als wäre es niemals passiert."

„I-ich weiß. Sie haben ihn umgebracht, oder? Senator Oakleys Leute haben veranlasst, dass Karl ermordet wird, weil er versucht hat, sie mit dem Video zu erpressen, stimmt's?"

Mit seinen langen Fingern massierte er meine Kopfhaut. Es fühlte sich himmlisch an und stand im Kontrast zu unserem Gesprächsthema. „Ich denke, dass du damit nicht unbedingt falsch liegst. Allerdings wird es für diese Vermutungen niemals einen Beweis geben. Sein Körper wird verschwunden bleiben; Westman ist wie vom Erdboden verschluckt."

Ich nickte. Ich wusste nicht, was ich von alledem halten sollte, aber ich verstand es. Ethans Wortwahl traf mich mitten ins Herz. *Vom Erdboden verschluckt.* Dasselbe war auch mit meinem Dad passiert. Von einem Tag auf den anderen war er einfach verschwunden. Er konnte mir nicht länger beistehen. Ich würde nie wieder in seiner Stimme hören, wie sehr er mich liebte.

Und der Grund dafür war ich: Obwohl auch Lance damals seinen Beitrag geleistet hatte, war letztlich meine Entscheidung der Auslöser für seine teuflische Tat. Ich war auf die Party gegangen, hatte mich betrunken und hatte für meinen Körper keinen Respekt empfunden. Ich wurde benutzt und missbraucht. Eine Erfahrung, wegen der ich mein Leben beenden wollte ... Zum Schluss war es das Leben meines Vaters, das dieser Tat zum Opfer gefallen war. *Ich bin schuld an seinem Tod.*

„An was denkst du?", flüsterte er zum zweiten Mal am heutigen Tag.

Meine Emotionen lagen entblößt vor ihm und ich fühlte, wie mir wieder die Tränen in die Augen schossen. „Daran, wie sehr ich meinen Vater vermisse", platzte ich heraus.

„Baby ..." Ethan legte seine Hand auf meinen Bauch und rieb über die kleine Wölbung. Die Geste war wirklich süß, aber dadurch vermisste ich meinen Dad noch mehr.

Mit einem Mal konnte ich die Worte nicht mehr zurückhalten: „Heute waren wir beim Arzt und haben unser Baby gesehen. Wenn Daddy noch am Leben wäre, hätte ich diese Erfahrung mit ihm geteilt. Er hätte zugehört; nichts hätte ihn glücklicher gemacht, als davon zu hören. Er hätte sich gefreut, Großvater zu werden. Ich hätte ihm die Bilder gezeigt und er hätte mich gefragt, wie es mir geht. Ich vermisse ihn einfach so sehr." Ich pausierte. „Jetzt kann ich nicht mehr mit ihm reden und meine Mutter hört mir nie zu. Ich habe niemanden. Ich fühle mich wie ein Waisenkind." Schließlich kamen die Tränen, unbemerkt und leise.

Ethan spürte meine lautlosen Schluchzer, drückte mich fester gegen seinen starken Körper und zeigte mir, dass ich trotz meines einschneidenden Verlustes noch ihn an meiner Seite hatte. Er musste seine Berührungen an meinem Bauch verstärkt haben, denn plötzlich spürte ich etwas.

Ein flatterndes, kleines Kitzeln in meiner Gebärmutter. Der Hauch einer Regung in meinem Bauch erinnerte mich an Schmetterlingsflügel. Ich erstarrte, bedeckte Ethans Hand mit meiner und presste sie gegen den Ort, an dem ich die Bewegung gespürt hatte.

„Was ist?", fragte er besorgt. „Tut es weh –"

„Ich habe unser Baby gespürt. Es bewegt sich. Wie flatternde Schmetterlingsflügel." *Wie die Nachricht eines Engels.*

Er nahm seine Hand nicht weg, wahrscheinlich in der Hoffnung, dass ihm die gleiche Ehre zuteil kam. Als wir im Bett lagen und über schlimme Dinge nachdachten, die wir nicht ändern konnten, kam mir eine wichtige Erkenntnis: Ohne Ethan würde ich es nicht schaffen. Seine Stärke führte mich durch die harten Zeiten.

Ethan würde niemals erlauben, dass ich aufgab.

Seine nächsten Worte zeigten mir, wie gesegnet ich war, dass er mich gefunden hatte.

„Ich liebe dich", schnurrte er an meinem Ohr, „und die kleine Person in dir liebt dich auch … schon jetzt." Er spreizte die Finger, tanzte mit den Fingerspitzen über meinen Bauch – ein Beweis seiner besitzergreifenden Zärtlichkeit. „Er beobachtet dich. Dein Vater. Obwohl er sich an einem anderen Ort befindet, ist seine Liebe für dich immer noch greifbar, Brynne. Er wird dich immer lieben."

INNERHALB EINES Tages meldete sich Oakley. Ich hatte erwartet, dass er sich ein paar Tage mehr Zeit nehmen würde, bevor er sein Begehren kundtat. Da hatte ich eindeutig falsch gelegen. Der Senator hatte nicht den Luxus, Zeit zu vergeuden – immerhin gingen die US-Wahlen in weniger als einem Monat über die Bühne. Seit ich die Nachrichten im Restaurant gesehen hatte, war mein Kopf voll von Überlegungen und

Vermutungen: Dieses Arschloch würde die Kriegsverletzung seines Sohnes dazu nutzen, um seinen Präsidentschaftskandidaten in die mächtigste Position der Welt zu bringen. Das Schlimmste an dieser Erkenntnis: Es würde funktionieren.

Während ich die eine Zigarette vorm Schlafen gehen rauchte, kam der Anruf.

„Blackstone?", sagte er.

„Was wollen Sie?"

„Ich will die Bestätigung, dass die Vergangenheit für alle Zeit auf Eis gelegt wird."

„Natürlich wollen Sie das. Wollen wir das nicht alle. Wie stellen Sie sich das vor, Senator?" Es graute mir vor seiner Antwort. Wahrscheinlich, weil ich eine Ahnung hatte, was er sagen würde. Der Anruf von Brynnes Mutter war Hinweis genug gewesen.

„Ich verlange lediglich die Unterstützung für einen alten Freund der Familie. Krankenhausbesuch. Um die Presse kümmere ich mich."

Bingo. Bei der Idee verzog ich das Gesicht zu einer Grimasse. Ich stellte mir vor, wie ich sie im Bett zurückgelassen hatte. „Meine Frau wird nicht zustimmen." Weinend war sie endlich in meinen Armen eingeschlafen. Erschöpft und fertig mit den Nerven, nachdem ihre Mutter Unmögliches verlangt hatte. Diese Schlampe hatte kein Taktgefühl. Lange würde ich mich nicht mehr zurückhalten. Meine Geduld neigte sich dem Ende zu. Was für eine Mutter scherte sich einen Dreck um die Gefühle der einzigen Tochter? Und jetzt auch noch dieses Arschloch. Ich drückte meine Kippe aus und zündete eine Zweite an.

„Bringen Sie sie dazu, dass sie zustimmt, Blackstone."

„Mir ist klar, dass Ihnen nur Ihre Kampagne wichtig ist, Senator. Sogar das Wohlbefinden Ihres Sohnes geht Ihnen am Arsch vorbei. Eine Sache sollten Sie allerdings wissen: Ihre politischen Angelegenheiten und Ihr

Vergewaltiger-Sohn interessieren mich genauso wenig wie die Dinge, die unsere Queen im Bett treibt."

Ich musste Oakley dafür respektieren, dass er nicht um den heißen Brei herumredete. Er war gleich auf den Punkt gekommen und hatte das Problem in diesem nasalen, amerikanischen Akzent angesprochen, in einem Ton, dem jegliche Menschlichkeit fehlte. „Denken Sie nicht, dass wir langsam aber sicher diese Situation als Fehleinschätzung von Teenagern einstufen sollten? Dass wir die Sache endlich abhaken sollten, damit wir uns langfristig keine Gedanken darüber machen müssen, dass dieses Geheimnis ans Tageslicht kommt? Wenn sie sich als Freunde verkaufen, dann wird im Auge der Öffentlichkeit nie ein Verbrechen stattgefunden haben. Eine Versicherung, Blackstone. Ich denke, dass auch Sie daran interessiert sein sollten."

So sehr ich es auch hasste, musste ich doch zugeben, dass Oakleys „Versicherungs"-Taktik clever war. Diese Cleverness würde Brynne letztendlich nicht helfen, sondern sie noch mehr verletzen. „Mich interessiert nur das Wohlbefinden meiner schwangeren Frau, die durch den ganzen Medienrummel zusammengebrochen ist. Und das, Senator, wird Ihnen sicher nicht helfen. Ich kann sie nicht dazu zwingen, ihn zu besuchen. Sie wird es nicht tun."

Er antwortete mit: „Noch in dieser Woche", und legte auf. *Drecksack.* Ich starrte auf mein Handy und war mir sicher, dass die Nummer, mit der er mich kontaktiert hatte, bereits deaktiviert wurde. Das kribbelnde Gefühl der Angst kroch über meinen Rücken. Ich zündete eine weitere Djarum an und sog den wohltuenden Rauch in meine Lungen. Ich wusste nicht, wie ich das Problem lösen sollte, das mit jeder Stunde, die verging, noch problematischer wurde. Die US-amerikanischen Wahlen waren der Katalysator. Wie zur Hölle sollte man ein Biest dieser Größenordnung besiegen?

Ich stand auf und verließ mein Büro. Ich setzte mich auf den Balkon, wo ich mich dem Nikotin vollends hingab. Eine Djarum nach der anderen, bis mich das Nikotin und die Gewürze in einen berauschten Zustand versetzten und meine Sucht anheizten.

Der Rauch wirbelte in den kühlen Nachthimmel und verschwand. Ich hatte den Wunsch, dass das Gleiche mit meinen Problemen passierte. Ich grinste gefällig: reines Wunschdenken. So funktionierte das wahre Leben nicht. Ich musste eine Wahl treffen und letztlich wusste ich, dass ich keine Wahl hatte. Mein nächster Zug war unausweichlich. Manchmal war meine Erfahrung als Pokerspieler ein Fluch, denn ich war mir über meine Gewinnchancen zu jeder Zeit im Klaren. Ich wusste genau, wann das Spiel für mich vorbei war.

Ich wollte Brynne nicht in Oakleys Machtspiele hineinziehen, aber dafür war es schon zu spät. *Mein armes Mädchen hatte eine Welt voll Schmerz vor sich.*

KAPITEL 8

„Vor ein paar Tagen habe ich Ethan rauchend auf dem Balkon gefunden. Das war der Abend des Tages, an dem ich wegen der Sache mit Lance Oakley einen kleinen Zusammenbruch hatte. Mitten in der Nacht bin ich aufgewacht und musste feststellen, dass ich allein im Bett lag. Ich stand auf, um ins Badezimmer zu gehen und habe mich dann auf die Suche nach ihm begeben. Er versucht, das Rauchen aufzugeben und ich dachte auch, dass er sich ganz gut macht, aber wie gesagt … vor ein paar Tagen konnte ich sehen, dass er wieder in alte Muster verfallen ist."

„Nikotinsucht ist nicht weniger schwierig zu bekämpfen als Drogen oder Alkohol", sagte Dr. Roswell in ihrer urteilsfreien Stimme.

„In seinem Fall gehört mehr dazu."

„Was meinst du damit, Brynne?"

„Na ja. Er hat mir von seiner Zeit als Gefangener in Afghanistan erzählt." Ich zögerte. Ich wusste nicht, was ich ihr erzählen konnte, ohne Ethans Vertrauen zu verraten. Schließlich war es nicht meine Geschichte, sondern Ethans. Ich entschied, dass mein Verlangen nach Informationen seine Privatsphäre überwog. „Er wurde für zweiundzwanzig Tage festgehalten und gefoltert. Während seiner Gefangenschaft bildete sich das Verlangen nach einer bestimmten Zigarettenmarke heraus. Es wurde so schlimm, dass er davon verrückt wurde. Er sagt, dass die Zigaretten eine Erinnerung daran sind, dass er überlebt hat. Dass er nach allem, was er erlebt hat, noch immer am Leben war und ihm ein weiterer Tag zum Rauchen geschenkt wurde. Er hat furchtbare Albträume und leidet. Wenn ich versuche, ihm zu helfen, verschließt er sich. Er erzählt mir nicht viel. Ich denke, dass er sich schämt. Er schämt sich für seine Schwäche. Es ist furchtbar. Ich sorge mich so sehr um ihn."

„Ich kann mir vorstellen, wie schwer das für Ethan sein muss. Viele Soldaten leiden an posttraumatischer Belastungsstörung." Ich bemerkte, dass sie etwas in ihrem Buch notierte.

„Wie kann ich ihm aber helfen?"

„Von dem, was du mir gerade erzählt hast, hat Ethan ein extremes Trauma durch- und überlebt. Was du über Traumaopfer wissen musst: Sie würden alles tun, um das Thema zu vermeiden. Es ist einfach zu schmerzhaft."

„Wenn ich ihn also unter Druck setze, seine Träume und Erinnerungen mit mir zu teilen, mache ich alles nur noch schlimmer?"

„Du solltest dabei an dich denken, Brynne. Auch du hast ein Trauma erlebt, das mit einem gewaltigen Einfluss auf dein weiteres Leben einherging. Gerade hast du mir erzählt, wie sehr dich die Nachricht über Lances Verletzung getroffen hat." Dr. Roswell redete nie um den heißen Brei. „Wie verzweifelt versuchst du, Erinnerungen an die Tat zu vermeiden?"

So verzweifelt, dass man es sich nicht vorstellen kann, Doktor.

♥

LEN HIELT MIR die Tür von Dr. Roswells Büro auf. „Soll ich Sie heimfahren, Mrs. Blackstone?"

Ich seufzte bei den Worten des sanften Riesen, der für meine Sicherheit verantwortlich war. „Len, ich bitte dich. Wir haben das schon so oft besprochen. Ich will, dass du mich Brynne nennst."

„Sehr wohl, Mrs. Blackstone. Also nach Hause?"

Ich nickte hilflos und murmelte: „Ich gebe auf." Dieser Mann war so verdammt stoisch. Trotz allem hatte ich das Gefühl, dass er mich jedes Mal neckte – als wäre das unser Insiderwitz. Ich machte es mir auf dem Rücksitz bequem und dachte darüber nach, was ich mit Dr. Roswell über PTBS diskutiert hatte. Mir ging einiges durch den Kopf. Ich wollte ihm eine gute Ehefrau sein und ihm beistehen. Er sollte wissen, dass ich für ihn da war und ihn immer lieben würde. Es war mir egal, was er brüllte, wenn er seine Albträume hatte, oder was er von mir brauchte, um damit umzugehen und sich besser zu fühlen. Wenn es ihm nach harten Sex verlangte, um nach einem Albtraum zu entspannen, dann war ich froh, ihm das geben zu können. Abgesehen davon war der Sex einfach der Wahnsinn. Danke, Schwangerschaftshormone …

Mein Handy vibrierte und ich fischte es aus meiner Handtasche. Von Benny. **Alles okay, Darling?** Seine Nachricht brachte mich zum Lächeln. Ben hatte nicht aufgehört, sich um mich zu sorgen, nur weil ich jetzt mit Ethan verheiratet war. Ben und ich waren anders zusammen – auf eine Art und Weise, die ich mit Gaby nicht sein konnte. Auch Ben und Gaby waren sich sehr nah, denn auch sie hatte ihre Dämonen. Wir beide zogen Ben immer damit auf, dass er emotional gebrochene Frauen anzog. Er meinte, dass ihm genau das Muschipunkte einbrachte. Er wusste dadurch nämlich, was im Verstand einer Frau vor sich ging. Dass er eigentlich nicht auf *Muschis* stand, spielte für ihn keine Rolle. Ben hatte sicher auch gesehen, dass es in den letzten Tagen kein anderes Thema als Lance gab. Zum Teufel nochmal, man müsste wirklich hinter dem Mond leben, wenn man davon noch nichts gehört hatte. Mit seiner Nachricht wollte er mich wissen lassen, dass er hinter mir stand und an mich dachte.

Ich antwortete: **Das werde ich *lächelnder Smiley* Aber ich vermisse dich. Ich muss Babysachen kaufen gehen. Du musst mich begleiten, okay?**

Bei seiner schnellen Antwort grinste ich. **Geht klar, sexy Mama xo.** Er hatte den besten Geschmack, wenn es um Fashion und Design ging. Ben würde mir einen großen Dienst erweisen, wenn er mit mir shoppen ginge.

Der Verkehr in London versprach, dass die Fahrt nach Hause länger dauern würde als vorgesehen. Ich checkte meine E-Mails und antwortete auf ein paar davon, bis mein Posteingang durchgearbeitet war. Len war nicht besonders gesprächig, auch nicht, wenn er den Rover durch die zugestopften Straßen und den Nieselregeln steuerte. Ich musste also kein Gespräch am Laufen halten.

Mir war nicht entgangen, dass meine Mutter nie versucht hatte, sich wieder mit mir in Kontakt zu setzen. Wirklich keine Überraschung. Ich hatte ihr Dinge an den Kopf geworfen, die ihr mit Sicherheit nicht gefielen. Außerdem hatte ich einfach aufgelegt. Es würde eine Weile dauern, bis wir wieder miteinander sprachen. Unsere Beziehung war einfach so verkorkst. Ich hasste diesen Gedanken, aber die Wahrheit war oftmals hässlich. Und für meine Mutter und mich war die Wahrheit ein Sukkubus mit Periodenkrämpfen.

Mein Handy teilte mir mit, dass eine neue Nachricht eingetroffen war. Ich kramte erneut in der Handtasche und zog es heraus.

Eine MMS, die im Anhang einen Screenshot meines

Facebook-Profils zeigte. Ich zoomte näher heran. Mein Herz rutschte mir in die Hose, als sich mir eröffnete, was genau mir gesendet worden war: Der Screenshot zeigte einen Beitrag, den ich mit der GPS-Option geschrieben hatte, um Ethan zu dem Ort zu führen, an dem mich Karl festhielt. Ich hatte Karl in dem Beitrag markiert, damit Ethan sehen konnte, wer mich entführt hatte. Unter dem Screenshot stand ein Satz: **Karl Westman wird seit dem dritten August vermisst und du warst die letzte Person, die ihn gesehen hat.**

HYSTERISCH. Nur so konnte ich Brynne beschreiben, als sie in meinem Büro ankam. Len führte Brynne in den vierundvierzigsten Stock und ich wartete an der Rezeption auf mein Mädchen. Von dort aus brachte ich sie direkt in die Suite, die an mein Büro grenzte.

Mit einem irritierten Gesichtsausdruck sah sie sich in dem Raum um. Wahrscheinlich fragte sie sich, warum sie noch nie hier gewesen war oder davon gehört hatte. Es hatte sich nie der richtige Moment ergeben, um ihr zu erzählen, dass ich, bevor ich sie kennenlernte, meine Frauenbekanntschaften an diesen Ort gebracht hatte, um mir Befriedigung zu verschaffen. Aber ihr jetzt davon erzählen? Oh, heilige Mutter Gottes, das wäre mehr als dämlich.

Stattdessen hielt ich sie in meinen Armen. „Sag mir, dass es dir gut geht, Baby."

„Ethan, warum tun sie mir das an? Werden sie jemals aufhören?"

Ihre Fragen brachen mir das Herz. Es fühlte sich an, als würde mein Herz durch einen Fleischwolf gedreht und zerquetscht werden.

„Brynne, du musst dich beruhigen und mir genau

zuhören." Ich umfasste ihr Gesicht und stellte sicher, dass sie mir in die Augen sah. „Senator Oakley hat mich in der Nacht angerufen, in dem die Neuigkeit über seinen Sohn öffentlich gemacht wurde. Er will, dass du seinen Sohn im Krankenhaus besuchst und der Welt zeigst, wie gut befreundet ihr seid." Es machte mich krank, das zu sagen, aber in mir war die Erkenntnis herangereift, dass es keinen anderen Ausweg aus diesem Chaos gab.

„Er hat dich angerufen? Du hast mit ihm gesprochen und mir nichts davon erzählt?", brüllte sie beschuldigend.

Ich schüttelte mit dem Kopf. „Es tut mir leid. Ich habe nach bestem Wissen und Gewissen gehandelt –"

„– aber warum? Ich will Lance Oakley nie wieder gegenübertreten! Wage es nicht, mich darum zu bitten, ihn besuchen zu gehen!", spie sie. „Wenn du das tust, bist du auch nicht besser als meine Mutter!"

Sie funkelte mich wütend an und ich wusste, dass sie drauf und dran war, mir davonzurennen. Ich entschied zu handeln und ihrem Vorhaben entgegenzuwirken. Ich packte sie an den Armen und zwang sie dazu, mir zuzuhören und sagte: „Nein, das ist nicht wahr. Ich habe ihm mit ‚Nein' geantwortet. Ich habe ihm gesagt, dass ich etwas Derartiges niemals von dir verlangen könnte. Ich weiß, wie sehr es dich verletzen würde. Aber dieser Screenshot, Baby …" Ich senkte die Stimme und sprach aus, was sie nicht hören wollte. „Dieser Scheiß wird erst verschwinden, wenn du dich vor der Presse als Freundin der Familie gezeigt hast."

„Nein …", sagte sie erschüttert.

„Brynne, Baby, es gibt andere, die von dem Video wissen – das hast du mir selbst gesagt. Der Besuch im Krankenhaus würde das Video *wertlos* machen. Ich will dich endlich in Sicherheit wissen. Du hast bereits so viel durchgemacht. Ich möchte, dass du mir zuhörst, wenn ich dir die Gründe darlege, warum ich denke, dass es eine gute Idee ist."

Der Blick, mit dem sich mich ansah? Der tragische Ausdruck auf ihrem wunderschönen Gesicht, mit Tränen auf ihren blassen Wangen, riss mich innerlich entzwei.

Sie schloss ihre Augen und nickte kaum merklich.

Ich konnte nicht anders; ich küsste sie. Ausgiebig kostete ich ihren Mund, einfach um die Nähe mit ihr zu teilen und ihr zu zeigen, wie sehr ich sie liebte. Dann setzten wir uns zusammen hin und ich erzählte ihr von meinem Gespräch mit dem Senator. Wie wichtig es war, auch andere, die von dem Video wussten, von einer ähnlichen Tat wie Karl Westman abzuhalten. *Scheiß verdammte Erpresser.* Sie musste verstehen, dass das Video an Bedeutung verlor, wenn sie ihre Freundschaft zu Lance verkündete. *Dreckiger Vergewaltiger mit zwei Mini-Schwänzen.* Dass es für die Öffentlichkeit keine Straftat gab, wenn sie sich als Freunde darstellten. Auf diese Weise würde die Tat als pure Dummheit von Teenagern abgetan werden, und – falls das Video jemals auftauchen sollte – lediglich als Versuch gewertet werden, dem zukünftigen Vizepräsidenten der Vereinigten Staaten zu schaden. *Schwanzlutschende, unmoralische Wichser.*

Brynne hörte mir aufmerksam zu, ohne mich zu unterbrechen oder Fragen zu stellen. Ihre hellbraunen Augen waren auf meine gerichtet und ich konnte sehen, wie sie die Situation allmählich verarbeitete. *Gott,* wie sehr ich ihre innere Stärke bewunderte. Niemals könnte ich ihren Mut anzweifeln, oder ihre Intelligenz.

Ich wusste, dass ich sie im Moment verletzte. Ich wusste, wie es sich anfühlte, wenn man seinen Dämonen nicht gegenübertreten wollte. Und Brynne hatte panische Angst, ihren Dämon im Krankenhaus zu besuchen.

Der Gedanke allein bringt mich um.

Sie schien sich meine Worte durch den Kopf gehen

zu lassen, stand auf, lief ins Badezimmer und stellte sich vor den Spiegel. Dort stand sie und starrte scheinbar emotionslos auf ihr Spiegelbild – auf eine Art und Weise, bei der ich mir die Frage stellte, wo mein leidenschaftliches Mädchen war, das ich im Mai kennengelernt hatte.

Schließlich drehte sie sich zu mir. Ihre Lippen bebten, ihre Augen füllten sich mit salzigen Tränen. Sie öffnete den Mund und versuchte, zu sprechen. Stattdessen schluckte sie schwer, bis sie schließlich ihre gebrochenen Worte durch die Lippen presste: „I-ich habe keine andere Wahl, oder? Ich m-muss Lance besuchen?"

Ich verzog bei der Frage mein Gesicht zu einer Grimasse, denn ich wusste, dass es darauf nur eine Antwort gab. *Scheiß verdammter Haufen Scheiße, der bis zum Himmel stinkt.*

WER AUCH IMMER sagte, dass die Regierung langsam war, konnte nicht von den Leuten gesprochen haben, die für den zukünftigen Vizepräsidenten arbeiteten. Nachdem ich mein Einverständnis gegeben hatte, wurde alles rasch in die Wege geleitet.

Du musst es machen. Ich stand im Krankenhausflur und wartete darauf, hineinzugehen. Der Geruch von Desinfektionsmitteln und Krankenhausessen wirkte sich auf meinen sensiblen Magen aus. Der Blumenstrauß, der mir gegeben worden war, bebte in meiner Hand. Ich versuchte, mich zusammenzureißen. *Du hast keine andere Wahl.* Ethans Hand auf meinem Rücken war eine besitzergreifende Präsenz, aber im Moment war es mir nicht möglich, mich auf seine Gefühle einzulassen. *Du musst es machen. Denk an dein Baby.* Ich wusste, warum Ethan nervös war. Dennoch konnte ich ihm momentan nicht helfen.

Sobald Ethan mein Einverständnis mit dem Handy geschickt hatte, war eine gut geölte Maschine in Gang gesetzt worden. Limousinen, Polizeieskorte, Hintereingang, Fotografen, Geschenke für den Patienten und eine Einweisung, was zu erwarten und was ich zu tun und zu sagen hatte. Alles war bis aufs kleinste Detail geplant. *Du wirst es tun.* Ethans Hand rieb über meinen Rücken. Auch er wurde gezwungen, ein Teil des Zirkus zu sein. Mein Ehemann würde meine Vergangenheit kennenlernen – alles, was ich vergessen wollte. *Er ist nur ein Soldat, der in dem Versuch, sein Land zu beschützen, verletzt wurde.*

„Mr. Blackstone, Sie bleiben links von ihr, bis Sie Leutnant Oakley vorgestellt wurden. Danach entschuldigen Sie sich, um einen Anruf zu machen. Ihre Frau soll den Besuch mit Leutnant Oakley allein zu Ende bringen." Die Pressesprecherin, die Ethan Anweisungen gab, wurde blass, als sie den Ausdruck auf seinem Gesicht sah. In Ordnung, sie war zusammengezuckt. Ich konnte Ethans *Fick-dich-du-überhebliche-Kuh*-Blick nicht sehen, jedoch konnte ich ihn mir gut vorstellen. Ethan gefielen ihre Anweisungen ganz und gar nicht; immerhin hatte sie ihm gerade aufgetragen, mich mit einem anderen Mann zurückzulassen. *Lance ist nicht irgendein Mann.* Es wäre möglich, dass er ihre Anweisungen missachten würde. Ich konnte es nicht erwarten, dass Ethan Miss Pressesprecherin die Meinung geigte.

Sie vermied den Augenkontakt mit Ethan und fragte mich: „Sind wir bereit?"

Nein. „Ja." *Er ist nur ein Soldat, der in dem Versuch, sein Land zu beschützen, verletzt wurde. Du kennst ihn schon seit einer halben Ewigkeit. Du kannst das. Du schaffst das.*

♥

MEINE BEINE machten die ganze Arbeit und brachten mich näher zu meiner Vergangenheit. Keine Ahnung, wo sie die Kraft hernahmen.

Wie bei einer außerkörperlichen Erfahrung beobachtete ich, wie ich mit langsamen Schritten zu einem privaten Krankenhauszimmer gebracht wurde. Ich wusste nicht, was ich erwartet hatte. Ich wusste nur, dass Lance eine schlimme Verletzung erlitten hatte und sein Bein unterhalb des rechten Knies amputiert werden musste. Was mich jedoch schockierte: Der Mann aus meiner Vergangenheit war nicht wiederzuerkennen.

Der Lance Oakley, an den ich mich erinnerte, ging auf eine Privatschule und war ein arroganter Junge von der Westküste, der sich in den besten Kreisen bewegte. Immer rasiert, übermütig und ehrgeizig. Ein Jura-Student in Stanford, als wir zusammen waren.

Er sah nicht länger wie der Stanford-Student aus.

Tattoos bedeckten seine Arme bis zu seinen Fingerknöcheln. Seine braunen Haare waren kurz geschoren, wie es bei einem Soldat üblich war und zusammen mit dem wilden Bart wirkte er gleichzeitig gefährlich und verletzlich. Muskulös und tätowiert lag er mit einem Krankenhausleibchen bekleidet im Bett und starrte auf die gegenüberliegende Wand. Nicht auf mich. Er sah gebrochen aus und nicht wie der gewissenlose Frauenhasser, zu dem ich ihn in meinem Kopf gemacht hatte.

Ich musste abrupt angehalten haben, denn Ethans Hand auf meinem Rücken trieb mich wieder vorwärts.

Ich unternahm einen weiteren Schritt und näherte mich dem Mann im Bett. Seine Augen fanden die meinen. So dunkelbraun, wie ich sie in Erinnerung hatte. Verschwunden war seine arrogante Selbstsicherheit, an die ich mich ebenso erinnerte.

Jetzt entdeckte ich etwas an ihm, dass vor all den

Jahren noch nicht vorhanden war: Reue. Der Wunsch nach Vergebung war deutlich auf dem Gesicht des Mannes abzulesen, der in einem Krankenhausbett lag und ein Teil seines rechten Beines vermisste. Irgendwann in den letzten sieben Jahren – vielleicht nach seiner Verletzung – hatte Lance Oakley sein Gewissen gefunden.

♥

„BRYNNE."

„Lance."

Sein Gesichtsausdruck verlor an Härte. „Danke, dass du gekommen bist", sagte er laut und deutlich, als wäre auch er von der Pressesprecherin seines Vaters unterwiesen worden.

„Natürlich." Ich trat näher, legte die Blumen auf seinem Bett ab und streckte meine Hand nach ihm aus.

Seine tätowierte Hand packte die meine und auf wundersame Weise passierte nichts Furchtbares. Kein Weltuntergang, keine Sonnenfinsternis. Lance brachte meine Hand zu seiner Wange und hielt sie gegen seine Haut gepresst. „Ich bin so froh, dich wiederzusehen."

Der Fotograf nutzte den Moment und schoss Fotos. Ich wusste, ich würde die Fotos in Zeitungen, im Fernseher und in Magazinen sehen. Daran würde keiner von uns etwas ändern können. Es war passiert.

Ich fühlte Ethans Präsenz neben mir. Er war so angespannt wie die Saite einer Geige. Er war sicherlich rasend vor Wut, dass Lance mich auf diese intime Weise berührte. Merkwürdigerweise störte mich die Berührung nicht. Ich fühlte mich wie betäubt und musste mich zwingen, mit der Scharade fortzufahren, um so schnell wie möglich der Folter zu entkommen.

Ich entzog Lance meine Hand und sagte: „Lance, das ist mein Ehemann Ethan Blackstone. Ethan, Lance

Oakley ist ein alter … Freund aus San Francisco."

Lances Aufmerksamkeit glitt zu Ethan und er hielt ihm die Hand zur Begrüßung hin. „Es freut mich, dich kennenzulernen, Ethan."

Es vergingen endlose Sekunden, in denen ich befürchtete, dass Ethan den Handschlag abschlagen würde. Die Zeit stoppte, als alle den Moment mit angehaltenem Atem beobachteten.

Nach einer gefühlten Ewigkeit streckte Ethan seine Hand aus und schüttelte Lances Hand mit einem kräftigen Ruck. „Wie geht's?" Die Begrüßung kam geschmeidig über seine Lippen. Ich kannte meinen Mann und ich wusste, dass er jede Sekunde verachtete, die wir in Lances Gegenwart verbrachten und etwas vortäuschen mussten, das nicht existierte.

Dann, wie bei der Produktion eines Films, tippte jemand Ethan auf die Schulter, entschuldigte sich für die Störung und teilte ihm mit, dass er einen wichtigen Anruf hatte. Und einfach so verließ Ethan den Raum. Seine angespannten Schritte zeigten mir, wie schwer es ihm fiel, mich mit Lance allein zu lassen. *Du schaffst das.*

„Bitte nimm Platz."

„Okay, natürlich." Ich folgte dem Drehbuch und war überrascht, dass sich mein Gehirn daran erinnerte, was ich zu tun und zu sagen hatte.

Als ich saß, nahm er wieder meine Hand in die seine. Ich erlaubte es nur, weil ich die Auslöser der Kameras hören konnte, wie sie Bilder von diesem Moment einer angeblichen Freundschaft schossen. Ein Anblick, der normal war, wenn ein Freund verletzt im Krankenhaus lag. *Du hast einen Job zu erledigen und hast es fast geschafft. Beende es, verlasse den Raum und blicke niemals zurück.*

„Du siehst wundervoll aus, Brynne. Glücklich."

„Ich *bin* glücklich." Und als würde ich die Erinnerung brauchen, entschied mein kleiner Schmetterlings-Engel mich mit seiner Anwesenheit zu beglücken. Ich schloss die Augen und erlaubte mir, die flatternden Berührungen meines Babys in mich aufzunehmen. Die Schönheit dieses Wunders ließ mein Unwohlsein in den Hintergrund treten und machte die Situation erträglich.

„Brynne, es tut mir leid, dass du herkommen musstest. Es tut mir leid, aber gleichzeitig bin ich so froh, die Chance zu haben, mit dir zu sprechen." Seine Stimme war so anders. Seine Sprechweise war anders. Ich konnte Aufrichtigkeit in seinen Worten wahrnehmen.

Ich öffnete die Augen und sah ihn an. Es fiel mir schwer, eine Antwort zu formulieren. Schließlich konnte ich nicht länger schweigen und sagte: „Ich hoffe, dass dein Genesungsprozess gut verläuft, Lance. I-ich muss jetzt gehen."

Es war die Zeit für den Gnadenstoß – den schwierigsten Teil dieser Inszenierung. Ich wusste, was von mir erwartet wurde. Also würde ich es durchziehen.

Ich stand auf und lehnte mich über ihn.

Enttäuschung war auf seinem Gesicht zu sehen. Er war enttäuscht, dass ich den Besuch beendete. Ich atmete tief ein, presste meine Wange gegen die seine und umarmte ihn. Stocksteif verblieb ich in der Position, während die Kameras ihre Bilder machten.

Lance wickelte seine Arme um meinen Rücken.

Um den Moment zu überstehen, schloss ich wieder die Augen und dachte an Ethan und meinen Schmetterlings-Engel.

Mein Auftrag war fast abgeschlossen. Die karierte Zielflagge wurde bereits geschwungen, als Lance entschied, mir etwas ins Ohr zu flüstern, und sich die Zielgerade wieder entfernte. Hastig sprach er die Worte und so leise, dass nur ich sie vernehmen konnte. Ich konnte den Ton in seiner Stimme nur auf eine Weise beschreiben: verzweifelt.

„Brynne, bitte besuche mich erneut. Ich will dir ohne Publikum sagen, wie leid es mir tut, was ich dir angetan habe."

KAPITEL 9

Als ich aus Lances Krankenzimmer kam, konnte ich Ethan seinen schlechten Zustand ansehen. Die Sorgenfalten um seine Augen und sein angespannter Kiefer waren ausreichend. Auch sein Verhalten sprach Bände. In Wellen traf seine Anspannung gegen meinen Körper. Er lehnte das Auto ab, das uns nach Hause gebracht hätte, und ließ stattdessen Len vorfahren. Ethan würde lieber sterben, als noch etwas vom Senator zu akzeptieren. Ethan war fertig mit dem ganzen Mist.

Nachdem uns Len vor unserem Gebäude abgesetzt hatte, führte mich Ethan mit gehetzten Schritten in die Lobby. Wir vergeudeten keine Sekunde – nicht einmal, um Claude, unserem Concierge, wie üblich zu grüßen. Ohne auch nur ein Wort zu sagen, zerrte er mich mit einem klaren Ziel in den Fahrstuhl.

In dem begrenzten Raum drängte er mich in eine Ecke, presste seinen Körper gegen meinen und senkte den Kopf auf meinen Hals. Er atmete tief ein, während mich sein würziger Duft umfing. Der Duft nach Begierde, Sex und dem brennenden Verlangen, sich in mir zu verlieren.

„Ethan", wimmerte ich seinen Namen.

Er brachte einen Finger an meine Lippen. „Sag jetzt nichts."

Ich spürte die harte Länge seines Schwanzes an meiner Hüfte und erschauerte. Ich war bereits so feucht für ihn und dabei hatte er noch nichts gemacht, außer mich gegen die Fahrstuhlwand zu drücken und mir zu sagen, dass er dem Reden gerade nichts abringen konnte. Es lag an seinem Verhalten, seiner Körpersprache, der Art und Weise, in der er mit mir wortlos kommunizierte. Sein Körper verriet mir, was er wollte. Und das war einfach unwiderstehlich.

Ethan wollte ficken. Und zwar mich.

Ich wusste, dass er im Moment den Feuersturm zurückhielt, der mich in der Sekunde überrollen würde, in der die Haustür hinter uns ins Schloss fiel.

♥

DAS KLICKEN DES Schlosses durchschnitt die angespannte Stille.

Mit meinen Sinnen hochalarmiert, bereitete ich mich auf seinen Ansturm vor. Ich musste nicht lange warten. In der nächsten Sekunde presste er sich von hinten gegen meinen Rücken. Er hatte nur ein Ziel: In mich einzudringen.

Ethan schob die Hände unter meinen Rock und seine Finger fanden meine Klitoris. Seine entschlossenen Erkundungen meines Geschlechts fühlten sich roh und primitiv an und schickten mich in einen Wirbel der Lust. Seine animalische Verzweiflung stellte in mir einen Schalter um. Ethan war ein Biest und die Bilder, die er mir in den Kopf setzte, lösten in mir eine vergleichbare Wildheit aus.

„Du bist bereits so feucht", schnurrte er an meinem Nacken. Seine Hüften rotierten gegen meinen Hintern, während er meine Pussy fingerte und mich auf seinen Höhenflug mitnahm.

Im Eingangsbereich schob er mich zu einem Tisch. „Stütze dich mit den Händen ab und halte dich fest", befahl er.

Als ich meine Position einnahm, riss er mein Höschen ruckartig über meine Beine. Ein Bein nach dem anderen hob er an, bevor sich seine magischen Finger wieder bei meiner Pussy einfanden. *Oh, Gott sei Dank.* Er verteilte meine Nässe, bearbeitete meine Spalte wie ein talentierter Gitarrist die Seiten seines Instruments, streichelte und schnellte über meine Klitoris, bis ich kurz vorm Orgasmus stand. Ethan kannte die Anzeichen und reagierte dementsprechend. Ich genoss seine Berührungen, bis ich auf seine rotierenden Hüften mit schamlosen Bewegungen meinerseits antwortete. Dann stoppte er. „Nein!", protestierte ich, als er seine Finger zurückzog.

„Ich werde mich um dich kümmern, Baby. Halt dich fest." Er gab mir einen harten Klaps auf den Hintern und das brennende Gefühl brachte mich dem Orgasmus noch ein Stückchen näher. Mein Körper spannte sich erwartungsvoll an. Ich konnte es nicht erwarten, ihn in mir zu haben. *Woher weiß er immer genau, was ich brauche?*

Ich hörte, wie er den Reißverschluss seiner Hose öffnete; das beste Geräusch, das ich heute gehört hatte. Ich bebte und stöhnte vor unerfüllter Begierde, als er seine Eichel an meinem Eingang positionierte. Ich war so feucht und bereit für ihn, dass mich das Warten um den Verstand brachte.

Mit den Handflächen auf dem Tisch senkte ich meinen Blick auf die wunderschönen Travertinfliesen: Cremefarbene Fliesen standen in einem erregenden Gegensatz zu unseren Kleidungsstücken, die wir in Erwartung von wildem Sex auf den Boden geworfen hatten. Dann erkannte ich, dass nur ein Bruchteil unsere Bekleidung auf den Fliesen lag: Ethans dunkelgraue Anzugshose zusammen mit seinem Ledergürtel hing um seine Knie, die pinke Spitze meines Höschens flatterte locker um meinen linken Knöchel und die Gucci-Peeptoes thronten auf den Füßen meiner gespreizten Beine. Wir waren die Darsteller in einer perfekten Szene; einer Szene, die nur eines repräsentierte: Wilden, dreckigen Sex zwischen zwei Menschen, die in ihrer Begierde so verzweifelt waren, dass sie keine Zeit hatten, um sich ihrer Kleider komplett zu entledigen.

Seine Hände packten meine Hüften und mit einem Stoß füllte er mich aus. Das atemlose Stöhnen, das ihm entrang, trieb meine Lust in ungeahnte Höhen. „Spürst du das, meine Schöne? Das ist alles für dich. Für dich allein." Er zog sich zurück; sein Schwanz glitt Zentimeter für Zentimeter aus mir heraus. „Du bist so wunderschön. Wie du dich über den Tisch beugst und", – er drang mit einem harten Stoß wieder in mich ein – „meinen Schwanz in deiner Fotze akzeptierst."

Gott, er fühlte sich so gut an. „Ja, oh ja!" Mehr konnte ich zu unserer Unterhaltung nicht beitragen. Es war mir nur möglich an den Ort zu denken, an dem wir derzeit verbunden waren.

„Du gehörst mir!", brüllte er mit jedem Stoß. Sein Rhythmus war eine sinnliche Bestrafung.

Ja, das tue ich. Mein Mann stellte nach meinem demütigenden Besuch im Krankenhaus seinen Besitzanspruch wieder her. Danach verlangte es ihm mit jeder Faser seines Körpers. Und mir auch. Immer und immer wieder drang er in meine feuchte Höhle ein; seine heiße Länge verlor sich mit tiefen und sinnvollen Stößen in mir, womit er mir die Luft zum Atmen raubte.

„Ich will, dass du es sagst", knurrte er.

Mein Höhepunkt näherte sich unaufhörlich. Ich konnte weder denken, noch sprechen; willenlos schien ich auf seine Befehle zu reagieren: „Oh, mein Gott, Ethan! Ja! Ich gehöre dir! Dir ganz allein!"

Die Wände meines Geschlechtes zuckten und der Orgasmus rollte über mich hinweg. Ich zog mein

Geschlecht so eng um seine hämmernde Länge zusammen, wie ich konnte.

„Oh, Scheiße, ja! Mach das noch einmal!" Eine Hand packte ein Bündel meiner Haare und riss meinen Kopf in den Nacken. Ich verstand, warum. Ethan brauchte die vollständige Intimität, die er nur durch unsere verschmolzenen Münder und Augen erreichen würde. Seine andere Hand umschloss meinen Hals, während er sein Tempo noch einmal beschleunigte und mit seiner Zunge meine zu einem erotischen Tanz einlud. Sein Kuss war wie eine Brandmarkung – heiß, verschlingend und begierig. Er biss und saugte mit seinen Lippen und seinen Zähnen, nahm mich auf jede erdenkliche Weise in Besitz und demonstrierte, dass ich wahrhaftig und unwiderruflich ihm gehörte.

Ich würde es nicht anders wollen. *Niemals.*

Als die glückselige Erlösung durch meinen Körper rauschte, stieß er mit der Zunge tief in meinen Mund und vereinnahmte damit auch meinen Atem, meine Seele, mein Alles.

Ich spürte, wie er in mir anschwoll, und konnte nur noch ein Wort äußern: „Ethan!"

„Ich liebe dich", ächzte er an meinen Lippen, bevor auch er seine Erlösung fand.

ICH LIEBTE DAS Gefühl, wenn Brynne um meinen Schwanz bebte. So verdammt gut. Jeder zuckende Griff von ihrem Geschlecht nahm meinen Schaft in Besitz. Ich spürte, wie sich meine Hoden anspannten, und kam eine Sekunde später. „Ohhh", stöhnte ich mit jedem vernichtenden Stoß in ihre enge Fotze.

Mein wunderschönes Mädchen gab sich mir in exquisiter Unterwerfung hin.

„Scheiße, JA!'", presste ich heraus, als ich eine heiße Spermaflut in sie schoss und sie von innen heraus markierte. Ich fickte sie auch weiterhin, schwelgte in der Ekstase, während ich mich an ihren Haaren festhielt. *Ficken. Lieben. Mein. Brynne.*

Wahllose Gedanken streiften durch mein Bewusstsein. Ich verschmolz mit ihr, doch eine Idee setzte sich fest. Egal, wie sehr ich mich auch in meiner Besessenheit verlor, niemals würde ich die Wahrheit vergessen: Ich war dieser Frau vollkommen verpflichtet. Sie besaß mich und alles, was mich ausmachte.

Und das würde sie bis in alle Ewigkeit.

Ich löste den Griff in ihren Haaren und vergrub mein Gesicht in ihrem Nacken. Ich atmete ihren blumigen Duft ein, der jetzt mit einem Hauch von Sex angereichert war. Mit den Lippen bahnte ich mir einen Weg über ihre Wirbelsäule, hauchte Worte an ihrer Haut, gab ihr zu verstehen, wie viel sie mir bedeutete, während ich immer wieder Küsse auf sie hinabregnen ließ. Ich hatte mich wieder beruhigt. Nichtsdestotrotz war mir die Situation voll bewusst: Ich hatte meine Frau gerade wie ein Irrer gefickt.

„Alles in Ordnung?"

„Mmm hmm", entrang ihr das sexy Schnurren.

Ich fragte mich, was sie grade dachte – obwohl ich nichts an meinem Überfall auf sie hätte ändern können. Nachdem wir Oakley im Krankenhaus verlassen hatten, fand ich mich an einem dunklen Ort wieder. Ich verstand, dass der Besuch notwendig war. Trotzdem hasste ich jede Sekunde, jede verdammte Sekunde. Mir war nur eines wichtig: Ich wollte mein Mädchen um alles in der Welt beschützen und sie von allem, was sie verletzen konnte, fernhalten. Ich biss mir auf die Unterlippe. Genau das war mir heute nicht gelungen. Ich musste von der Seitenlinie zusehen, wie *er* sie anfasste … nach all den Jahren war es ihm erlaubt, mein Mädchen wieder zu berühren.

Verschwende keinen Gedanken an den abartigen Dreckssack.

Stattdessen verließ ich Brynnes Wärme und zog meine Hose über meine Hüfte.

Ich fuhr mit der Hand über ihren hübsch präsentierten Arsch, packte eine Pobacke und labte mich an dem Anblick. „Du bist so verdammt hinreißend." Das Wort schien ihr nicht einmal gerecht zu werden. Es gab keine Worte, um den Anblick zu beschreiben, der sich mir gerade bot. Ich würde niemals genug von ihr bekommen. Niemals.

Sie streckte sich wie ein Kätzchen. Mein Mädchen war rundum befriedigt, aber noch war ich nicht fertig mit ihr. Der verzweifelte Fick im Eingangsbereich war nur zum Aufwärmen.

Noch immer vorn übergebeugt sagte sie: „Ich muss mich hinsetzen." Von ihrer pinkfarbenen Pussy, die von ihren gespreizten Schenkeln eingerahmt war, ließ ich meinen Blick über ihre langen Beine schweifen und stöhnte bei dem Anblick der schwarzen High-Heels an ihren Füßen.

Das schlechte Gewissen machte sich in meiner Magengegend breit. Sie sollte in ihrem Zustand nicht zu lange stehen; sie war schwanger. *Manchmal bist du wirklich ein verdammter Idiot.* Ich half ihr, sich aufzurichten und drehte sie zu mir um. „Tut mir leid, Baby. Ich werde es wieder gutmachen." Ich hob sie in meine Arme und küsste sie auf dem Weg in unser Schlafzimmer. Ich war erleichtert, als mir ihr verführerisches Grinsen auffiel. „Ich werde dir solange du willst deine Füße massieren."

„Das würde mir gefallen", summte sie gegen meine Brust.

Mehr brauchte es nicht. Jetzt war meine Welt wieder in Ordnung. Mir genügte einfach nur ein kleines Zeichen. Ein Lächeln, ein Wort, eine Berührung. Etwas sagte mir, dass sie meine Reaktion nicht störte und mich noch immer liebte. Zumal ich plante, noch einmal in ihr zu kommen und sie mindestens zu zwei weiteren

Höhepunkten zu führen. Das verdiente sie, bevor ich ihr die ersehnte Fußmassage gab.

Ich legte sie aufs Bett und sagte: „Das wird dir mehr als nur gefallen."

♥

BEI DEN SPECIAL Forces haben Offiziere die Befehlsgewalt über fünf Soldaten. Kleine Einheiten für taktische Operationen, bei denen man unauffällig sein musste.

Meine Männer waren die Besten der Besten. Mike, Dutch, Leo, Chip und Jackie. Der Tag, an dem wir den Jungen und seine tote Mutter fanden, veränderte alles. Es war der letzte Tag, an dem ich meine Männer lebendig gesehen habe. Das letzte Mal, dass Brüder, Ehemänner, Väter und Söhne Großbritanniens Luft in ihre Lungen saugen durften. Zwanzig Tage später war diese Anzahl auf die einsamste Zahl der Welt reduziert worden: Eins.

Mike war der Einzige, der es geschafft hat, mit mir dem Angriff auf der Straße zu entkommen. Rückblickend betrachtet wäre es besser gewesen, hätte er bereits dort sein Leben verloren …

IN DER BADEWANNE mit Wasser, dem ich Duftöle hinzugefügt hatte, entspannte ich und versuchte, die letzten zwölf Stunden zu verarbeiten. Heilige Scheiße, dazu war mehr nötig als ein heißes Bad.

Nach unserer zweiten Runde war Ethan in so einen tiefen Schlaf gefallen, dass er nicht einmal aufwachte, als ich aus dem Bett glitt. Normalerweise folgte er mir ins Bad, wenn er nicht schon damit beschäftigt war, mir Wasser einzulassen. Heute Abend war eine Ausnahme.

Das Theater im Krankenhaus hatte Ethan erschöpft. Ihn zerriss der Gedanke innerlich, mich in diese Situation geschickt zu haben. Allerdings war uns keine andere Wahl geblieben: Lucas Oakley würde seinen Kandidaten zum Präsidenten machen. Der Dank dafür gebührte seinem Sohn, der im richtigen Augenblick zu einem Kriegshelden aufgestiegen war. *Attraktiver Offizier verlor Bein durch Explosion.* Oh, und dieser attraktive Offizier war zufällig auch noch der Sohn des zukünftigen Vizepräsidenten. Die Umfragen prognostizierten bereits einen Erdrutschsieg.

Was wirklich erschreckend war: Sobald Senator Oakley der Vizepräsident wurde, war das Amt des Präsidenten nur einen Katzensprung entfernt. Dieses Gedankenspiel führte zu einem stechenden Schmerz in meiner Brust. Instinktiv legte ich meine Hand nicht auf meine Brust, sondern auf meinen Bauch: Ich wollte meinen Schmetterlings-Engel beschützen. Heute hatte ich getan, was getan werden musste: Ich musste sicherstellen, dass meine Vergangenheit mit Lance weder die Zukunft seines Vaters ruinierte noch die meine. Und ich würde es wieder tun. Für meinen Schmetterlings-Engel würde ich einfach alles tun.

Lance … als ich heute Morgen aufgewacht war, hätte ich niemals gedacht, ihm zu begegnen. Ich war nicht bereit gewesen, mich ihm zu stellen; gleichzeitig wusste ich natürlich, dass sich das Problem nicht in Luft auflösen würde. Lance Oakley löste sich nicht einfach in Luft auf. Ganz im Gegenteil. *„Brynne, bitte besuche mich erneut. Ich will dir ohne Publikum sagen, wie leid mir tut, was ich dir angetan habe."*

Diese Worte hatten mich tief schockiert. Es tat ihm leid? Ich wusste nicht, was ich mit seiner Bitte anfangen sollte. Er hatte sichergestellt, dass nur ich seine geflüsterten Worte zu hören bekam. Letztendlich spielte es keine Rolle, was er wollte. Ich würde ihn nicht erneut besuchen. Das musste ich nicht. Ich war zufrieden, wie die Dinge im Moment standen. Der Krankenhausbesuch war gut verlaufen – nicht so traumatisch wie erwartet. Ich fühlte mich stark und hatte getan, was von mir verlangt wurde. Genau wie

Lance auch.

Ich verlor mich nicht in den Gedanken, welche Wirkung diese Situation auf meine emotionale Gesundheit haben könnte. Weder hatte ich die Zeit noch das Interesse daran, mich länger damit zu befassen. Ich hatte ein Leben, zu dem ich zurückkehren wollte! Mein Ehemann, der mich liebte und meine Unterstützung brauchte, und mein Baby, dem ich meine Liebe schenken wollte, warteten auf mich. Die Scheiße mit Lance musste in den Hintergrund treten. Anders könnte ich nicht in die Zukunft blicken.

Ich war entschlossen, nach vorne zu sehen. Erneut fand ich meinen Bauch und hoffte auf eine Bewegung meines Babys, die ich als Zustimmung werten wollte. Doch diesmal hatte es keine Lust seine Mama zu unterstützen.

Ich wollte mich von Lance oder seinem Vater nicht von meinen Zielen abbringen lassen. Zugegebenermaßen hatte ich ein derartiges Zusammentreffen nach so vielen Jahren nicht erwartet. Lances Erscheinung hatte mich schockiert. Im Vergleich zu unserer Zeit als Teenager wirkte er jetzt so anders. Er schien sich um hundertachtzig Grad gedreht zu haben. Ich konnte es noch immer nicht fassen, dass der Mann, den ich heute im Krankenhausbett gesehen hatte, derselbe war, wie der aus meiner Vergangenheit. Ich hatte das Gefühl, jemand vollkommen Neues kennengelernt zu haben. Vielleicht hatte er sich in den letzten Jahren verändert. Sein Körper hatte sich definitiv verändert. Die Tattoos allein …

„Nein! Mike, es tut mir so leid! Ich werde es nicht wieder tun! Fuck. Scheiße, nein! MIKE! Gott, bitte nicht. Scheiße! NEIN, BITTE TUT DAS NICHT! NEIN … NEIN … NEIN!"

Ethan. Ich hörte ihn schreien und verstand sofort, was los war. Mein Mann hatte einen Albtraum. Ich stand auf. Wasser strömte über meinen nackten Körper, als ich nach meinem Bademantel griff. Ich zog das weiche Material über meinen tropfenden Körper und hastete aus dem Badezimmer. Ethan brauchte mich und ich musste ihm helfen. So einfach war das.

NACH ATEM RINGEND und mit beiden Händen um meinen Hals schreckte ich im Bett auf. Verzweifelt versuchte ich, Luft in meine Lungen zu bekommen.

Atme, Arschloch. Einatmen, ausatmen, einatmen, ausatmen.

Die schlimmste Erinnerung, die ich aus meiner Zeit bei den Special Forces hatte. Eine Erinnerung, die mich in alle Ewigkeit foltern würde. *Er hat seinen Frieden gefunden.* Diesen Satz wiederholte ich immer und immer wieder, wenn die Schuldgefühle überhandnahmen. Es half nicht viel, aber genug, um mein Leben so normal wie möglich zu gestalten. Mehr konnte ich nicht tun.

Einatmen, ausatmen, einatmen, ausatmen.

„Ethan, Baby …" Ihre sanfte Stimme teilte mir mit, dass sie wach war.

Ich hatte Panik davor, sie anzusehen. Verdammt, ich hatte furchtbare Angst davor, meinen Kopf zu heben und mich meinem bezaubernden Mädchen zu stellen. Sobald ich das tat, würde sie mir meine Schwäche und meinen Scham ansehen. Scheiße, was hatte ich dieses Mal gebrüllt? Mir stieg die bitterste Galle in die Kehle.

Aber Brynne überraschte mich einmal mehr. Sie tat nicht, was sie in der Vergangenheit getan hatte. Sie verlor nicht die Fassung, blieb ruhig und verlangte nicht von mir, ihr von meinen Albträumen zu erzählen. Sie verurteilte mich nicht und stellte auch keine Fragen. Stattdessen legte sie ihre Handfläche auf meine Brust und kam näher, bis ich ihren lieblichen Duft wahrnehmen konnte. Nur so bekam ich die Bestätigung, dass ich mich in der Realität befand und nicht in der Vergangenheit feststeckte. Sie ließ mich wissen, dass sie mich unterstützte und ich in Sicherheit war. „Ich bin bei dir. Ich liebe dich", hauchte sie an meinem Ohr. „Wie kann ich dir helfen?"

Bei ihren Worten wurde ich von einer grenzenlosen Erleichterung durchflutet. Ich zog sie enger an meine Brust und klammerte mich an ihr fest, als würde mein Leben davon abhängen. Die perfekte Beschreibung meiner derzeitigen Situation. Ich klammerte mich an meinem Mädchen fest, denn mein Leben lag buchstäblich in ihren Armen.

♥

DIE HAARE IN ihrem Nacken waren ein wenig nass. Ich konnte stundenlang mit ihren Haaren spielen. Ich liebte es, mit den Fingern durch ihre Wellen zu fahren. Ich liebte es, wie samtweich sie sich anfühlten und wie sie dufteten. Ich liebte einfach alles an ihren Haaren. Als sie mich fragte, wie sie mir helfen konnte, demonstrierte ich es ihr.

Wahrscheinlich wusste sie bereits, nach was es mir verlangte. Schließlich hatte sie mir auch zuvor schon „geholfen" und mir erlaubt, mich mit ihrem Körper zu trösten. Jetzt kam der Teil, der mir wirklich zu schaffen machte. Der Moment, in dem ich mich für mein bestialisches Verhalten entschuldigen musste. Dafür, dass ich sie wie einen Blitzableiter missbrauchte.

Wir lagen beide auf der Seite, meine Vorderseite gegen ihren Rücken gepresst. Ich atmete ihren Duft ein und spreizte meine Finger auf unserem kleinen Braten-im-Ofen. Jedes Mal hoffte ich auf einen Tritt, der mir bisher noch nicht gegönnt worden war. Brynne bedeckte meine Hand mit der ihren und seufzte zufrieden. Dieser kleine Seufzer führte dazu, dass ich mich um einiges besser fühlte. Eine zufriedene Brynne war ein guter Anfang.

„Es tut mir so leid, Baby", flüsterte ich schließlich an ihrem Ohr. „Vergib mir …"

„Es gibt nichts, für das du dich entschuldigen müsstest, Ethan. Mir ist nur eine Sache wichtig: Du sollst wissen, dass ich immer für dich da bin und dass ich dich liebe." Sie gähnte und tätschelte meine Hand. „Und jetzt schlaf ein wenig."

Meine Augen weiteten sich. Hatte ich sie gerade richtig verstanden? Hatte sie etwa nicht vor, mich auszufragen? Würde sie nicht verlangen, dass ich über meinen Albtraum sprach oder dass ich mich mit einem Seelenklempner zusammensetzte, um über den Scheiß aus meiner Vergangenheit zu sprechen? Ihr heutiges Verhalten weckte meine Neugierde.

„Brynne?" Ich strich mit den Lippen über ihre Schulter.

„Hmm?"

„Warum erschreckt dich mein … Verhalten von heute nicht? Mein Albtraum?", fragte ich mit Bedacht und presste meine Lippen in einem verweilenden Kuss auf ihre Haut.

„Ich habe mit Dr. Roswell über deine PTBS gesprochen."

Mein gesamter Körper spannte sich an. Ich verarbeitete das Gefühl von Verrat und sagte mir gleichzeitig, dass ich nicht voreilig urteilen durfte. Ich wusste einfach, dass mein Mädchen eine Erklärung parat hatte. Schließlich war Brynne nicht so ein Hitzkopf wie ich. Sie dachte nach, bevor sie sprach. Und wenn ich ehrlich war: Wenn ich in ihren Schuhen stecken würde, hätte ich den gleichen Schritt gewagt. Sie wusste über meinen Zustand Bescheid.

„Na ja, ich habe ihr nicht viel erzählt. Nur, dass du in deinen Träumen von Erinnerungen aus deiner Zeit in Gefangenschaft heimgesucht wirst. Ich habe sie gefragt, wie ich dir helfen kann." Sie drehte sich auf die andere Seite und fand meinen Blick. In ihrem Gesicht konnte ich ablesen, dass sie die Wahrheit sprach. „Ich habe es getan, weil ich dich liebe, Ethan. Ich würde einfach alles tun, um dich von dem dunklen Ort in die Realität zurückzuholen."

„Das tust du bereits. Schon von Anfang an", sagte ich ihr. „Du bist die Einzige, die mir helfen kann." Mit dem Daumen streichelte ich über ihre Wange. Ich wünschte, ich könnte ihr versprechen, dass ich nie wieder von Erinnerungen gequält oder mitten in der Nacht wie ein Wahnsinniger aus den Albträumen aufschrecke. Es würde wieder passieren. Vielleicht würde es niemals aufhören.

„Dr. Roswell hat mir ein wenig davon erzählt, wie sich die Erinnerungen bei Trauma-Patienten auf die jeweilige Person auswirken", fuhr sie mit sanfter Stimme fort. Ich konnte hören, dass sie meine Reaktion befürchtete.

„Was hat sie gesagt?", presste ich die Frage heraus.

„Sie meinte, dass Menschen, die an PTBS leiden, einfach alles tun würden, um nicht an die Erinnerungen zu denken. Es ist zu schmerzhaft und erschreckend."

Dr. Roswell hat recht.

Brynne schüttelte ihren Kopf. „Deswegen werde ich dich nicht mehr danach fragen. Ich will einfach nur für dich da sein. Egal, was du auch brauchst, ich bin hier, um es dir zu geben. Wenn du Sex brauchst, um die Erinnerungen loszuwerden, dann bekommst du Sex. Ich werde dich nicht unter Druck setzen, mir von deinen Albträumen zu erzählen." Sie schluckte schwer. Dann hob sie die Hand an meine Wange. „Ich verstehe jetzt, dass ich deinen Zustand nur verschlimmere, wenn ich dich ausfrage. Es tut mir leid, Ethan. Ich dachte, es würde dir helfen, wenn du darüber sprichst. Ich wusste nicht, dass ich dich damit verletze –"

Ich küsste sie und unterbrach ihre Entschuldigung.

Ich hatte genug gehört. Wunderschöne Worte der Akzeptanz, die meine Heilung auf eine Art und Weise beeinflussten, die sie sich nicht einmal vorstellen konnte. Mein Mädchen hatte mir gerade geholfen, den ersten Schritt in die richtige Richtung zu gehen. Vielleicht war es mir jetzt mit ihrer Unterstützung möglich, professionelle Hilfe aufzusuchen. Mut keimte in mir auf, eine ungeahnte Entschlossenheit.

Brynne vergrub ihre Hände in meinen Haaren und ballte sie zu Fäusten. Sie krallte sich an mir fest und ließ mich wissen, dass sie auch in meinen dunkelsten Momenten an meiner Seite sein würde. Gott, ich liebte sie so sehr. Niemals würde ich zum Ausdruck bringen können, wie sehr ich mein Mädchen liebte. Ich würde diese Liebe für alle Ewigkeit in mir tragen und bewahren. Ich war der Einzige, der jemals wissen würde, wie weit meine Liebe für Brynne reichte.

Auch nachdem ich ihr meine Lippen entriss, hielt ich sie eng an meine Brust. Noch konnte ich sie nicht loslassen. Ich brauchte die Berührung. Ich würde sie in meinen Armen halten, bis der nächste Morgen die Nacht in ihre Schranken wies.

KAPITEL 10

19. Oktober
Schottland

Brynne und ich waren für eine Hochzeit gekleidet. Dieses Mal waren wir nicht die Braut und der Bräutigam. Heute wurde diese Ehre Neil und Elaina zuteil.

„Wenn du so weitermachst, wirst du noch ein Loch in den uralten Steinfußboden laufen. Muss ich mich darauf vorbereiten, dass du dich gleich in die Ecke setzt, die Arme um die Knie wickelst und wie ein Wahnsinniger vor- und zurückwippst?" Ich konnte nicht anders; die Möglichkeit, ihn auf die Palme zu bringen, war einfach zu verlockend.

Neil funkelte mich mit einem Blick an, der töten könnte, und konzentrierte sich dann wieder auf seinen Marschschritt durch den Raum. „Das sagt sich so einfach, wenn man schon verheiratet ist. Ich erinnere mich daran, wie du vor der Zeremonie mit Brynne im Raum durchgeknallt bist. Wenn wir deine Djarums nicht so gut versteckt hätten, hättest du dir drei Kippen gleichzeitig ins Maul gestopft."

Ich schüttelte den Kopf. Deswegen konnte ich meinen Vorrat also nicht finden. Arschgeigen.

„Kumpel, hör mir zu. Nicht mehr lange und alles wird gut. Langsam fängst du echt an, mir Sorgen zu bereiten."

Neil kam zu einem abrupten Halt. „Mir ist schlecht", presste er heraus. „Ich brauche Wasser."

„Was du wirklich brauchst, ist eine Flasche Whiskey. Aber mal ehrlich: Es gibt keinen Grund, so nervös zu sein."

Er nickte und atmete mehrere Male hektisch ein. „Wie spät ist es?"

„Zwei Minuten später, seitdem du die Frage das letzte Mal gestellt hast." Ich hatte Mitleid mit dem armen Kerl. Er war völlig am Ende. Also lief ich zu ihm, gab ihm einen Klaps auf den Rücken und versuchte, ihn mit einer Notlüge zu beruhigen. „Als ich vor einer Weile nach meinem Mädchen geschaut habe, sah ich Elaina in ihrem Kleid. Sie sah wunderschön aus. Bereit, dich zu heiraten." Ich hatte Elaina nicht wirklich gesehen, aber musste er das wissen? Nein. Nur Brynne in ihrem hellblauen Kleid hatte ich gesehen. *Zum Anbeißen, wie immer.* Ich wollte sichergehen, dass es ihr gut ging, denn sie war heute Morgen mit Kopfschmerzen aufgewacht.

Neil stellte eine Frage nach der anderen, zu ungeduldig, um auf eine Antwort zu warten. Meine einzige Aufgabe bestand darin, ihn bei Bewusstsein zum Altar zu bringen – vorzugsweise stehend, nicht liegend. „Du hast sie gesehen? Ging es ihr gut? Hat sie nervös auf dich gewirkt? Oder besorgt –"

Ich konnte gut lügen, was im Anbetracht der Dinge nicht schwer war; natürlich würde Elaina hinreißend aussehen. „Sie sah atemberaubend aus. Sie schien es nicht erwarten zu können, sich für alle Zeiten an dich zu binden, du Affe. Muss ich das Betäubungsgewehr holen, oder was?"

Mein Kommentar schien zu helfen, denn er schoss sofort zurück: „Ich werde mich an diesen Augenblick erinnern, wenn Brynne mit eurem Baby in den Wehen liegt und du ein bebender Haufen Wackelpudding bist. Keine Bange, ich werde das Betäubungsgewehr nicht vergessen."

Verdammt. Genau ins Schwarze getroffen. Er hatte nicht unrecht. Gerade versuchte ich alles, um nicht an die Geburt zu denken. Mein Mund stand so weit offen wie der von Simba, wenn er nach Krill hungerte und das amüsierte Neil ungemein. Er grinste, weil auch er wusste, dass er ins Schwarze getroffen hatte. *Dieser kleine Bastard.*

Ich sah auf die Tür und entschied mich dazu, ihm die ganze Wahrheit über eine Hochzeit zu sagen. Er war mein bester Freund und sollte wissen, was ihn erwartete. „Neil, ich will ehrlich zu dir sein", begann ich und legte eine gut gewählte Pause ein, bevor ich fortfuhr: „Die Zeremonie ist stressig und ein wahrgewordener Albtraum und dabei kann ich dir leider Gottes nicht helfen. Die gute Nachricht? In ungefähr fünf Stunden kannst du mit der Hochzeitsnacht beginnen und der Teil ist phänomenal."

Neil sah mich an, als gäbe es keinen größeren Volltrottel als mich. Ich zuckte mit den Achseln und wir verfielen beide in einen Lachanfall. Genau das hatte er gebraucht. Seine Anspannung war wie weggeblasen und er wirkte bereits gelassener. Meine Worte hatten also ihren Sinn erfüllt. Neil schaffte das schon. Er war immerhin nicht ohne Grund mein Geschäftspartner und Vertrauter: Niemand war loyaler – und das traf letztlich auch auf seine Beziehung und die Hochzeit zu. Nachdem er sich so viele Jahre nach seinem Mädchen verzehrt hatte, war ich überglücklich, dass die beiden wieder zueinander gefunden hatten. Es war mir eine Ehre, an diesem besonderen Tag für ihn da zu sein.

Ein Klopfen war zu hören und Elainas Mutter

steckte den Kopf durch die Tür. „Ist es in Ordnung, wenn ich reinkomme?"

„Ich werde euch einen Moment geben." Ich verschwand und ließ ihn mit seiner zukünftigen Schwiegermutter allein. Neil hatte mit Elainas Mutter den Jackpot gezogen. Caroline Morrison war eine liebevolle Mutter und eine nette Frau – und damit das absolute Gegenteil zu meiner Schwiegermutter. *Muss schön sein.* Mein Gesicht verzog sich zu einer Grimasse, ähnlich der, die man beim Genuss einer Zitrone annahm.

Ich trat nach draußen und sah auf meine Rolex. Wenn ich mich beeilte, konnte ich vor dem eigentlichen Ereignis noch eine rauchen.

Die Landschaft beeindruckte mit Rauheit und setzte das Anwesen damit perfekt in Szene. Neils Haus in Schottland war ein wahrgewordener Traum für jeden, der das Landleben schätzte. Ich stand unter einem Baum in voller Blüte und zündete mir eine Kippe an. Mein Entschluss, mir bezüglich meines Problems Hilfe zu suchen, hielt die Nervosität vor Albträumen in Zaum. Das hatte ich einzig und allein Brynne zu verdanken. Ich rauchte zwar immer noch, war aber auch hier deutlich gelassener geworden. Ein Schritt nach dem anderen, dachte ich, als ich das letzte Mal zog und die Kippe ausmachte.

Während ich eine Möglichkeit suchte, um den Zigarettenstummel zu entsorgen, erklang eine Stimme hinter mir.

„Ethan?"

Ich drehte mich der Stimme zu und fand mich einer Person gegenüber, bei der ich mir nie ein Wiedersehen hatte vorstellen können. Mein Herz rutschte mir nicht nur in die Hose. Es suchte sich mit einer unerwarteten Eigendynamik einen Weg über mein Hosenbein zum Boden, wo es wie Entenfüße über den steinigen Untergrund watschelte. Der Tag der Abrechnung war gekommen.

„Sarah …" Meine Stimme brach bei ihrem Namen. Ich betrachtete sie. Ich hatte sie solange nicht mehr gesehen. Sie war noch immer wunderschön – als wäre seit unserer letzten Begegnung kein Tag vergangen. Das Lächeln, das sie mir schenkte, löste etwas in meinem Herzen aus, dem ich mich nicht stellen wollte. *Verdammt nochmal, lächle mich nicht an, Sarah. Ich verdiene dein Lächeln nicht.*

Als sie ihre Arme für eine Umarmung spreizte, schloss ich die Augen. Ich hatte Angst vor meinen eigenen Gefühlen. Zudem entging mir die Ironie nicht. Warum hatte das Schicksal sie ausgerechnet jetzt wieder auf meinen Pfad geführt?

♥

„IST ALLES IN Ordnung?", fragte Brynne, während ihre Stimme und der Ausdruck in ihren Augen ihre Besorgnis zeigten.

Nicht wirklich. „Natürlich. Warum fragst du?"

Sie zuckte mit den Schultern und schob ihr Essen mit der Gabel über den Teller. „Bei der Zeremonie hast du abwesend gewirkt. Und jetzt ist es nicht viel anders", sagte sie niedergeschlagen.

Reiß dich zusammen. „Nein, Baby." Ich legte meine Hand in ihren Nacken, zog sie unter mein Kinn und küsste ihren Haarschopf. „Hast du noch Kopfschmerzen?"

Ich fühlte ihr Nicken unter meinem Kinn und massierte ihren Nacken.

„Mmm, das hilft", stöhnte sie und richtete ihren Hals aus, damit ich besseren Zugang zu ihren Verspannungen erhielt.

„Gut. Ich will, dass du es bei der –"

„Ethan, du hast mich deiner Ehefrau noch nicht

vorgestellt", unterbrach uns Sarah von hinten. Ihr Lächeln war nur dem Anstand zu schulden.

Verdammte Scheiße.

♥

UND ES FÄNGT AN.

Sarah hatte entschieden, heute den Weg der Märtyrerin zu gehen. Einfach vor den herannahenden Zug werfen. *Tolle Idee.* Ich versuchte, ihr Motiv herauszufinden. Egal wie sehr ich grübelte, ich hatte nicht den blassesten Schimmer. Wollte sie Brynne kennenlernen? Meine Ehefrau? Wollte sie alles über unsere aufgeblasene Hochzeit und unsere Hochzeitsreise erfahren? Wollte sie alles über das Baby hören und sich darüber amüsieren, dass wir das Geschlecht nicht wissen wollten? Oder wollte sie mir einfach nur gratulieren, weil mit Blackstone Security alles so gut lief?

Warum? Wie ertrug sie das? Ich könnte es nicht. Zum Teufel, ich musste hier raus.

An diesem Ort gab es natürlich keinen Platz, an dem ich mich verstecken konnte – abgesehen vielleicht von dem Grund eines Bierglases. Oder vieren. Das war die einzige Möglichkeit – ich musste mich besaufen, auch wenn ich mich mit meiner schwangeren Frau auf der Hochzeit eines ehemaligen Soldaten befand.

Ich hoffte, dass einige große Schlucke Bier den beruhigenden Effekt herbeiführten, den ich mir so sehr wünschte. Gleichzeitig konnte ich mit der Stimmung aufwarten, die auf einer Hochzeit gern gesehen war. Mein Plan war wasserdicht.

Ich hatte Sarahs Überraschungsbesuch gut gemeistert – vor allem, wenn man bedachte, dass ich keine Zeit hatte, um mich seelisch und moralisch auf diese Begegnung der dritten Art vorzubereiten. Warum ausgerechnet heute und an diesem Ort? Mit Brynne an meiner Seite, die mit dem neuen Leben unter ihrem

Herzen so hell strahlte wie nie zuvor und den Moment genoss? Es war einfach nicht fair.

Sag das nicht. Nichts davon ist fair. Nicht für Sarah. Und für Mike schon gar nicht.

Während der Zeremonie war ich zu abgelenkt, um mir darüber Gedanken zu machen, ob Brynne mein Verhalten merkwürdig vorkam. Ich befürchtete das Schlimmste. Mein Mädchen durchschaute mich immer. Aber sie musste nichts befürchten. Ich würde ihr nicht noch mehr Sorgen bereiten. Sie fühlte sich sowieso nicht gut und deswegen wollte ich sie nicht weiter herunterziehen.

Ich dachte, ich würde den Abend heil überstehen. Sarah fand mich erneut, als ich für Brynne auf der Suche nach Wasser war. Sarah gab mir Bescheid, dass sie jetzt gehen würde … mit Tränen in den Augen. Sie sagte, dass sie wirklich gerne länger bleiben würde – schon allein für Neil. Doch als sie uns gesehen hatte, musste sie erkennen, dass sie sich zu viel zugemutet hatte. Zu viel von allem. Es war zu schmerzhaft. Sie wollte einfach nur noch verschwinden.

Sie wandte sich dem Gehen zu und ich dem Alkohol.

„WAS MACHEN deine Kopfschmerzen?", fragte Gaby.

„Sie wollen mich einfach nicht loslassen. Mein Kopf ist nicht erfreut", antwortete ich trocken. „Der Teil an der Schwangerschaft, der mir wirklich gestohlen bleiben könnte. Und die Tatsache, dass ich nichts dagegen nehmen kann, stinkt zum Himmel." Ich hob das eiskalte Wasserglas und presste es gegen meine Stirn.

„Na ja, wenigstens siehst du wunderschön aus", sagte Gaby und zupfte abwesend an ihrem

Brautjungfernkleid aus Chiffon herum. „Und du hast ein schönes Kleid, das du deiner Kollektion aus schönen Kleidern hinzufügen kannst." Sie zuckte mit den Achseln. „Meine Kollektion wird auch immer beeindruckender." Elaina hatte uns beide gefragt, einen Part in ihrer Hochzeit zu übernehmen. Dadurch hatte Gaby innerhalb weniger Wochen zweimal den Job einer Brautjungfer abkassiert. Erst zu meiner Hochzeit und dann sieben Wochen später bei Elainas. Gaby musste in aufgebauschten Stoffen ertrinken. Ich konnte förmlich ihre Hilferufe hören.

„Du wünschst dir momentan nichts mehr als von hier zu verschwinden, oder?"

„Nein, das ist es nicht. Ich bin gerne hier. Ich möchte hier sein, Bree." Sie betrachtete mich mit einem Blick, der so viel mehr ausdrückte. Ich kannte meine Freundin sehr gut, weshalb ich genau wusste, warum der heutige Tag nicht einfach für sie war.

Ich tätschelte ihre Hand und sagte in einem verständnisvollen Ton: „Lügnerin. Aber Elaina weiß zu schätzen, dass du heute für sie da bist."

„Ich lüge nicht", sagte sie bestimmt und nahm einen Schluck ihres alkoholischen Getränkes, das einfach himmlisch aussah und ich nicht anrühren durfte. „Ich bin, wo ich sein möchte – auf Elainas Hochzeit."

Bei den Worten meiner Freundin, die nicht einmal wusste, wie wunderschön sie war, musste ich lachen. Gabrielle Hargreave war eine hinreißend schöne Frau, mit ihren mahagonifarbenen Haaren, den grünen Augen und einem Körper, der Neider hervorrief. Trotz allem kannte sie ihren eigenen Wert nicht. Männer sabberten, wo auch immer sie sich blicken ließ. Ich konnte das Schauspiel gerade wieder einmal beobachten. Ethans Cousin, Ivan, war einer dieser Männer.

„Dann lass uns das Thema wechseln: Sag mir, was zwischen dir und Ivan läuft?" Mit einem Nicken in die Richtung der Bar wies ich auf Ethan und Ivan, die dem

Bier heute sehr zugetan waren. Wahnsinnig zugetan. Es wäre möglich, dass sich mein Ehemann bei diesem Hochzeitsempfang betrank. Wir waren beide gefragt worden, ein Teil dieser Hochzeitsgesellschaft zu sein, genau wie es Elaina und Neil für uns gewesen waren. Ich nahm an, dass Ethan etwas Dampf abließ und dazu hatte er das gute Recht. Während der Zeremonie hatte er sehr angespannt gewirkt. Natürlich interessierte mich der Grund dahinter; schließlich war es ein Tag, an dem gefeiert werden sollte. Sein bester Freund hatte die Frau geheiratet, die er schon seit seiner Kindheit liebte. Ethans Benehmen machte einfach keinen Sinn.

„Was meinst du?" Gabys Augen waren jetzt auf die Bar fokussiert, an der sich Ethan und Ivan niedergelassen hatten. Auch entging mir nicht, wie Ivan sofort Gabys Blick suchte. „Wir haben uns bei deiner Hochzeit kennengelernt. Als Trauzeugin und Trauzeuge. W-wir hatten keine Wahl, als Zeit miteinander zu verbringen, erinnerst du dich?"

„Keine andere Wahl? Ach so ist das", sagte ich amüsiert. „Ivan ist ein Schatz. Und er ist heiß. Warum solltest du kein Interesse daran haben, Zeit mit ihm zu verbringen?" Es war unmöglich, dieses Ausweichmanöver nicht zu bemerken. Ich wusste genau, dass hinter der Geschichte mehr steckte. Immerhin hatte mir Ethan erzählt, wovon er am Abend der Mallerton-Gala Zeuge geworden war, als der Alarm losging und alle aus dem Gebäude flüchteten. Ethan hatte die beiden kurz nacheinander gesehen und ihre Kleidung hatte den Eindruck vermittelt, dass Gaby sehr wohl die Zeit mit Ivan genoss. Ich wollte es wissen und entschied, meine Freundin auszupressen.

„Na ja, also, ich denke, dass er ein ähm … Ivan ist ein interessanter Mann." Sie hatte eine Serviette in ihren Händen und drehte sie bis zur Unkenntlichkeit. „Er hat mir von den Mallerton-Kunstwerken in seinem Haus erzählt. Er will, dass ich nach Irland zurückkomme und die Kollektion katalogisiere."

Ahh, da hatten wir es. Die Servietten-Vernichtung, das nervöse Stottern, ihre erröteten Wangen. Alles Anzeichen dafür, dass Ethans Vermutungen stimmten. „Zurückkommen?", fragte ich.

„Wie?" Ihr unschuldiger Gesichtsausdruck konnte mich nicht in die Irre führen.

„Du sagtest gerade ‚zurückkommen', als wärst du schon einmal auf seinem irischen Anwesen gewesen." Ich neigte fragend meinen Kopf. „Gaby, warst du bei Ivan, um dir die Gemälde anzusehen, ohne deiner *besten* Freundin davon zu erzählen?"

„Äh, ja, Paul Langley hat mich nach Irland geschickt." Sie schüttelte den Kopf. „Ich konnte aber nicht lange bleiben. Das Timing war nicht gut für mich … ich konnte nicht bleiben." Sie nahm einen weiteren Schluck ihres Getränks, senkte den Kopf und wich damit meinem suchenden Blick aus.

„Dann hoffe ich, dass du eine Möglichkeit findest, zurückzugehen. Wenn ich nach meiner *Lady Percival* gehe, dann muss seine Sammlung einfach unbeschreiblich sein." Ich entschied, mich zurückzunehmen und sie nicht mehr auszuquetschen. Ich konnte ihr ansehen, dass sie genug hatte und ich wollte ihr nicht wehtun, in dem ich schlimme Erinnerungen an die Oberfläche brachte.

„Das hoffe ich." Sie fand meinen Blick und fragte: „Wie kommst du mit deiner Bekanntheit in politischen Kreisen zurecht?"

Netter Themenwechsel, Gab. Jetzt war ich mit der Ausweichtaktik an der Reihe. „Ich versuche, den Trubel zu ignorieren", log ich. „Wir mussten beide eine Show abliefern. Das haben wir auch erfolgreich getan. Jetzt möchte ich einfach nur noch in die Zukunft schauen und die Vergangenheit hinter mir lassen, weißt du?"

„Ich weiß. Ich verstehe dich sehr gut, Brynne." Sie drückte ermutigend meine Hand, bevor sie aufstand und sich auf die Suche nach Benny begab, dessen Aufgabe es war, die Hochzeitsbilder zu machen.

♥

„HAST DU WAS dagegen, wenn ich dir Gesellschaft leiste?", fragte eine geschmeidige Stimme an meinem Ohr.

Wie er in Italien versprochen hatte, war Dillon Carrington anwesend. Er war einer von Neils Trauzeugen und die Frauen lagen ihm alle zu Füßen. Daran war er sicherlich gewöhnt; schließlich war er ein weltbekannter Rennfahrer. Seine exotische Erscheinung mit der dunklen Haut schmälerte seine Chancen auch nicht gerade. Der Mann war umwerfend anzusehen. Und er wusste es. „Sicher. Wenn es dein Ding ist, mit einer schwangeren Frau abzuhängen, die vom Weinentzug unausstehlich ist, dann lass dich nicht aufhalten." Ich zwinkerte ihm zu.

Er lachte und zog sich einen Stuhl zurecht. „Schwanger oder nicht, du siehst trotz Weinentzug hinreißend aus. Kann ich dir etwas Gutes tun?"

Ich schüttelte den Kopf und schenkte ihm ein Lächeln. „Es geht mir gut. Ich genieße es, hier zu sitzen und die Menschen zu beobachten. Ein Hobby von mir."

„Tatsächlich? Ich weiß, dass es viele Menschen genießen, deine Fotografien zu betrachten."

Flirtete er mit mir? Wenn das der Fall war, warum vergeudete er seine Zeit mit mir? Auf dieser Hochzeit hatte er die Qual der Wahl. „Du hast Fotos von mir gesehen, Dillon?"

Er presste die Lippen aufeinander, als würde er versuchen, ein Grinsen zu unterdrücken. „Ja, Brynne, das habe ich." Er neigte seinen Kopf in Hochachtung. „Ich bin ein großer Fan."

Ich presste ein Lachen heraus. „Was ich von Ethan nicht gerade behaupten kann."

Er nickte nachdenklich. „Ich denke, ich verstehe,

warum er so denkt. Ethan hat territoriale Veranlagungen. In seinem Berufszweig kommt ihm das sicher zugute. Zudem hat er dich gerade erst für sich gewinnen können, also kann ich mir gut vorstellen, was ihm durch den Kopf geht."

„Ja, ich weiß." Ich atmete zittrig ein und versetzte mich in Ethan. Was wäre, wenn er das Model wäre und er ständig von Frauen angegafft werden würde, die seine Aktfotos gesehen hatten? Das würde mir ganz und gar nicht gefallen. Wenn ich ehrlich war: Ich würde es hassen. Ich entschied, dass nur ein Themenwechsel meine Stimmung wieder anheben könnte. „Wo ist deine hübsche Begleitung, Dillon? Deine Freundin? Warum bist du nicht auf der Tanzfläche und tanzt mit ihr?"

„Gwen? Sie ist nicht meine Freundin. Sie ist nur mein Date für dieses Wochenende." Er ließ ein sinnliches Grinsen aufblitzen, das mir mehr verriet, als ich über Dillon Carringtons Privatleben wissen wollte. Ethan behielt recht; Dillon unterhielt nur Dates und jede Frau, die nach einer Beziehung suchte, riskierte, bei ihm ihr Herz für immer zu verlieren. „Und ich tanze im Moment nicht mit ihr, weil das dein Ehemann schon tut."

♥

DILLON LACHTE BEI meiner Reaktion. Ich verrenkte meinen Hals und warf einen Blick auf die tanzenden Paare. Ethan tanzte tatsächlich mit Gwen, Dillons Date mit den langen Beinen. Es machte den Anschein, als würde sie den Tanz mit *meinem* Ehemann sehr genießen. Und Ethan? Er sah einfach nur betrunken aus. *Oh, Gwen, ich kann dich nicht ausstehen.*

„Ich bin zu dir gekommen, um dich zum Tanzen aufzufordern. Je näher ich dir kam, umso mehr ist mir klar geworden, dass du kein Interesse hast. Deswegen hab ich dich erst gar nicht gefragt. Ich hätte eine mögliche Zurückweisung nicht ertragen." Seine bernsteinfarbenen Augen funkelten schamlos.

Meine Augen noch immer auf Ethan gerichtet, traf ich eine Entscheidung. Ich stand auf und richtete mein Kleid. „Dillon, es wäre mir eine Ehre mit dir zu tanzen."

Dillons Talent auf der Tanzfläche war so beeindruckend, dass er sogar mich gut aussehen ließ. Und ich hatte Spaß. Als er mich herumwirbelte, flatterte der hauchdünne Rock meines Kleides. Ich liebte es. Zum ersten Mal am heutigen Tag fühlte ich mich schön und begehrenswert. Ich vergaß für einen Augenblick, dass ich die schwangere und tollpatschige Brautjungfer war, die bis zu diesem Zeitpunkt alle anderen beim Spaß haben beobachtet hatte.

Als der Song *Bloodstream* von *Stateless* angestimmt wurde, bedankte ich mich bei Dillon für den Tanz und sah mich nach Ethan um. Das war eins meiner Lieblingslieder und erinnerte mich daran, wie sich Ethan verhielt, wenn wir zusammen waren. *I think I might have inhaled you – I can feel you behind my eyes – You've gotten into my bloodstream – I can feel you flowing in me.* Ein langsames Lied, zu dem ich nur mit einer Person tanzen wollte: meinem Ehemann. Ich wusste nicht, wo er war. Er tanzte nicht länger mit Gwen. Wo war er, zum Teufel nochmal? Mein Ehemann sollte auf dieser Hochzeit mit mir tanzen und nicht mit einer fremden Frau, die schlank und wunderschön war … *Mein Körper verändert sich so rasant.*

Ich war genervt. Er hatte mich herrenlos zurückgelassen, um mit den Jungs an der Bar zu saufen. Dann hatte er noch die Frechheit besessen, mit einer anderen Frau zu tanzen. Es gefiel mir nicht, wie ich mich gerade fühlte. Zum ersten Mal seit wir uns kannten, hatte ich das Gefühl, dass er mir aus dem Weg ging. Aber warum? Heute Morgen war noch alles gut gewesen und vor der Zeremonie hatte er noch nach mir gesehen, weil er wusste, dass ich unter Kopfschmerzen litt. Mein liebevoller, rücksichtsvoller Mann. So kannte ich ihn. Im Verlauf des Tages, als wir von der Zeremonie zum Empfang wechselten, distanzierte er sich immer mehr, nur um sich kurze Zeit später mit Ivan und Elainas Bruder Ian abzuseilen. Bestand die Möglichkeit, dass die Hochzeit und das ganze sentimentale Drumherum ihn an unserer Ehe zweifeln ließ?

Na ja, er war derjenige, der unbedingt heiraten wollte! Ich hatte ihn nicht um einen Ring gebeten. Das war alles auf Ethans Mist gewachsen. Die ganze *Lass uns sofort heiraten*-Sache war seine Idee gewesen. Wenn er jetzt Zweifel daran bekam, für immer an mich gebunden zu sein, dann hatte er eben Pech gehabt.

Gerade verhielt er sich einfach wie ein riesiges Arschloch. Sein Benehmen enttäuschte mich – seine schwangere und schlecht gelaunte Frau.

Ich gratulierte der Braut und dem Bräutigam, nutzte die Kopfschmerzen-Entschuldigung bei Gaby und Ben und dachte mir, dass ich die anderen morgen beim Brunch sehen würde. Im Moment sehnte ich mich einfach nur noch nach meinem Bett. Der kleine Mensch in mir verlangte von mir, dass ich mich hinlegte. Auf dem Weg zu der Treppe erlaubte ich mir einen mentalen Ausbruch. Dieser Abend war für mich so unromantisch gewesen – ein totaler Stimmungstöter.

Die Entscheidung, mich für den Abend zurückzuziehen, war mir leicht gefallen. Natürlich hätte ich mich auch auf die Suche nach Ethan begeben können. Aber ganz ehrlich: Er hatte den ganzen Abend kein Interesse an meiner Gesellschaft gezeigt, warum sollte sich das plötzlich ändern? Als ich in unserem Zimmer ankam, zog ich mir ein bequemes Nachthemd an und machte es mir in dem einsamen Bett bequem. Ich fragte mich nicht ob, sondern wann mein Ehemann ins Zimmer stolpern würde. Irgendwann würde er auftauchen. In diesem Punkt war ich mir sicher.

Ich vertraute Ethan, auch wenn er sich heute wie ein Arsch verhielt. Er wusste genau, nach was es mir in unserer Beziehung verlangte. Ehrlichkeit und Vertrauen waren mir wichtig, sonst hatten wir nichts, das uns verband.

Guter Sex war nicht mit Liebe gleichzusetzen.

Nur absolute Hingabe und Loyalität definierten Liebe.

Falls Ethan jemals fremdgehen sollte, würde ich ihn verlassen und niemals zurückblicken. Ich wusste es und er wusste es.

KAPITEL 11

Ich gab Brynne eine halbe Stunde, bevor ich ihr ins Zimmer folgte. Eigentlich wollte ich länger warten, um sicherzustellen, dass der Alkohol meine dunkle Seite zähmte und es sicher war, in ihrer Nähe zu sein. Ich konnte es einfach nicht ertragen, noch länger von ihr getrennt zu sein. Ich brauchte Brynne; *sie war mein Heilmittel.* Niemand außer Brynne konnte mich von meinen Qualen erlösen.

Ich konnte mich bei der Gewissheit entspannen, dass ich nicht viel sagen musste. Ihre neue Regel, mich nicht auf meine Dämonen anzusprechen, half mir. Ich entledigte mich dem Smoking, schlüpfte zu ihr unter die Decke und presste meine Vorderseite gegen ihren Rücken. Als mir ihr Duft in die Nase zog und mein Gehirn erreichte, entspannte sich mein ganzer Körper. Sofort hatte ich die Hoffnung, dass sich die Dunkelheit zurückziehen würde. So gut wie jetzt hatte ich mich den ganzen Abend nicht gefühlt. Ich vergrub mein Gesicht an ihrem Nacken und atmete erneut tief ein.

Brynne war so großzügig mit ihrem Körper. Es schien sie nicht zu stören, wenn ich sie mitten in der Nacht aufweckte und sie fickte.

Und auch jetzt brauchte ich sie. Ich wollte ficken und die Schuldgefühle in purer Ekstase ertränken.

♥

ICH RUTSCHTE IM Bett etwas tiefer, zog die Decke zurück und erkannte ein Nachthemd, das sie von Kopf bis Fuß bedeckte. Trug sie das Nachthemd ihrer Großmutter? Dieses hässliche Teil gehörte in die Tonne und nicht an den hinreißenden Körper meiner perfekten Ehefrau. Dass der Fetzen mir den Anblick auf ihre Schönheit raubte, frustrierte mich. Auf ein Kleidungsstück wütend zu sein, war kein Indikator für intelligente Entscheidungen. Diese Erkenntnis stoppte mich nicht; im Gegenteil: Ich fand die Knöpfe, die bis zu ihren Brüsten führten, schob die Finger in eine Lücke und riss das hässliche Teil entzwei. Ihre Titten sprangen mir wie zwei aus dem Käfig befreite Tiger entgegen; der Rest ihres Körpers folgte. Sofort fühlte ich mich besser und mein Schwanz zuckte.

Sie erwachte begleitet von einem entsetzten Schrei.

„Ganz ruhig." Ich legte eine Hand auf ihren Mund und presste meine Lippen gegen ihren Kiefer. Ich wollte nicht, dass wir bei dieser Hausparty von jemandem mit der Frage „Ist alles in Ordnung?" gestört wurden; schließlich war das Anwesen voll mit Besuchern.

Ihre Augen waren weit aufgerissen und ich konnte fühlen, dass ihr nicht gefiel, was ich getan hatte. Trotz allem hielt mich das nicht davon ab, noch einen Schritt weiterzugehen. „Ich entledige dich nur von diesem hässlichen Nachthemd. Ich verabscheue es." Ich nahm die Hand von ihrem Mund und küsste sie. Zuerst murmelte sie etwas an meinen Lippen und spannte sich an. Schließlich dauerte es nicht lange, bis sie meine Zunge in ihrem Mund akzeptierte, sich mir hingab und ihr Körper meinen willkommen hieß. Sie erlaubte mir, die Kontrolle zu übernehmen und sie zu nehmen. „Das

Nachthemd war furchtbar, aber dich liebe ich." Ich verteilte Küsse an ihrem Hals, auf ihrem Brustbein und bahnte mir einen Weg zwischen ihre Brüste. Meine Zunge fand einen Nippel und sie wölbte ihren Rücken. Sie sehnte sich nach mehr von mir und ich kam ihrem Begehren nach. Mit der Zunge schnellte ich über ihren erregten, rosafarbenen Nippel, umkreiste die süße Knospe, bis sich Brynne unter mir wand.

„Ethan?"

„Shh", besänftigte ich ihre Sorgen, „fühle einfach, was ich dir gebe."

Ich verteilte Küsse, als ich mich auf ihrem Körper Richtung Süden aufmachte. An ihrem Bauch verweilte ich etwas länger, bevor ich entschieden ihre Beine spreizte, sie für mich öffnete und in den glorreichen Genuss ihrer Pussy kam. Brynne raubte mir den Atem; das hatte sie schon immer. Ihre Pussy … machte mich sprachlos. Ich atmete ein und inhalierte ihren berauschenden Geruch. Ein einzigartiger Duft, der nur Brynne zuzuordnen war. Appetitlich auf eine Weise, die sofort das Bedürfnis in mir auslöste, sie zu nehmen.

Meine Zunge tanzte mit sinnlichen Zungenschlägen über die Innenseite ihrer Schenkel. Beiden Seiten wurde Aufmerksamkeit beschert, bis ich mir ihre süße Fotze nicht länger verweigern konnte. Ich wollte sie an meinen Lippen schmecken. Ich näherte mich langsam und kostete ihre Schamlippen. Sie passte sich meinem Rhythmus an und rieb sich an meinem Mund. Die ganze Nacht könnte ich ihr auf diese Weise Befriedigung verschaffen, dennoch würde ich niemals genug von ihr bekommen.

Die wunderschönen Laute aus ihrem Mund wärmten meine Beklommenheit, ließen meine folternden Gedanken dahinschmelzen und erzählten mir von ihrer Lust. Ich schob zwei Finger in ihre feuchte Wärme und fand diesen speziellen, rauen Punkt, an dem die Magie geschah.

Ruckartig wölbte sie sich mir entgegen, stöhnte beim Einfall meiner Finger und dem Kontakt ihres G-Punktes, der sie, zusammen mit meiner Zunge auf ihrer Klitoris, in ungeahnten Höhen fliegen ließ. Eine explosive Mischung. In unter zwei Minuten kam sie für mich. Sie schrie meinen Namen, so wie ich das an ihr liebte. *Du bist so perfekt, meine Schöne.*

Nach einem zweiten Orgasmus, bei dem sie unter meiner Zunge jegliche Kontrolle verlor, legte sie eine Hand auf meine Stirn. Ich wusste, was das bedeutete. Sie war bereit für meinen Schwanz.

Ich schaffte es, mich von ihrem Geschlecht zu lösen, richtete mich auf den Knien auf und platzierte ihre langen Beine über meine Arme. Mein Mädchen seufzte ungeduldig, als mein Schwanz in die Nähe ihres Hinterns kam.

Ihre Frustration brachte mich zum Lachen. Langsam rieb ich die Unterseite meines Schwanzes durch ihre Spalte, stieß immer wieder gegen ihre Klitoris.

Dann machte ich mich bereit und flüsterte: „Ich werde dich jetzt ficken, Baby." Im nächsten Moment stieß ich gegen ihren Eingang. Für den Bruchteil einer Sekunde hatte ich mit einem Kontrollverlust zu kämpfen, als meine Eichel in Kontakt mit ihrer Nässe kam. Ich verlor mich in einem Dunst aus Sex und Lust und einem außergewöhnlich phänomenalen Fick.

Mit ihrer engen Pussy um meinen Schwanz raubte sie mir den Atem. Von der Eichel bis zur Wurzel nahm sie mich in sich auf und akzeptierte meine Invasion. Niemals würde ich mich bei ihr zurückhalten können und sie war immer bereit zu nehmen, was ich für sie parat hielt. Sie war mein Licht in der Dunkelheit, das mich zum sicheren Hafen führte.

Mit jedem Stoß in ihre feuchte Höhle spürte ich, wie sie sich enger um mich zusammenzog. Sie atmete unkontrolliert, rotierte ihre Hüfte und fand die Reibung, die sie benötigte. Bei jedem Stoß wagte ich mich tiefer vor, bevor ich schließlich den Ausdruck in ihren Augen sah, der ihren Orgasmus ankündigte. Erfolg. Es erregte sie, mich kommen zu sehen, und mir erging es ebenso.

Mein Schwanz schwoll an, bereitete sich auf die Explosion vor.

In ihren Augen glühte ein Feuer. Ich umfasste ihre Kehle und fixierte sie auf der Matratze, während ich meinen Daumen in ihren Mund schob. Sie wickelte ihre Zunge um den Daumen und saugte daran. Dieser Anblick ließ meine Hoden anschwellen und schon im nächsten Augenblick entlud ich mich in ihr.

Ich schaffte es noch, von ihr herunterzurutschen, bevor ich neben ihr zusammenbrach. Ich musste schließlich an unser Baby denken. Synchronisierte Atemzüge durchbrachen die Stille des Raumes, während mein Schwanz noch immer in ihr pulsierte. Meine Hand wanderte von ihrer Kehle und umfasste eine Brust. Ich spürte ihren Herzschlag an meiner Handfläche. *Mein Herz.*

In diesem Licht funkelten ihre Augen in einem berauschenden Grün. „Was war das bitte?", fragte sie. Ihr Gesichtsausdruck war schwer zu lesen.

Ich grinste und schnellte mit dem Daumen über ihren aufgerichteten Nippel. „Das war der Fick des Jahrhunderts, meine Schöne." Um meinen Worten Nachdruck zu verleihen, rotierte ich meine Hüften auf betörende Weise und sie stöhnte.

„Ich meine nicht den Sex, Ethan. Als du mir das Nachthemd vom Körper gerissen hast, dachte ich mir schon, was folgen würde. Ich will wissen, warum du mich den ganzen Abend ignoriert und dich stattdessen auf der Hochzeit deines besten Freundes besoffen hast."

Mein Schwanz erschlaffte, als mir das Ausmaß ihrer Gefühle bewusst wurde. Ich konnte hören, wie verletzt sie klang. Ich konnte in ihren Augen erkennen, wie sehr sie mein Verhalten gekränkt hatte. Die unvergossenen

Tränen in ihren Augen rissen mich entzwei.

Ohne Fallschirm krachte ich von dem euphorischen Hoch hinab auf die harte Erde, als mir bewusst wurde, was ich ihr angetan hatte.

Ich verdiene sie nicht. Niemals werde ich gut genug für sie sein können.

SEIN ARROGANTES Lächeln fiel von ihm ab. Stattdessen blickte er mich reuevoll an. „Ist etwas passiert, Ethan? Bereust du, dass wir geheiratet haben? Bist du u-unglücklich mit mir und dem B-Baby und weil sich mein Körper v-verändert?"

Ich musste die Frage einfach stellen. Er wusste, wie mein Verstand operierte. Ich brauchte die Wahrheit und im Gegenzug musste ich meine eigenen Gedanken offenlegen. So war es mit Ethan schon immer und daran würde sich auch nichts ändern. Er war immer so direkt und ehrlich gewesen. Das war eine Sache, die ich so an ihm liebte. Er sagte mir immer, was ihm durch den Kopf ging, teilte seine Bedürfnisse mit mir und half mir dabei zu verstehen, was er wollte und brauchte. Sein abweisendes und merkwürdiges Benehmen auf der Party hatte mich verletzt und gleichzeitig irritiert.

„Oh, Baby, nein! Scheiße, nein!" Er schüttelte vehement seinen Kopf. „Dich zu heiraten, war die beste Entscheidung meines Lebens, Brynne. Du denkst, dass du und das Baby mich unglücklich macht? Warum?"

Sein Griff an meiner Brust wurde fester. Er stützte sich mit einem Ellbogen ab und schwebte über mir, sein Gesicht nah an meinem, während er mit seinen dunkelblauen Augen mein Gesicht durchsuchte, um dem Geheimnis meiner Worte auf die Spur zu kommen.

„Du hast heute meine Gefühle verletzt. Du hast mich an dem Tisch zurückgelassen und dich betrunken. Das machst du sonst nie, Ethan. Und warum hast du mit Gwen getanzt und nicht mit mir?" Die mitleidserregende Frage war mir peinlich, aber ich konnte nicht anders. Ich entschied, den Hormonen die Schuld zu geben.

„Wen meinst du?"

„Gwen, die dünne Blondine."

Jetzt wirkte er noch ahnungsloser.

„Dillons *Date*", sagte ich mit Betonung auf dem Wort *Date*, während ich mich fragte, wie betrunken er war.

„Ahh … Dillons Date", grunzte er abweisend. „Sie hat mich auf die Tanzfläche gezogen und ich war zu betrunken und abgelenkt, um mich groß wehren zu können."

„Das bedeutet nicht, dass ich dir verzeihe. Du hast dich heute unmöglich aufgeführt." Er musste hören, was ich ihm zu sagen hatte. Er sollte nicht denken, dass ich ein derartiges Verhalten akzeptabel fand.

„Es tut mir so leid, Baby", sagte er mit einem Flehen in der Stimme, bevor er seinen Mund auf den meinen senkte. Ein sanfter Kuss, behutsam und liebevoll, der typisch für seine Routine nach einer Runde harten Sex war. Ausgedehnte Zungenschläge, kostende Lippen, die nur einen Zweck erfüllten: Er wollte mir zeigen, wie sehr er mich liebte. Und er hatte es geschafft, dass ich mich besser fühlte. Trotz allem konnte ich nicht abschütteln, wie mich sein Verhalten irritiert hatte.

Als er mir seine Lippen entriss und mich wieder ansah, fühlte ich in meinem Innersten, dass seine nächsten Worte bedeutend sein würden.

„Ich liebe dich so sehr, Brynne. Ohne dich würde ich es nicht durchs Leben schaffen. Niemals würde ich unser Baby bereuen. Niemals werde ich aufhören, dich zu lieben. Du bedeutest mir einfach alles. Du wirst mich nie wieder los. Zudem bist du die wunderschönste Frau auf diesem Planeten. So verdammt umwerfend! Ich werde nie wieder zulassen, dass du meine Liebe für dich anzweifelst, Brynne." Er klang harsch. Der Ausdruck in seinen Augen war flehend.

„O-okay." Ich schluchzte und wurde von meinen Gefühlen überwältigt. Ich war zutiefst erleichtert. Ein paar Antworten war er mir allerdings noch schuldig. „A-also, dann sag mir, was h-heute passiert ist. Es ist doch etwas passiert, oder?"

Mit der Hand auf meiner Hüfte legte er sich hin und sah mir in die Augen. Es machte den Anschein, als brauchte er für seine nächsten Worte den körperlichen Kontakt. „Ja, Baby, es ist etwas passiert." Er zog mich an seine Brust, presste seine Lippen gegen meine Haare und atmete tief ein. „Erinnerst du dich an die Frau, die dich während des Abendessens kennenlernen wollte? Sarah?"

„Tue ich. Sie schien nett zu sein, freundlich. Woher kennst du sie, Ethan?" Sarah war eine wunderschöne und charmante Frau. Ich erinnerte mich, dass sie sehr an Ethans und meinem Kennenlernen interessiert gewesen war. Sie hatte mich nach meinem Geburtstermin gefragt. Die Begegnung hatte sich normal angefühlt; mir war nichts Merkwürdiges aufgefallen.

„Ich nehme an, dass sie bei der Hochzeit war, um ihren Respekt zu zollen. Allerdings wurde ihr alles zu viel. Beim Anblick von Elaina und Neil, mir und dir, glücklich und verliebt, hat sie entschieden, die Feierlichkeiten frühzeitig zu verlassen." Die Hand auf meiner Hüfte setzte sich in Bewegung, rieb in tröstenden Kreisen über meine Haut. „Sarah Hastings war mit jemandem verheiratet, der mit Neil und mir bei den Special Forces gedient hat. Er-er hat es von Afghanistan nicht nach Hause geschafft."

„Oh nein, das ist furchtbar. Standet ihr euch nah?"

„Ja. Er stand unter meinem Kommando."

Ethan schien gelassen. Ich fühlte jedoch, dass sein Kummer und seine Schuldgefühle für den Tod des Mannes tiefreichend waren. Ich konnte mir nicht im Geringsten ausmalen, was er alles durchmachen musste. Schrecklich.

„Du hast ihn sehr gern gehabt", flüsterte ich. Ich wollte keine Fragen stellen, die ihn verletzen konnten. Ich hielt mich an die Fakten, die er von sich aus mit mir teilte.

„Mike Hastings war ein guter Kerl, einer der besten Soldaten. Stark, loyal – ein Kämpfer, der bis zum bitteren Ende neben dir stand. Ihn wolltest du als Rückendeckung in deiner Einheit, wenn alles den Bach runterging", sagte Ethan, der in Erinnerungen schwelgte. Es war kaum zu überhören, wie sehr er seinen gefallenen Kameraden geschätzt und verehrt hatte.

„I-ich habe dich seinen Namen schreien hören, wenn du deine Albträume hast." Ich küsste seine Brust, genau über seinem pochenden Herzen und legte mein Ohr darauf, um seinem couragierten Herz zu lauschen. *Meinem Herzen.*

Er hob die Hand an meinen Hinterkopf, streichelte über meine Haare, behielt mich an seinen Körper gedrückt und erlaubte es mir, dass ich ihn tröstete. „Mike. Diese Erinnerung ist die S-schlimmste von allen."

„Du musst mir nichts anvertrauen, was du nicht willst. Setz dich nicht wegen mir diesem Schmerz aus, Baby."

„Nein, ich will es dir erzählen. Du bist meine Ehefrau und du solltest wissen, w-warum ich bin, wie ich bin."

Ich schloss meine Augen und bereitete mich auf jene qualvollen Erinnerungen vor, die er mit mir teilen wollte. Ich wusste, dass es schlimm werden würde. „Ich liebe dich, Ethan", hauchte ich.

„Mike ist zusammen mit mir gefangen genommen worden. Er hat durchlitten, was ich durchleiden musste – zwanzig Tage lang, anstatt meiner zweiundzwanzig. Dann haben sie ihn vor meinen Augen geköpft. An ihm haben sie getestet, was sie mit mir vorhatten."

Er schluckte schwer, aber seine Stimme veränderte sich nicht. Er klang so ruhig, dass es mir Angst machte. Ich erstarrte bei dem Gedanken an Mike Hastings letzte Atemzüge. Ich erinnerte mich sehr gut daran, was mir Ethan vor einiger Zeit erzählt hatte. Die Taliban wollten ihn köpfen und der Welt ein Video von dieser grauenvollen Tat zeigen.

„Sie nutzten ein scheiß verdammt großes Messer und zwangen mich, der Enthauptung zuzusehen. Sie drohten mir, Mike leiden zu lassen, wenn ich die Augen schloss. Sie hätten ihm Teile seines Körpers abgehackt und versucht, ihn solange am Leben zu lassen, bis sie auch das letzte Quäntchen Leid aus seinem sterbenden Körper gequetscht hätten. Unsere Geiselnehmer genossen jede Sekunde: Sie hatten unendlich viel Spaß dabei, uns auch seelisch zu foltern. Wir waren nur Spielfiguren in einem sinnlosen, abgefuckten Krieg, dem sie sich bedingungslos hingegeben hatten."

Lautlose Tränen rannen mir über die Wangen, als er mir von seiner schlimmsten Erinnerung erzählte. Es war mir nicht möglich, etwas zu sagen. Stattdessen hielt ich ihn in meinen Armen und war für ihn, was auch immer er gerade brauchte.

„Ich konnte Mike nicht helfen. Ich habe versagt. Ich habe alles versucht; ich habe so hart dafür gekämpft, Brynne. Ich wollte nicht blinzeln, wollte meinen Kopf nicht wegdrehen, aber ich konnte … ich konnte einfach nicht länger –"

Er brach ab. Die Stille war ohrenbetäubend und übertönte das Pochen seines Herzens an meiner Wange, nass von meinen unaufhörlich kommenden Tränen. Tränen, die ich für ihn, für seinen Freund und für die Schuldgefühle vergoss, die er für eine Situation mit sich herumtrug, die außerhalb seiner Kontrolle gelegen hatte.

„Ich liebe dich. Ich werde dich bis in alle Ewigkeit lieben." Sonst gab es nichts, was ich sagen konnte.

Er sog den Duft meiner Haare in sich ein und schien Trost zu finden. Nach einer Weile stellte er mir eine Frage. Es fiel ihm schwer, die Worte über seine Lippen zu bringen. Ich konnte die Furcht in seiner Stimme hören, als er damit zu kämpfen hatte, die Frage auszusprechen. „Denkst du, dass es eine Person gibt, die mir vielleicht helfen kann?"

„Ja, Ethan, ich bin mir sicher, dass es jemanden gibt, der das kann."

KAPITEL 12

23. November
Somerset

Mein Büro war das beste Zimmer auf Stonewell Court. Davon war ich überzeugt. Holztäfelungen an den Wänden umrahmten die Fenster, die einen wundervollen Ausblick aufs Meer freigaben. Es erinnerte mich an das Lied *All Along the Watchtower*, ein Dylan Song, gecovert von Hendrix. *Welche Prinzessin hat diese Aussicht genossen? Wie viele Angestellte hatte sie an ihrer Seite?* Ich fühlte mich wie eine Prinzessin.

Die Bristol Bay erstreckte sich vor mir und an einem klaren Tag war es möglich, die Küste von Wales zu sehen. Somerset bestach durch eine atemberaubende Landschaft zu allen Seiten des Anwesens. Das Inland hatte prachtvolle Lavendelfelder – lilafarbene Blumen soweit das Auge reichte. Der Duft erfüllte die Luft, während der Verstand die Schönheit des Anblicks nicht verarbeiten konnte. Ich liebte es, an den langen Wochenenden herzukommen und ich wusste, dass es auch Ethan gut tat. An diesem friedvollen Ort blühte er regelrecht auf.

Als Ethan und ich durch alle Räume gelaufen waren, um zu entscheiden, welcher Raum welchen Zweck erfüllen sollte, hatte ich beim Betreten des Zimmers sofort gewusst, dass es meins war. Wirklich beeindruckend war der Schreibtisch. Das Möbelstück war der Beweis, dass schon vor mir Leute der Überzeugung waren, dass sich dieses Zimmer perfekt für ein Büro eignete.

Der Schreibtisch war das Zweitbeste, gleich nach der Aussicht. Ein massives Biest, aus englischer Eiche, ausbalanciert mit einem kunstvollen Schnitzwerk, das dem soliden Möbelstück die Härte nahm. Ich liebte es, mir vorzustellen, vor dem Fenster mit diesem tollen Ausblick zu sitzen und an Projekten für die Uni zu arbeiten – oder einfach nur einen Anruf entgegenzunehmen und durchs Internet zu surfen.

Perfektion.

Ich schlürfte von meinem Granatapfeltee und schwelgte in den dunkelblauen Bewegungen der See. Ich war mir sicher, dass ich früher als normal in den Prozess des Nestbaus geraten war. Auch Ethan war das aufgefallen, als er eins unserer Schwangerschaftsbücher las. Er neckte mich seitdem unaufhörlich. Er hatte das Buch auf dem Nachttisch liegen und studierte den Inhalt sehr gewissenhaft. Dabei war Ethan niemand, der es genoss, zu lesen – ganz im Gegenteil zu mir. Er bevorzugte es, sich über aktuelle Vorkommnisse in der Welt auf dem Laufenden zu halten. Nachrichten, Sport, die Börse, aber niemals Fiktion. Er las, um sich fortzubilden und zu informieren. Aus diesem Grund fand ich es auch so entzückend, wie er die Webseite verfolgte und das Buch las. Er wollte darüber informiert bleiben, was auf mich zukam und was mit meinem Körper geschehen würde. Ethan rühmte sich darin, immer einen Plan zu haben. Vor allem rühmte er sich darin, auf mein Wohlbefinden aus zu sein.

Ein weiterer Moment aus Tagträumen später und ich seufzte. Ich musste etwas tun. Ich hatte Aufgaben zu erledigen. Ich bezweifelte, dass es jemanden gab, der Spaß an Computerkabeln hatte. Ich ließ mich auf meine Knie fallen und krabbelte unter den Schreibtisch, um nach einem Loch in der Rückwand zu suchen, durch das ich das Kabel schieben konnte. Kein Loch in Sichtweite. Ich sollte Robbie um Hilfe bitten. Neben dem Bereich für die Beine platzierte ich meine Hand auf dem Holz und rutschte zurück, als ich ein mechanisches Klicken vernahm. Ein dumpfes Geräusch, bei dem Holz gegen Holz glitt, folgte.

♥

TAGEBÜCHER. Drei Stück, gestapelt auf dem Tisch. In Leder eingebunden, vergoldet und mit einer Seidenkordel versehen. Sie verbargen die privaten Gedanken einer jungen Frau, die vor einer langen Zeit in diesem Haus gelebt hatte.

Als ich die steife Kordel nach den vielen Jahren abwickelte und das erste Tagebuch öffnete, zog es mich von der ersten Seite in seinen Bann. Ihre Worte fesselten mich so sehr, dass ich alles um mich herum vergaß …

7. Mai 1837

Heute habe ich J. besucht. Ich habe mit ihm gesprochen und meine Neuigkeiten mit ihm geteilt. Mehr noch wünsche ich mir Verständnis. Sein Verständnis für meine Reue … doch im tiefsten Inneren meines Herzens weiß ich, dass das erst passieren wird, wenn ich meinem Schöpfer gegenübertrete. Vielleicht erfahre ich dann, was J. wirklich denkt …

… Was sollte der Preis für eine Tat wie die meine sein? Wie sollten Schuldgefühle bestraft werden? Ein Wort mit dreizehn schweren Buchstaben, das mir wie eine Last auf den Schultern

liegt.

... Jeden Morgen wird meine bittere Reue mit ewigem Schweigen wiedergeboren. Ein Schweigen, das die Herzen meiner Liebsten brach.

... Zudem habe ich heute meine Zustimmung gegeben, einen Mann zu heiraten, der – wie er sagt – einfach nur die Ehre will, sich um mich zu kümmern und mir zeigen möchte, dass ich etwas Besonderes bin.

... Also werde ich mit ihm auf Stonewell Court leben und mir ein Leben mit diesem Mann aufbauen. Furchtbare Angst lässt meinen Körper erzittern, wenn ich an das denke, was mich dort erwartet. Wie soll ich seinen Erwartungen gerecht werden?

... Ich verdiene es nicht, von einem wie Darius Rourke versorgt und geliebt zu werden. Ich bin gebrochen. Trotz allem ist es mir nicht möglich, Darius seine Wünsche abzuschlagen; genauso wenig wie es mir möglich war, meinem geliebten Jonathan etwas abzuschlagen ...

M.G.

Marianne George, welche nach der Hochzeit mit Mr. Darius Rourke im Sommer des Jahres 1837 den Namen Rourke annahm.

Die Haare in meinem Nacken richteten sich auf, als ich von dem Tagebuch aufsah und meinen Blick auf die Bilderbuchlandschaft richtete. Was für ein Zufall. Einfach unglaublich.

Mein Buch von Keats, die erste Ausgabe seiner Gedichte, das ich von Ethan in der Nacht seines Hochzeitsantrages bekommen hatte, gehörte einst derselben Marianne. Wie könnte ich jemals die elegant geschwungene Widmung aus einer anderen Ära vergessen: *Für meine Marianne. Von deinem Darius. Juni, 1837.* Das Geschenk eines Mannes, der nicht inniger lieben konnte. Ich liebte, was Darius seiner Marianne geschrieben hatte. So simpel und dennoch so rein in seinen Gefühlen. Er hatte sie geliebt und trotz seiner Verbundenheit mit ihr, hatte sie sich seiner Liebe nicht würdig gefühlt. Das Gewicht der Schuld lastete auf ihren Schultern. Auch Ethan und ich hatten damit Erfahrung.

Und jetzt lebten wir in dem Haus der beiden? Ich konnte es kaum glauben. Sie hatte sogar Jonathan erwähnt. Jonathan. Das war der Name, der an der Meerjungfrauen-Engel-Statue, die sehnsüchtig zum Meer schaute, eingraviert war. Die Statue war also eine Erinnerung an ihren verlorenen Jonathan und kein Grab. Jonathan hatte kein Grab; er würde für immer eine verlorene Seele des Meeres sein.

Sie hat ihn geliebt und er war ertrunken. Ich verstand Mariannes Schmerz besser als die meisten. Ich verstand Marianne, denn auch ich sehnte mich nach Erlösung. Ich glaubte nicht, dass ich jemals von dem Gewicht meiner Schuld befreit werden würde. Einige Dinge musste ich einfach akzeptieren. Egal wie ich es wendete: Ich wusste, wie es sich anfühlte, für den Verlust einer geliebten Person verantwortlich zu sein und sie nie wieder sehen zu können.

Ja, sicher, ich konnte fühlen, dass er über mich wachte, aber vermisste ich ihn deshalb weniger? Nein. Durch seinen Tod war in meinem Herzen ein Loch in der Größe eines Kraters entstanden. Täglich hatte ich mit Schuldgefühlen zu kämpfen. Ich hatte sein Ableben zum Teil zu verschulden und ich vermisste meinen Dad so sehr. Erst nach seinem Verlust merkte ich, wie sehr mir seine Liebe und seine Unterstützung dabei geholfen hatten, durchs Leben zu gehen. Ich vermisste seine Gegenwart. Ich vermisste ihn so sehr, dass es wehtat.

Dad, ich vermisse dich so verzweifelt …

Wie in einem Versuch, mich aus meinen traurigen Gedanken zu reißen, spürte ich ein Treten. Ich lächelte und rieb über meinen immer größer werdenden Bauch. „Na aber hallo, Schmetterlings-Engel."

Als Antwort wurde ich erneut mit einem Tritt beglückt. Das Timing brachte mich zum Lachen. In der sechsundzwanzigsten Schwangerschaftswoche fühlten sich die Bewegungen nicht mehr wie Schmetterlingsflügel an. Blöderweise hatte sich der Name in meinem Verstand festgesetzt. „Ich nehme an, das ist deine Art, mir zu sagen, dass du hungrig bist und ich besser schnell Futter zu mir nehmen soll, richtig?"

„Wir haben ein intelligentes Kind, Baby, und ich muss der Intelligenzbestie zustimmen. Du solltest etwas essen", kam Ethans Antwort von hinten, als er bereits seine großen Hände auf meine Schultern absenkte und tief einatmete. Sein Bart kratzte über meinen Nacken, während er mich mit seinen Lippen liebkoste. Ich lehnte mich zurück und legte meinen Kopf auf die Seite, um ihm einen besseren Zugang zu ermöglichen und mir den Luxus seines Duftes zu gönnen. Er roch himmlisch. Und auch mein Ehemann genoss es, *meinen* Duft in sich aufzunehmen. Überall. Er war wirklich unanständig. Auf diese Weise entblößte er mir die Tiefe unserer Verbindung. Ich liebte es. Ich liebte seine Offenheit. Das brauchte ich, um diese Beziehung auch für mich zu einem Genuss werden zu lassen.

„Ah, und wieder hast du mich dabei erwischt, wie ich mit mir selbst rede."

„Nicht mit dir selbst, sondern mit unserem kleinen Salatkopf. Das ist etwas vollkommen Anderes. Noch denke ich nicht, dass dich bald die Männer aus den bunten Autos abholen werden", scherzte er.

„Diese Woche ist es also ein Kopfsalat-Baby?" Ich schüttelte amüsiert den Kopf. Es war wirklich hinreißend, dass er sich von der Webseite die ganzen Früchte- und Gemüsesorten merken konnte. Und er lag nie daneben. Langsam glaubte ich, dass er ein fotografisches Gedächtnis hatte. Ethan erinnerte sich einfach an alles, während ich mit dem Schwangerschafts-Gehirn bestraft wurde und das Gefühl hatte, dass mir die Informationen aus dem Kopf fielen. Wieder spürte ich ein Treten. „Das musst du fühlen. Das Baby tritt wieder um sich."

Er drehte den Stuhl herum und hockte sich vor mich hin. Schnell schob er mein T-Shirt hoch und senkte den Bund meiner Leggings, um meinen Bauch freizulegen. Ich zeigte auf die Stelle, an der ich unser Baby gespürt hatte. Wir mussten uns etwas gedulden. Dann war der Beweis zu sehen – ein langsames Rollen, das wahrscheinlich von einem Füßchen herrührte, bevor die Delle wieder verschwand.

„Hast du das gesehen?", fragte er mit Wunder in der Stimme.

„Oh ja." Ich nickte. „Und ich habe es gespürt."

Er platzierte einen sanften Kuss auf die Stelle und flüsterte: „Danke, dass du auf deine Mami aufpasst und sicherstellst, dass sie schön artig Nahrung zu sich nimmt." Schließlich fand er meinen Blick und sah mich mit einem ernsten Ausdruck an – nicht streng, aber es war auch kein Lächeln zu sehen. Es handelte sich um eine Intensität, die von Emotionen geflutet wurde.

„Was ist los?", fragte ich.

„Weißt du eigentlich, wie erstaunlich du bist?"

Ich legte eine Hand auf seine Wange. „Warum?"

„Wegen dem, was du mir schenkst. Was du täglich für mich tust." Er senkte seinen Blick und umfasste meinen Bauch mit seinen Händen. „Du kreierst Leben." Wieder verschmolzen seine Augen mit den meinen. „Und dafür, dass du mich so liebst, wie ich bin."

Bei seinen letzten Worten fühlte ich ein Stechen in meinem Herzen. Ethan hatte noch immer daran zu knabbern, was er mir über Mikes Folter erzählt hatte. Ich hasste es, daran zu denken und konnte mir nur vorstellen, wie schmerzhaft die Sache für Ethan sein musste. Jede Minute seines Lebens suchten ihn diese Erinnerungen wie hungrige Wölfe heim. Niemals würde meine Vorstellungskraft an das heranreichen, was er mit eigenen Augen gesehen und erlebt hatte. Natürlich konnte er es nicht vergessen. Wie auch? Sein

Unterbewusstsein zwang ihn dazu, den Albtraum immer und immer wieder zu durchleben. Mithilfe von Dr. Roswell versuchte ich gerade einen Therapieplatz für ihn zu finden. Er brauchte jemanden; jemanden Objektives, bei dem er sich wohl fühlte und der seine psychische Folter lindern konnte. Ich wollte das Beste für ihn. Ethan musste endlich Erlösung finden. Ich war entschlossen, ihm genau das zu bringen.

„Ich will dich nicht anders, als du bist. Du bist genauso, wie du sein sollst." Ich lehnte mich vor, um ihn zu küssen. Ethan war schneller, wie so oft, und presste seine Lippen auf die meinen, vereinnahmte mich in einem Kuss, der mir den Atem raubte.

„Wenn unser kleiner Kopfsalat nicht hungrig wäre, würde ich dich für alle Ewigkeit hinfort tragen, Missy." Er wackelte anzüglich mit den Augenbrauen, bevor er mein Bäuchlein mit meinen Leggings und dem T-Shirt erneut bedeckte. Ich konnte die Entschlossenheit in seinem Blick sehen. „Aber deine Bedürfnisse und die unseres Kopfsalates gehen vor." Er stand auf und bot mir seine Hand an. Ich nahm sie an und er hob sie für einen Kuss an seine Lippen. „Nach dir, My Lady."

Grinsend trat ich an ihm vorbei. „Was sind wir für ein Gentleman heute, Mr. Blackstone", sagte ich. „Welchem Anlass habe ich das zu verdanken?"

Ein harter Klaps auf meinen Arsch war seine Antwort.

„Oh!", quietschte ich. „Du hast mich doch nicht etwa gerade gespankt, Blackstone?!"

Er sprang aus dem Weg und lachte – ein tiefes Lachen, das ich nicht noch mehr verehren konnte. „Und wie ich das habe, Baby. Setz deinen hinreißenden, amerikanischen Arsch in Bewegung, damit wir dich füttern können."

Ich sah über meine Schulter und sagte mit zusammengezogenen Augenbrauen: „Rache ist süß, Mister."

„Ist das ein Versprechen?", hauchte er an meinem Ohr. „Was wirst du tun?"

„Oh … keine Ahnung. Vielleicht etwas in diese Richtung –" Ich wirbelte herum und packte ihn im Schritt. „Ein Ziehen an deinen Hoden für den Klaps auf meinen Hintern klingt fair."

Der Ausdruck auf seinem Gesicht war unbezahlbar. Ganz zu schweigen von dem offen stehenden Mund.

„Ich habe dich an den Eiern, Blackstone", erinnerte ich ihn.

Er lachte und küsste mich. „Diese Information ist nicht neu für mich, meine Schöne."

„ICH SAGTE DOCH, dass es eine Überraschung ist. Du musst mir vertrauen." Ich führte sie mit dem Seidenschal über den Augen, den ich als Augenbinde umfunktioniert hatte. „Ich will es dir zeigen, bevor sich das Haus für Thanksgiving füllt."

Mein Mädchen hatte entschieden, bei uns ein Thanksgiving-Abendessen zuzubereiten. Sie hatte alle eingeladen, um diesen typisch amerikanischen Tag mit uns zu feiern, an den in Großbritannien keiner einen Gedanken verschwendete. Mein Mädchen war entschlossen, das zu ändern. Brynne wollte eine gemütliche Hausparty, die gleichzeitig als Einweihungsparty fungieren sollte. Wir luden ein und würden bald von Menschenmassen überschwemmt werden. Mein Dad und Marie reisten zusammen, genau wie Neil und Elaina. Fred, Hannah und die Kinder würden natürlich auch kommen. Ganz zu schweigen von Clarkson und Gabrielle, die sich die Party nicht entgehen lassen würden. Viele Menschen, mit denen ich mein Mädchen für ein paar Tage teilen müsste.

Ich wollte sie nicht teilen.

Sie schnüffelte die Luft. „Ich rieche die Gewürze von deinen Zigaretten; wir müssen also in der Nähe deines Büros sein."

Es gibt keine Kippen mehr in diesem Haus.

Ich hatte mich wieder daran gewöhnt, eine Zigarette pro Tag zu rauchen. Der Auslöser für meine Schwäche war das Ultimatum des Senators. *Dieser schwanzlutschende Parasit* – der neue Vizepräsident der Vereinigten Staaten von Amerika. Das würde er sein, sobald der neue Präsident im Januar vereidigt wurde. Das Team Colt-Oakley gewann Anfang des Monats mit einem beeindruckenden Vorsprung. Die Ursache hierfür war natürlich sein Sohn, der verletzt aus einer Kriegsregion zurückgekommen war. Patriotismus als Geheimwaffe, um sich Stimmen zu angeln. Anscheinend war es eine reine Nebensache, dass dieser Sohn gerne mit seinen Freunden junge Mädchen auf Partys vergewaltigte und davon auch noch Videos machte. Der politische Erdrutsch hatte niemanden von uns überrascht.

Brynne schien sich mit der Situation abgefunden zu haben. Sie wollte einfach ihre Vergangenheit hinter sich lassen und in die Zukunft blicken. Dafür war ich sehr dankbar. Sie sprach nicht oft von Oakley – weder von den Ereignissen in der Vergangenheit noch von ihrem erniedrigenden Krankenhausbesuch. Sie hatte mir allerdings verraten, dass sie das Zusammentreffen weniger gestört hatte, als erwartet. Ich hoffte, dass sie mit Dr. Roswell an ihren Gefühlen für diese Situation arbeitete, denn ich konnte den Gedanken nicht ertragen, dass diese Erinnerung eine weitere Last auf ihren Schultern bedeutete.

Mir persönlich hatte der Krankenhausbesuch sehr zugesetzt. Ich konnte mir nicht ansatzweise vorstellen, wie schlimm es für sie gewesen sein musste. Ihn zu sehen, mit ihm zu sprechen und ihn ... zu berühren. Ich schloss für einen kurzen Moment die Augen und schob die Gedanken an Lance Oakley beiseite. Stattdessen konzentrierte ich mich auf den berauschenden Duft meines Mädchens und darauf, was ich ihr zeigen wollte.

„Du gibst nicht nach. Manchmal vergesse ich, wie sehr du es liebst, zu gewinnen." Was nur der Wahrheit entsprach. Brynne war eine Kämpferin; so leicht gab sie nicht auf. Sie war ein Mädchen, das mit hochgehaltenen Fäusten einen Raum betrat – bereit, einen Schlag einzustecken, aber auch einen auszuteilen. Nur eine Sache, die ich an ihr liebte, und die sie in meinen Augen noch heißer machte. „Ich finde es verdammt heiß, wenn du dich so verhältst, Baby."

Meine Worte brachten sie zum Lachen – ein sexy Laut, der in meinen Schwanz schoss und meine Fantasien anregte.

„Okay, wir sind angekommen", sagte ich in ihr Ohr. Ich positionierte ihren Körper, damit die Überraschung perfekt auf sie wirken konnte. „Du musst wissen, dass ich mich auf diesen Moment schon seit sechs Monaten freue", sagte ich mit einem dramatischen Unterton.

„Das ist eine lange Zeit, Ethan, da stimme ich dir zu. Und nur so nebenbei: Es fühlt sich so an, als würde ich diese Augenbinde schon seit sechs Monaten tragen."

Ich tippte mit einem Finger gegen ihre Lippen. „Mein Baby und ihr freches Mundwerk, für das ich später Pläne habe. Jetzt will ich dir erst einmal die Überraschung zeigen. Das bedeutet wohl, dass der Zeitpunkt gekommen ist, dir den Seidenschal abzunehmen." Ich löste den Knoten an ihrem Hinterkopf und hörte, dass sich ihre Atmung beschleunigt hatte. Meine Worte hatten sie erregt. „Der Seidenschal um deine Augen ist wirklich sexy, Baby. Den sollten wir uns als Option offen halten, meinst du nicht auch?", hauchte ich an ihrem Nacken.

Ein tiefes Stöhnen entrang ihr, das mir verriet, was sie von meiner Idee hielt. Ich würde es nicht vergessen.

Ich senkte den Schal und sagte: „Deine Überraschung."

Sie blinzelte das Porträt an, das sie zeigte und studierte es. Ich fragte mich, ob sie sah, was ich sah: Die langen Beine, die in die Höhe ragten – der Arm, der über ihren Brüsten lag – die strategisch platzierten Finger zwischen ihren Schenkeln – ihre wunderschönen Haare, die wie ein Fächer ausgebreitet lagen.

Dasselbe Foto, das mir Tom Bennett zusammen mit seiner E-Mail geschickt hatte, in der er mich darum gebeten hatte, seine Tochter zu beschützen. Das fesselnde Foto, das ich in der Nacht unseres Kennenlernens in der Galerie gekauft hatte. Ein impulsiver Kauf, bei dem mir nicht klar war, dass die Galerie sich das Recht vorbehielt, das Kunstwerk weitere sechs Monate auszustellen. Das Porträt meines wunderschönen Mädchens aus Amerika war endlich in meinem Besitz.

Und es zog mich noch immer in seinen Bann.

„Endlich hast du es", flüsterte sie, während sie noch immer die riesige Leinwand betrachtete, die eine Wand meines Büros auf Stonewell ausmachte.

„Oh ja."

„Dieses Bild in deinem Besitz zu wissen, bedeutet dir sehr viel, oder?" Sie lehnte sich gegen meine Brust und wir betrachteten beide die Schönheit des Fotos.

„Das tut es."

„Warum?", fragte sie.

„Na ja, dieses Bild war der erste Beweis, den meine Augen von deiner Existenz erhaschen durften. Ich habe dieses Foto gesehen und wusste, dass ich es haben musste. Ein prägender Moment, der nur durch dieses Bild verstanden werden kann."

Ich rieb über ihre Arme und fand mit den Lippen ihren Nacken. Mit meiner Zunge kostete ich den Geschmack ihrer Haut. Ich liebte es, wie sie ihren Kopf auf die Seite legte und mir freien Zugang zu ihrem Hals gab. So großzügig; sie versetzte mich immer wieder ins Staunen.

„Dieser Abend war das erste Mal, dass ich einen Sammler kennengelernt habe", sagte sie gedankenversunken. „Dass du mein Porträt gekauft hast und wir uns danach persönlich kennengelernt haben, war auch für mich ein bedeutender Moment. Wie du in dieser Nacht auf dem Bürgersteig gestanden hast, in deinem grauen Anzug – wie du in der Galerie meinen Blick gefunden hast. Solange ich lebe, werde ich diese Erinnerungen niemals vergessen können."

Ihre Worte trafen mich mitten ins Herz. „Selbst wenn ich es versuchen würde, könnte ich den Moment nicht vergessen. Die Erinnerung hat sich für alle Zeiten in meinen Verstand gebrannt."

„Was genau meinst du damit, Ethan?"

„Komm her, Baby." Ich drehte sie um, damit ich ihr in ihre wunderschönen grün-braun-grauen Augen sehen konnte. Meine Hände fanden ihre Wangen und ich rieb mit den Daumen über ihre weiche Haut. „Ich könnte den Moment nicht vergessen, weil ich in der Nacht, in der du von Angesicht zu Angesicht vor mir gestanden hast, wieder zum Leben erwacht bin."

Ihre Augen wurden glasig. Wenn sie emotional wurde, konnte ich es ihr ablesen. Auf diese Weise sah ich, wie viel ihr meine Worte bedeuteten. Und es entsprach der Wahrheit. Brynne zum ersten Mal zu sehen, hat mich wieder ins Leben zurückgeführt. Ich wusste nicht, wie genau es passiert war. Ich hatte nicht damit gerechnet; es war einfach passiert.

„Ich meine es ernst. Du hast dafür gesorgt, dass ich wieder ein Leben wollte. Zu einer Zeit, in der ich keinen Gedanken an die Zukunft verschwendete", sagte ich.

„Ich liebe dich, Ethan."

„Ich liebe dich mehr, meine Schöne."

Ihr Ausdruck wandelte die Emotionen zu einem sinnlichen Blick, der *Ich will dich hier und jetzt* schrie.

„Vorhin hast du etwas von Plänen erzählt, in denen mein Mund beschäftigt wäre", gurrte sie mit gesenkten

Lidern.

„Bietest du etwa deine Dienste an, Baby?", schaffte ich es, die Worte herauszubringen.

Auf dem großen orientalischen Teppich ließ sie sich auf die Knie herunter und antwortete auf eine Weise, die mir extrem zusagte. Mit ihrem extrem heißen und talentierten Mund.

♥

„BRYNNE, MEINE Liebe, das Essen war vorzüglich. Auf dich und auf Thanksgiving", kam der begeisterte Toast meines Vaters, ein Glas Wein in die Höhe gestreckt. „Und eine Veranstaltung, die wir von nun an jedes Jahr wiederholen sollten – eine neue Familientradition."

„Dem kann ich nur zustimmen, Jonathan", sagte Marie. „Meine liebe Brynne, es war köstlich. Es ist eine halbe Ewigkeit her, seitdem ich das letzte Mal ein typisches amerikanisches Thanksgiving-Essen genießen durfte – perfekt mit den Süßkartoffeln und der Cranberry-Sauce. Das bringt schöne Erinnerungen zurück. Ich bin so froh, dass du uns Thanksgiving gebracht hast. Es würde mir sehr gefallen, eine Tradition daraus zu machen." Sie betrachtete meinen Vater mit vollkommener Hingabe.

Ich wusste, dass Brynnes Tante eine Halbamerikanerin war, jedoch den Großteil ihres Erwachsenenlebens in England verbracht hatte. Zudem hatte Marie die Aufmerksamkeit meines Vaters erregt. Mir war nicht zu hundert Prozent klar, was zwischen den beiden lief, aber ich konnte es mir schon denken. Morgen früh würde ich es mit Sicherheit wissen – davon ausgehend, welche Räume genutzt oder eben nicht genutzt worden waren.

Nacheinander sprachen unsere Gäste. Jeder gab einen Toast und bedankte sich bei meinem Mädchen für ihre Kochkünste – sogar Zara. Sie erklärte lautstark, wie gut ihr der Kürbiskuchen schmeckte.

Brynne bedankte sich bei allen fürs Kommen und errötete bei jedem Lob. Sie war so anmutig und bescheiden. Mein Mädchen war eine gute Köchin. Seit wir uns kannten, kochte sie hin und wieder für mich. Ich konnte mich glücklich schätzen, so ein Mädchen für mich gewonnen zu haben. Egal, was sie anpackte, sie war stets herausragend darin.

Es gab zwei Bereiche in meinem Leben, in dem ich mit Glück überhäuft worden war: Meine Zeit, in der ich Karten gespielt hatte und der Moment, in dem ich Brynne gefunden hatte. Ein Geschenk, das für die Ewigkeit war – bis ich meinen letzten Atemzug nahm.

Ich hob mein Glas und verkündete: „Ich habe auch einen Toast." Ich fand die Blicke meiner Familie und unserer Freunde. Der Moment war perfekt.

Zum ersten Mal war ich wirklich und wahrhaftig dankbar.

„Ich trinke auf mein wunderschönes, amerikanisches Mädchen, die uns alle daran erinnert, wie glücklich wir uns schätzen können." Ich fand ihre Augen. „Vor allem hat sie *mich* darauf aufmerksam gemacht. Jeden Tag weist sie mich darauf hin, wie gesegnet ich bin. Sie ist der Grund, warum ich für immer dankbar sein werde." Ich sprach diese wahren Worte laut und deutlich aus: „Brynne ist *mein* Thanksgiving."

TEIL DREI

WINTER

As the winter winds litter London with lonely hearts
Oh the warmth in your eyes swept me into your arms
Was it love of fear of the cold that led us through the night?
For every kiss your beauty trumped my doubt

-MUMFORD & SON – WINTER WINDS

KAPITEL 13

13. Dezember
London

Ich schrieb Ethan aus Dr. Burnsleys Praxis und fragte mich, ob er es rechtzeitig schaffen würde, bevor mein Name aufgerufen wurde. Es sah ihm nicht ähnlich, eine Untersuchung zu verpassen. Ethan hatte sogar mehr Interesse an den Details als ich. Er verbrachte mehr Zeit auf der Webseite und las mehr Bücher. Oftmals glänzte er mit kleinen Informationen, die er durch seine Nachforschungen herausgefunden hatte – zum Beispiel wie es unserem Baby ging und in welcher Entwicklungsphase es sich gerade befand. Ich neckte ihn nicht nur für sein Verhalten, sondern auch für sein Wissen darüber, wie die Geburt eines Babys ablief. Er war der Experte und das störte mich in keiner Weise. So konnte ich mich anderen Dingen widmen.

Aber Spaß beiseite: Es sah ihm nicht ähnlich, zu vergessen, mir zu schreiben oder mich anzurufen. Ich versuchte noch eine Nachricht. **Ist alles in Ordnung? Wo bist du?**

Ich fragte mich, ob unsere Verabredung zum Mittag

noch stand. Mittlerweile hatte sich nach den Besuchen bei Dr. Burnsley eine kleine Tradition entwickelt – Mittagessen in der Stadt, bevor er wieder zu der Arbeit zurückkehrte, die ihn momentan sehr vereinnahmte. Ein paar Tage nach Silvester würde er zu den XT Winter Europe Games aufbrechen. Hier musste er sich um einen wichtigen Auftrag von einem König von Wie-auch-immer-Burg kümmern. Von dem Auftrag schien Ethan nicht wirklich begeistert zu sein. Der König hatte persönlich nach seinen Diensten gefragt, weshalb Ethan wohl keine andere Wahl hatte, als für den Kronprinzen den Babysitter zu spielen. Ich konnte ihn nicht in die Schweiz begleiten, weil ein Flug im letzten Trimester nicht erlaubt war. Ich würde alleine zurückbleiben, wahrscheinlich für eine Woche. Ich wollte die Zeit nutzen, um dem Kinderzimmer die letzte Note zu verleihen. Oder besser gesagt: *den* Kinderzimmern – Plural. Ich hatte zwei Häuser, die bis Februar fertig sein mussten.

Ich entschied, dass ich nach dem Termin shoppen gehen würde – mit oder ohne Ethan. Schon heute Morgen hatte ich den Eindruck gehabt, dass dieser Tag prädestiniert war, um Weihnachtsgeschenke besorgen zu gehen. Zwar hatte ich noch zwölf Tage Zeit, um alles zu organisieren, aber die Geschenke packten sich schließlich auch nicht von alleine ein.

„Brynne Blackstone." Die Krankenschwester hakte etwas auf ihrem Klemmbrett ab und hielt mir die Tür auf. „Geh schon rein, Urinprobe nicht vergessen und dann können wir dich wiegen."

Bevor ich das Zimmer betrat, drehte ich mich nochmal um und hielt nach Ethan Ausschau. Ernüchternd folgte ich schließlich der Bitte der übertrieben lächelnden Krankenschwester und betrat den Untersuchungsraum mit einem mulmigen Gefühl in der Magengegend.

Ethan …wo bist du?

ICH LIEß MIR DIE Statistiken von Dr. Wilson durch den Kopf gehen. Nichts davon stimmte mich optimistisch: Einer von fünf Feuerwehrmännern; einer von drei Jugendlichen, die einen Autounfall überlebt hatten; eine von zwei Frauen, die Opfer einer Vergewaltigung geworden waren; zwei von drei Kriegsgefangenen. Gerade bei den letzten beiden Punkten auf der Liste zog sich mein Herz zusammen. Was sagte das über Brynne und mich aus? Zwei PTBS-Leidende. Zwei gebrochene Seelen, die durch eine unvorhersehbare Wendung des Schicksals den Weg des jeweils anderen gekreuzt hatten. Brynne stellte sich ihren Dämonen und arbeitete mit Dr. Roswell daran, mit ihrer Vergangenheit ins Klare zu kommen. Ihre Stärke versetzte mich jeden Tag ins Staunen. Sie war so britisch in ihrer Methodik – so brachte es auch das WWII-Poster über dem Schreibtisch des Docs zum Ausdruck: KEEP CALM AND CARRY ON. Mein Mädchen war mutig und wunderschön.

Bedeutete das, dass es auch für mich Hoffnung gab? Das wünschte ich mir so sehr. Ich sehnte mich so verzweifelt danach, von dem Fluch befreit zu werden, der sich in den dunkelsten Bereichen meiner Psyche wie ein Ölteppich auf dem Meer ausgebreitet hatte. Ich brauchte Erlösung.

Danach sehnte ich mich, weil ich für Brynne und unser Baby der beste Ehemann und Vater sein wollte.

„Okay, ich bin ganz Ohr." Ich konzentrierte mich und dachte daran, warum ich mich mit Psychiater Gavin Wilson zusammengesetzt hatte. Dr. Wilson war auf

Kriegsneurosen spezialisiert. Wir saßen in Surrey in seinem unscheinbaren Büro und diskutierten die Maßnahme, die sich Kognitive Verhaltenstherapie nannte.

„Es geht hier nicht darum, dass du dich mit den Begebenheiten aus deiner Vergangenheit beschäftigst und mir davon erzählst, währenddessen du auf einer Couch liegst. Vielmehr wollen wir einen Einblick in deinen emotionalen Zustand gewinnen."

Heilige Scheiße, und dafür könnte ich nicht dankbarer sein. Ich atmete tief ein und fühlte bei seinen Worten Erleichterung. Reden versetzte mich in einen Panik-Modus. Wenn ich von meiner Vergangenheit sprechen musste, fühlte ich mich wie betäubt und sah mich wieder an jenem furchtbaren Ort. Hörte die Stimmen, roch die Pisse, die Kotze und die Scheiße, fühlte die Kälte, sah das Messer und das viele Blut. Ich hatte Brynne nur einen Bruchteil von meiner schlimmsten Erinnerung erzählt. Meine Vergangenheit war jedoch zu dunkel, zu erschreckend, einfach zu verdammt abartig, um sie damit zu belasten.

„Das ist gut, denke ich. Okay, also wie muss ich mir dieses Programm in Bezug auf jemanden wie mich vorstellen?", fragte ich.

„KVT kümmert sich um die Gegenwart – deine Zeit in der British Army und die Ereignisse, die dich letztendlich zu mir geführt haben."

„Meine Frau … Auch sie hatte ein traumatisches Erlebnis in der Vergangenheit. Wenn wir … Scheiße, ich weiß nicht, wie ich es nennen soll. Wenn wir uns meiner schlimmsten Erinnerung zuwenden, besteht meine Befürchtung darin, dass ich nicht mehr stark für sie sein kann, wenn sie meine Hilfe braucht. Ende Februar erwarten wir unser erstes Kind und …" Ich verstummte und wünschte, dass ich nicht so jämmerlich klingen würde. Trotz allem dachte ich, dass ich zu meinem Arzt ehrlich sein musste.

„Herzlichen Glückwunsch." Er notierte etwas auf seinem Notizblock. „Ist deine Frau in Therapie?"

Ich nickte. „Seit über vier Jahren. Sie sagt mir immer, dass sie sich ein Leben ohne ihre Sitzungen nicht mehr vorstellen kann."

„Und du unterstützt deine Frau darin, therapeutische Hilfe in Anspruch zu nehmen?", fragte Dr. Wilson. Ich konnte mir vorstellen, in welche Richtung er mit diesen Fragen ging.

„Natürlich unterstütze ich sie. Die Therapie hilft ihr und nur das zählt."

Sein Mund zuckte auf einer Seite. „Ich bin mir sicher, dass sich deine Frau für dich die gleiche Hilfe wünscht, Ethan. Aber die Entscheidung liegt einzig und allein bei dir."

Ich weiß, dass sie das möchte. „Was werden wir bei meinen Besuchen also tun?"

„Kognitive Verhaltenstherapie erkennt an, dass es in der Vergangenheit Momente gibt, die dein gegenwärtiges Denken und Verhalten beeinflussen können. Von dem, was du mir bisher erzählt hast, haben wir es bei dir mit einer verspätet einsetzenden PTBS zu tun. Wir werden erkunden, warum die Erinnerungen aus deiner Gefangenschaft jetzt intensiver an die Oberfläche treten als kurz nach den traumatisierenden Ereignissen." *Ich weiß, warum.* „Und obwohl KVT sich nicht auf die Vergangenheit konzentriert, ist es unser Ziel, für deine derzeitigen Albträume Lösungen zu finden, damit du deine Gedanken und dein Verhalten auch in der Zukunft besser kontrollieren kannst. Der Schlüssel besteht darin, deine Vergangenheit emotional zu verarbeiten, ohne die Ereignisse erneut zu durchleben."

Ich nickte und absorbierte seine Worte. Ich war nicht gerade optimistisch, dass diese Maßnahme bei mir funktionieren würde – das bedeutete jedoch nicht, dass ich dagegen war, es zu probieren. Ich mochte den Arzt.

Vor allem gefiel mir, dass er nichts zurückhielt. Er sagte nicht, dass ich ein Wunder zu erwarten hatte. *Es würde keine plötzliche Wunderheilung geben.* Ich hatte mein Wunder bereits aufgebraucht – vor sieben Jahren, am zweiundzwanzigsten Tag meiner Gefangenschaft. Das wusste ich. Ich hatte das Geschenk akzeptiert. Wie auch ich, hatte Dr. Gavin Wilson in der Armee gedient. Dass er ein Kamerad von mir war, half mir. Wenn mir jemand helfen könnte, dann war das dieser Mann.

Wir sprachen über die Einzelheiten, und als sich unsere Zeit dem Ende näherte, hatte ich im Hinblick auf die Entscheidung ein besseres Gefühl. Und ich durfte nicht vergessen, dass er mir Hausaufgaben gegeben hatte.

♥

BEIM VERLASSEN des Gebäudes sah ich auf die Uhr. Ich wusste, dass ich mindestens eine Stunde Fahrzeit vor mir hatte, bis ich Brynne und Dr. Bs Praxis auf der anderen Seite der Stadt erreichte. Ich bezweifelte, dass ich es rechtzeitig zum Termin schaffte. Ich suchte nach meinem Handy und erinnerte mich schließlich daran, dass ich es nicht dabei hatte. Der Termin im Kriegsneurosen-Zentrum hatte mich so nervös gemacht, dass ich es zu Hause hatte liegen lassen. *Verdammte Scheiße.* Das gehörte zu den Dingen, die ich gerade wirklich nicht brauchte. Ablenkung: Das Schlimmste in meinem Berufsfeld. Sowas durfte ich mir nicht erlauben, da ich sonst meinen Job nicht erledigen konnte. Die Scheiße aus meiner Vergangenheit beeinflusste meine tägliche Routine. Ich sollte mein Handy bei mir haben. Es sollte mir möglich sein, sie zu kontaktieren und sie wissen zu lassen, dass ich mich verspätete. Sie sollte sich keine unnötigen Sorgen machen.

Als ich in den Flur trat, sah ich *sie* wieder. Sie kam

aus dem Sprechzimmer eines anderen Therapeuten, der ähnliche Arbeit wie Dr. Wilson leistete. Das machte Sinn. Dadurch wurde ich sofort an meine Hausaufgaben erinnert: *Suche nach Vergebung von Personen, die du denkst, verletzt zu haben.* Mein erster Schritt auf dem Weg der Heilung würde mich auf denselben Pfad führen wie sie. „Sarah, warte", rief ich.

ICH VERLIEß DR. Burnsleys Praxis und ging zu den Fahrstühlen. Noch hatte ich nichts von Ethan gehört. Ich konnte mir gut vorstellen, wie enttäuscht er über den verpassten Arztbesuch sein würde. Ich freute mich schon jetzt darauf, ihn deswegen zu necken; ich würde ihm von meiner Zeit mit Dr. Burnsley erzählen und von seinen lahmen Sexwitzen.

Ich schenkte der Person, die mit mir in den Fahrstuhl stieg, keine Beachtung. Ich war damit beschäftigt, meine unbeantworteten Nachrichten zu checken und Len Bescheid zu geben, dass ich beim Arzt fertig war. Doch dann sagte jemand meinen Namen: „Brynne."

Ich wusste sofort, wer es war ... Langsam hob ich meinen Kopf. Tranceartig schweiften meine Augen über jene Gestalt, die mich angesprochen hatte: Über seine Beine, das echte und die Prothese, über seine muskulösen Oberschenkel, seinen definierten Oberkörper und die breiten Schultern schweifte mein Blick, bis ich schließlich seine dunklen Augen und das attraktive Gesicht erreichte. Ein Gesicht, das sich in den letzten Jahren so verändert hatte.

„Lance. W-was tust du hier?" Meine Stimme brach.

„Hab keine Angst, bitte. Ich sah dich in die Praxis gehen und habe auf dich gewartet."

„S-stalkst du mich etwa?"

„Natürlich nicht." Für einen Moment flackerten seine Augen auf, dann schüttelte er niedergeschlagen den Kopf. „Ich war bei meinem eigenen Arzt, um für eine permanente Beinprothese angepasst zu werden."

„Oh." Ich wusste nicht, was ich zu ihm sagen sollte. Lance hatte sein Bein verloren, und trotz unserer schmerzvollen Vergangenheit hatte ich Mitleid mit ihm – als wäre es meinem Gehirn nicht möglich, den emphatischen Teil auszustellen. Der Stecker steckte in der Steckdose und sog statt Elektrizität Emotionen und Erinnerungen aus einer längst vergangenen Zeit. *Lance Oakley ist mir in den Fahrstuhl gefolgt und hat mir gesagt, dass er auf mich gewartet hat.* Mein Arztbesuch hatte eineinhalb Stunden in Anspruch genommen, inklusive der Wartezeit und der Untersuchung. Warum würde er eineinhalb Stunden auf mich warten? *Scheiß drauf*, dachte ich bei mir. Ich sollte ihn einfach fragen und genau das tat ich auch: „Warum hast du auf mich gewartet, Lance?"

„Das habe ich dir schon im Krankenhaus gesagt." Er senkte den Blick und fand dann wieder meine Augen. „Ich weiß, dass ich viel von dir verlange, Brynne, aber ich muss wirklich mit dir sprechen. Die Frage ist, ob du bereit bist, auch mit mir zu sprechen."

„Ich habe gehört, was du mir im Krankenhaus zugeflüstert hast, allerdings ... ich weiß nicht, ob ich dazu in der Lage bin." Und ich wusste es wirklich nicht. Ein Teil von mir war neugierig, warum er sich bei mir entschuldigen wollte. Nichtsdestotrotz verwirrte mich die ganze Sache. Nicht in eine Million Jahren hätte ich erwartet, dass Lance eines Tages vor mir stehen würde und den Wunsch äußerte, sich bei mir zu entschuldigen. Niemals. Jetzt, wie aus heiterem Himmel, stand er vor mir, in einem Fahrstuhl, und seine Worte schienen aufrichtig. Es fiel mir schwer, ihm so nah zu sein. Instinktiv legte ich eine Hand auf meinen Bauch.

Die Fahrstuhltür öffnete sich mit einem *Ding*. Ich

stieg aus und er folgte mir in die Lobby. Sein humpelnder Gang von der Verletzung bereitete mir ein schlechtes Gewissen. Ich fühlte mich unwohl und wusste nicht, wie ich diese Situation handhaben sollte.

„Ich verstehe." Er nickte traurig. „I-ich weiß, dass du schwanger bist. Ich will dich auf keinen Fall in eine Situation drängen, in der du dich unwohl fühlst, aber –" Er brach ab, hob eine Hand und ließ sie niedergeschlagen wieder fallen.

„Aber was, Lance?" So leicht würde ich ihn nicht von der Schippe springen lassen. Er war auf mich zugekommen, also sollte er auch die Chance bekommen, sich zu erklären.

„Du bist mir nichts schuldig, Brynne. Ich will dich nicht noch mehr verletzen oder dein Leben durcheinanderbringen. Die Sache ist nur: Es stört mich, dass du nicht die Wahrheit über mich kennst – darüber, was in der Nacht wirklich geschehen ist."

„Ähm … ich weiß sehr wohl, was mir passiert ist, Lance." Ich senkte den Blick. Ich konnte ihm bei dem letzten Teil nicht in die Augen sehen. „Schließlich gibt es ein Video davon."

„Ich weiß", sagte er sanft. „Dass ich dir wehgetan habe, tut mir unendlich leid. Ich hätte gerne die Chance, mich zu erklären." Er entließ zittrig den Atem. „Ein wenig kann ich nachempfinden, was du durchmachen musstest. Als ich nach dem Vorfall mit deiner Mutter gesprochen hatte, hat sie mir ein bisschen erzählt. Dein Vater jedoch war vollkommen gegen einen Besuch von mir. Und kurze Zeit später bist du nach New Mexico. Ich habe akzeptiert, dass du mich nicht in deine Nähe lassen konntest. Deshalb bin ich auf Abstand gegangen und habe dich in Ruhe gelassen. Dann war ich sowieso im Irak", sagte er in einem verbitterten Ton. „I-ich habe von dem Tod deines Vaters gehört. Ich erinnere mich, wie nah ihr euch standet. Mein Beileid zu deinem Verlust, Brynne."

Scheiß verdammte Tränen kommen immer zu den ungünstigsten Momenten. Mit den Fingern wischte ich die Tränen weg und versuchte, meine Fassung wiederzuerlangen. Ich wollte es unbedingt aus dem Gebäude schaffen, damit mich weder Ethan noch Len mit rot unterlaufenen Augen gegenübertreten musste.

Wenn man vom Teufel sprach. Len kam gerade auf uns zugesteuert, mit einem Ausdruck auf dem Gesicht, der klarmachte, dass mein Treffen mit Lance vorbei war.

Auch Lance sah ihn.

„L-Lance, es tut mir leid; ich sollte gehen. Viel Glück weiterhin", sagte ich tonlos. Mehr hatte ich ihm nicht zu geben. Ich fühlte mich leer und wusste einfach nicht, was ich denken sollte. Ich wollte zu Ethan.

„Okay." Er sah mich an, nickte entschlossen und presste mir eine Visitenkarte in die Hand. „Bitte denke darüber nach", flüsterte er, bevor er sich auf dem Absatz umdrehte und davonlief. Seine unsicheren Schritte waren nur ein weiterer Beweis dafür, wie sehr sich Lance Oakley in den letzten sieben Jahren verändert hatte.

♥

ICH BAT LEN, mich in Knightsbridge abzusetzen. Von dort aus konnte ich meine Einkäufe machen. Im Moment konnte ich nicht nach Hause. Ich musste meinen Kopf freibekommen und meine Gefühle verarbeiten. Eine Sache wusste ich mit absoluter Sicherheit: Ich wollte Ethan nichts von dem Treffen mit Lance erzählen. Das würde ihn nur aufregen und weder mir noch ihm einen Gefallen tun. Ich sollte Dr. Roswell anrufen und nach einem früheren Termin fragen. Ich brauchte einen objektiven Ratschlag und Ethan konnte mir den nicht liefern. Zudem hatte ich keine Ahnung, wo er gerade war oder warum er meinen Arzttermin verpasst hatte. Ich zerfloss in Selbstmitleid. Furchtbar.

In Gedanken versunken wählte ich Geschenke aus. Einen Morgenmantel aus Seide für meine Mutter in einem verräterischen Gelb schien wie gemacht für sie. Ein wunderschönes Stück, das sie wahrscheinlich sogar mögen würde. Wenn ich das Geschenk direkt vom Geschäft senden ließe, würde es sogar rechtzeitig zum Fest bei ihr ankommen. Ich wusste nicht, wie ich mich im Hinblick auf meine Mutter fühlen sollte – vor allem, nach dem, was Lance mir gebeichtet hatte. Er hatte damals mit ihr gesprochen. Wie war dieses Gespräch wohl abgelaufen? Wusste sie etwas, das ich nicht wusste? Wie ein Jucken, das ich nicht loswurde, konnte ich an nichts anderes denken. Seine Visitenkarte brannte ein Loch in meine Handtasche. Eine Visitenkarte mit seiner Nummer. Ich könnte ihn anrufen und er würde mir mit Sicherheit alle meine Fragen beantworten.

Meine Mutter und ich hatten seit unserem Streit nur einmal miteinander gesprochen. Sie war bestimmt furchtbar enttäuscht, dass der Vater meines Ex-Freunds jetzt der Vizepräsident war. Damit bestand schließlich die Chance, dass er eines Tages Präsident wurde. Der Vater meines *Ex-Freundes*. Diese Erkenntnis musste hart für sie sein. Wahrscheinlich hatte sie immer gehofft, dass ich vergaß, was er mir vor all den Jahren angetan hatte und ich wieder mit ihm zusammenkam. Gut möglich, dass sie Ethan aus diesem Grund verachtete. Ihr ursprünglicher Plan war vereitelt – nun gab es keine Gartenparty im Weißen Haus für meine Mutter. Stattdessen hatte ein Engländer mein Herz erobert, der kein Interesse an den Machtspielchen von Lance Oakleys Vater hatte. Ethan hatte mich geschwängert und geheiratet; sogar meine Mutter musste erkennen, dass ihre Träume ausgeträumt waren. Die beiden in einem Raum zu stecken, würde in einer großen Explosion enden. Wirklich traurig. Für mich. Ich hätte sie gern im Leben meines Babys. Sie sollte die Chance haben, sich als Großmutter zu beweisen – doch wie sollte sie das können, wenn sie den Anblick meines

Ehemannes nicht ertragen konnte.

Mein Handy vibrierte. *Endlich*, dachte ich. Ich fand es in meiner Handtasche. *Unbekannte Nummer?* **Baby, es tut mir leid, dass ich den Arzttermin verpasst habe. Lange Geschichte. Habe mein Handy nicht bei mir. Schreibe von Sarah Hastings Handy. Wo bist du gerade? xoE**

Sarah Hastings Handy? Ich wusste, wen er meinte. Warum um Himmels willen war er bei *ihr*, wenn er bei *mir* sein sollte? Ich erinnerte mich daran, wie sehr ihn ihre Anwesenheit auf der Hochzeit belastet hatte. Versuchte sie, ihre Krallen in ihn zu schlagen, um über ihre eigene Trauer hinwegzukommen? Ich respektierte die militärbezogene Loyalität, aber es war nicht fair, dass Ethan wegen ihres Verlustes noch mehr litt. Wenn sie ihn dazu zwang, mit ihm über ihren Ehemann zu sprechen, müsste ich der Frau mal ein paar Takte sagen. Beim Antworten hielt ich mich zurück; schließlich war es nicht sein Handy. Ich blieb neutral, fügte sie jedoch als neuen Kontakt hinzu, bevor ich meine Nachricht verfasste: **Schon okay. Ich bin im Harrod's und shoppe Geschenke. Len ist bei mir. –B**

Er antwortete sofort: **Ich bin auf dem Weg zu dir. Wollen wir uns im Sea Grill treffen? E**

Wenn du es sagst, Mr. Blackstone, dachte ich und erwiderte mit einem kurzen **OK**. Obwohl ich versuchte, meine Irritation zu verbergen, störte mich diese Situation ungemein. Immer in solchen Momenten zeigten sich meine Unsicherheiten und infiltrierten meinen Verstand mit Zweifeln.

Ich bezahlte und gab meine Einkäufe an Len weiter, der sicherstellte, dass alles heil zu Hause ankam. Dann kümmerte ich mich darum, dass das Geschenk meiner Mutter und von Frank eingepackt und vom Concierge verschickt wurde, bevor ich mich zum Sea Grill aufmachte.

Im Restaurant trank ich Cranberry-Tee und ließ mir den merkwürdigen Tag durch den Kopf gehen. Mir fiel die Visitenkarte von Lance wieder ein. Ich zog sie heraus und studierte sie: Handynummer und E-Mail auf der Vorderseite, zusammen mit seinem Namen und seinem Kontakt bei der US-Armee. Ich drehte die Karte herum und sah die handgeschriebene Nachricht. *Bitte erlaube mir, mein Unrecht gutzumachen, Brynne.*

Ich hob den Kopf und sah, dass Ethan angekommen war und sich mit einem Lavendelstrauß meinem Tisch näherte. Schnell packte ich Lances Visitenkarte weg. Ich fragte mich, wie schuldig sich mein Ehemann fühlte, wenn er das Bedürfnis hatte, mir Blumen als Friedensangebot mitzubringen.

Ich sollte seine Geste anerkennen, tadelte ich mich selbst.

Dennoch konnte ich das nicht.

„WAS IST PASSIERT?", fragte sie. Ich konnte ihre Gefühle nicht erkennen. Sie akzeptierte die Blumen und roch auch würdigend daran. Da sie von Natur aus reserviert war und wir uns in der Öffentlichkeit befanden, verstand ich ihr Verhalten. Es war möglich, dass sie mir den Strauß am liebsten über den Kopf jagen würde. *Du hast es verkackt.* Ich konnte nur darauf hoffen, dass sie mir vergab.

„Ich habe die Wohnung heute Morgen ohne mein Handy verlassen. Tut mir wirklich leid."

„Das sieht dir gar nicht ähnlich, Ethan." Sie sah nicht einmal von der Speisekarte auf. *Oh ja, die Suppe hast du dir selbst eingebrockt und jetzt muss du sie auch selbst auslöffeln.*

„Nein, das tut es nicht. Ich war abgelenkt, als ich das

Apartment verließ."

„Und der Grund dafür war?" Sie drehte die Speisekarte um und studierte sie so, als handelte es sich um ein seltenes Buch aus der British Library.

Ich bin zum Restaurant gerast und wünschte jetzt, dass ich mir die Zeit für eine Zigarette genommen hätte. „Ich wollte dir nichts von meinen Plänen erzählen, weil ich mir nicht sicher war, ob ich akzeptiert werde." Sie senkte die Speisekarte und sah mich endlich an. „Heute Morgen hatte ich meine erste Sitzung mit Dr. Wilson im Kriegsneurosen-Zentrum." Weit aufgerissene Augen starrten mich an. „Also, na ja … dafür musste ich nach Surrey fahren, und als ich das Gebäude verließ, um dir bei deinem Arztbesuch Gesellschaft zu leisten, bin ich in Sarah gerannt. Auch sie lässt sich dort behandeln. Zu dem Zeitpunkt war ich bereits wahnsinnig spät dran, also fragte ich nach Sarahs Handy, um –"

„Du hast jemanden gefunden?", unterbrach sie mich. Funken der Freude sprangen aus ihren Augen und ich liebte es. Sofort fühlte ich mich besser.

Ich nickte. „Das habe ich, Baby. Ich möchte sehen, was Dr. Wilson bei mir erreichen kann."

Sie streckte ihre Hand nach meiner aus und sagte: „Das macht mich wirklich glücklich. Ich bin so froh, das von dir zu hören, Ethan. Das sind die besten Neuigkeiten, die ich heute gehört habe." Sie hob meine Hand an ihre Wange.

Es wurde deutlich, dass mein Mädchen noch etwas anderes beschäftigte als meine Nachlässigkeit. „Was meinst du damit? Ist bei Dr. B alles gut verlaufen? Sollte ich etwas wissen, Brynne?"

Sie spitzte die Lippen und schüttelte langsam den Kopf. „Von Dr. B gibt es nichts Neues zu berichten. Neunundzwanzigste Woche, Eichelkürbis-Größe, gesund. Und bei mir ist noch alles betriebsbereit." Sie zwinkerte mir zu.

Mein sexy Mädchen. „Du willst mir also sagen, dass

Dr. B und ich noch immer beste Freunde sind?" Sie lachte, denn nichts genoss sie mehr, als mich mit Sexentzug zu necken. Witzig. Na ja, eigentlich nicht. Wir müssten in der Zeit, in der Sex nicht erlaubt war, kreativ sein. Solange ich sie bei mir hatte, sie berühren, schmecken und riechen durfte, war alles in Ordnung. Intimität bedeutete so viel mehr als Sex. Seit ich mit Brynne zusammen war, hatte ich diese Lektion gelernt.

„Ja, noch ist er dein bester Freund. Aber du musst mir mehr von deinem Termin im Kriegsneurosen-Zentrum erzählen." Sie sah mich mit einem breiten Lächeln auf den Lippen an. Jetzt war sie wieder ihr glückliches Selbst. „Erzähl mir von Dr. Wilson. Ich will jedes Detail hören."

Wie kann ich dir alles erzählen, mein wunderschöner Schatz? Wie? Wie könnte ich dir das jemals antun?

Ich wünschte, dass ich ihr alles erzählen könnte, bezweifelte aber, dass ich dazu jemals in der Lage wäre.

KAPITEL 14

24. Dezember
London

„Sie ist wunderschön, sie ist intelligent, sie ist verdammt heiß und sie weiß, den Kochlöffel zu schwingen." Ich presste mich in der Küche von hinten gegen sie. „So viele Leckerlis", sagte ich, klaute mir ein Plätzchen in der Form eines Vogels und schob ihn mir in den Mund. „Du bist mein Lieblingsleckerli." Ich packte eine Handvoll ihres Arsches, während die Köstlichkeit auf meiner Zunge schmolz.

„Du Dieb", sagte sie.

„Du liebst mich trotz meiner Straftaten." Ich strich mit der Nase über die empfindliche Haut an ihrem Ohr.

„Das tue ich. Das Erste, was du von mir gestohlen hast, war mein Herz", sagte sie. Brynne drehte mir den Kopf zu und drückte mir einen süßen Kuss auf. „Und ich möchte es nie wieder zurück."

„Das ist gut, denn es gehört mir allein", murmelte ich. Dann attackierte ich sie mit meiner Zunge und fiel in ihren Mund ein.

„Du sagst die nettesten Dinge zu mir."

„Entspricht alles der Wahrheit." Ich drehte sie vollkommen zu mir und verschränkte die Hände hinter ihrem Rücken. „Du siehst hinreißend aus." Ein tiefer Kuss folgte. Ich konnte einfach nicht anders. „Bist furchtbar intelligent." Ich fuhr mit den Lippen über ihren Kiefer und zu ihrem Hals. „So sexy, dass ich für dich in Flammen stehe." Mein Mund wanderte tiefer, kam in Kontakt mit ihrem Ausschnitt, der mit jedem Schwangerschaftstag beeindruckender wurde. „Und eine talentierte Küchenfee." Ich stieß mit der Hüfte gegen ihre, ließ sie fühlen, wie sehr ich ihre *Talente* würdigte.

„HEUTE VOR EINEM Jahr sind wir uns in einer Fischhandlung das erste Mal über den Weg gelaufen, ohne zu wissen, dass wir wenige Monate später in eine gemeinsame Zukunft blicken würden." Wir lagen auf dem Sofa hintereinander und ich fuhr mit den Fingern über Ethans Arm. Gleichzeitig betrachteten wir die Lichter am Weihnachtsbaum, der von der Aussicht auf London eingerahmt wurde. „Erinnerst du dich?"

„Oh ja. Seit uns das klar geworden ist, denke ich jeden Tag an den Moment. Ich sehe Simba und muss lächeln." Er rieb über meinen Bauch, seine Hände berührten mich da, wo er mich in dieser Position erreichen konnte. „Und mein Geburtstagsgeschenk lässt die Erinnerung wieder aufleben. Ich liebe mein Geschenk; es ist perfekt, Baby. Ich bin mir sicher, dass auch Simba mir zustimmt."

„Ich bin froh, dass sie dir gefällt. Es ist nicht einfach, etwas für dich zu finden. Dory ist die perfekte Freundin für Simba. Er brauchte eine gute Frau, damit er nicht aus der Reihe tanzt."

Er glucktste. „So wie ich."

„Korrekt. Allerdings hast du es an meinem

Geburtstag wirklich übertrieben. Du kaufst mir ein Luxusauto und ich besorge dir einen Fisch."

„Aber ich liebe meinen neuen Fisch", sagte er empört. „Ein Paletten-Doktorfisch zum Geburtstag war mein größter Wunsch."

Ich lachte. Er konnte so albern sein. Ich liebte, dass mein normalerweise so ernster Mann auch mit mir scherzte und mich neckte. Trotz seiner harten Zeit in der Armee war Ethan mit einem wundervollen Sinn für Humor gesegnet worden. Er konnte mich genauso zum Lachen bringen wie zu einem vernichtenden Orgasmus. Ein über alle Maßen talentierter Mann.

„Heute ist also eine Art Jahrestag für uns", sagte ich.

„Ein Jahr." Er presste sein Gesicht gegen meinen Hals und atmete tief ein. „Ich habe an dem Tag nicht wirklich einen guten Blick auf dich erhaschen können, aber ich erinnere mich an eine lilafarbene Mütze und den farblich passenden Schal, und natürlich daran, wie sehr dich der Schnee an Heiligabend in den Bann gezogen hat."

Wenn man bedachte, dass wir mitten im Winter nackt auf dem Sofa lagen, überraschte es mich, wie warm mir war. Heißer Sex und eine männliche Heizung gegen meinen Rücken gedrückt, bewirkten Wunder. „Na ja, der Schnee war magisch und wunderschön. Für ein Mädchen aus Kalifornien ist Schnee zu Weihnachten höchstens eine einmalige Erfahrung."

„Jetzt, da du in London wohnst, könntest du eines Tages wieder in den Genuss kommen, Schnee an Weihnachten zu bekommen." Seine Lippen strichen über meinen Nacken.

„Das stimmt." Ich erschauerte unter seinen Lippen, die sich einen Pfad über meine nackte Haut suchten. „Ich erinnere mich auch daran, dass ich auf die Frau eifersüchtig war, die in den Genuss deines Geruchs kommt. Schon witzig, dass ich dich auch nicht wirklich angesehen habe. Hätte ich das getan, hätte ich dich bei

Bennys Ausstellung sofort erkannt."

Er bahnte sich küssend einen Weg über meine Schultern. „Bens Ausstellung – beste Nacht meines Lebens."

„Nicht für mich", sagte ich und kuschelte mich enger an ihn. „Ich bin mir ziemlich sicher, dass heute die beste Nacht meines Lebens ist."

„Mmmm, es stört dich also nicht, dass wir die Partys meiden und uns während der Feiertage so gar nicht festlich geben?"

„Nein, nicht im Geringsten. Abgesehen davon können wir morgen bei deinem Vater unsere festliche Seite erkunden."

„Am liebsten hätte ich Weihnachten auf Stonewell verbracht", flüsterte er, während eine Hand zu meiner Brust glitt und meinen Nippel mit sanften Berührungen umkreiste. „Das hätte leider nicht funktioniert." Ethan seufzte.

Seine Logik brachte mich zum Lachen. „Eimer voller Farben und die Malersachen stellen eindeutig ein Hindernis dar, wenn du auch über die Feiertage Sex wolltest." Wir hatten darüber nachgedacht, die Feiertage auf dem Land zu verbringen, aber die Renovierung auf Stonewell hatte uns dazu gezwungen, in London zu bleiben. In der Stadt waren wir bereit. Nur das Kinderzimmer brauchte noch Feinarbeit.

„Ich denke, ich hätte es trotz der Malersachen hinbekommen, dich in Verzückung zu bringen", sagte er mit tiefer Stimme. Es folgte ein Stoß gegen meinen Hintern, der mich auf seine beeindruckende Länge und das, nach was sich diese Länge verzehrte, hinwies.

Einmal war für Ethan niemals ausreichend und dagegen hatte ich nun wirklich keine Einwände. Ich hoffte, dass sein Verlangen nach mir niemals verebben würde. Ich glaubte nicht, dass ich ohne sein Bedürfnis nach mir gedeihen könnte.

♥

„HIER WILL ICH rein", hauchte er, während er mit zwei Fingern über meinen hinteren Eingang tänzelte und Lustschauer durch meine erogenen Zonen schickte.

„Okay, ja." Zwei Worte und ich war fertig. Die einzige Antwort, die ich in meinem erregten Zustand über die Lippen brachte. Die sexuelle Vorfreude auf das, was er mit meinem Körper vorhatte, sendete mich in einen Wirbel aus Begierde und Lust. Bei Ethan musste ich mir während des Sex keine Sorgen machen. Egal, was er auch vorhatte, er würde dafür sorgen, dass es auch mich befriedigte.

„Du raubst mir den Atem", schnurrte er hinter mir, wo er mich darauf vorbereitete, in mich einzudringen. Ich wusste, dass er auf den Punkt zwischen meinen Schenkeln starrte. Meine Position auf Händen und Knien erregte ihn. Ich spürte das Gleitmittel, das er auf meine Öffnung tropfte, um den Weg zu erleichtern. Sein Penis war perfekt, dennoch schätzte ich das Gleitmittel.

Seine Hände packten meine Pobacken und spreizten sie weit auseinander.

Im Moment des Kontaktes verstand ich, mit was er mich berührte. Seiner Zunge.

Zuerst kam seine talentierte Zunge zum Einsatz, das sanfte Betören meines engen Loches, was mich in einen Zustand der höchsten Ekstase versetzte. Ich bebte und schwebte zwischen zwei Welten.

Seine Zunge zog sich von mir zurück und Ethan brachte sich in Position. „Das tust du wirklich, Baby. Du raubst mir den Atem." Seine Eichel stieß gegen mein Fleisch. „Jedes." Er bahnte sich den Weg in mein Loch. „Verdammte." Ich spürte die Größe seines Schaftes, das Verschmelzen zwei liebender Körper, die Intensität seiner Begierde, als er sich in mir vergrub und mein Verlangen dafür, dass er sich nicht zurückhielt.

„MAL", brüllte er begleitet von einem Stöhnen, als sein Schwanz an Ort und Stelle glitt und seine Hoden gegen meine Klitoris stießen.

Ich schnappte nach Luft bei seiner harschen, aber wundervollen Invasion. Ich ritt die Welle – sexuelle Hitze und die Empfindung der extremen Völle, die an Schmerz grenzte. Ich bereitete mich auf die wahre Intensität vor, die gleich folgen würde – sobald er sich bewegte und sich mit gedehnten Stößen immer wieder in mir verlor. Mein ganzer Körper bebte. Die Empfindungen, die durch meinen Körper jagten, waren so überwältigend, dass ich kaum Luft bekam.

„Alles okay, meine Schöne?", presste er an meinem Ohr heraus. Sein Bart kratzte über meine Haut, als er sein Kinn auf meiner Schulter platzierte, um kurz innezuhalten. Er wartete auf meine Antwort. Er suchte nach meiner Bestätigung, dass alles in Ordnung war. Er wollte sichergehen, dass ich ihn wollte und dass ich mich nach seiner körperlichen Dominanz sehnte.

Und das tat ich. Immer. So sehnsüchtig.

„Jaaa." Ich warf den Kopf in den Nacken. Es war mir nicht möglich, mehr als dieses eine Wort zu sagen. Ich war nur darauf konzentriert, nicht in eine Million Einzelteile zu zerspringen. Unsere Zusammenkunft überwältigte alle meine Sinne.

„Oh, fuck, ja." Er packte ein Bündel meiner Haare und fing an, sich in mir zu bewegen – lange, behutsame Stöße seines heißen Fleisches nahmen mich auf eine exquisite Weise. „So gut, Baby ...", stöhnte er beim nächsten Stoß. Er füllte mich aus, nahm mich mit auf einen erotischen Pfad der Lust, der von einer Empfindung nach der anderen übersät war. „Du bist so wunderschön und sexy; du machst mich wahnsinnig", sagte er, während er seinen Schwanz auf die Weise einsetzte, die ich liebte. Er nahm mich vollkommen in Besitz; jeder Teil von mir gehörte ihm und er musste es sich nur noch nehmen.

Auch vernahm ich etwas Anderes in seiner Stimme – eine Verzweiflung, das unbeschreibliche Verlangen, eins mit mir zu werden. Eine dunkle Begierde seines Körpers, mit meinem Körper zu verschmelzen, bis nicht mehr erkennbar war, wo er endete und ich begann. Sein Schwanz, seine Finger, seine Zunge, sein Atem, sein Sperma – sein Alles wollte in mich eindringen.

Und so nahm mich Ethan, bis er mich in die höchsten Höhen getrieben hatte und ich in eine Million Scherben aus schimmernder Ekstase zerbrach. Er schluckte meine Schreie mit seinem Mund und gab mir mehr von ihm; sein Schwanz schwoll in Vorbereitung auf seine Erlösung zu unglaublicher Härte an. Er sagte Dinge zu mir, als er sich in mir ergoss – stotternde Liebeserklärungen und Bekenntnisse seiner Verehrung für mich, für mich allein.

3. Januar
London

ICH BEOBACHTETE Brynne beim Schminken und konnte meine Augen nicht von ihr lassen. Ich hoffte, dass sie mein Starren nicht bemerkte; ich wollte nicht, dass sie verlegen wurde. Aufgrund der Veränderung ihres Körpers machte sie sich schon genug Sorgen. Ganz ehrlich: Mein Mädchen hatte noch nie so atemberaubend ausgesehen. Unserer kleinen Blaubeere war es natürlich nicht anders ergangen; sie war exponentiell zu Brynnes Schönheit gewachsen. Wir befanden uns jetzt in der zweiunddreißigsten Schwangerschaftswoche und Brynne trug unter ihrem Herzen eine kleine Person, die trat und sich unaufhörlich bewegte.

„Du solltest dich langsam fertigmachen, sonst kommen wir noch zu spät. Tante Marie wartet auf keinen Mann …", sie stoppte und zeichnete konzentriert etwas Dunkles um ihre Augen. Sie trug ein kurzes Spitzenteil, das mich, obwohl sie erst halb angezogen war, bereits hart machte.

Ich zwang mich dazu, an etwas anderes zu denken – ich musste einfach, weil wir sonst nie bei Dads Geburtstagsessen ankommen würden. Meine Gedanken verloren sich in der Arbeit und meine Erregung verschwand genauso schnell, wie sie gekommen war. In zwei Tagen würde ich mich in die Schweiz aufmachen und den jungen Prinzen Christian von Lauenburg bei den XT Europe beaufsichtigen. Ich hasste den Gedanken, Brynne allein zurückzulassen. *Scheiß verdammter Job.*

„Aber ich bevorzuge es, dich anzusehen", sagte ich ihr.

Sie entließ einen sanften Laut. „Na ja, mein Arsch wird mit jeder Sekunde größer. Anscheinend hat er das Bedürfnis, die Größe meines Bauches zu erreichen. Ich hoffe nicht, dass mein Arsch das Rennen gewinnt. Am Ende möchte ich nur ein Baby und nicht noch einen Arsch." Im Spiegel fand sie meinen Blick; ihr Gesichtsausdruck verriet mir nicht, was ihr tatsächlich durch den Kopf ging. Mein Mädchen war geheimnisvoll wie immer. Ein Aspekt, der mich wieder hart machte, und das Verlangen in mir auslöste, ihr so nah wie möglich zu sein. Ich wollte sie berühren, schmecken und auch jedes letzte Molekül in mich aufsaugen. Mein Verlangen nach Brynne war so ausgeprägt wie immer. Ich bezweifelte, dass sich das jemals änderte.

„Dein Hintern ist perfekt. Niemals wirst du eine Beschwerde im Hinblick darauf hören, dass ich mehr zum Festhalten habe." Ich zwinkerte ihr zu und schenkte ihr ein anzügliches Grinsen. „Von meiner Position siehst du nicht einmal schwanger aus." Ich näherte mich ihr von hinten; meine Hände wanderten zu ihrem Bauch. „Das muss ich tun, um mir zu beweisen, dass du wirklich mit meinem Baby schwanger bist." Ich spreizte die Finger über ihrem runden Bauch, in dem unser Baby heranwuchs.

Sie lehnte sich zurück. „Oh, glaube mir, das Baby existiert", sagte sie. „Und du bist an dem Bauch nicht ganz unschuldig."

Ich lachte. „Ein Kompliment, das ich nur zu gerne annehme."

„Ich erinnere mich daran sehr gut", sagte sie trocken.

„Oh, und ich wage mich zu erinnern, dass auch du sehr viel Spaß dabei hattest." Meine Hände fanden ihre üppigen Titten und umfassten sie, gefolgt von einem sanften Kneten. „Und die beiden Schönheiten haben sich auch verändert. Verdammt, wie sehr mir die Veränderung hier gefällt, kannst du dir wahrscheinlich vorstellen."

„Ist mir aufgefallen, ja." Sie schloss ihre Augen, legte den Kopf auf die Seite und erlaubte mir, sie nach Belieben zu berühren und zu küssen. Sie war immer eifrig daran bemüht, meine verrückten Begierden zu stillen.

„Mmm, du fühlst dich perfekt an, Mrs. Blackstone. Das wirst du immer."

„Habe ich dir schon einmal gesagt, wie sehr ich es liebe, wenn du mich Mrs. Blackstone nennst?", hauchte sie die Frage in meine Richtung, während sie mich mit ihren bezaubernden Augen festnagelte.

„Ein paar Mal. Ich bin höchst erfreut, dass dir dein neuer Name gefällt." Ich grinste sie im Spiegel an. „Ich weiß, dass ich es liebe, dich mit meinem Namen anzusprechen. Ich liebe es, dass mein Name jetzt auch dir gehört. Seit ich dich kenne, habe ich viele Dinge lieben gelernt."

Sie hob die Hand und umfasste meine Wange, ohne

ihre Augen im Spiegel von den meinen zu nehmen. „Auch du wirst bald einen neuen Namen bekommen. Jemand Besonderes wird sich unserer kleinen Familie anschließen, der dich nur unter einem Namen kennen wird, und hierbei handelt es sich nicht um den Namen *Ethan*."

„Dad."

„Oh ja. Bald wirst du der Dad von unserem Baby sein." Ein sanftes Lächeln spielte auf ihren Lippen – ein Lächeln, in dem ein Hauch von Freude zu erkennen war, zusammen mit Traurigkeit, weil sie bei dem Gespräch auch an ihren eigenen Vater erinnert wurde. „Du wirst ein großartiger Vater sein …", flüsterte sie.

Brynne erstaunte mich immer wieder in ihrer Großzügigkeit – ihr Talent bestand selbst im Angesicht von Trauer darin, mir das zu geben, was ich brauchte. Sie war so mutig. Stark. Einfach unglaublich. Ich küsste sie auf den Nacken und legte mein Kinn auf ihre Schulter. Wir genossen unsere Zweisamkeit und betrachteten einander in der reflektierenden Eigenart des Spiegels. „Der Klang gefällt mir – Dad. Ich bin ein Dad und du bist eine Mom."

„Das sind wir."

Meine Hände fanden wieder ihren Bauch. „Ich liebe unsere kleine Ananas." Ich drehte sie zu mir herum und legte meine

Hände auf ihr lächelndes Gesicht. „Und ich liebe dich, Mrs. Blackstone."

„Ich liebe dich mehr", sagte sie.

KAPITEL 15

4. Januar
London

Die Wohltätigkeitsorganisation, die mein Vater Zeit seines Lebens unterstützt hatte, schickte eine Benachrichtigung über eine Spende, die in seinem Namen getätigt worden war. Der Betrag in der Nachricht stockte mir den Atem. Ich blinzelte und starrte erneut auf den Betrag. Auf alle sechs Zahlen.

Den zweiten Schock bekam ich, als ich mir die angehängte Nachricht zu der Spende durchlas. *Bitte erlaube mir, mein Unrecht gutzumachen, Brynne.*

Lance.

Ich konnte nicht glauben, was ich da sah. Lance hatte das Geld gespendet? Er hatte diese riesige Spende für die Meritus College-Stiftung im Namen meines Vaters hinterlassen? Eine Spende für benachteiligte, aber hoch motivierte Kinder, die sich nichts mehr wünschten, als aufs College zu gehen?

Warum würde er das tun?

Ich konnte mit keiner logischen Erklärung aufwarten. Mir wurde klar, dass ich mehr über seine

Beweggründe hören musste. Also ging ich zu meiner Handtasche, kramte in den Seitentaschen herum, bis ich seine Visitenkarte fand. Ich drehte sie herum und las die Nachricht, die mit einem blauen Kugelschreiber geschrieben worden war: *Bitte erlaube mir, mein Unrecht gutzumachen, Brynne.*

Ich schickte ihm mit zittrigen Händen und einem wild pochenden Herzen eine Nachricht. Ich hatte Angst. Wollte ich wirklich hören, was er mir zu sagen hatte? Ja, denn es war an der Zeit, seine Version der Dinge zu hören.

Ethan war im Büro und bereitete sich auf seinen Trip in die Schweiz vor. Er würde morgen fliegen und ich hatte ihm nichts von Lances Versuchen, sich mit mir zu treffen, erzählt. Weder von der Situation an seinem Krankenhausbett noch von dem Tag im Fahrstuhl. Je mehr Zeit verging, desto weniger hatte ich das Bedürfnis, Ethan aufzuklären. Welchem Zweck würde das dienen? Ich musste in die Zukunft blicken. Ich musste mich in der Gegenwart zurechtfinden und den Scheiß, der vor so vielen Jahren geschehen war, endlich zu den Akten legen.

Auch jetzt erzählte ich Ethan nichts von meinen Plänen, obwohl ich wusste, dass ich ihm wahrscheinlich eine Warnung geben sollte. Er wäre von dem Gedanken, dass ich mich allein mit Lance traf, nicht gerade begeistert. Er würde verlangen, mich zu begleiten und würde das Treffen mit seinen territorialen Verhalten ruinieren. Nein. Ich musste mich mit Lance allein treffen. Er war meine Geschichte. Mein Dämon. Und ich war diejenige, die sich ihrer Vergangenheit stellen und sie endlich begraben musste.

Also hinterließ ich eine Notiz auf dem Küchentisch, auf der stand, dass ich spazieren gegangen war.

♥

UM EIN WENIG Bewegung zu bekommen, lief ich zum Coffeeshop um die Ecke.

Als ich mich dem *Hot Java* näherte, konnte ich sehen, dass Lance bereits einen Tisch ergattert hatte. Er saß am Fenster und wartete auf meine Ankunft. Ihn dort sitzen zu sehen, löste bei mir den gleichen Gedanken aus, wie bei den letzten beiden Treffen: Er sah nicht mehr wie der Junge aus meiner Vergangenheit aus. Er wirkte so anders auf mich. Ich war mir sicher, dass ich in vielerlei Hinsicht recht hatte: Er war jetzt eine berühmte Persönlichkeit. Der tätowierte Kriegsheld und Sohn des Vizepräsidenten. Da es immer die Gefahr eines Attentats gab, war er auch nicht alleine gekommen – ein Agent vom Secret Service wachte über ihn.

Ich setzte mich ihm gegenüber. Er sah miserabel aus und ich fragte mich, ob er durch seine Beinverletzung noch immer unter Schmerzen litt.

„Ich werde bald in die Staaten zurückfliegen. Ich habe die Anordnung erhalten, bei der Amtseinführung anzutreten." Er tippte mit einem tätowierten Finger gegen sein Bein. „Ich werde London vermissen. Ist ein guter Ort, um unterzutauchen."

Oh ja. „Warum hast du im Namen meines Vaters diese riesige Spende gemacht? Interessiert dich das Tun dieser Hilfsorganisation wirklich, Lance?" Während ich ihn mit dieser Frage konfrontierte, rührte ich nervös in meinem Himbeertee und erzeugte einen kleinen Wirbel. Egal, wie oft ich mir die Sache auch durch den Kopf gehen ließ, konnte ich für seine Spende keine logische Erklärung finden. Deshalb blieb mir nur eine Schlussfolgerung: Es musste ihm wirklich leidtun, was er mir angetan hatte. *Mindfuck.*

Lance sah aus dem Fenster und betrachtete den Verkehr aus Autos und Fußgängern, der an dem Café vorbeizog. „Vielen Dank, dass du dich mit mir getroffen hast, Brynne. Obwohl ich dieses Treffen schon lange wollte, hat es mich trotzdem davor gegraut." Er fand schließlich meinen Blick.

„Du m-meintest, dass du mir erzählen wolltest, was an dem Abend der Party wirklich p-passiert ist." Mein Herz hämmerte gegen meinen Brustkorb.

„Richtig." Er rutschte auf seinem Stuhl herum und schien sich auf seine nächsten Worte vorzubereiten. „Zuerst möchte ich dir sagen, dass es mir wahnsinnig leid tut, wie ich dich behandelt habe. Ich habe dir schreckliche Dinge angetan und dich furchtbar verletzt. Niemals werde ich mein Verhalten wieder gut machen können. Dafür gibt es keine Entschuldigung. Ich werde dir niemals sagen können, wie sehr ich es bereue."

Seine Augen flackerten vor Reue und gleichzeitig konnte ich einen Hauch von Sehnsucht erkennen – nach was er sich sehnte, das erkannte ich leider nicht. Vielleicht nach mir? Nach dem, was aus uns hätte werden können?

„Das musste ich loswerden, bevor ich dir jetzt den Rest erzähle."

Ein komisches Gefühl machte sich in mir breit. Ich fühlte mich wie jemand, der auf einem zugefrorenen See stand und ein Knacken hörte. Sagen konnte ich noch nichts. Mit einem einfachen Nicken würdigte ich zumindest seine Entschuldigung.

„Du hast das Video gesehen, oder?", fragte er.

Wieder nickte ich mit dem Kopf und hielt meinen Blick auf die Tasse mit dem Himbeertee. „Einmal. Ein weiteres Mal hätte ich es nicht ertra –" Ich verstummte, als die Bilder durch meinen Kopf liefen. Die anderen Jungs – ich, wie ich benutzt werde – das Gelächter – der Songtext – die Misshandlung meines Körpers durch Objekte – die Art und Weise, wie sie mit mir sprachen: als wäre ich eine Hure, die wollte, was ihr angetan wurde.

„Es tut mir so, so leid. Ich wollte nicht, dass die Situation diese Ausmaße annimmt", sagte er.

Abrupt hob ich den Kopf. „Was hast du dir dann

davon versprochen, uns beim Sex zu filmen?", spie ich. „Hast du auch nur den geringsten Schimmer, was dieses Video für Auswirkungen auf mich hatte? Wie es mein Leben verändert hat? Dass ich versucht habe, mich deswegen umzubringen? Ist dir all das bewusst, Lance?"

„Ist es." Er schloss die Augen und verzog das Gesicht zu einer Grimasse. „Brynne, wenn ich die Sache rückgängig machen könnte … Ich … Du kannst dir nicht vorstellen, wie leid mir das alles tut."

Wie konnte es sein, dass ich mich gerade in einer Situation wie dieser befand? Für eine lange Zeit hatte ich die Dunkelheit in meinem Herzen und in meinem Sein für das akzeptiert, was es war – eine boshafte Tat, die an mir verübt worden war. Verübt von widerwärtigen Menschen, die keine Reue empfanden und die das Wort Schuldgefühle nicht einmal buchstabieren konnten. Und plötzlich saß Lance vor mir und entschuldigte sich aus ganzem Herzen bei mir. Er wirkte nicht bösartig oder wie eine schlechte Person. Ich wusste einfach nicht, wie ich mit dieser neuen Entwicklung umgehen sollte.

„Was war dann *dein Plan* an diesem Abend, Lance? Wenn du das Gefühl verspürst, deine Handlungen gutmachen zu wollen, dann würde ich gerne hören, was du zu sagen hast."

„Danke", flüsterte er. Rhythmisch tippte er mit den Fingerspitzen gegen die Tischplatte. Die Tattoos, die seine Finger dekorierten, bedeckten die gesamte Fläche seiner rechten Hand. Es zeigte ein Abbild der Knochen seiner Hand, verwoben mit Spinnennetzen zwischen den Fingerknöcheln.

Ich fragte mich, was sein konservativer Vater von dem dunklen Körperschmuck seines Sohnes hielt.

Nach einem Moment des Schweigens sprach er.

„Ich habe mich dir gegenüber immer wie ein totales Arschloch verhalten", fing er an. „Das weiß ich und dafür gibt es auch keine Entschuldigung. Als ich die

Stadt verließ, um nach Stanford zu gehen, musste ich jedoch herausfinden, dass du in meiner Abwesenheit mit anderen Kerlen geschlafen hast. Ich war so eifersüchtig. Ich wollte nicht, dass jemand anderes in den Genuss von dir kommt. Ich wollte dich für dein Verhalten bestrafen, denn damals funktionierte mein Gehirn auf diese Weise." Er strich in kreisenden Bewegungen mit dem Daumen über seine Kaffeetasse. „Ich habe dafür gesorgt, dass du dich auf der Party betrinkst. Mein Ziel war es, uns beim Sex zu filmen, um dir das Video später zu schicken, damit du verstehst, dass du *meine* Freundin bist und dass niemand das Recht hat, sich in meiner Abwesenheit zu nehmen, was mir gehört." Er räusperte sich und fuhr dann fort: „Das war mein Plan für das Video, Brynne. Ich hätte es niemals irgendwo hochgeladen oder anderen Leuten gezeigt. Es sollte nur als Erinnerung für dich dienen."

„Aber die anderen … Justin Fielding und Eric Montrose waren auch dort." Ich konnte ihn nicht ansehen. Stattdessen richtete ich meinen Blick aus dem Fenster, auf den nassen Bürgersteig und die Menschen, die in Eile von A nach B rannten.

„Richtig", sagte er traurig. „Ich habe dich betrunken gemacht, aber auch ich war vollkommen hinüber. Ich war so besoffen, dass ich … danach ohnmächtig wurde. Die beiden sind über das Wochenende mit mir nach Hause gekommen und sie wussten, dass ich entschlossen war, meiner Freundin eine Lektion zu erteilen, die sie nicht vergessen würde. Ich hatte ihnen von meinen Plänen erzählt. Ich war so ein Idiot. Ich war so arrogant, dass ich mir nicht einmal hätte vorstellen können, dass sie den Versuch unternehmen würden mitzumischen. Du kannst im Video klar und deutlich sehen, dass ich, nachdem ich mit dir Sex hatte, nicht mehr zu hören oder zu sehen bin. Es gibt einen Schnitt im Video und dann enthält das Material nur noch Fielding und Montrose … und dich. Vertrau mir, ich habe es immer wieder angeschaut und war jedes Mal aufs Neue entsetzt davon, was sie mit dir gemacht haben." Ich riss meinen Blick vom Fenster weg und musterte sein Gesicht. Er sah mich direkt und eindringlich an; er stellte sich mir und meinem Urteil, ohne sich abzuwenden oder die Flucht zu ergreifen. Scham und Reue umgaben ihn wie der Kokon einer Raupe. „Brynne, ich wollte nicht, dass –"

Ich wusste, dass er mir die Wahrheit sagte.

„Sie haben uns beobachtet. Nachdem ich bewusstlos geworden bin, haben sie übernommen. Ich erinnere mich nicht einmal daran, dich in dem Zimmer allein gelassen zu haben, Brynne. Am nächsten Morgen bin ich auf dem Rücksitz meines Autos aufgewacht. Zu dem Zeitpunkt war das Video schon im Umlauf. Es war zu spät; ich konnte nichts mehr tun. Es wurde bereits herumgereicht." Er senkte den Kopf und schüttelte ihn langsam. „Und die Musik, die sie verwendet haben …"

Ich schloss kurz die Augen und versuchte mich an die Sequenz zu erinnern. Das einmalige Anschauen hatte mich so sehr traumatisiert, dass meine Erinnerung an Lances Beisein oder nicht keinen wirklichen Mehrwert hatte. An was ich mich allerdings erinnerte: Lance war sehr wütend gewesen, dass ich mit Karl ausgegangen war. Ich war eine unreife, siebzehnjährige Schlampe gewesen, deren schlechtes Urteilsvermögen eine Mitschuld an den Ereignissen trug. Ich hatte meine Lektion auf eine furchtbare Art und Weise lernen müssen. Trotzdem fand ich Lances Informationen wirklich interessant.

„Du hast es also nicht getan, weil du mich hasst?" Die Frage, die ich immer beantwortet haben wollte. Die Sache, die niemals Sinn gemacht hatte. Sicher, wir hatten unsere Probleme, aber vor dieser schicksalshaften Nacht hatte ich ihm gegenüber niemals Hass empfunden. Das Video hatte sich in den letzten sieben Jahren nach Hass angefühlt.

„Nein, Brynne. Ich habe dich *niemals* gehasst. Ich

war der festen Überzeugung, dich eines Tages zu heiraten." Seine dunklen Augen blinzelten mich an. Er sah so niedergeschlagen aus.

Bei seiner Antwort schnappte ich nach Luft. Ich hatte keine Ahnung, was ich darauf antworten sollte. Meine Stimme war weg, also saß ich ihm schweigend gegenüber und starrte ihn mit offenem Mund an.

Er schob seine Hand über den Tisch, als hätte er die Absicht, mich zu berühren. Kurz vor meiner Hand musste er erkannt haben, was er tat und stoppte mit den Fingerspitzen wenige Zentimeter von den meinen. Der Moment war so merkwürdig, dass ich meine Hände beschäftigen musste: Wie von selbst griffen sie nach der Tasse und hoben sie nach oben.

„Ich hatte versucht, dich anzurufen. Ich wollte dich sehen, aber sowohl dein Vater als auch meiner haben dieses Vorhaben unterbunden. Mein Vater hat mir geradeheraus gesagt, dass ich nicht lange überleben werde, wenn ich seine politische Karriere in Gefahr bringe. Innerhalb von zwei Tagen hat er mich aus Stanford exmatrikuliert und mich bei der Armee registriert. Ohne mein Einverständnis wurde ich für die Grundausbildung nach Fort Benning geschickt. Ich hatte nicht einmal Zeit, um mich bei dir zu entschuldigen oder in Erfahrung zu bringen, wie es dir geht." Er hielt seine Handfläche hoch. „Und jetzt, mit den politischen Bestrebungen meines Vaters, stecke ich mittendrin. Für mich wird das Karussell nicht angehalten. Wenn er in den West Wing einzieht, werde ich mich noch eingesperrter fühlen ..." Seine Worte verebbten.

Wow. Wow. Wow. Nicht in meinen kühnsten Träumen hätte ich mir diese Realität ausmalen können. Ich war mal wieder sprachlos. Daraufhin folgte eine Minute des Schweigens. Dabei wusste er noch nicht einmal von dem Vorfall, dem Montrose und Fieldings Tod gefolgt war. Er wusste nichts von Karls

Bestechungsversuch oder dem folgeschweren Tod meines Vaters. All diese Dinge waren dem Dominoeffekt des Videos zuschulden. Dennoch würde ich Lance davon nichts erzählen. Die Ereignisse hatten sich verselbstständigt und ich war bereit, die ganze Angelegenheit hinter mir zu lassen. Nichts würde jemals an dem Verlust etwas ändern, den ich dadurch erlitten hatte. Nichts würde mir jemals meinen Vater zurückbringen.

Ich legte beschützend die Hand auf meinen Bauch. Ich brauchte die Bestätigung, dass es in diesem Leben etwas Reines und Unschuldiges gab. In meinen fünfundzwanzig Jahren hatte ich bereits so viel Abscheulichkeit gesehen, dass ich hoffte, in meiner Zukunft in den Genuss von Schönheit und Frieden zu kommen. Wie eine Nachricht des Himmels wurde ich mit einem kleinen Tritt unter meinen Rippen belohnt, den ich mit ‚Ich bin noch hier und ich weiß, dass du meine Mom bist‘ interpretierte. Oh ja, mein Schmetterlings-Engel, das bin ich.

„Dein Leben hat sich also in dieser Nacht verändert … genauso wie meins", sagte ich einen Moment später.

„Das hat es. Die Entscheidungen, die ich in dieser Nacht traf, haben alles verändert."

♥

AUF DEM GESCHÄFTIGTEN Bürgersteig verabschiedeten wir uns voneinander, während Kameras auf uns gerichtet waren, Bodyguards uns immer näherkamen und Fußgänger an uns vorbeiströmten. Ich wollte ins Apartment zurück und das Abendessen zubereiten, bevor Ethan nach Hause kam. Heute war unsere letzte Nacht vor seiner Geschäftsreise. Eine ganze Woche würde er fort sein und er würde Morgen noch vor Sonnenaufgang in die Schweiz aufbrechen.

Das Treffen mit Lance war wirklich merkwürdig gewesen. Bizarr. Grotesk. Dennoch hatte ich das

Gefühl, das ein enormes Gewicht von meinen Schultern genommen worden war. Noch schämte ich mich zutiefst. Schließlich hatten auch meine Entscheidungen dazu geführt, dass ich vor all den Jahren auf dem Pooltisch gelandet war. Überraschenderweise verachtete ich mich jetzt weniger. Ich war erleichtert, so verdammt erleichtert, und zum ersten Mal glaubte ich, dass dieses Gefühl Beständigkeit haben würde.

„Danke, Lance."

Neugierig blickte er mich an. „Warum bedankst du dich, Brynne?"

„Weil du mir deine Version erzählt hast. Ich kann es nicht erklären, aber es hilft mir dabei, loszulassen." Ich legte eine Hand auf meinen Bauch. Es war mir nicht möglich, meine Gedanken in Worte zu fassen, trotzdem machte alles einen Sinn. „Bald werde ich Mutter. Ich will für mein Baby eine gute Mutter sein. Ich will, dass mein Kind immer weiß, dass ich in meiner Vergangenheit zwar Fehler begangen habe, aber ich dennoch ein guter Mensch bin."

„Du bist ein guter Mensch, Brynne. Wir alle machen dämliche Sachen. Leider. Und manchmal geschehen böse Dinge, ohne unser Zutun." Er senkte den Blick auf seine Beinprothese.

„Was wirst du jetzt tun, Lance?"

„Nach Hause zurückkehren und herausfinden, was ich mit meinem Leben nach dem Militär anfangen möchte. Lernen, mit einem Bein auszukommen. Vielleicht gehe ich zurück zur Uni und beende mein Jura-Studium."

„Wenn du das willst, dann solltest du es auch tun." Ich lächelte. „Wetten, dass die Professoren mit ihren Stöcken im Arsch deine Tätowierungen einfach lieben werden?"

Er lachte. „Wahrscheinlich genauso sehr wie die Leute in Washington D.C. Aber was wäre das Leben, ohne ein bisschen Aufregung." Sein Fahrer öffnete ihm die Autotür und machte ihm damit klar, dass es Zeit zum Gehen war.

Ich zeigte aufs Auto und sagte: „Scheint, als würdest du herbeibeordert."

„Richtig." Er musterte mich und ich hatte das Gefühl, dass er gerne mehr sagen würde. „Brynne?"

„Ja, Lance?"

„Dir endlich alles erzählen zu können, hat mir auch geholfen. Mehr, als du dir vorstellen kannst. Das hättest du schon vor langer Zeit verdient. Nochmal: Vielen Dank, dass du dich mit mir getroffen hast." Er sog scharf den Atem ein, als würde er für die nächsten Worte seine Kräfte zusammennehmen. „Du bist jetzt sogar noch schöner als mit Siebzehn. Ich bin so froh, dich in deinem schwangeren Zustand gesehen zu haben. Du wirst eine wundervolle Mutter sein. Eins sollst du noch wissen: *Du* bist wunderschön – von außen und von innen. Sei nicht so kritisch mit dir selbst. So, wie du heute vor mir stehst, werde ich mich immer an dich erinnern." Er beendete seine aufrichtigen Worte mit einem Lächeln. Ich konnte sehen, wie ihn seine heutigen Geständnisse erschöpften und ihm das Treffen all seiner Energie beraubt hatte. Mir erging es nicht anders. Es war an der Zeit, dass wir einander Lebe wohl sagten.

Ich wusste nicht, wie ich auf seine Komplimente reagieren sollte. Seine Worte waren herzerweichend. „Ich wünsche dir alles Gute, Lance." Ich streckte ihm meine Hand entgegen. „Ich hoffe, dass du dir deine Wünsche und Träume erfüllen kannst."

Er nahm meine Hand, lehnte sich für eine Umarmung vor und presste sogar seine Wange an die meine. Dann stieg er in die Limousine mit den dunkelgetönten Fenstern. Als sich die Tür hinter ihm schloss, war er unsichtbar für mich.

Und einfach so war Lance Oakley wieder aus meinem Leben verschwunden.

♥

DER NIESELREGEN auf dem Weg nach Hause war eigenartig tröstend. Er erinnerte mich an meine Anfangszeit in London und daran, wie ich mich an das Wetter gewöhnen musste. Kurz nach meinem Umzug nach London hatte ich die kalifornische Sonne vermisst. Mit der Zeit erblühte ich in der neuen Umgebung, während ich mich den neuen Kultureinflüssen und meiner Ausbildung vollkommen hingab. Auch der Regen hatte mein neues Leben genährt. Mich störten die kleinen Tropfen nicht, die unaufhörlich auf meine violettfarbene Mütze und meinen Schal herunterrieselten. Der Regen hatte sich schon immer reinigend angefühlt.

Ich beschleunigte meine Schritte. Ich wollte zu Hause sein, bevor Ethan meine Abwesenheit auffiel. An einem Verhör hatte ich kein Interesse. Ich wusste mit absoluter Sicherheit, dass ich noch nicht bereit war, mit Ethan über Lance zu sprechen. Jetzt kannte ich die Wahrheit und die Hintergründe zu dem Vorfall vor sieben Jahren. Ethan musste einfach verstehen, dass ich diese Angelegenheit in meinem eigenen Tempo angehen musste. Er würde mir vertrauen müssen. Ich wusste, dass das die richtige Entscheidung für mich war und längerfristig auch für uns. Mittlerweile sollte Ethan den Prozess verstehen, da auch er in Therapie war. Dazu gezwungen zu werden, traumatische Ereignisse mit jemandem zu teilen, war nur minder hilfreich für das Opfer. In vielen Fällen kam es einer Folter gleich.

Ich drückte die schweren Glastüren zu unserem Gebäude auf und winkte auf dem Weg zum Fahrstuhl unserem Concierge, Claude. Ich drückte den Knopf und wartete. Jetzt, da ich aus dem Regen war, wurde mir warm. Ich nahm die Mütze ab und vermutete, dass ich jetzt mit Hut-Haaren brillierte. Hoffentlich würde ich nicht mit einer anderen Person den Fahrstuhl besteigen. Niemand sollte sich diesem Anblick aussetzen.

Die Fahrstuhltüren öffneten sich und eine hochgewachsene Blondine trat heraus. Eine mir bekannte Blondine. Sarah Hastings tupfte sich mit einem geblumten Taschentuch Tränen aus den Augen.

Als sie mich erblickte, kam sie zu einem abrupten Halt und es war zu spät, vorzugeben, sie nicht gesehen zu haben. „Oh, Brynne, hallo. Erinnerst du dich an mich von Neils Hochzeit? Sarah?"

„Ja, natürlich erinnere ich mich an dich. Wie geht's dir?" Was ich sie eigentlich fragen wollte, ging in eine völlig andere Richtung: *Warum verlässt du gerade mein Gebäude? Warst du bei Ethan?*

Ich hatte meine Gründe, Sarah gegenüber achtsam zu sein. Zum einen waren die Nachrichten von Ethan, die er von ihrem Handy geschickte hatte, nervig gewesen. Zum anderen hatte sie ihn noch am selben Abend angerufen. Meine Intuition als Ehefrau verhieß nichts Gutes. Und jetzt war sie hier? Ich hatte das Gefühl, dass sie ihn benutzte und das gefiel mir ganz und gar nicht. Auch wusste ich, wie schwer es Ethan fiel, mit ihr zu interagieren. Ethans schlimmste Erinnerung war Mikes Tod. Ethan hatte seinen Tod mit ansehen müssen und war währenddessen emotionaler Folter ausgeliefert gewesen. Jedes Mal, wenn sich Sarah mit ihm in Kontakt setzte, rief es die Erinnerungen in sein Gedächtnis zurück. Sie hatte kein Recht dazu, ausgerechnet mit Ethan in Erinnerungen schwelgen zu wollen, oder was auch immer ihre Absichten mit meinem Mann waren.

Sie ließ ihren Blick über mich schweifen, nahm meinen Bauch in Augenschein und zu meiner Irritation auch die zerwühlten Haare und das schweißbedeckte Gesicht. Ich wusste, dass ich grauenhaft aussah. „Ich bin gerade am Gehen, aber es geht mir gut, danke." Sie blinzelte und senkte ihren Blick auf den Boden. Ihre Augen waren gerötet; es war mehr als deutlich, dass sie geweint hatte.

„Bist du dir sicher? Du siehst traurig aus."

„Um ehrlich zu sein: Ich komme gerade von deinem Ehemann. Es gab etwas, dass ich ihm geben musste."

„Darf ich fragen, was dieses Etwas war?", fragte ich gerade heraus.

„Ähm ... ich denke, dass solltest du Ethan fragen, Brynne. Es steht mir nicht frei, darüber zu sprechen." Sie schüttelte den Kopf und es machte den Anschein, als würde sie in meiner Gegenwart Schmerz erleiden. Sarah Hastings verachtete mich und ich glaubte, dass sie sich deswegen schuldig fühlte. Vielleicht beneidete sie das Leben von Ethan und mir, während ihr von ihrer großen Liebe nur Erinnerungen blieben.

Genau davor hatte ich Angst. Die Gefühle, die durch meinen Körper jagten, waren unwillkommen und alles andere als schön. Ich war eifersüchtig und fühlte mich hilflos. Ich wusste nicht, was ich noch zu ihr sagen sollte. Ich nickte und stieg schließlich in den Fahrstuhl. Als sich die Türen schlossen, hatte sich Sarah bereits zum Gehen abgewandt.

Wenige Minuten später schloss ich die Tür zu unserem Apartment auf. Ich erwartete Ethan im Eingangsbereich zu sehen – ungeduldig und mit einem irritierten Ausdruck auf dem Gesicht – doch das traf nicht zu. Es herrschte Stille. Unsere Haushälterin würde heute nicht kommen; stattdessen würde ich heute Abend kochen. Das wusste Ethan. Wir wollten es uns nicht nehmen lassen, den letzten Abend vor seiner Abreise zusammen zu verbringen. Jedenfalls war das der Plan gewesen.

Ich sah im Schlafzimmer nach, weil ich dachte, er wäre am Packen. Doch er war nicht im Schlafzimmer. Ich nahm den Weg zurück und lief zur anderen Seite der Wohnung, als mir der Geruch von Nelken in die Nase stieg. Seine Bürotür war zu. Ohne zu klopfen, öffnete ich die Tür und warf einen Blick hinein. Das Zimmer war dunkel, abgesehen von dem hellerleuchteten Aquarium und seiner glühenden Djarum.

„Hier bist du." Meine Augen passten sich an die Dunkelheit an und erhaschten einen Blick seines im Schatten liegenden Gesichtes – definiert von einem düsteren Ausdruck. Er saß in seinem Büro und rauchte, und es wurde deutlich, dass er von meiner Anwesenheit nicht gerade berauscht war. Er würdigte meine Anwesenheit nicht einmal. Ich machte einen Schritt in den Raum und brach das Schweigen mit der Frage: „Ist alles in Ordnung?"

„Du bist zurück", sagte er unheilvoll. Von seinem Schreibtisch starrte er mich einfach nur an, und während ihn die hellen Lichter des Aquariums wie eine geisterhafte Erscheinung einrahmten, ignorierte er meine Frage.

„Warum sitzt du im Dunkeln?" Ich fragte mich, ob er mir von Sarahs Besuch erzählen würde. Es war nicht zu übersehen, dass die Unterhaltung mit ihr Spuren hinterlassen hatte. Nach einem Albtraum war ich es von ihm gewohnt, dass er sich zum Rauchen zurückzog. Sich mit Sarah zu treffen und mit ihr zu sprechen, schien ein ähnliches Verhalten nach sich zu ziehen. Diesmal rauchte er sogar in seinem Büro und nicht wie sonst draußen. Damit zeigte er mir, dass etwas ganz und gar nicht stimmte. Ich wollte, dass er mir von dem Treffen und dem erzählte, was sie miteinander besprochen hatten. Er sagte nichts. Es verletzte mich, dass Ethan mit Sarah über Dinge sprechen konnte, die er mit mir nicht teilte. Sie konnte ihm helfen und ich konnte das nicht? Ich hasste es, was dieser Gedanke in mir auslöste. Ich wusste, dass ich ihn darauf nicht ansprechen durfte, weil es seine Situation nur verschlimmern würde. Niemals wollte ich Ethan noch mehr Leid zufügen.

Ethan machte die Zigarette aus und stand auf. „Wie war dein Spaziergang?", fragte er. „Ich will nicht, dass du den Müll einatmest."

„Warum rauchst du dann in der Wohnung?" Sein Benehmen mir gegenüber war so kalt, dass mir ein eiskalter Schauer über den Rücken lief.

„Tut mir leid." Er kam auf mich zu, legte eine Hand auf meinen Rücken und schob mich entschlossen aus dem Büro. Eine Sache wurde deutlich: Einwände meinerseits würden im Moment nichts bringen. Mit einem angespannten Kiefer führte er mich in die Küche.

Dort angekommen ließ er mich an der Kücheninsel zurück. Oftmals setzte er sich zu mir, wenn ich kochte. Entweder arbeitete er dann an seinem Laptop oder fragte mich über meinen Tag aus. Im Moment machte er nicht den Anschein, dass er plaudern wollte. Er kam zurück und legte sein Handy auf die Granitoberfläche. Dann fand er meinen Blick und faltete die Hände. Seine Augen verrieten mir, wie angepisst er war. Ich blickte in blaues Feuer, versengend und schneidend.

Ich schluckte schwer und versuchte es erneut: „Ethan, ist etwas geschehen, dass dich wütend gemacht hat?"

Er zog eine Augenbraue hoch. Ich wartete vergebens auf eine Antwort und erkannte, dass ich wohl nie eine bekäme. Bisher hatte er noch auf keine einzige Frage geantwortet.

„Wohin bist du bei dem Spaziergang gegangen, Baby?" *Er antwortet auf meine Fragen immer mit Gegenfragen.*

„Ich bin zu Hot Java gegangen", sagte ich gedehnt. Ich hatte das Gefühl, dass er die Antwort auf diese Frage bereits kannte. „Hast du mir etwas zu sagen, Ethan?"

„Nein, mein Schatz, aber ich bin der festen Überzeugung, dass du mir etwas zu sagen hast." Er nahm sein Handy in die Hand und hielt mir den Screen vor die Nase.

Und dann verstand ich.

Lance Oakley umarmte mich auf dem Bürgersteig.

KAPITEL 16

9. Januar
Schweiz

Wie ich erkennen musste, war der junge Prinz ein Multitalent. Er bewies Fertigkeiten im Schnee und mit den Damen. Kein Wunder, dass sein Großvater besorgt war. Der junge Mann könnte hier bei den XT Europe wirklich in Gefahr sein.

Er könnte sich zu Tode ficken.

Die lautstarke Sexparty, die auf der anderen Seite der Wand vor sich ging, verbesserte meine Stimmung nicht gerade. Ich war in der Hölle – den Teenager-Fuckathon nebenan nicht einmal eingeschlossen. Was ich wirklich brauchte? Ich wollte mit Brynne sprechen und ihre Stimme hören. Das war das Einzige, was mir dabei helfen würde, die nächsten Tage einigermaßen erträglich zu gestalten.

Wir waren nicht im Guten auseinandergegangen. Ganz im Gegenteil. Geheimnisse auf beiden Seiten hatten zu einem furchtbaren Streit geführt. Als die Fotos von ihr mit Oakley als Tweet erschienen, bekam ich sofort eine Benachrichtigung. Natürlich war ich total schockiert gewesen. Kurze Zeit später war sie heimgekommen und der Verlauf des Gesprächs machte mir klar, dass sie mir die Wahrheit verschweigen würde. Sie hätte mir nicht gesagt, dass sie sich hinter meinem Rücken mit dem Mann traf, der ihr Leben ruiniert und sie beinahe in den Tod gestürzt hatte. Ich verlor die Fassung.

Und *verloren* fühlte ich mich auch jetzt. Ich sehnte mich nach meinem Mädchen.

Ich entfernte den Deckel von der Flasche Van Gogh und nahm einen Schluck. Der Alkohol meiner Wahl, wenn ich das Bedürfnis verspürte. Heute war das Bedürfnis so groß wie noch nie, was sicherlich auch an den ‚Oh, Scheiße, ja‘ und den ‚Oh ja, Babys‘ lag, die mir einfach nicht erlaubten, den nötigen Schlaf zu finden. Noch hatte ich die Hoffnung, dass Seine Majestät bald totgefickt sein würde und dann Ruhe einkehrte. *Bitte, Gott, gewähre mir diesen Wunsch.*

Selbst nach unserem Streit hatte mir Brynne nichts von ihrem Treffen mit Oakley anvertraut. Noch kannte ich nicht den Grund, warum sie sich mit ihm getroffen hatte. Vielleicht würde ich es niemals erfahren.

Ich kann dir jetzt noch nicht davon erzählen, Ethan. Ich bitte dich, das für jetzt zu akzeptieren. Das war ihre einzige Antwort gewesen.

Dann hatte ich versucht, sie zum Reden zu drängen, woraufhin sie wütend wurde und mit dem Argument zurückschoss, dass auch ich mit Sarah „private“ Treffen hatte und ich sie ausschloss. Tat ich das? Ich dachte nicht, dass dies der Fall war. Doch dann fragte mich Brynne, warum Sarah an dem Abend in unserer Wohnung war und ich konnte es ihr nicht sagen. Ich war noch nicht bereit, ihr davon zu erzählen.

Der Ausdruck auf ihrem Gesicht hatte mir gezeigt, wie sehr sie das verletzte. Ich war mir sicher, dass ich den gleichen schmerzerfüllten Gesichtsausdruck trug. Das war das erste Mal in unserer Beziehung, dass wir uns in so einer Situation wiederfanden. Wir blieben stur bei Themen, die uns geformt hatten, und keiner von uns wollte einlenken. Es war furchtbar gewesen.

Wenn wir mehr Zeit gehabt hätten, wäre es uns sicherlich möglich gewesen, die Angelegenheit zu bereinigen.

Aber wir hatten keine Zeit gehabt. Ich hatte mich auf den Weg zu diesem scheiß Job machen und sie zurücklassen müssen – schwanger, traurig und allein. Na ja, sie war nicht vollkommen auf sich allein gestellt. Ich hatte Elaina und Neil gebeten, sie im Blick zu behalten.

Mein Mädchen und ich müssten uns bei meiner Rückkehr augenscheinlich ein paar Problemen stellen und Lösungen dafür finden. Das hatte ich ihr auch gesagt, als ich mich am nächsten Morgen in aller Früh von ihr verabschiedete. Sie hatte genickt und mir zugestimmt, während mich ihre rot angeschwollenen Augen fast umgebracht hätten. Dann hatte ich sie zum Abschied geküsst und ihre süßen Lippen waren unter meinen dahingeschmolzen. Mit den Händen hatte sie mich fest an sich gedrückt und mich in den Genuss ihres wohlriechenden Duftes kommen lassen. Mich von ihr loszureißen, war nicht einfach gewesen. In mir loderte die Hoffnung, dass wir an unseren Problemen arbeiten und die Zweifel, die wir beide innehatten, aus dem Weg schaffen konnten. Alles andere war nicht akzeptabel.

Mit den Händen hatte sie mein Gesicht umfasst und gesagt: „Komm zu mir zurück." Ich wusste, dass hinter ihren Worten mehr lag. Sie meinte nicht nur, dass ich körperlich zu ihr zurückkehren sollte. Ich verstand genau, was sie meinte.

„Nichts könnte mich jemals davon abbringen, zu dir zurückzukommen", hatte ich gesagt. „Oder zu dir, mein Kleines", flüsterte ich an ihrem Bauch.

Daran glaubte ich aus vollem Herzen.

♥

JEMAND HÄMMERTE an die Tür. Nicht gerade eine angenehme Art, um aus dem Schlaf gerissen zu werden. Derjenige brauchte eindeutig eine Lektion in Benehmen und zwar in der Form meiner Fäuste.

„Ethan! Steh auf! Wir wollen Off-Piste fahren!"

Ich checkte die Uhrzeit. Zwölf Minuten nach drei Uhr morgens. Ich rutschte aus dem warmen Bett, öffnete die Tür und fand mich meinem jungen Schützling gegenüber – grinsend und bereit, die Welt in seinem neongrünen Skianzug zu erobern.

„Jetzt?", fragte ich genervt. „Du willst jetzt auf die Piste, Christian?" Ich wünschte wirklich, dass ich nur träumte, aber leider wusste ich, dass ich das nicht tat.

Er lachte. „Natürlich. Zieh dich an. Wir wollen doch den Tag nicht vergeuden. Wenn wir jetzt losgehen, sind wir bei Tagesanbruch auf der Spitze. Ich muss vor Morgen etwas Dampf ablassen."

„Hast du das nicht schon? Oder was hast du sonst in deinem Zimmer *getrieben*?" Eine berechtigte Frage. Eine weitere war: Wann schlief dieser Kerl? Die Welt lag ihm zu Füßen – Geld, gutes Aussehen, von königlicher Herkunft und weltbekannt. Er hatte einfach alles. Natürlich konnte ich Christian dafür nicht die Schuld geben, aber ganz ehrlich: Er machte mich wahnsinnig.

„Das war nur meine Gute-Nacht-Geschichte." Er zuckte vergnügt mit den Schultern und schaukelte auf den Füßen herum. Er war so aufgedreht und konnte es nicht erwarten, sich in Bewegung zu setzen. Ich bezweifelte, dass er irgendetwas genommen hatte. Wenn das der Fall wäre, würden sie ihn disqualifizieren. Doping wurde nicht auf die leichte Schulter genommen. Wenn sie ihn erwischten, wäre seine Karriere vorbei. Ich glaubte, dass er von Natur aus so aufgedreht war. Na ja, und die Tatsache, dass er neunzehn Jahre alt war, hatte sicherlich auch einen Einfluss. *Verdammte*

Bullenhoden. Wenn unser Kind auch so aufgedreht ist, bin ich am Arsch. Dann kann ich mich auch gleich begraben lassen.

Ich riss mich aus meinen Gedanken und rollte mit den Augen. „Gib mir eine Minute, um alles zusammenzusuchen, okay?"

„Aber klar, Alter." Wieder grinste er und zum ersten Mal in meinem Leben fühlte ich mich tatsächlich wie ein Alter. Ein alter Mann.

♥

CHRISTIAN UND sein Gefolge, bestehend aus vier Landsleuten, entschieden sich für einen unberührten Abhang nicht weit von der Piste. Das bedeutete nicht, dass alles sicher war. Ich war mir sehr wohl bewusst, dass die Gefahr immer mitfuhr. Bevor wir losgegangen waren, hatte ich sichergestellt, dass sie alle Schaufel, Sonde und Leuchtfeuer einpackten. Ich hatte schon mehr als einmal mit angesehen, dass das Adrenalin den gesunden Menschenverstand abschaltete. Die Schneedecke war unberechenbar. Innerhalb einer Sekunde konnten sich die Bedingungen verändern. Ich hatte Skifahrer gesehen, die neben einer Lawine fuhren, als wäre es das Natürlichste auf der Welt. Manche davon starben dabei, weil sie die falsche Mentalität an den Tag legten.

„Nicht vergessen, was ich gesagt habe: Lenkt Richtung Bäume oder den Bergzug, wenn ihr das dröhnende Geräusch einer Lawine hinter euch hört." Ich funkelte jeden nacheinander an. „Und nicht das Tempo drosseln. Egal, was auch passieren mag, fahrt weiter."

Christian gluckste. „Geht klar, *Dad*", sagte er. Nicht zum ersten Mal musste ich erkennen, dass er die gleichen Augen wie Brynne hatte – die Farbe veränderte sich je nach Lichteinfall oder je nach Farbe des Oberteils. Durch diese Erkenntnis vermisste ich sie nur noch mehr.

„Ich meine es ernst. Nehmt Lawinen nicht auf die leichte Schulter."

♥

DIE DRITTE OFF-Piste war keine gute Wahl. Ich nutzte mein Veto und sagte, dass der Schnee zu pulvrig und zu neu war. Er hatte noch keine Zeit gehabt, sich zu setzen, was bedeutete, dass die Gefahr zu groß war.

Die Jungs stimmten nicht mit mir überein und ließen sich nicht von ihrem Vorhaben abbringen. Lukas und Tobias fuhren den Abhang hinunter, bevor ich die Möglichkeit hatte, sie davon abzuhalten. Jakob und Felix folgten ihnen auf den Schritt. „Scheiß drauf, Ethan! Wenn nicht jetzt, wann dann?", schrie Christian beschwingt und folgte seinen Kumpels den Abhang hinunter; seine grüne Neonjacke war das Einzige, was ich jetzt noch sehen konnte.

Damit wurde mir meine Entscheidung abgenommen. Ich musste ihnen folgen.

Ich war mir nicht sicher, wer die Lawine ausgelöst hatte, aber ich hörte das Rauschen, bevor ich die Wolke sah.

Nicht gut.

Ich lenkte in die Richtung einer Baumgruppe und krallte mich an dem dicksten Stamm fest. Eine rauschende Schneewelle riss mich mit und schickte mich auf eine rasante Fahrt den Abgang hinunter. Ich wusste nicht mehr, wo oben oder unten war. Ich konnte nur noch beten, dass die Jungs aus der Gefahrenzone waren.

Ich wurde herumgewirbelt und dann hörte ich ein Knacken. Ich spürte keinen Schmerz. Ich erkannte jedoch, dass ich verletzt sein musste, als ich durch eine Felszunge abgebremst wurde. Eine Felsnase verhinderte, dass ich eine Minute später von der zweiten Welle begraben wurde.

♥

ALS ICH MEINE Augen öffnete, konnte ich den Himmel sehen. Das musste ein gutes Zeichen sein. Es bedeutete, dass ich nicht unter Schneemassen begraben lag; ich konnte atmen. Ich sah an meinem Körper runter und fand heraus, woher das Knackgeräusch gekommen war. Mein linker Schuh war um hundertachtzig Grad gedreht. Ohne Zweifel gebrochen. *Verdammt.* Ich versuchte, mich aufzusetzen und mir meiner Umgebung bewusst zu werden.

Ich war so weit abgetrieben, dass ich nur weiße Hügel sah. Die Blutstropfen bildeten einen klaren Kontrast zu der weißen Landschaft. Im selben Moment fühlte ich, wie sich seitlich eine Flüssigkeit einen Weg über meine Schläfe bahnte. Blut. Ich trug Handschuhe und konnte deswegen nicht genau feststellen, wo sich die Wunde befand.

Zuerst musste ich das Leuchtfeuer aktivieren. Das tat ich und kümmerte mich dann um mein Bein. Es war zertrümmert. *Scheiße.* Ich würde hier ausharren müssen. Meine Bretter waren sowieso keine Option, da der Schnee sie davongetragen hatte.

Ich atmete tief ein und packte meine Wade. Ich zählte bis drei, drehte das Bein in seine Ausgangsposition zurück und ... verlor das Bewusstsein.

♥

SO KALT. ICH bemerkte die eisigen Temperaturen und fragte mich, wie viel Zeit vergangen war. Wenige Minuten? Stunden? Ich glaubte nicht, dass es mehrere Stunden waren, sonst wäre ich bereits an Unterkühlung gestorben. Stand ich dem Tod kurz bevor?

Nein. Nein! Diesen Gedanken würde ich nicht zulassen. Mein Körper würde das überstehen. Ich wusste, zu was ich fähig war. In der Vergangenheit hatte ich Schlimmeres durchgestanden. Ich war stark. Ich würde nicht sterben. Ich musste meinen Weg zu Brynne finden ... und zu unserem Baby. Ich konnte die beiden nicht allein lassen. Sie brauchten mich. Ich hatte ihr versprochen, dass ich zurückkommen würde. Nein, ich würde hier draußen nicht verrecken.

Mir musste warm werden. Warm. Brynne war warm. Der wärmste Ort, den ich mir vorstellen konnte, war Brynne in meinen Armen, während ich Liebe mit ihr machte. Brynne war mein warmer Hafen, mein sicherer Hafen – schon von Beginn an. Obwohl mein Verstand das nicht gleich erkannt hatte, war mein Herz sich dieser Tatsache sofort bewusst gewesen.

Mein Herz bereitete mir den Weg zu einem Ort, an dem ich ihre Wärme fühlen konnte ...

... Ich wusste es den Moment, in dem sie in den Raum trat. Die reale Brynne Bennett war sogar noch hinreißender als die Version auf dem Foto, welches sich bereits in meinem Besitz fand. Sie trank von einem Glas Champagner und betrachtete das Kunstwerk an der Wand, das sie zeigte. Ich fragte mich, wie sie sich selbst sah. War sie selbstbewusst? Kritisch mit sich selbst? Oder irgendwas dazwischen?

„Da ist ja mein Mädchen", sagte Clarkson zu ihr und umarmte sie von hinten. „Es ist atemberaubend, habe ich nicht recht? Und es gibt keine Frau auf diesem Planeten, die schönere Füße hat als du."

„Alles, was du machst, sieht gut aus, Ben – sogar meine Füße." Sie drehte sich zu ihm um und fragte: „Und, hast du schon etwas verkauft? Lass mich das anders formulieren: Wie viele hast du bereits verkauft?"

Ich konnte jedes Wort der beiden hören.

„Bisher drei, und ich denke, dass das Bild hier bald weg sein wird", sagte Clarkson. „Verhalte dich unauffällig. Siehst du den hochgewachsenen Kerl im grauen Anzug, schwarze Haare, der gerade mit Carole Andersen spricht? Er hat sich danach erkundigt. Es schien, als wäre er von deinem atemberaubenden,

nackten Selbst sehr eingenommen. Sobald er die Leinwand für sich hat, wird er sich wahrscheinlich einen von der Palme wedeln. Wie fühlst du dich bei dem Gedanken, Brynne, dass sich ein reicher Sack bei dem Anblick deiner überirdischen Schönheit seine Banane poliert?"

Das würde für die nächsten sechs Monate ein verdammter Wunschtraum bleiben, denn solange würde das Foto noch in der Galerie gezeigt werden.

"Sei doch ruhig. Das ist widerlich. Hör auf, mir so etwas zu erzählen, sonst muss ich aufhören, diese Art von Jobs anzunehmen." Sie schüttelte ungläubig den Kopf. "Ist wirklich dein verdammtes Glück, dass ich dich so lieb habe, Benny Clarkson."

"Ich habe aber recht", quasselte Clarkson. "Der Typ kann seine Augen nicht von dir nehmen, seit du in den Raum geschwebt bist. Und er ist nicht schwul."

"Du wirst in die Hölle kommen. Das ist dir doch klar, oder?", richtete sie die Worte an ihn, während sie einen Blick auf mich warf und ihre Augen über meinen Körper schweifen ließ. Wie eine Berührung fühlte sich ihr Blick an. Ich versuchte, mich auf die Unterhaltung mit der Galeriebesitzerin zu konzentrieren und mir nicht anmerken zu lassen, wie sehr mich ihr Blick aus der Fassung brachte.

"Ich habe recht, stimmt's?", fragte Clarkson.

"Bezüglich des Masturbierens? Auf keinen Fall, Benny! Er ist viel zu umwerfend, um für einen Orgasmus auf seine Hand zurückgreifen zu müssen."

Oh, verdammt. Jetzt konnte ich mich nicht länger zurückhalten. Als ich sie diese Worte sagen hörte, musste ich sie ansehen. Sie mochte, was sie sah. Ihre Anmerkungen zu meinem Schwanz und einem Orgasmus — vorzugsweise von ihr herbeigeführt — ließen mich an einem neuen Plan arbeiten. Es ging nicht anders: Ich musste sie noch heute Abend kennenlernen.

Meine Aufmerksamkeit hatte sie verschreckt, woraufhin sie ihren Champagner in einem Zug leerte und sich von ihrem Freund verabschiedete.

Warte, geh noch nicht.

Ich beobachtete sie. Sie schien zu überlegen, ob sie sich ein Taxi rufen oder lieber zu Fuß nach Hause gehen sollte. Ihre Beine waren lang und so verdammt heiß. Sogar ein Blinder könnte das sehen. Sie drehte sich in die Richtung der nächsten U-Bahn-Station und ich wusste, dass sie ihre Entscheidung getroffen hatte. Das konnte ich nicht erlauben. Wenn tatsächlich jemand hinter ihr her war, könnte er sie mit Leichtigkeit schnappen, wenn sie allein nach Hause lief. Der Gedanke, dass jemand sie verletzen könnte, löste etwas in mir aus, das ich zuvor so noch nie gefühlt hatte.

„Das ist wirklich eine schlechte Idee, Brynne. Riskiere das nicht. Erlaube mir, dich nach Hause zu fahren."

Sie erstarrte auf dem Bürgersteig und drehte sich langsam zu mir um. „Ich kenne Sie doch überhaupt nicht", sagte sie.

Das ist nur eine Frage der Zeit, wunderschönes, amerikanisches Mädchen.

Ich lächelte sie an und wies auf den Rover, ohne mir im Klaren zu sein, was ich hier eigentlich tat. Ich musste ihr einfach nah sein.

Anstatt aufs Auto zuzulaufen, schluckte sie schwer, nahm eine defensive Haltung an und ließ mich auffliegen: „Trotzdem haben Sie mich mit meinem Vornamen angesprochen u-und jetzt erwarten Sie, dass ich zu Ihnen ins Auto steige? Sind Sie wahnsinnig?"

Wahnsinnig hoch eine Million. Ich ging auf sie zu und bot ihre meine Hand an. „Ethan Blackstone."

„Woher kennen Sie überhaupt meinen Namen?"

Gott, ich liebte den Klang ihrer Stimme – so verdammt sexy.

„Vor nicht einmal fünfzehn Minuten habe ich von der Andersen Galerie ein Kunstwerk erstanden, das den Namen Brynne's Repose trägt, und zwar für einen beeindruckenden Preis. Außerdem bin ich mir ziemlich sicher, dass ich mental nicht beeinträchtig bin. Das klingt politisch korrekter als mich wahnsinnig zu nennen, oder?"

Noch immer misstrauisch streckte sie ihre Hand aus. Ich umfasste sie und bedeckte ihre Hand mit der meinen. Der Augenblick, in dem wir uns berührten, löste etwas in meiner

Brust aus. Ein Funke, der berauschende Hitze nach sich zog und lodernde Flammen erzeugte. Ich hatte keine Ahnung, was es war, aber es fühlte sich bedeutend an. Ihre Augen waren ungewöhnlich. Ich konnte die Farbe nicht ausmachen. Ich wollte ihr einfach für eine lange Zeit in die Augen sehen und das Geheimnis, wie ein besessener Archäologe erkunden.

„Brynne Bennett."

„Und jetzt kennen wir uns — Brynne und Ethan." Ich wies mit einem Nicken auf meinen Rover. „Erlaubst du mir jetzt, dich nach Hause zu fahren?"

Wieder schluckte sie schwer; ihr hinreißender Hals zog meine Aufmerksamkeit wie magisch an. „Wieso ist dir das so wichtig?"

Die Frage war einfach zu beantworten. „Weil ich nicht will, dass dir etwas passiert? Weil die Heels an deinen Füßen wirklich bezaubernd aussehen, auch wenn sie sich beim Laufen höllisch anfühlen müssen? Weil es für eine Frau, die mitten in der Nacht allein in der Stadt unterwegs ist, gefährlich ist?" Ich musste mit meinen Augen über ihren Körper schweifen. Sie musste einfach wissen, wie scharf sie war. „Vor allem für eine, die so aussieht wie du, Miss Bennett."

„Was ist, wenn ich vor dir nicht sicher bin?"

Wenn sie nur wüsste, warum ich gerade vor ihr stand. Was würde sie dann zu mir sagen?

„Noch weiß ich nichts von dir, nicht einmal, ob Ethan Blackstone wirklich dein echter Name ist."

Miss Brynne Bennett war ein cleveres Mädchen. Ich verehrte ihre Ehrlichkeit und ihre Vorsicht im Hinblick auf mich. Sie sollte nicht zu jedem dahergelaufenen Kerl ins Auto steigen. Sie war auf jeden Fall die Tochter von Tom Bennett — daran gab es keinen Zweifel.

„Da hast du nicht ganz unrecht. Aber etwas, dem ich Abhilfe schaffen kann." Ich zeigte ihr meinen Führerschein und gab ihr eine Visitenkarte. „Die kannst du behalten", teilte ich ihr mit. „Mein Job sorgt dafür, dass ich immer beschäftigt bin, Miss Bennett. Für ein Hobby als Serienmörder habe ich nun wirklich keine Zeit, das kann ich dir versichern."

Sie lachte.

Verdammt nochmal, das war das schönste Geräusch, das ich jemals gehört hatte.

„Der war gut, Mr. Blackstone." Sie steckte meine Visitenkarte ein und sagte dann etwas, das mich ungemein zufriedenstellte. „Na gut. Ich nehme dein Angebot an."

Oh ja, und es wird nicht das Letzte sein, Baby. Der Gedanke an ein Angebot ganz anderer Art ließ meinen Schwanz zucken. Sofort breitete sich auf meinem Gesicht ein Grinsen aus. Miss Bennett hatte keinen Schimmer, was sie mir mit ihren unschuldigen Worten antat. Wenn ich jemals die Chance bekam, sie in mein Bett einzuladen, würden wir die Erfahrung beide nicht so schnell vergessen. Auch weil ich normalerweise keine Frauen in mein Bett einlud. Für sie würde ich eine Ausnahme machen.

Was zum Teufel war nur mit mir los?, fragte ich mich, als ich die Hand auf ihren Rücken legte und sie zu meinem Rover führte. Es gefiel mir, wie sie mir diese Berührung erlaubte. Zumal ich auf diese Weise endlich in den Genuss ihres Geruchs kam. Blumig, weiblich und einfach verdammt berauschend. War das ein Parfum, das sie benutzte oder vielleicht ihr Haarshampoo? Egal, was es auch war, ich wollte meine Nase an ihrem Hals vergraben und ihren Duft tief in mich einsaugen. Gott, sie roch himmlisch.

Ich half ihr ins Auto. Als ich mich hinters Steuer setzte und die Tür zumachte, fühlte ich einen Nervenkitzel. Endlich saß ich mit diesem wunderschönen Mädchen allein im Auto. Sie war in Sicherheit und niemand würde sie mir in der Dunkelheit wegschnappen. Ich würde mit ihr reden und ihrer Stimme lauschen können. Ich konnte ihren Duft wahrnehmen, sie ansehen, ihre langen Beine bewundern und mir vorstellen, wie sich diese Beine in Vorbereitung für meinen Schwanz spreizten.

Ich fragte sie, wo sie wohnte.

„Nelson Square in Southwark."

Nicht die beste Gegend, aber es könnte schlimmer sein. „Du bist Amerikanerin", sagte ich, während ich versuchte, nicht an andere Dinge zu denken.

„Ich bin hier, weil ich ein Stipendium an der University of London habe. Ich mache meinen Master."

Das wusste ich natürlich bereits. Wirklich Interesse hatte ich an ihrem anderen Job. „Und die Sache mit dem Modeln?"

Meine Frage gefiel ihr nicht.

Verständlich. Schließlich wusste ich, wie sie nackt aussah. Einfach super, Blackstone.

„Na ja, i-ich habe für einen Freund posiert. Der Fotograf, Benny Clarkson ist ein Freund von mir. Er hat mich gefragt, und es hilft dabei, die Rechnungen zu bezahlen, verstehst du?"

„Nicht wirklich; aber ich mag das Kunstwerk von dir wirklich sehr gern, Miss Bennett." Ich behielt meine Augen auf der Straße.

Ihr gefiel nicht, dass ich sie ausfragte. Sie reagierte defensiv. Ich könnte schwören, dass ich hörte, wie sie in ihrem Sitz vor Wut kochte.

„Also mein eigenes internationales Unternehmen hat niemals den Durchbruch geschafft – nicht so, wie das anscheinend bei dir der Fall war, Mr. Blackstone. Ich habe mich dem Modeln zugewandt. Ich finde es doch sehr nett, in einem Bett schlafen zu können und mir keine Parkbank suchen zu müssen. Und die Heizung. Die Winter hier sind nämlich echt zum Kotzen, und keiner bläst einem Zucker in den Arsch!"

Oh, verdammte Scheiße, sie war erstaunlich. „Nach meiner Erfahrung bekommt man nichts umsonst geblasen." Ich warf einen Blick in ihre Richtung; meine Augen schweiften über ihre funkelnden Augen und ihre Lippen. Sofort stellte ich mir vor, wie sie diese Lippen um meinen Schwanz wickelte. Ich genoss es ungemein, wie sehr ich sie mit meinem Kommentar auf die Palme bringen konnte.

„Dann sind wir uns wenigstens in dieser Sache einig." Sie rieb sich über die Stirn und schloss die Augen.

„Kopfschmerzen?"

„Ja. Woher weißt du das?"

An einer roten Ampel bekam ich die Chance sie genauer zu mustern. „Nur geraten. Kein Abendessen, nur der Champagner, den du in der Galerie in einem Zug getrunken hast, und jetzt ist es bereits spät und dein Körper protestiert." Fragend zog ich eine Augenbraue hoch. „Wie war das?"

Sie sah mich an, als wäre ihr Mund plötzlich zu trocken, um mir zu antworten.

„Ich brauche lediglich zwei Aspirin und etwas Wasser. Dann wird es schon gehen."

Nein, es würde nicht gehen. „Wann hast du das letzte Mal etwas gegessen, Brynne?"

„Jetzt sind wir wieder beim Vornamen, wie ich sehe."

Oh ja, Baby, das waren wir. Es gefiel mir nicht, dass sie nicht auf sich Acht gab. Sie musste etwas essen. Nach einem Moment sagte sie, dass sie sich Zuhause etwas zum Essen zubereiten würde. Um diese Zeit? Scheiße, das würde einfach nicht reichen, Brynne.

Ich bog auf einem Parkplatz ein und befahl ihr, kurz zu warten. In einem Geschäft besorgte ich ihr eine Flasche Wasser, Schmerztabletten und einen Energieriegel. Ich hoffte nur, dass sie meine Gabe annahm.

„Was musstest du noch besorg—"

Ich musste mir keine Sorgen machen. Als sie das Wasser erblickte, riss sie mir die Flasche aus der Hand und trank den Inhalt. Ich löste zwei Tabletten aus der Packung und hielt sie ihr hin. Sie nahm sie mir ab und schluckte sie mit dem übrigen Wasser. Dann platzierte ich den Energieriegel auf ihrem Knie.

„Iss den Riegel. Bitte."

Sie entließ einen gequälten Seufzer, der meinen Schwanz zum Zucken brachte, und öffnete die Verpackung. Etwas änderte sich an ihrer Körpersprache, als sie einen Bissen nahm und kaute. Melancholie trat in Wellen gegen meinen Körper. „Vielen Dank", flüsterte sie mit gesenktem Kopf.

„War mir ein Vergnügen. Jeder braucht die Grundbedürfnisse, Brynne. Essen, Wasser … ein Bett."

Sie antwortete nicht auf meine subtile Maßregelung.

„Wie lautet deine genaue Adresse?", fragte ich.

„41 Franklin Crossing."

Ich reihte mich wieder im Verkehr ein und hörte die Ankündigung einer Nachricht. Sie holte ihr Handy heraus, antwortete und schien sich dann etwas zu entspannen. Wenige

Sekunden später schloss sie ihre Augen und schlief ein.

Die Tatsache, dass sie sich mit mir so wohl und sicher fühlte, legte in meinem Kopf einen Schalter um. Ich konnte es nicht beschreiben, da ich dieses Gefühl zuvor noch nie erlebt hatte. Ich wusste nur eine Sache mit absoluter Sicherheit: Ich liebte dieses Gefühl über alle Maßen. Ich machte dieses Gefühl für meine nächste Tat verantwortlich. Ich war nicht stolz drauf, aber das hielt mich nicht davon ab, es trotzdem zu tun: Behutsam nahm ich ihr Handy und wählte damit meine Nummer.

„Brynne, wach auf." Ich lehnte mich vor, berührte ihre Schulter und sprach nah an ihrem Ohr, um ihren natürlichen Duft einatmen zu können. Ihre Lider zuckten unruhig; ihre langen Wimpern fächerten über ihre cremefarbene, leicht gebräunte Haut. Träumte sie? Ihre Lippen waren voll und hatten diesen hinreißenden Rosaton. Ein paar Strähnen ihrer dunklen Haare waren ihr ins Gesicht gefallen und ich hatte das unbändige Bedürfnis, eine Strähne zu berühren und sie an meine Nase zu heben. Ich sehnte mich nach mehr von ihrem Duft.

Ihre Lider flatterten, und als sie merkte, wie nah ich ihr war, riss sie die Augen weit auf.

„Scheiße! Tut mir leid. Bin i-ich eingeschlafen?" Ihre Hand schoss zur Tür. Mit hektischen Bewegungen suchte sie nach einem Fluchtweg.

Ich bedeckte ihre Hand mit meiner und brachte sie dazu, sich zu beruhigen. „Ganz ruhig. Du bist sicher. Alles ist in Ordnung. Du bist einfach nur eingeschlafen."

„Okay ... sorry." Ihre Atemzüge waren noch immer hektisch, als sie sich von mir abwandte und aus dem Fenster sah. Dann fand sie mit einem misstrauischen Ausdruck in den Augen wieder meinen Blick.

„Warum entschuldigst du dich ständig?" Sie schien so panisch. Nichts wünschte ich mir mehr, als sie trösten zu können. Ich wollte sie von ihren Ängsten befreien, während ich gleichzeitig genervt von dieser unerklärlichen Empfindung war.

„Ich weiß es nicht", flüsterte sie.

„Alles in Ordnung?" Ich lächelte sie an und hoffte, dass ich sie nicht noch mehr in Panik versetzte. Es gefiel mir nicht, dass

sie Angst vor mir haben könnte. Ich wollte nur, dass sie sich nach heute an mich erinnerte. Ich wollte, dass sie mir vertraute.

„Vielen Dank fürs Herfahren. Und das Wasser. Und die anderen Dinge –"

Ich unterbrach sie, denn ich wusste, dass ich die Kontrolle übernehmen musste, wenn ich sie wiedersehen wollte. „Pass auf dich auf, Brynne Bennett." Ich entsicherte die Tür. „Hast du deinen Schlüssel griffbereit? Ich werde warten, bis du im Gebäude bist. Welche Etage ist es?"

Sie kramte nach ihrem Schlüssel und schob stattdessen ihr Handy in ihre Handtasche. „Ich wohne unterm Dach, in der fünften Etage."

„Mitbewohner?"

„Na ja, schon, aber sie wird nicht da sein."

Was ging ihr gerade durch den Kopf? Ich wollte so verzweifelt wissen, was sie von mir hielt und ob sie Interesse daran hatte, mehr über mich zu erfahren. „Dann werde ich warten, bis das Licht angeht", sagte ich.

Sie öffnete ihre Tür und stieg aus. „Gute Nacht, Ethan Blackstone", sagte sie, bevor sie die Autotür zumachte.

Mit den Augen folgte ich ihr zur Eingangstür. Ich beobachtete, wie sie ihren Schlüssel benutzte und hineinging. Ich wartete, bis das Licht im fünften Stockwerk anging. Dann, erst dann, fuhr ich davon.

Ich wusste nicht, wie ich meine Gefühle beschreiben sollte. Auch hatte ich keine Ahnung, was in der Zukunft passieren würde. Über eine Sache war ich mir allerdings im Klaren: Ich würde Brynne Bennett wiedersehen. Daran gab es keinen Zweifel. Eine andere Option gab es für mich nicht ...

Ich spürte die Kälte nicht mehr und lächelte. Mein Bein schmerzte, aber auch das spielte keine Rolle. Mir war warm und durch Erinnerungen an Brynne hatte ich meinen sicheren Hafen gefunden. Alles war gut. Sie war mein Licht in der Dunkelheit. Das war sie schon, seit ich das erste Mal einen Blick auf ihre Schönheit werfen durfte. Sie liebte mich und sorgte dafür, dass ich nicht brach. Niemals hätte ich gedacht, dass dieses Wunder jemandem gelingen würde. Bald würde unser Baby kommen. Der Gedanke an unser Baby machte mich glücklich – und traurig. An dem Ort, auf den ich mich zubewegte, konnte ich unser Baby nicht sehen. Er oder sie würde mich niemals kennenlernen.

Brynne würde dafür sorgen, dass unser Sohn oder unsere Tochter von mir erfuhr. *Sie wird eine wundervolle Mutter sein.* Das war sie bereits. Brynne war in allem gut. Ich wusste, dass ich nicht mehr sehr viel Zeit hatte. Ich musste erkennen, dass ich mein Versprechen nicht halten konnte. Dieser Gedanke riss mein Herz entzwei. Ich hatte ihr doch versprochen, zu ihr zurückzukommen. Was hatte ich zu ihr gesagt? *Nichts könnte mich jemals davon abbringen, zu dir zurückzukommen.*

Ich sehnte mich so verzweifelt danach, ihr zu sagen, wie sehr ich sie liebte und wie glücklich sie mich in unserer gemeinsamen Zeit gemacht hatte. Wie könnte ich diese Erde verlassen, wenn ich eine Frau hatte, die mir ihr Herz geschenkt hatte? Sie war die Einzige, der es gelungen war, in meine dunkle Seele zu blicken. Sie gab mir immer das Gefühl, dass ich in der Lotterie des Lebens gewonnen hatte. Wenn ich an ihre Liebe dachte, schmerzte es nicht mehr so sehr, diese Welt hinter mir zu lassen. Ich empfand Freude, weil mir die Ehre zuteilgeworden war, sie in meinem Leben gehabt zu haben.

Brynne war mein Leben. Das letzte Teil eines Puzzles, das ihre Anwesenheit vervollständigt hatte.

Ich musste nur einen Weg finden, um ihr das alles zu sagen: *Sie* sollte sich keine Sorgen machen. *Sie* sollte wissen, wie glücklich ich am Ende meines Lebens war, weil ich mit jenem seltenen und wertvollen Geschenk geehrt worden war, sie lieben zu dürfen.

KAPITEL 17

10. Januar
London

Neil und Elaina wollten ein ‚Nein‘ als Antwort nicht akzeptieren. Entweder aßen wir zusammen Abendessen bei den beiden oder sie leisteten mir in meinem Apartment Gesellschaft. Ich wusste, dass Ethan sie darum gebeten hatte, mich zu babysitten. Das Arrangement machte Sinn, schließlich wohnten sie auf derselben Etage wie ich. Und ich mochte die beiden wirklich gern.

Aber sie waren frisch verheiratet und brauchten ihre Privatsphäre. Neil und Elaina wollten ein Baby, und wenn sie so viel Zeit mit mir verbrachten, kamen sie nicht wirklich dazu, es zu probieren. Als ich mit diesen Argumenten vor sie trat, lachten sie und warfen mit kryptischen Kommentaren um sich. Waren sie bereits schwanger und wollten es noch nicht in die Welt herausposaunen? Das hoffte ich wirklich. Die beiden waren wie gemacht füreinander. In den letzten Tagen hatte ich die beiden noch besser kennengelernt. Sie hatten mir erzählt, dass sie sich schon seit der Kindheit kannten. Von Beginn an hatte das Schicksal die beiden zusammen sehen wollen. Es machte mich so glücklich, dass die wahre Liebe gewonnen hatte.

Ethans Anweisung nervte mich. Es war so typisch für ihn: Er wollte mich in Sicherheit wissen und nicht riskieren, dass mir etwas Unerwartetes passierte. Wie erging es ihm wohl bei seinem Auftrag mit Prinz Christian? Er hatte es verabscheut, mich allein lassen zu müssen und mir war es nicht anders gegangen. Dadurch war uns keine Zeit geblieben, unser kleines Problem aus der Welt zu schaffen und ich hasste es.

Ich vermisste meinen Mann so sehr und wollte ihn wieder bei mir haben. Ich wollte ihm mein Herz ausschütten; wollte ihm alles von meinem Treffen mit Lance erzählen. Im Gegenzug hoffte ich, dass auch Ethan bereit wäre, sein Geheimnis mit mir zu teilen. Ich wollte, dass wir uns nach dem furchtbaren Streit wieder annäherten. Wir hatten einander schlimme Dinge an den Kopf geworfen. Schlimme, schlimme Dinge. Jedenfalls war das meine Meinung und ich glaubte, dass er mir zustimmen würde.

♥

HÄHNCHEN-TACOS mit Avocado und Mais-Salsa war seit neustem mein Lieblingsessen. Die Mahlzeit war mein Versuch, Elaina und Neil dazuzubekommen, mich für den Abend zu versetzen. Schließlich war es das zweite Mal die Woche, dass ich es zubereitete. Leider fielen sie nicht auf meine Masche herein und sagten, dass sie mein mexikanisches Essen liebten. Die Briten, immer so höflich. Ich musste zugeben, dass das mexikanische Essen in diesem Land furchtbar war. Wenn meine Karriere als Kunstrestauratorin den Bach runterging, könnte ich aus einem Food-Truck Tacos verkaufen und würde mich daran dumm und dämlich verdienen. Ich stellte mir Ethans Gesichtsausdruck vor, wenn ich ihm meine Idee unterbreitete. So eine Idee würde er niemals gutheißen, schon gar nicht würde er mir die Umsetzung erlauben. Ich könnte mit meinem Food-Truck neben Muriels Zeitungsstand parken, gleich vor dem Gebäude, in dem Blackstone Security seinen Sitz hatte. Dann könnte Ethan in seiner Mittagspause bei mir sein Essen holen.

Neil liebte es, zu kochen. Er war auch derjenige, der mir in der Küche half. Elaina hatte sich ins Kinderzimmer zurückgezogen, um an meinem geplanten Wandgemälde zu arbeiten, dass ich mit ihrer Hilfe entworfen hatte. Es handelte sich nur um die Skizze eines Baumes mit Vögeln und Schmetterlingen. Noch fehlten die Farben, da wir noch nicht wussten, ob sich unserer kleinen Familie ein Junge oder ein Mädchen anschließen würde.

Thomas oder Laurel.

„Weißt du eigentlich, dass das die erste Mahlzeit war, die ich für Ethan zubereitet habe?" Ich warf einen Würfel Avocado in meinen Mund und ließ mir den Geschmack auf der Zunge zergehen. „Er brachte Dos Equis-Bier mit und es schmeckte ihm sogar. Ganz zu schweigen von dem mexikanischen Essen", sagte ich.

„Ich weiß", antwortete Neil glucksend, als er zu dem brutzelnden Hähnchen Gewürze hinzufügte. „Er hat ständig von dir gesprochen. Immer wieder meinte er, dass du eine großartige Köchin bist und dass wir ein Dos Equis mit einer Limettenecke probieren sollten."

„Wirklich?"

„Oh ja. Zu diesem Zeitpunkt musste ich erkennen, dass er verloren war. Nicht wegen des mexikanischen Essens, nebenbei bemerkt, sondern wegen des Biers. Über Nacht hat er sein geliebtes Guinness zurückgelassen und nie wieder davon gesprochen", sagte er mit einem Fingerschnippen und einem dramatischen Kopfschütteln.

„Das klingt so nach Ethan. Er trifft eine Entscheidung und dann war's das." Ich entließ einen mitleidserregenden Seufzer und dachte an unsere Probleme, die darauf warteten, gelöst zu werden.

Neil hörte auf, die Tomaten zu schneiden und fand meinen Blick. „Er wird bald wieder Zuhause sein, Brynne. An keinem Ort wäre er lieber als bei dir."

„Ich weiß, aber er musste los, als wir … als die Dinge zwischen uns nicht … gut waren. Weißt du, wovon ich spreche, Neil?" Ich stellte die Frage, obwohl ich mir schon denken konnte, was seine Antwort sein würde.

Er nickte. „Weiß ich. Ich sah die Fotos von dir und Oakley im Coffeeshop. PR-Tweets, eindeutig."

„Dass der Moment ausgeschlachtet werden könnte, daran habe ich nicht gedacht. Ich musste das einfach tun. Und wenn Ethan nach Hause kommt, werde ich ihm alles erklären. Vor seiner Geschäftsreise war ich noch nicht bereit dazu, verstehst du?"

Neils braune Augen waren warm und verständnisvoll. „Ihr werdet das überstehen, Brynne. Ich kenne Ethan, und es gibt rein gar nichts, was er nicht für dich tun würde. Er würde durch Feuer gehen, um dich wieder in seinen Armen halten zu können."

Ich unterdrückte ein Schluchzen und konzentrierte mich stattdessen auf die Mais-Salsa. „Neil, kannst du mir sagen, was sich hinter der Sache mit Sarah Hastings verbirgt? Ihre Anwesenheit bei eurer Hochzeit hat ihn völlig aus dem Konzept gebracht. Er hat mir einige Dinge anvertraut, die ihrem verstorbenen Ehemann Mike passiert sind. Er hat auf eine furchtbare Art und Weise den Tod gefunden und Ethan musste alles mit ansehen. Den Teil seines Traumas verstehe ich. Gleichzeitig werde ich mich niemals in ihn hineinversetzen können, wenn er einen seiner furchtbaren Albträume hat."

„Sarah? Sie ist in Ordnung. Ich kann nur raten: Ich denke, sie hat etwas mit seiner Therapie zu tun. Er hat nichts gesagt und ich werde ihn auch nicht danach fragen.“

„Ich verstehe“, sagte ich niedergeschlagen. Wie es aussah, musste ich bis zu Ethans Rückkehr Geduld beweisen. Ich musste warten, bis Ethan bereit war, mir von Sarahs Einfluss auf seine emotionale Heilung zu erzählen. „Ethan hat dir von seinen Therapiesitzungen im Kriegsneurosen-Zentrum erzählt, oder?“

„Das hat er, Brynne. Ich bin so froh, dass er sich endlich Hilfe sucht. Ich weiß, dass nur du der Grund dafür bist, dass er sich endlich dazu durchringen konnte.“

„Es ist so furchtbar, was ihm passiert ist …“ Ich ließ die Worte verklingen. Ich wusste nicht, wie ich meine Gefühle zum Ausdruck bringen sollte. Ethan hatte so viel durchgemacht.

Neil legte sein Messer weg und drehte sich mir zu. „Es war schlimm, Brynne. So verdammt furchtbar.“

„Er hat mir erzählt, dass er sich schuldig fühlt – aber warum? Gefangen genommen und gefoltert zu werden, war nicht seine Schuld.“

Neil ließ den Kopf hängen und schloss seine Augen. In den nächsten Minuten schwieg er. Ich nahm an, dass er mir nichts erzählen würde oder dass ihn die strikten Regeln der Armee davon abhielten. Doch dann nahm er sein Messer erneut in die Hand, wandte sich wieder dem Gemüse zu und fing an zu reden.

„Ich kenne nicht jedes Detail … nichtsdestotrotz weiß ich genug, um das Puzzle zusammenzusetzen. Ethan hat mir nur ein paar Dinge erzählt – zu mehr war er bis heute nicht in der Lage. Den Rest weiß ich, weil ich die Kommentare zwischen der zuständigen Einheit und der Kommandozentrale durch das Headset gehört habe. Ich war für meine eigene Einheit verantwortlich, genau wie Ethan. Ich war nicht bei ihm. Fünf Männer. Mike Hastings war einer von ihnen. Keiner ist zurückgekehrt. Mike hat den Angriff zusammen mit Ethan überlebt … und du weißt ja, wie das ausgegangen ist. Nach Ethans Rückkehr musste er sich einer Nachbesprechung stellen. Dort hat er erzählt, dass an dem Tag, an dem er geköpft werden sollte, das Gebäude zu Schutt und Asche gebombt wurde. Niemand weiß, wie er es lebend herausgeschafft hat – nicht einmal Ethan. Er betont immer wieder, dass er nicht den blassesten Schimmer hat, wie er dort rausgekommen ist. Ein wahres Wunder."

Ich hielt den Atem an, während Neil mir so viele meiner Fragen auf einmal beantwortete. Es handelte sich um Dinge, über die Ethan einfach nicht sprechen *konnte*. Jetzt verstand ich auch, warum, und diese Erkenntnis brach mir das Herz. Er hatte so viel Leid ertragen müssen. „Die Engelsflügel auf seinem Rücken", flüsterte ich.

„Ich weiß." Neil wendete das Hähnchen in der Pfanne und fuhr fort: „Mikes Folter und seine Hinrichtung war brutal und Ethan fühlt den Verlust wie kein anderer. Er fühlt sich schuldig. Er denkt, dass er als kommandierender Offizier alle in Gefahr gebracht hat und aufgrund seiner Entscheidungen fünf Männer ihr Leben verloren haben."

„Aber ihr wart doch im Krieg! Wie kann das Geschehene dann seine Schuld sein?" Ich fühlte für Ethan mit – das hatte ich schon immer – und ich wünschte mir nichts sehnlicher, als ihn in meine Arme zu schließen. Ich wollte sein mutiges und wunderschönes Herz an meinem schlagen fühlen.

„Was während des Kriegs passiert, kann man nicht logisch erklären. Die Dinge, die diese Einheit durchlebt hat, sind unbeschreiblich grauenhaft. Sie wurden von einer toten Mutter, der die Kehle durchgeschnitten worden war, und ihrem schreienden und trauernden Sohn angelockt, der sich verzweifelt an ihrem leblosen Körper krallte. Er war nicht älter als drei. Ethan wollte den Jungen von der Straße wegholen. Nach mehreren Stunden bekam er schließlich die Erlaubnis. Er lief direkt in eine Falle: Die Taliban benutzten eine Frau und ihr Kind, um eine ganze Einheit aus Elitesoldaten auszulöschen – mitfühlende Menschen aus dem Westen, die niemals auf so eine Idee kommen würden.

„Der perfide Plan ging auf. Ethan lief zu dem Jungen und hob ihn in die Arme. Wenige Sekunden später wurde der Junge erschossen und erschlaffte in Ethans Armen. Dann begann der Kugelhagel. Am Ende waren zwei Zivilisten und vier unserer eigenen Männer hingerichtet worden, während sich Mike und Ethan in Luft aufgelöst hatten."

„Mein Gott …"

Ich wusste nicht, was ich sagen sollte. Es gab keine Worte. Nichts, was ich sagen konnte, würde diese Geschichte weniger schlimm erscheinen lassen – dabei spielte es auch keine Rolle, wie viele Jahre bereits ins Land gezogen waren. Ich rieb über meinen Bauch und dachte an Ethan und meine unendliche Liebe für ihn. Er war ein wahrer Held, der seinem Land auf die ehrenvollste Weise gedient hatte und deswegen so viel Leid ertragen musste.

„Danke, dass du mir davon erzählt hast, Neil. Es hilft mir, davon zu wissen."

Das tat es wirklich, auch wenn die Wahrheit wehtat. Mir war schlecht. Ich war mir sicher, dass ich nichts von dem heutigen Abendessen herunterbekommen würde. Wie konnte man nach so einem Erlebnis überhaupt wieder etwas essen? Ich wusste, wie Ethans Verstand funktionierte. Ich konnte mir gut vorstellen, dass ihn die Schuld seiner toten Männer schrecklich belastete. Das wusste ich, weil ich sah, wie er seine Erinnerungen immer wieder in seinen Träumen durchlebte.

„Ich liebe ihn so sehr. Ich würde alles tun, um ihm zu helfen", sagte ich schließlich.

Neil lächelte. „Du hilfst ihm doch bereits, Brynne. Nur deine Liebe hat ihm bisher wirklich helfen können."

♥

AM NÄCHSTEN Morgen wurde ich in meinem einsamen Bett unsanft aus dem Schlaf geholt. Elaina hatte sich Zugang zu meiner Wohnung verschafft, um mich zu wecken. Sofort war mir klar, dass etwas Schlimmes passiert sein musste. Ich erblickte Neil im Türdurchgang. Bei seinem Gesichtsausdruck griff ich mir an die Brust und fing bitterlich an zu weinen. Als ich die Worte hörte, dass Ethan etwas passiert war, schrie ich aus voller Kehle.

Ich schrie und schrie und flehte sie an, es mir nicht zu erzählen.

Schweiz

NEONGRÜN BRANNTE in meinen Augen. Was zum Teufel? Ich versuchte das grelle Licht wegzuschieben, aber es funktionierte nicht.

„Ethan. Oh, Scheiße, Alter. Es hat ewig gedauert, dich zu finden."

„Was?" Meine Augen wollten sich nicht fokussieren. Das Licht war so verdammt grell. Ich konnte nur dieses ätzende Grün sehen – die Farbe erinnerte mich an Christians Skijacke, wenige Sekunden bevor die –

„Bist du das, Christian? Es geht dir gut", stammelte ich. „Das ist gut. Sehr gut." Ich war so erleichtert, dass er überlebt hatte. Am liebsten würde ich den kleinen Scheißer einen Kuss aufdrücken. Das würde ich auch, wenn ich mein Gesicht fühlen könnte. Der König hatte noch seinen Thronfolger. Gott sei Dank. „Ich muss es wissen. Haben es die anderen Jungs auch geschafft?"

„Ja! Es geht uns allen gut. Und du hast es auch herausgeschafft."

Hatte ich das? Fühlte sich nicht so an. „Aber ich bin auf diesem Berg und kann nicht laufen – mein Bein ist abgefuckt." Ich war froh, dass es Christian und den Jungs gut ging. Die Frage war nun: Wie sollten wir alle aus diesem Scheiß rauskommen? Ich befand mich in keinem guten Zustand, das wusste ich. Ich konnte Christians Gesicht kaum ausmachen; alles war verschwommen und ich war so müde. Ich war so verdammt müde.

Er platzierte etwas an meine Lippen. „Ich weiß", sagte er. „Trink das; es wird dir helfen."

Ich schluckte, konnte jedoch nicht genau ausmachen, was es war. Ich konnte lediglich meine Erschöpfung fühlen. Dann erinnerte ich mich daran, was ich tun musste – was wichtiger war als alles andere auf dieser Welt. Ich schob die Flasche weg. „Hast du ein Handy, Christian? Meins ist weg. Ich muss ... meiner Frau sagen ... ich muss ihr eine Nachricht zukommen lassen."

„Warte, Ethan, sie kommen, um dich hier rauszuholen. Alles wird gut."

„Nein, i-ich muss Brynne anrufen. Jetzt! Sofort!" Verzweifelt versuchte ich, ihn von der Dringlichkeit zu überzeugen.

„Es gibt keinen Empfang hier draußen. Die Nachricht würde sie nicht erreichen."

„Das ist okay. Sie wird geschickt, sobald wir wieder Empfang haben. Sprachnachricht ... sollte ... funktionieren." Ich streckte meine Hand nach ihm aus. Ich musste ihm verständlich machen, wie wichtig das für mich war. „Bitte hilf mir."

„Okay, Ethan, okay. Wie lautet ihre Nummer?"

Langsam sagte ich ihm die Zahlen. Ich wollte keinen Fehler riskieren. Diese Nachricht war so wichtig und ich durfte diese Chance nicht verpassen. „Und jetzt wechsle zu Sprachnachricht und … lass mich reden."

Christian legte mir das Handy in die Hand. Es zu packen, war mit Handschuhen und in meinem derzeitigen Zustand keine leichte Aufgabe. Christian war mir behilflich und sagte mir, wann ich mit dem Sprechen beginnen konnte.

„Brynne, Baby. Hab keine Angst, okay? Es gibt keinen Grund, traurig zu sein. Ich liebe dich. Es geht mir gut. Ich bin glücklich. Ich werde immer bei dir sein. Ich liebe dich. Ich werde immer für dich und Laurel-Thomas da sein – auch wenn es von einem anderen Ort sein wird." Die Nachricht zu sprechen, verlangte mir alles ab; es war so schwer, mein Lebewohl zu sagen. Wie war es überhaupt dazu gekommen? Ich hatte keine andere Wahl: Ich musste es ihr sagen. Nichts würde mich aufhalten. „Du hast mich zu dem gemacht, was ich heute bin, meine Schöne, und dafür liebe ich dich. Ich werde dich immer lieben. In alle Ewigkeit und darüber hinaus."

Geschafft. Ich hatte es geschafft. Ein letztes Mal würde sie meine Stimme hören. Sie würde von meinen Lippen hören, wie viel sie mir bedeutete. Meine Wahrheit.

Und jetzt kann ich meine Augen schließen und schlafen. So müde …

Ich schwebte. Friedlich trieb ich dahin … Ich wusste nicht, wohin. Meine Mutter kam mir in den Sinn. Ich würde sie wiedersehen. Der Gedanke gefiel mir. Ich fühlte mich frei und schwerelos. Es fühlte sich an, als würde ich von etwas Leichtem davongetragen.

Von Flügeln?

So fühlte es sich an – Flügel führten mich und sorgten dafür, dass ich mich sicher fühlte. Seidenweiche Federn, wundervoll geschwungen. Weich, aber so stark.

Nach einer Weile wurde mir klar, zu wem die Flügel gehörten. Es handelte sich um Engelsflügel.

Ich lag in den Armen eines Engels.

12. Januar
London

KOMM ZURÜCK ZU MIR ...

Ich bin bei dir, Ethan. Ich werde dich nicht allein lassen. Niemals. Wenn du bereit bist, musst du einfach nur zu mir zurückkommen. Ich warte auf dich, zusammen mit Laurel-Thomas. Wir brauchen dich. Ich brauche dich, um die nächste Etappe in unserem Leben zu meistern. Ich brauche dich so sehr. Ich erlaube dir nicht, mich zu verlassen. Das kann ich nicht.

Ich wich im Krankenhaus nicht von seiner Seite. *Komm zurück zu mir, Baby.* Dasselbe Krankenhaus, in dem ich auch Lance besucht hatte. Ich war dankbar. Schließlich war Ethan bei mir. Ich konnte ihn berühren, ihn sehen und die Ärzte konnten ihm helfen. Neil hatte seine Beziehungen spielen lassen und arrangiert, dass Ethan sofort nach London geflogen wurde. Auch Ivan hatte geholfen. Keine Ahnung, was ich ohne die beiden getan hätte. Sie kannten die richtigen Leute. Wenn Ethan noch immer in der Schweiz wäre – einem Ort, an dem ich ihn wegen meiner fortgeschrittenen Schwangerschaft nicht besuchen konnte – wäre ich wahnsinnig geworden.

Jonathan und Marie hatten erfolglos versucht, mich nach Hause zu schicken. Ich war strikt dagegen und nach einer Weile kapitulierten sie wortlos. Ich wusste, wo mein Platz war. An seiner Seite. *Ich werde dich nicht verlassen, mein Schatz. Ich werde hier sein, wenn du aufwachst.*

Leider hatten sie bei einer Sache recht: Ich konnte nichts für ihn tun. Das Krankenhaus kümmerte sich um alles. Nachdem die Wunde neben seinem rechten Auge genäht worden war, versuchten die Ärzte den Schaden an seinem linken Bein in Ordnung zu bringen. Bei dem Unfall hatte sich Ethan Schien- und Wadenbein gebrochen. In einer OP setzten ihm die Ärzte schließlich Metallplatten ein, damit die Knochen schneller zusammenwuchsen. Momentan schlief mein Mann. Er brauchte die Ruhe, um sich von den Strapazen zu erholen.

Also saß ich neben ihm und versuchte, ihn zu mir zurückzuholen. *Ich habe deine Nachricht bekommen. Christian war sehr lieb und er macht sich große Sorgen um dich. Er hat mich angerufen und mit mir gesprochen, weil er nicht wollte, dass mich deine Nachricht erschreckt. Er hat mir erzählt, was passiert ist. Dass sie OFF-Piste fahren wollten und du ihnen gesagt hast, was zu tun ist, wenn etwas passiert. Er meinte, dass er und seine Freunde nur durch deine Anleitung lebend aus der Sache herausgekommen sind. Allerdings hat er ein schlechtes Gewissen ... du wurdest verletzt.*

Eine Hand legte sich auf meine Schulter. „Sie hatten Brombeergeschmack. Ich hoffe, das ist okay." Ivan reichte mir den heißen Tee. „Oh, und das habe ich dir noch geholt." Er präsentierte mir den Energieriegel. „Bitte iss den Riegel."

Meine Augen weiteten sich. Seine Worte, die Geste – beinahe identisch. Ich fand Ivans Blick und er sah mich mit gerunzelter Stirn an. Groß, grüne Augen, schulterlange Haare – genauso attraktiv wie sein Cousin, aber auf eine andere Weise. Während Ivan eher der Kultivierte war, stach Ethan durch eine raue Schärfe hervor. Eine Sache wurde dennoch deutlich: verdammt gute Gene. Sie waren blutsverwandt und oftmals konnte ich Ethan in Ivan sehen – oder vice versa.

Dass mir Ivan einen Energieriegel mitgebracht hatte, rief Erinnerungen in mir wach: Es war der Abend, an dem ich Ethan kennengelernt und er mich von Bennys Ausstellung nach Hause gefahren hatte. Im Auto konnte ich seinen Duft wahrnehmen. Noch immer erinnerte ich mich, wie mich die Sitzheizung im Rover von innen heraus gewärmt hatte. Ich rief mir den Moment ins Gedächtnis zurück: Wie er den Energieriegel auf mein Bein gelegt und geduldig abgewartet hatte, bis ich ihn aß. Erst dann fuhr er weiter. Auch erinnerte ich mich an seinen *Widerspreche mir nicht*-Blick und die Flut an Dominanz, die über mir hereinbrach. *Komm zu mir zurück, Ethan …*

„Okay." Ich nickte und fühlte, wie sich meine Augen mit Tränen füllten. Für Ethan wollte ich stark sein, aber es fiel mir schwer, nicht die Fassung zu verlieren.

Neben mir setzte er sich auf einen Stuhl. „Gutes Mädchen", sagte er sanft. „Wenn er wüsste, dass du wegen ihm nicht auf dich Acht gibst, würde er einen Anfall bekommen."

„Ich weiß", sagte ich in einem mitleidserregenden Ton. Ich biss in den Riegel, kaute mit gesenktem Kopf und trank von meinem Tee. Mein Schmetterlings-Engel brauchte Nahrung, selbst wenn ich keinen Appetit empfand.

„Danke dir, Brynne", sagte er mit einem sanften Lächeln auf den Lippen. Das war eine Seite von Ivan, die ich noch nicht kannte – neben mir an Ethans Krankenbett. Ivan Everley war von einer vernichtenden Kombination aus Charme und humorvollem Zynismus geprägt. Im Moment war rein gar nichts davon zu sehen. Auch er war besorgt um Ethan. Ich hatte schon immer das Gefühl, dass sich die beiden eher wie Brüder verhielten und nicht wie Cousins. In ihren Herzen waren sie Brüder.

„An meinem ersten Abend mit Ethan hat er mir einen Energieriegel gekauft und keine Ruhe gegeben, bis ich den Riegel aß", erzählte ich ihm.

Ivan legte den Arm um meine Schulter und zog mich an seine Seite. „Er liebt dich so sehr. Ich weiß einfach, dass er kämpft, um wieder bei dir zu sein. Ich kenne ihn. Ich weiß, wie er denkt. Ethan tut einfach alles, um seinen Weg zu dir zurückzufinden, Brynne."

Ich nickte. Ich konnte nur glauben. Ivans Worte funktionierten wie ein Rettungsanker und ich ließ es nicht zu, dass Zweifel in meinem Kopf aufkeimten.

Wir saßen weiter nebeneinander und gaben Ethan die Zeit, die er brauchte, um zurück zu uns zu finden. *Ich liebe dich, Ethan.*

ENDLICH. ICH konnte sie riechen. Ihr Duft zog in meine Nase. Ich gönnte mir eine Lunge voll Brynne. Aber wie war das möglich? Ich hatte mich doch auf dem Berg von ihr verabschiedet. Ich fühlte mich anders. Es ging mir besser.

Weitaus besser.

Ich konnte meinen Körper *fühlen*. Meine Hände, meine Zehen, meinen Kopf. *Bedeutet das, dass ich überlebt habe?* Oh, verdammte Scheiße, ja! Ich fühlte mich euphorisch. Ich war am Leben und Brynne war bei mir. Was auch immer hier gerade passierte, fühlte sich unbeschreiblich an: Die Finger in meinen Haaren, die meine Kopfhaut massierten. Finger, die ich sehr gut kannte. Finger, die zu einer Hand gehörten, die ich gespürt, gehalten und geküsst hatte. Ihre Hand – Brynnes Hand berührte mich und das Gefühl war einfach nicht zu übertreffen. Ich wollte ihr sagen, wie sehr ich sie liebte und dass es mir schon bald wieder besser gehen würde, aber ich brachte keinen Ton heraus. Ich wollte einfach nur den Moment und ihre Berührungen genießen. Auf wundersame Weise hatte ich überlebt. Ich erinnerte mich an die Engelsflügel – ein schwebendes Gefühl zwischen Leben und Tod. Nicht das erste Mal, dass ich etwas Derartiges erlebt hatte.

Danke, Mum. Ich muss dir schon wieder danken.

Erleichterung. Bodenlose Erleichterung. Jetzt musste ich nicht mehr kämpfen. In dem Wissen, dass mein Mädchen bei mir war, konnte ich ein wenig schlafen.

♥

AN MEINER HAND konnte ich leichtes Treten und kleine Stupser spüren. Ich liebte es. Es brachte mich immer zum Lächeln. Ich wusste genau, was ich spürte. Das war Laurel-Thomas' Art mit Daddy zu kommunizieren. *Du bist stärker geworden, mein kleiner Schatz.* Mit der Hand folgte ich den Bewegungen und versuchte zu erraten, um welchen Körperteil es sich handelte. War das ein Kick oder der Kopf meines Kindes? Mehrere Tritte in einer Abfolge waren an meiner Handfläche zu spüren, was mich zum Lachen brachte. Das unglaublichste Gefühl der Welt. Wie ein Segen – ein Geschenk, das ich nie erwartet hätte – wunderschöne Perfektion.

„Ethan hat gelacht. Hast du das gehört, Ivan? Die Bewegungen unseres Babys haben ihn zum Lachen gebracht." Ich kannte diese Stimme. Meine Brynne. Meine Brynne, die mit Ivan sprach.

Ich öffnete meine Augen.

„Es hat funktioniert", flüsterte sie. „Du bist zu mir zurückgekommen."

In Brynnes Augen glitzerten Tränen der Besorgnis. Sie sah erschöpft aus, hatte dunkle Ringe unter den Augen und ungekämmte Haare. Sie war mir so nah und ich glaubte nicht, dass meine Augen jemals in den Genuss von etwas Schönerem gekommen waren.

„Brynne, Baby." Ich lächelte und saugte den Anblick von ihr in mich auf. „Auf dem Berg habe ich von dir geträumt. Du hast mir geholfen, warm zu bleiben und einen sicheren Hafen zu finden. Ich dachte an dich und wusste, dass alles gut werden würde. Ich war glücklich und habe keine Angst verspürt."

„Oh, Ethan, Ethan, Ethan …" Schniefend vergrub sie ihr Gesicht an meiner Brust. Ich sah mich im Raum um und stellte fest, dass ich mich in einem Krankenhaus befand. Mein Mädchen war zu mir ins Bett gekrochen, damit ich ihren Duft in mich aufnehmen konnte. Sie war sogar einen Schritt weitergegangen und hatte meine Hand auf ihren Bauch gelegt, damit ich Laurel-Thomas spüren konnte. Brynne und unser Baby hatten mich in die Wirklichkeit zurückgeholt.

Ich fand den Blick meines Cousins und sah, wie er die Worte ‚Willkommen zurück' mit den Lippen formte.

Danke, antwortete ich. Ich war so dankbar, dass er Brynne in dieser schweren Zeit beigestanden hatte. Im nächsten Moment lief er grinsend zur Tür und formte mit der Hand das universell bekannte *Ruf mich an*-Zeichen, bevor er den Raum verließ.

„Ich liebe dich so sehr", flüsterte ich, unfähig meine Gefühle in Zaum zu halten. Ich hob meine Hand zu ihrem Kinn und zwang sie, mich anzusehen. Ich musste einfach in ihre Augen sehen. Erst würde ich mich in den Tiefen ihrer farbenfrohen Augen verlieren und dann würde ich sie für eine lange Zeit küssen.

Sie stand unter einem großen Schock, denn sie wiederholte wieder und wieder dieselben Worte: „Du bist zu mir zurückgekommen."

„Das bin ich, meine Schöne. Du hast mich zurückgeholt. Nur du, zusammen mit meinem Schutzengel."

15. Januar

ETHAN WAR AUF dem Heimweg vom Krankenhaus sehr leise. Wir saßen zusammen auf der Rückbank und

Len fuhr uns nach Hause. Er umfasste meine Hand so fest, dass es etwas wehtat. Nicht im Traum dachte ich daran, ihm meine Hand zu entreißen. Ethan brauchte diesen Kontakt, auch wenn es im Moment nur die Hände waren, die diesen herstellten.

Sein Vater hatte angerufen und gefragt, ob wir heute zum Abendessen vorbeikommen wollten, um zu feiern, dass er wieder nach Hause konnte. Ich wusste, dass Ethan danach nicht der Sinn stand – und mir ging es nicht anders –, weswegen ich seinem Dad abgesagt hatte und wir das Abendessen auf die nächste Woche verschoben. Sein Unfall hatte mich paranoid gemacht. Wenn ich daran dachte, dass er mir beinahe genommen worden wäre, war ich einer Panikattacke nahe. Ich wusste, dass diese Form der Aufregung nicht gut für das Kind war – nichtsdestotrotz fiel es mir schwer, jenen erschreckenden Gedanken den Zugang zu meinem Verstand zu verbieten. Ich wollte Ethan einfach nur bei mir haben: wo ich mich um ihn kümmern und er gesund werden konnte.

Selbstständig lief Ethan mit der Hilfe seiner Krücken in die Wohnung. Ich machte die Tür hinter uns zu, schloss ab und folgte ihm ins Wohnzimmer.

Er hielt an und drehte sich zu mir. Seine Augen flammten auf, als ich in den Raum trat. Ich konnte die wilde Rohheit in seinem Blick sehen. Ich wusste, was er dachte: endlich allein.

„Komm zu mir", flüsterte er mit heiserer Stimme.

Ich ging zu meinem Ethan.

Sofort zog er mich in seine Arme und presste mich so hart gegen seine Brust, dass mir kurzzeitig die Luft wegblieb. Seine Krücken fielen zu Boden. Endlich konnte er mich ungestört berühren. Ich konnte seine Verzweiflung geradezu schmecken. Ich verstand den Grund. Mein Mann hatte viel durchgemacht – schon wieder. Zum wiederholten Male war er dem Tod von der Schippe gesprungen. Er war überzeugt, dass er auf dem Berg sterben würde, ohne mich jemals wieder zu sehen oder unser Baby in den Armen halten zu können – oder uns zu sagen, wie sehr er uns liebte. Erinnerungen von mir hatten ihn warm gehalten, ihn getröstet, und als er realisierte, dass er nicht sterben würde, wurde er in die Realität zurückgeworfen. Jetzt musste er verarbeiten, dass er noch lebte. Was für ein Mindfuck.

„Ethan. Ich bin bei dir, Baby. Lass mich dir helfen."

Seine Bartstoppeln kratzten über meine Haut. „Ich brauche dich. Ich brauche dich so sehr", hauchte er an meinem Hals.

Ich lehnte mich zurück und zwang ihn damit, mich anzusehen. Ich wollte, dass er jedes einzelne Wort hörte, das ich ihm zu sagen hatte. „Lass uns ins Bett gehen und alles andere ausblenden. Nur du und ich." Ein gequälter Ausdruck huschte über sein Gesicht. „Und später können wir sagen, was gesagt werden muss. All die Dinge, die wir vor deiner Abreise nicht klären konnten. Aber im Moment brauchen wir die Nähe. Ich will dich an meiner Haut spüren und nur daran denken, wie gesegnet wir sind."

Er schloss kurzzeitig die Augen. Als er sie wieder öffnete, sah ich die Erleichterung. „Ja ... das wünsche ich mir auch. Bitte." Er senkte den Blick zu den Krücken auf dem Boden. Ich hob sie auf und reichte sie ihm. Sein harter, verletzlicher Gesichtsausdruck wurde sanfter, als er die Krücken entgegennahm. „Ich wünschte, ich könnte dir sagen, wie sehr ich dich liebe, aber es gibt einfach keine Worte für das Ausmaß meiner Gefühle für dich."

„Ich weiß."

Er folgte mir ins Schlafzimmer und setzte sich aufs Bett. Dieses Mal arrangierte er seine Krücken leicht zugänglich. Ich schob mich zwischen seine Schenkel. Sofort hob er seine Hände und zog mich näher an seinen Körper. Er legte seine Wange gegen meine Brust, während sich seine Hände um meinen Rücken wickelten und seine Nase meinen Duft einatmete.

Ethan versuchte verzweifelt, in mich hineinzukriechen.

Ich wusste, was er wirklich von mir brauchte: einen harten Fick. Leider wussten wir beide, dass das im Moment nicht möglich war. Zum einen, weil er noch geschwächt war und zum anderen, weil ich in meiner Schwangerschaft jetzt einen Punkt erreicht hatte, an dem wir vorsichtiger sein mussten. Wir würden uns etwas anderes überlegen müssen.

Ich ging einen Schritt zurück – weit genug, dass er mich nicht mehr erreichen konnte, aber immer noch nah genug, dass er nicht panisch wurde.

Ohne meinen Blick von ihm abzuwenden, schlüpfte ich aus meinen Schuhen.

„Ich will, dass du dich an unser erstes Mal in diesem Bett erinnerst."

Ich öffnete meinen Cardigan und warf ihn auf den Boden. Seine Augen folgten dem Material und fanden dann wieder mein Gesicht. „Ich erinnere mich", sagte er.

„Dann lass uns zusammen diesen Moment neu erleben", sagte ich ihm. „Wir waren vorsichtig miteinander, weil wir noch nicht wussten, was der andere mochte oder brauchte."

Seine blauen Augen verdunkelten sich. „Ich konnte kaum glauben, als du mit mir heimgekommen bist. Ich habe mich so sehr nach dir verzehrt. Noch nie habe ich jemanden so sehr gewollt wie dich, Brynne."

Ich schluckte schwer und schob mich wieder zwischen seine Beine. Ich streckte meine Hände nach dem Saum seines T-Shirts aus und zog es ihm über den Kopf.

Mein dunkelgraues Kleid folgte seinem T-Shirt.

„Ich wollte dich genauso verzweifelt wie du mich,

Ethan. So verzweifelt." Ich öffnete den Verschluss meines BHs und ließ ihn fallen. Der kaum hörbare Aufprall erhöhte die sexuelle Spannung.

Seine Augen flammten auf, als er den Anblick meiner pralleren Brüste in sich aufnahm. Er hob eine Hand und umfasste einen weichen Hügel. Mit einem Finger umkreiste er meinen Nippel. Die Kreise wurden immer kleiner, bis er schließlich meinen erregten Nippel berührte.

Seine Augen fanden die meinen. „Mehr als alles andere wünschte ich mir, dich zu befriedigen. Ich wollte dich befriedigen, dich kommen hören und deinen Lauten der Erregung lauschen."

Ich kniete mich hin und zog ihm die Schuhe aus. Er lehnte sich auf seinen Ellbogen zurück und streckte seinen langen Körper auf dem Bett aus. Ich näherte mich seiner Hose und er hob sein Becken, um mir die Sache zu vereinfachen. Vorsichtig zog ich die Trainingshose über seinen Gips und warf sie über meine Schulter.

Mein Mann sah atemberaubend aus. Nackt und so hart. Ich wusste genau, was ich zuerst tun wollte.

Noch kniete ich auf dem Boden zwischen seinen Beinen und flüsterte: „Und was habe ich gesagt, nachdem du mich zum Höhepunkt geführt hast?" Ich nahm seinen steinharten Schwanz in die Hand und rieb über seine samtweiche Länge.

Er sog scharf den Atem ein. Seine Bauchmuskeln tanzten. Er schloss die Augen bei der lustvollen Empfindung und antwortete auf meine Frage: „*Ethan*, hast du gesagt. *Ethan.*"

Ich bedeckte seine Eichel mit meinen Lippen und schob ihn bis zum Anschlag in meinen Mund.

SIE GAB MIR GENAU, was ich brauchte. Keine Ahnung, woher sie wusste, wann ich mich danach sehnte oder was es beinhaltete: Brynne hatte ein Gespür dafür.

Nachdem sie mich mit ihrem wunderschönen Mund zum Orgasmus geführt hatte, erwiderte ich den Gefallen und kostete ihre Wärme an meinen Lippen und ihr lustvolles Beben an meiner Zunge. Sie schrie meinen Namen mehr als einmal, bevor ich schließlich von ihr abließ.

Später schliefen wir in den Armen des anderen ein und fanden zusammen einen friedvollen Schlaf.

Es war der beste Schlaf meines Lebens, weil ich mit meinem kostbaren Mädchen gesegnet war.

Ich war so dankbar.

KAPITEL 18

24. Januar
Somerset

L and Rover wusste, wie man Luxusautos herstellte. Ich liebte mein Auto. Mittlerweile hatte ich auch den Dreh raus. Es stellte kein Problem mehr dar, auf der linken Seite zu fahren, weshalb ich mich mehr mit dem Auto traute. Spätestens ab diesem Zeitpunkt musste Ethan dieses Geburtstagsgeschenk bereuen. *Zu spät, Blackstone.* Damit würde er klarkommen müssen. In der nächsten Zeit war ich die Einzige, die fahren durfte. Schließlich hatte er einen Gips am linken Bein. Bis er seine Krücken in die Ecke werfen und wieder laufen konnte, würden noch ein paar Wochen ins Land ziehen. Wenn das Baby kam, würde er den Gips noch haben. Das nervte ihn ungemein, das wusste ich, aber er beschwerte sich nicht. Auch ich beschwerte mich nicht. Wir konnten beide so froh sein, dass er sich nur mit einem Gips herumärgern musste. An die Alternative wollte ich nicht einmal denken. Verdammt, ich liebte den unpraktischen Gips.

Ich hatte Ethan bei Zara gelassen. Er unterstand

ihrer Gnade. Heute stand eine Teeparty auf dem Programm. Nicht, dass ihn der Plan störte. Eigentlich schien er darin völlig aufzugehen. Er hatte sich ein lilafarbenes Jackett angezogen, eine elegante Fliege gebunden und ich hatte alles mit einer Kamera festgehalten, bevor ich die beiden allein ließ. Die Bilder waren unbezahlbar. Robbies Ehefrau, Ellen, hatte Cupcakes zubereitet – dazu gab es Erdbeeren und Tee mit Milch und Zucker. Am liebsten hätte ich den beiden Gesellschaft geleistet. Nur der Gedanke an meine Rücken-, Beckenboden- und die gelegentlichen Kopfschmerzen verleiteten mich dazu, der Massage den Vorzug zu geben. Mittlerweile ging ich zweimal die Woche. Ohne die Massagen würde ich den Rest der Schwangerschaft vermutlich nicht überstehen.

Seit Weihnachten ging ich regelmäßig, da Ethan mich mit einem Gutschein für Behandlungen beglückt hatte. Gott, mein Mann wusste immer genau, was ich brauchte. Nachdem wir die Entscheidung getroffen hatten, seine Erholungszeit auf Stonewell zu verbringen, suchte ich mir in den letzten Wochen meiner Schwangerschaft eine Einheimische. Meine Entscheidung fiel auf Diane. Sie kümmerte sich mit ihrer Aromatherapie und ihrer Reflexzonenmassage um meine Beschwerden. Ich konnte Hannah nicht genug dafür danken, dass sie mich an die richtigen Hände empfohlen hatte.

Vor ihrer kleinen Praxis namens *Treats – Gönn' dir etwas für Leib und Seele* parkte ich mein Auto. Das historische Städtchen war winzig und wurde vervollständigt durch eine Poststation mit dem Namen *Hood Arms* aus dem siebzehnten Jahrhundert, der St. Marys Kirche aus dem dreizehnten Jahrhundert und einem bekannten Laden mit Fossilien am Kilve-Strand. Die Stadt erinnerte mich immer an eine Postkarte. Es war so friedlich hier. Ethan und ich verstanden beide, dass die Ruhe und die Stille an diesem Ort, zusammen mit der natürlichen Schönheit, genau das war, was wir beide gebraucht hatten. Wir hatten vor bis Mitte Februar auf Stonewell zu bleiben. Dann wären wir rechtzeitig für die Geburt unseres Kindes wieder in London, wo Dr. Burnsley mit seiner medizinischen Erfahrung bereitstand, um Laurel-Thomas zum Geburtstermin am achtundzwanzigsten Februar auf die Welt zu bringen.

Als ich mich auf den Weg zu Dianes Praxis machte, sah ich unter einem kleinen Tisch einen jungen Hund. Er sah mich, stand auf und wackelte aufgeregt mit dem Schwanz. Seine typische Hundebegrüßung brachte mich zum Lächeln. „Na aber hallo, mein Hübscher." Ich lehnte mich vor und streichelte über das weiche Fell seines Kopfes. Obwohl die Farbe seines Fells je nach Lichteinfall variierte und er um seine Augen dunkle Flecken hatte, erkannte ich den Grundton seines Fells: Bernstein. Er ging nicht länger als Welpe durch, sondern war bereits ein Hund im Jugendalter. Ich war mir ziemlich sicher, dass er ein *er* war. Ich kannte die Rasse – ein Deutscher Schäferhund. Ein wirklich wunderschöner Hund. „Wie heißt du denn, mein hübscher Junge? Wartest du auf deinen Besitzer?" Als ich ihn hinter den Ohren kraulte, sprach ich mit ihm und verliebte mich in seine goldenen Augen. Er leckte mir die Hand und lehnte sich meinen Berührungen entgegen. Ich kam nicht umhin, mich zu fragen, warum er kein Halsband trug. Er musste doch jemandem gehören, oder?

Ich richtete mich zum Gehen auf und fand seinen treuen Hundeblick. „Ich muss gehen, mein Kleiner. Ich habe einen Termin", sagte ich.

Er bellte einmal, als würde er sagen: „Geh nicht." Es brach mir das Herz, ihn so zurückzulassen.

♥

„JETZT BRAUCHE ich wirklich ein langes Nickerchen,

Diane. Mein Gott, das war wundervoll." Begleitet von dem Kompliment, rollte ich meinen Hals und atmete die aromatischen Öle ein, die sie in ihrer Praxis benutzte. Ich war gerade im Begriff, ihr meine Karte zu reichen, als ich ein Bellen hörte. Und da war er mit wedelndem Schwanz und starrte mich durch die Glastür an.

„Sieht ganz so aus, als hättest du einen Bewunderer, Brynne", lachte Diane. „Wetten, dass er mit zu dir nach Hause kommen würde?"

„Würde er?" Aber was war mit seinem Besitzer? „Wem gehört er?"

„Er ist ein Streuner. Vor ein paar Tagen ist er plötzlich aufgetaucht. Seitdem bettelt er bei allen Läden um Futter. Es ist wirklich traurig, was Menschen unschuldigen Tieren antun. Vor allem mit den großen Hunden. Und das wird er bald sein, wenn er ausgewachsen ist. Die größeren Hunde werden sehr oft ausgesetzt und einfach an der Straßenseite zurückgelassen." Sie schüttelte den Kopf und verzog das Gesicht. „Diese Arschlöcher sollten am eigenen Leib erfahren, wie es sich anfühlt, wenn man seinem Schicksal überlassen wird." Diane sah aus dem Fenster zu dem jungen Hund. „Hin und wieder gebe ich ihm etwas zum Essen, genau wie Lowell von nebenan. Wir wollen nicht, dass er verhungert. Was er aber wirklich braucht, ist ein Zuhause und eine Familie. Ein so großer Hund braucht viel Platz, um sich austoben zu können." Sie zwinkerte mir aus ihren hübschen Rehaugen zu. „Er würde einen tollen Wachhund abgeben. Dein persönlicher Beschützer. Ich denke, dass das auch deinem Ehemann gefallen würde."

♥

„ÜBERLASS MIR das Reden, okay?" Wir tauschten einen Blick aus; seine goldenen, runden Augen hoben sich zu meinen, als wüsste er genau, was ich ihm sagen wollte. Das neue Lederhalsband und die Hundeleine standen ihm wirklich gut. Er war jetzt so flauschig und sauber – dank Diane, die uns von einem Haustiergeschäft und einem Hundefriseur erzählt hatte. Durch die Hilfe ihres Sohnes Clark, der dort arbeitete, hatten wir Hundefutter, ein Bettchen, Futterschälchen und sogar Kauspielzeug gefunden. In der Zwischenzeit wurde mein neuer Freund gewaschen und gestutzt. Am Ende lud Clark alles in meinen Rover und winkte uns mit einem breiten Grinsen hinterher. So einfach war es passiert: Ich war im Besitz eines Hundes.

Die Fahrt nach Hause machte Spaß. Das Grinsen auf meinem Gesicht schien wie eingemeißelt zu sein. Ich hatte einen flauschigen Beifahrer neben mir sitzen, mit einem Gurt um den pelzigen Körper. Ich hatte einen Hund. Und er liebte mich schon jetzt.

Es gab nur noch eine Sache zu erledigen: Ich musste meinem Ehemann von unserem neuen Hund erzählen.

Ich begab mich auf die Suche nach Ethan und Zara. „Ich muss mir noch einen Namen für dich überlegen", sagte ich zu meinem Gefährten. Seine Krallen klickten über den Holzboden. Es schien, als würde er sich von seiner besten Seite zeigen wollen, denn er lief brav neben mir her. Ich war nicht besorgt; ich wusste, dass er ein guter Hund war. Ich war auf Ethans Reaktion gespannt, wenn ich in wenigen Sekunden mit einem Deutschen Schäferhund auf ihn zukommen würde – ganz zu schweigen davon, dass ich das Kerlchen behalten wollte.

Gleich würde ich es herausfinden.

Ich konnte die beiden bereits hören und wusste, was sie taten, noch bevor ich einen Blick auf sie werfen konnte. Sie spielten ein Spiel, das Zara liebte. Ich bezweifelte, dass Ethan den gleichen Gefallen daran fand. *Pretty pretty Princess.* Auch ich hatte dieses Spiel als Kind geliebt. Es gab Fotos von meinem Dad, auf dem er eine Krone und Schmuck trug. Er hatte mich so sehr geliebt, dass er sich nicht zu schade dafür war, mit mir Verkleiden und Prinzessin zu spielen. Er wusste, dass es mich glücklich gemacht hatte. *Du bist so gut zu mir gewesen, Daddy.*

Und hier war mein Ethan, mit einer türkisfarbenen Kette um den Hals und den passenden Ohrringen, während er gegen Zara ums Gewinnen spielte. „Ah ha! Der schwarze Ring gehört mir!", sagte er erfreut zu Zara in ihrem blau-gelben Prinzessinnenkleid.

Zara grinste. „Aber dir fehlt noch die Krone." Selbstzufrieden steckte sie einen Finger in das Frosting ihres Cupcakes und leckte die süße Creme von ihrem Finger.

„Ich werde sie mir holen", neckte er. „Die Krone ist wie für mich gemacht."

Zara kicherte und mein Herz schmolz dahin. Ich konnte es kaum erwarten, Ethan als Vater zu erleben. Ihn mit Zara zu sehen, war einfach bezaubernd. Der Anblick machte mich so glücklich, dass ich meinen Bauch reiben musste, um mir der atemberaubenden Wirklichkeit bewusst zu werden. Oh ja, unter meinen Fingern konnte ich einen kleinen Hintern spüren. Ich versuchte herauszufinden, wo Kopf und Beine positioniert waren und kam zu der Erkenntnis, dass mein Schmetterlings-Engel auf dem Kopf stand. Das herauszufinden, bereitete mir Freude.

Manchmal hatte ich das Gefühl, dass ich träumte: *Mein Leben konnte nicht real sein.* Es hatte sich in kürzester Zeit so viel verändert. Ich hatte nur einen Wunsch: Ich wollte in die Zukunft blicken. Ethan war mir vollkommen ergeben. Ich brauchte nur seine Hingabe, seine Liebe und unser gemeinsames Kind.

Mein neuer Freund winselte. Ethan und Zara hörten dies und standen auf. Sie entdeckten uns und ich versuchte herauszufinden, was Ethan durch den Kopf ging. Ich entschied, mich nicht zu bewegen und einfach mein Lächeln wirken zu lassen. Ich hoffte aufs Beste und wartete auf den Moment, in dem ihm klar wurde, was ich getan hatte.

♥

„DEIN HUND sieht aus wie Sir Frisk", informierte mich Zara.

„Und wer ist Sir Frisk, wenn ich fragen darf?"

„Ein Hund in einem Gemälde. Es hängt in meinem Haus."

„Wirklich?" Interessant. Ich dachte, dass ich kein Kunstwort in Hannah und Freddys Haus übersehen hatte. Anscheinend lag ich falsch. Ich erinnerte mich nicht an ein Gemälde mit einem Hund.

„Ich zeige es dir, wenn ihr mich heimbringt. Es ist ein super tolles Gemälde, Tantchen." Sie nickte den Kopf mit einem ernsten Gesichtsausdruck, während sie meinen neuen Freund streichelte. „Genau wie Sir Frisk", erinnerte sie mich.

Mein kleiner Freund dachte wahrscheinlich, dass er gestorben und im Himmel gelandet war. Er lag zu Ethans Füßen, mit einem kleinen Mädchen, das sich der Aufgabe verschrieben hatte, ihm auf ewig durch sein flauschiges Fell zu streicheln.

„Nur damit ich das richtig verstehe: Während ich um die Krone gekämpft habe, warst du unterwegs und hast dir einen streunenden Hund angelacht?", fragte er trocken. Er neigte den Kopf und zog fragend die Augenbrauen hoch. Er war so atemberaubend sexy. Ich wollte ihn von Kopf bis Fuß abschlecken.

„Du hast es erfasst, Blackstone", erwiderte ich selbstbewusst. „Er ist ein guter Hund."

„Das ist mir auch schon aufgefallen, mein Schatz. Schließlich hat er dich ausgewählt; das zeigt mir, wie gut er ist", sagte Ethan. Er beugte sich vor und kraulte den kleinen Kerl unterm Kinn. „Wirst du deine neue Herrin beschützen und sie vor Gefahr bewahren, junger Sir?" Er sprach von Angesicht zu Angesicht mit dem Hund, von Mann zu Mann. „Hmm? Du hast eine wichtige Aufgabe zu erfüllen. Wenn du den Job willst, kannst du ihn haben."

Ich lachte. Er war so süß. Gab es einen Mann, der noch bezaubernder war als meiner? Ich bezweifelte es. „Du hast also nichts dagegen, wenn wir ihn hier auf dem Land als Wachhund behalten?"

„Nicht im Geringsten, meine Schöne."

♥

„EIN WIRKLICH wunderschöner Hund. Oh, mein Gott, er sieht aus wie Sir Frisk." Hannah hockte sich hin und musterte den kleinen Kerl. „Er könnte ein direkter Nachkomme sein; so ähnlich sieht er ihm."

„Du bist nicht die Erste, die das sagt. Ich muss das Gemälde sehen."

Zara umfasste meine Hand und sagte: „Ich zeige es dir."

Ethan blieb bei seiner Schwester in der Küche. Sein Zustand reichte noch nicht aus, um auf Granittreppen zu navigieren. „Pass auf deine Herrin auf, junger Sir", sagte Ethan in einem ernsten Ton. „Und du musst auch vorsichtig sein", richtete er die Worte an mich, während er meinen Bauch tätschelte und mich auf die Stirn küsste.

„Das werde ich." Ich legte meine Hand auf seine Wange und formte mit den Lippen: *Ich liebe dich.*

„Ich dich auch", flüsterte er. Mein Ethan – obwohl er auf Krücken unterwegs war, würde er immer um meine Sicherheit bemüht sein. Er war entschlossen, die Krücken bis zur Geburt loszuwerden und diese durch einen Stützstiefel auszutauschen.

Zara führte uns in den Westflügel von Hallborough. Das war der Bereich des Hauses, der für das Bed & Breakfast herhielt. Das erklärte, warum ich das Gemälde von Sir Frisk noch nicht kannte. Die Galerie hatte ich bereits gesehen. Es war üblich, dass in Landhäusern wie Hallborough die private Kunstsammlung der Familie gezeigt wurde – inklusive Marmorskulpturen und Gemälde. Um alles ausgiebig zu studieren, hatte ich noch nicht genug Zeit hier verbracht. Meine Aufmerksamkeit lag im Moment auf meinem Garten und auf Dekorationsprojekten.

Am Ende des Korridors kam Zara zum Stehen. Zu beiden Seiten von uns waren Türen, die zu Zimmern von Gästen führten. Genau dazwischen, über einem Tisch, hing ein riesengroßes Gemälde eines Deutschen Schäferhundes. Das Bild war so detailliert, dass man das Gefühl hatte, ein Foto zu betrachten. Ich dachte an die Camera obscura. Ich war mir fast sicher, dass der Künstler die erste Kamera gebraucht hatte, um letztendlich dieses Porträt anzufertigen. Zara und Hannah behielten recht – der Hund in dem Gemälde sah meinem neuen Haustier zum Verwechseln ähnlich. Die Farbe des Fells sowie die Körperform stimmten so gut wie überein. In der rechten Ecke des Bildes, auf dem kunstvoll verzierten Bilderrahmen, befand sich ein goldenes Schild, auf dem der Titel eingraviert war. *Sir Frisk.*

„Wer hätte das gedacht, hmm?" Ich grinste Zara an. „Sie sehen sich wirklich sehr ähnlich."

Sie kicherte. „Hab ich doch gesagt, Tantchen Brynne."

„Ich muss wirklich sagen, dass mir der Name gefällt. Was meinst du, Zara?"

Sie nickte bestimmt, als wäre es die wichtigste Frage, die ich jemals gestellt hatte. „Das ist sein Name. Sir Frisk", sagte sie. Anscheinend stand ihrer Meinung nach der Name bereits seit Langem fest. „Er kann mit Rags spielen und sein bester Freund sein."

„Was denkst du, Sir Frisk", fragte ich ihn. Er hechelte zufrieden und legte den Kopf auf die Seite. „Sir in kurz." Ich kraulte ihn unter dem Kinn. Er liebte sein neues Leben so sehr, dass ihn der Name wenig interessierte. Trotzdem war ich der Meinung, dass er einen hoheitlichen Namen brauchte, der mit seiner Erscheinung mithalten konnte. „Dann taufe ich dich hiermit Sir Frisk", verkündete ich feierlich.

In dem Augenblick fühlte ich das Baby treten. „Oh, das Baby bewegt sich", sagte ich zu Zara. „Willst du mal fühlen?"

„Ja, bitte!" Ich brachte ihre kleine Hand unter mein T-Shirt und legte sie auf meinen Bauch. Ihre Augen weiteten sich. Ich konnte ihr ansehen, wie aufgeregt sie war. „Ich spüre, wie sie sich bewegt! Sie mag Sir Frisk und will mit ihm spielen."

Ich lachte. „Na ja, noch wissen wir nicht, ob es ein Mädchen oder ein Junge wird. Vielleicht bekomme ich einen Jungen."

Zara ignorierte diese Möglichkeit und sagte: „Es ist ein Mädchen, Tantchen Brynne."

„Warum denkst du das?"

Sie zuckte mit den Schultern. „Weil ich ein Mädchen will."

Nur ein Kind konnte dir sagen, wie die Welt funktionieren sollte. Vom ersten Moment an war mir klar, dass Zara ihren Meinungen immer Ausdruck verlieh. Wenn ich sagte immer, dann meinte ich *immer*. Sie hatte keine Skrupel jedem zu sagen, was sie dachte. Sie war so bezaubernd. Es spielte keine Rolle, welches Geschlecht mein Baby haben würde, denn ich wusste schon jetzt, dass Zara die beste Cousine aller Zeiten werden würde. Der Gedanke machte mich glücklich.

Dann folgte die zweite Überraschung des heutigen Tages.

Ich warf erneut einen Blick auf das Gemälde, denn

irgendetwas kam mir außerordentlich bekannt daran vor. Ich war mir ziemlich sicher, dass ich die Pinselstriche schon mehr als einmal gesehen hatte. Wer Kunstwerke konservierte, verbrachte außerordentlich viel Zeit mit einem Gemälde und lernte den Künstler auf eine besondere Weise kennen. Je mehr Zeit ich mit den Arbeiten verbrachte, desto mehr erschloss sich mir auch der Stil des Künstlers.

Bestand die Möglichkeit?

Ich lehnte mich vor und fokussierte mich auf die untere Ecke, um die Signatur ausmachen zu können. In den Jahren war die oberste Schicht dunkler geworden und verdeckte teilweise die Buchstaben. Es war nicht einfach, die Signatur zu erkennen. Zum Teil lag das auch daran, dass die Buchstaben kleiner waren, als ich das von diesem bestimmten Künstler gewohnt war. Dann machte ich ein T aus, gefolgt von MALLERT – so wusste ich, dass ich recht behalten hatte. Mein Herz pochte wie wild. Ich konnte nicht glauben, was ich entdeckt hatte. Ich starrte auf ein unbekanntes Gemälde eines wunderschönen Hundes, das von keinem geringeren als dem gefeierten Maler Tristan Mallerton angefertigt worden war – dem Schöpfer von meiner *Lady Percival* und hundert anderen Kunstwerken. *Mein Gott, was verstecken sie noch alles in diesem Haus?*

Ich musste unbedingt Gaby anrufen und ihr von diesem Fund erzählen.

6. Februar

BRYNNE WAR so wunderschön. Ich bewunderte sie

vom Bett. Von hier aus hatte ich den perfekten Blick auf ihr Spiegelbild, während sie sich ihre Haare kämmte. Vom ersten Tag an hatte sie mich mit ihrer Schönheit umgehauen. Meine Verbindung zu ihr war tiefer und resultierte nicht nur aus ihrer äußeren Erscheinung. Es waren die Gefühle, die unsere Verbindung so tief machte. Der Unfall hatte in mir eine Mauer zum Einsturz gebracht, die ich sogar bei einem Erdbeben als sicher eingestuft hatte. Ich erinnerte mich gut an den Augenblick, als ich mich von ihr verabschiedete – auf einem eisigen Berg in der Schweiz. Mein emotionaler Kompass hatte sich durch diese Situation neu ausgerichtet und mich auf den verlorenen Süden meiner Gefühle aufmerksam gemacht: Ich wusste mit einmal, was ich mit *ihr* hatte. Brynne. Unser gemeinsames Leben stellte alles andere in den Schatten. Ihre Existenz hatte mich zu dem Mann gemacht, der ich heute war. Ich konnte diese Idee nur schwer in Worte fassen. Nichtsdestotrotz war ich mir meiner Gefühle so sicher wie noch nie! Ich spürte, wie ich die Ereignisse aus meiner Vergangenheit, die mein Leben so lange bestimmten, langsam hinter mir ließ.

Das schloss die Ereignisse mit Sarah Hastings für mich und Brynnes mit Lance Oakley ein. Wir hatten Frieden geschlossen und akzeptiert, dass bestimmte Personen das Konstrukt unserer Persönlichkeiten ausmachten. Ich persönlich hatte mich für den Part, den ich in Mikes Tod gespielt hatte, bei Sarah Hastings entschuldigt. So schwierig mir das auch fiel, war es doch entscheidend, dass ich mich von den Schuldgefühlen befreite. An dem Tag vor meiner Abreise hatte mir Sarah genau das genehmigt: Vergebung. Dr. Wilson wusste, was er tat, als er mir diese Hausaufgabe mitgegeben hatte. Ich bemühte mich in der Therapie und hoffte auf das Beste.

Brynne hatte ihre eigenen Gründe, sich mit Lance zu treffen und sich seine Version der Dinge anzuhören. Ich glaubte ihm kein Wort von seiner Wahrheit, aber es spielte keine Rolle, was *ich* dachte. Ich hatte das Video niemals gesehen und daran würde sich auch nichts ändern. Es war Brynnes Leben und nur sie hatte das Sagen, wenn es um ihre Heilung ging. Wenn ihr seine Worte halfen, sich besser zu fühlen, dann unterstützte ich das.

Ich war froh, dass Oakley London verlassen hatte. Wenn dieser Wichser in England geblieben wäre, hätte er ein Problem dargestellt. *Wenn man Freunde wie ihn hatte ...* Auch ich hatte meine Grenzen, was Verständnis anbelangte. Und dieser Typ hatte sie definitiv bei mir überschritten.

Am Ende hatten Brynne und ich eine wichtige Lektion gelernt: Wir mussten Respekt und Vertrauen für das Leben des jeweils anderen gegenüberbringen – denn nicht nur das gemeinsame Glück war wichtig; auch das Glück jedes Einzelnen in der Beziehung war von Bedeutung. Sie liebte mich. Das wusste ich. Und sie wusste, wie sehr ich sie liebte. Ich bewies ihr meine Liebe so oft, wie ich nur konnte.

Brynne kam in einem hauchzarten Nachthemd aus dem Badezimmer. Viel besser als das hässliche Teil, das ich zerfetzt hatte. „An was denkst du gerade?", fragte sie. Ihre Figur war jetzt kurviger, obwohl ihr Körper noch immer so schlank war wie am Anfang. Das Einzige, was sich verändert hatte, waren ihre Brüste und der Bauch. *Mein wunderschönes, amerikanisches Mädchen.*

„Ich dachte gerade, wie wunderschön du bist." Ich streckte meine Arme nach ihr aus. „Komm her, Baby."

Sie lächelte mich an und krabbelte zu mir ins Bett. Langsam zog sie die Bettdecke zurück und entblößte mich ihrem Blick. Ich bezweifelte, dass der Zustand meines Schwanzes eine Überraschung für sie darstellte. Schließlich funktionierte dieser Körperteil noch immer bestens, obwohl ich sie in der Hitze der Lust nicht so positionieren konnte, wie ich das wollte. Nicht mehr lange und mein Bein wäre wieder heil. Dann könnte ich

Brynne auf die Weise nehmen, nach der er es mir verlangte.

„Dachte ich mir", schnurrte sie, bevor sie ihr Nachthemd anhob und sich rittlings auf mich setzte. Ihre Schenkel spreizten sich zusammen mit ihren Schamlippen, bis ihre Hitze meine steinharte Länge küsste.

Ich hob mein Becken gegen ihre Spalte und stöhnte bei dem Kontakt. „Oh, verdammt, du fühlst dich so gut an." Ich griff nach dem Saum ihres Nachthemdes, zog es ihr über den Kopf und warf es von uns. Meine Augen saugten ihren nackten Anblick in sich auf. „Viel besser", sagte ich. Niemals würde ich genug von ihr bekommen. Schwanger oder nicht, sie zog mich regelmäßig in ihren Bann. Ich senkte meinen Kopf an die rechte Brust und saugte den Nippel in meinen Mund. Mit ihren rotierenden Hüften trieb sie mich in den Wahnsinn.

Sie schob ihre Titten an meine Lippen. Jetzt konnte ich beiden die gleiche Behandlung zu teil werden lassen: Ich saugte und knabberte, bis die kleinen Knospen stolz und steif vor mir standen. Mit jeder sinnlichen Bewegung ihrer Hüfte rieb sie ihre geschwollene Klitoris an meinem Schwanz und trieb somit einem Orgasmus entgegen.

„Willst du kommen, Baby?" Ich fand ihre Augen und sah die brennende Begierde lodern. „Sag mir, was du willst und ich gebe es dir", sagte ich zu ihr.

„Ahh ... ich will – ich will mit deinem Schwanz in mir kommen." Sie rotierte die Hüften, schneller und schneller rieb sie sich an meiner Länge. Der Geruch ihrer Erregung schürte das Feuer in mir. Sie hob sich auf ihre Knie und umfasste meinen Schwanz.

Oh, verdammt, ja!

Langsam senkte sie sich auf meinen Schwanz und nahm mich in ihr auf.

Es fühlte sich so gut an, dass ich knurrte. Die heißen

Wände ihres Geschlechts umschlossen meinen geschwollenen Schaft und ich nahm ihren Mund mit meinen Lippen. Ich wollte mich immer an so vielen Orten wie möglich in ihr verlieren! Diesen Drang empfand ich nur mit ihr. Bei Brynne hatte ich keine Kontrolle darüber und ich wusste, dass sie das an mir liebte.

Meine Hände fanden ihren Hintern. Wir fingen an, den Fick aufs nächste Level zu bringen. Ich nahm sie hart ran, hob mein Becken ihren rotierenden Hüften und ihrem bebenden Geschlecht entgegen. Wir bemühten uns, die Ekstase in die Länge zu ziehen, drosselten das Tempo, um nicht über die Klippe zu fallen. Ich erlaubte Brynne, ihr gewünschtes Tempo einzunehmen: Sie sollte erst kommen, wenn sie es wollte. Nichts war mir wichtiger, als mein Mädchen zu befriedigen. Ihr Verlangen nach meinem Schwanz war so verdammt heiß, dass ich nicht länger warten konnte. Ich liebte es, sie in einen Rausch zu ficken, der uns am Ende gleichzeitig ins Nirwana stürzen ließ.

„Du bist so perfekt, Baby. Mein Schwanz fühlt sich so gut in dir an! Ich werde niemals aufhören, dich zu begehren. Niemals werde ich mich davon abhalten können, mit dir verschmelzen zu wollen."

„Hör niemals auf, Ethan. Du darfst niemals aufhören!"

„Niemals, Baby. Nichts könnte mich davon abbringen, das den Rest meines Lebens zu machen."

Ich fand ihre feuchte Klitoris und umkreiste das geschwollene Nervenbündel. Unbändige Begierde trieb mich an und ich ritt sie so hart, wie ich es vorher noch nie getan hatte. Heute wollte ich mit ihr zusammenkommen – gleichzeitig mit ihr den Höhepunkt erreichen. Das war mir wichtig. Ich wollte ihr bebendes Geschlecht um meinen Schwanz wissen, wenn ich mich in ihr ergoss. Ich wollte ihre Lustschreie schlucken, wenn meine Zunge ihren Mund vereinnahmte und ich den süßen Geschmack genoss.

Natürlich müsste dieser Akt letztendlich zu einem Ende kommen, aber erst nachdem ich sie dazu gebracht hatte, meinen Namen zu schreien. Und nachdem ich meine Lebensessenz in sie entlassen hatte. Die Signifikanz lag in der Bedeutung hinter unseren Worten.

Niemals würde ich aufhören, Brynne zu lieben. Sie hart zu ficken war nur eine Weise, um ihr zu zeigen, wie wahr diese Aussage war. Ich demonstrierte meine Liebe für sie, wann immer ich die Chance bekam. Beim Sex waren wir uns schon immer einig. Mir war sehr wohl bewusst, wie selten es war, jemanden zu finden, der so kompatibel mit einem war. Wir konnten uns wirklich glücklich schätzen.

Nach unserer Erlösung, hob ich sie von mir herunter und positionierte sie seitlich neben mir. Nach dem Sex wollte ich sie ansehen, berühren und küssen. Das war eine Sache, die mir wirklich wichtig war. Der Orgasmus hatte sie müde und nachgiebig werden lassen. Sofort machte ich mir Sorgen, dass wir es vielleicht übertrieben hatten. Hatte ich sie zu hart genommen?

„War das okay, Baby? Vielleicht hätte ich nicht so grob sein sollen. Schließlich ist der Geburtstermin nicht mehr weit." Ich zeichnete ihre Lippen mit dem Daumen nach. Sie öffnete den Mund und ich schob ihn zwischen ihre Lippen. Sie wickelte ihre Zunge um den Daumen und saugte daran. Mein Schwanz zuckte und wurde wieder steif. *Auf keinen Fall, du Höhlenmensch. Reiß dich zusammen.*

„Mmmhmm, mach dir keine Sorgen. Im Moment fühle ich mich einfach himmlisch", murmelte sie mit gesenkten Lidern. „Der Orgasmus war so was von überfällig. Ich meine es ernst. Ich liebe dich."

Ich näherte mich ihren Lippen, presste meine Stirn an die ihre und sagte: „Und ich muss dich jetzt küssen."

Also küsste ich mein Mädchen und sagte ihr die Dinge, die mir wichtig waren. Dinge, die sie einfach hören musste, bis wir schließlich in den Armen des anderen einschliefen, Haut an Haut, verbunden auf eine Weise, die tiefer reichte als alles zuvor Dagewesene.

Ein Gefühl überkam mich, das mir neu war: Ich war vollkommen zufrieden mit meinem Leben. Es gab nichts, das ich ändern würde. Ich hatte endlich meinen Frieden gefunden.

KAPITEL 19

„**D**as war die letzte Lieferung aus London, Mrs. Blackstone. Wenn mein *Helfer* etwas Zeit übrig hat, werden wir die Krippe zusammenbauen." Robbie zwinkerte mir zu. Sein ‚Helfer' war Ethan, der darauf bestand, beim Zusammenbau zu helfen.

„Oh, ich weiß, Robbie. Er erinnert mich ständig daran. Dir wird es nicht anders ergehen. Ethan möchte lediglich sicherstellen, dass die Krippe korrekt zusammengebaut wird und keine Gefahr für das Baby besteht. Das ist der Security-Kerl in ihm. Dieser Teil in ihm hat auf jeden Lebensbereich Einfluss – das hast du sicherlich schon gemerkt", sagte ich grinsend.

Robbie lachte und drehte sich zum Gehen. Bevor er den Raum verließ, wandte er sich nochmal mir zu und sagte: „Braucht Sir Frisk einen kleinen Ausflug in den Garten, bevor ich mich aufmache?", fragte er.

„Ich weiß es nicht. Vielleicht. Ich muss allerdings sagen, dass es ihm im Moment sehr gut zu scheinen geht." Ich warf einen Blick auf Sir, der es sich auf dem neuen Teppich bequem gemacht hatte. Er blinzelte mich aus seinen goldenen Augen an und ich fragte ihn: „Willst du mit Robbie rausgehen?"

Er rührte keinen Muskel. Ich war mir sicher, dass er meine Frage verstanden hatte. Mein Sir war super intelligent und liebte mich am meisten. *Seine Liebe gehört allein mir.*

„Im Moment scheint er kein Interesse zu haben, Robbie. Er wird mich wissen lassen, wenn er austreten muss. Ich möchte später sowieso etwas frische Luft schnappen."

„Verstanden, Mrs. Blackstone."

Ich wandte mich wieder meinem Wandgemälde im Kinderzimmer zu. Robbie und seine Frau Ellen machten auf Stonewell einen guten Job. Robbie hatte eine Schwäche für Sir Frisk und das war auch gut so, da der Kleine hier bleiben würde. Wir konnten uns nicht vorstellen, ihn mit in unser Apartment in London zu bringen. Hier hatte er viel Platz. Allerdings würde ich meinen Gefährten vermissen. Wir planten in einer Woche abzureisen, weil meine Wehen auch frühzeitig einsetzen konnten. Ethan war paranoid und wie üblich kam ich seinen Wünschen nach.

Dieses Wandgemälde zeigte anstatt des Baumes das Meer. Einige Elemente standen noch nicht fest – das hing davon ab, ob wir einen Thomas oder eine Laurel in dieser Welt begrüßen durften. Ich lächelte zufrieden, als ich an der Form der Wolken arbeitete und mich an Ethans Verhör heute Morgen erinnerte. *Benutzt du wasserbasierte Farben ohne Giftstoffe?* Er war immer so besorgt. Natürlich wusste ich, dass er das nur war, weil er mich so sehr liebte.

Letzte Nacht, nach dem lebensveränderten Sex, war er auch besorgt gewesen. Total unbegründet. Ich fühlte mich gut, und von dem, was ich gelesen hatte, war Sex während der Schwangerschaft völlig normal, solange

Komplikationen ausblieben und das Paar Lust dazu hatte. Na ja, also ich hatte sehr viel Lust gehabt. Und Ethan war sowieso immer bereit. Wir waren nach dem Unfall beide so ausgehungert, dass wir uns nicht zurückhalten konnten. Die Nahtoderfahrung eines geliebten Menschen brachte einem ins Gedächtnis zurück, wie kurz das Leben sein konnte.

Ich schluckte schwer. Mit der Arbeit an der weißen Wolke über der schäumenden blau-grünen See besiegte ich meine Wehmut und kehrte zu glücklicheren Gedanken zurück.

♥

Sir machte sich zum Sprung bereit. Er würde losrennen, sobald sein Lieblingsspielzeug durch die Luft sauste. „Hol ihn dir, Junge!"

Ich ließ los und setzte meine Erfahrung vom Kugelstoßen in der Highschool ein. Er rannte los, um den Kauknochen auf dem natürlichen Beet zu finden. Er drehte sich mit heraushängender Zunge um sich selbst und genoss unser kleines Spielchen. Indessen saß ich an der Gartenmauer und wartete, dass er zurückkam.

Seit heute Morgen litt ich an Rückenschmerzen. Ich hoffte, dass mir die Bewegung gut tun würde. Das war nicht der Fall. Das drückende Gefühl war noch immer zu spüren und ich sehnte mich nach einem heißen Getränk. Ich festigte den Schal um meinen Hals, um die Kälte abzuschirmen. Es war mitten im Winter und ich war dankbar für den niederschlagfreien Tag, aber die dunklen Wolken am Himmel verhießen nichts Gutes.

Ich rief Sir zurück zu mir und stand auf, um ins Haus zu gehen. In dem Moment spürte ich etwas Merkwürdiges zwischen meinen Beinen. Die Kälte ließ die warme Empfindung im Nu vergehen und schnell hatte ich nur noch das Gefühl von Nässe. *Alles war nass.*

Panik machte sich in mir breit und ich dachte an die Möglichkeit, dass es Blut sein könnte. Ich schob eine Hand zwischen meine Beine: Der Schrittbereich meiner Leggings war zwar nass, aber nicht blutig. Ich hob die Finger zu meiner Nase und roch daran. Nein, es war definitiv kein Urin. Trotzdem war es immer noch nass … Wasser …

Scheiße!

Ich war mir ziemlich sicher, dass meine Fruchtblase gerade geplatzt war.

Scheiße hoch zwei!

BLACKSTONE SECURITY von Somerset aus zu leiten, hatte seine Vorteile. Ich hatte das gleiche Kommunikationssystem wie im Apartment in London hier auf dem Land einbauen lassen und konnte somit meinen normalen Tätigkeiten nachgehen. Neil regelte die Büros in der Stadt und sorgte dafür, dass die Maschine wie geschmiert lief. Ich glaubte nicht einmal, dass ich vermisst wurde. Ich musste mir genau überlegen, wie meine Rolle in London zukünftig aussehen sollte. Mehr Zeit auf Stonewell zu verbringen, klang wirklich verlockend. Brynne liebte das Landleben und hatte sich mit ihrem Studienberater in Kontakt gesetzt, um über die Möglichkeit zu sprechen, eine Arbeit über die Gemälde auf Hallborough zu verfassen. Nach der Entdeckung von *Sir Frisk*, das ein weiteres Gemälde von Mallerton darstellte, konnte sie es nicht erwarten, die anderen Geheimnisse des alten Hauses aufzudecken. Sie hatte gemeint, dass sie aufgrund der verborgenen Geheimnisse des Hauses für die nächsten Jahre zu tun haben würde. Jetzt musste sie nur warten, ob die Idee von der Uni finanziert wurde.

Das Bellen eines Hundes riss mich aus meinen Gedanken. Unaufhörliches Bellen, das keine Ruhe fand.

Das sah Sir nicht ähnlich. Normalerweise war er ruhig – eine Angewohnheit, die ich an ihm schätzte. Er war ein guter Hund. Das Bellen machte allerdings den Anschein von Aufregung. War ein Fremder auf dem Gelände?

Ich erhob mich vom Schreibtisch und lief mithilfe der Krücken zum Fenster. Mein Büro gab den Blick auf den Garten und die Küste dahinter frei.

Ich entdeckte Sir. Er stand mir zugewandt und bellte wie verrückt.

Neben ihm konnte ich Brynne erkennen.

Sie saß an der Gartenmauer, mit einer Hand zwischen den Beinen.

Ihre hellgrauen Leggings waren im Bereich des Schrittes dunkel gefärbt.

Verdammte Scheiße! NEIN! NEIN! NEIN!

♥

„FRED, WAS IST LOS? Sag schon!" Ich hatte meinen Schwager am Kragen gepackt und das Gefühl, kurz vor einem Herzinfarkt zu stehen.

„Hör auf, den Arzt zu belästigen, damit er sich um die Geburt deines Babys kümmern kann", sagte er in einem ruhigen Ton und schob mich von sich. „Folge Mary Ellen. Sie wird dir geben, was du brauchst. Bald wirst du Vater sein, du Holzkopf."

„Kaiserschnitt, Fred? Ist das dein ernst?", krächzte ich.

„Sieht ganz so aus, mein Freund. Das Baby befindet sich in Steißlage. Wir können nicht riskieren, dass es mit den Füßen zuerst kommt. Brynne ist dafür nicht gebaut." Er gab mir einen Klaps auf den Rücken. „Alles wird gut. Hör auf, dir Gedanken zu machen und mach dich bereit." Fred ließ mich im Korridor zurück und verschwand durch eine Tür, auf der ‚Zugang für Unbefugte verboten' stand.

Ich schluckte schwer und folgte dann Mary Ellen. *Nicht ohnmächtig werden, nicht ohnmächtig werden.*

„Wohin wurde meine Frau gebracht?", fragte ich.

„Sie wird für die OP vorbereitet. Dr. Greymont wird Sie während der Prozedur über jeden Schritt informieren. Sie dürfen alles mit ansehen und sich währenddessen mit Ihrer Frau unterhalten." Sie sah mich mit einem warmen Lächeln an. „Herzlichen Glückwunsch, Dad."

„Okay."

Hatte ich gerade gesprochen? Es hatte nicht nach meiner Stimme geklungen. Warum klang ich wie ein Volltrottel? Es musste am Schock liegen. Die letzten Stunden hatten mich fertiggemacht und ich war noch nicht dazu gekommen, das Geschehene zu verarbeiten. Nachdem mich Sir mit seinem Bellen auf Brynnes Zustand aufmerksam gemacht hatte, rief ich den Notruf an. In der Zwischenzeit kontaktierte ich Dr. B in London und meinen Schwager Fred. Ich hatte keine Ahnung, was ich sonst tun sollte. Im Krankenwagen folgte die Fahrt zum Bridgwater Krankenhaus – mehr als zwanzig lange und nervenaufreibende Kilometer, an die ich mich für immer erinnern werde. Alle meine Pläne waren für den Arsch: Kein nobles Krankenhaus und kein Arzt aus London, der mein Baby auf die Welt bringen sollte.

Ich hüpfte wie ein aufgescheuchtes Huhn umher, als Brynne zur Auswertung in ein Behandlungszimmer gebracht wurde. Bis zum Geburtstermin waren noch drei Wochen Zeit …

„Mr. Blackstone?"

„Ja?" Ich drehte mich der Stimme zu und blinzelte.

„Sie müssen sich Ihrer Kleidung entledigen und diese Sachen anziehen. Die Kappe nicht vergessen. Dann folgen Sie der Beschreibung an der Wand und waschen sich die Hände und die Unterarme. Wenn Sie fertig sind, gehen Sie dort durch." Schwester Mary Ellen zeigte mir die Richtung für später. „Dann bringe ich Sie zum OP-Saal und zu Ihrer Frau, damit Sie die Geburt Ihres Babys miterleben können." Sie sah so glücklich aus.

„Oh ... okay. Geht klar." Dieser Kerl, der in dieser jämmerlichen Stimme redete, musste einfach eine andere Person sein. Das konnte nicht ich sein.

Mary Ellens Grinsen wurde breiter. „Tief durchatmen, Mr. Blackstone."

„Aber wird alles gut gehen? Es ist doch noch viel zu früh –"

Sie neigte den Kopf und sagte mir ohne Umschweife: „Babys haben ihren eigenen Zeitplan. Daran kann man nichts ändern. Ihre Frau ist in guten Händen. Dr. Greymont macht das ständig, aber ich bin mir sicher, dass Sie das bereits wissen." Sie sah mich mit einem Ausdruck an, den ich nicht genau deuten konnte, bevor sie den Raum verließ und mir die nötige Privatsphäre gab, um mich umzuziehen.

Keine Ahnung, wie ich in den OP-Saal gekommen war. Ich hatte panische Angst, aber ich musste Brynne finden und mir versichern, dass es ihr gut ging. Der Raum war kalt und der Geruch von Desinfektionsmitteln hing in der Luft. Ich lief zu dem kleinen Grüppchen, näherte mich humpelnd und ohne Krücken. Ich hatte entschieden, auf meinen eigenen Beinen zu laufen. Scheiß auf das verfickte Bein.

„Da ist er ja", sagte Fred.

„Ethan?", rief Brynne meinen Namen.

Erleichtert schloss ich die Augen. Ihre Stimme hatte sofort einen tröstenden Effekt auf mich. Ich ging zu ihr. Alles, was ich von ihr sehen konnte, waren ihr Gesicht und ihr Bauch. Der Rest von ihrem Körper war mit blauem Material abgehangen oder verdeckt. „Ich bin hier, Baby." Ich lehnte mich über sie und küsste ihre Stirn. „Wie geht's dir?"

„Jetzt, da du hier bist, geht es mir gut." *Ich liebe dich,* formte sie mit den Lippen.

Ich fühlte genauso. Der Stress und die Panik der letzten Stunden lösten sich in Luft auf, als ich ihr liebliches Gesicht erblickte und wir wieder zusammen sein konnten. Brynne war so stark und so mutig. Sie schien für den nächsten Schritt bereit zu sein. Trotz allem sah sie hinreißend aus. Für sie wollte ich darauf verzichten, in Ohnmacht zu fallen. Wie hatte ich diese fantastische Frau nur finden können? Wie war es passiert, dass sie sich in mich verliebt hatte? *Was für ein glücklicher Bastard ich doch bin.*

„Ich liebe dich mehr", sagte ich.

„Seid ihr bereit, Mama und Papa zu werden?", fragte Fred vergnügt.

Oh ja.

♥

„WENN DU WILLST, kannst du jetzt schauen, E", sagte Fred in einem methodischen Ton, der mir verriet, dass er auf seinen Job konzentriert war – und das sollte er auch.

Während er den Einschnitt vornahm, wandte ich meinen Blick nicht von Brynnes Augen ab. Ich streichelte ihre Hand, rieb in kreisenden Bewegungen mit dem Daumen über ihre weiche Haut. Ich wusste mit absoluter Sicherheit, dass ich nicht Zeuge davon sein wollte, wie eine Klinge ihre perfekte Haut durchschnitt. Sie war so gelassen und ruhig. Ich konnte keine Angst in ihrem Blick sehen. Stattdessen sah ich Entschlossenheit. Sie wollte, dass es endlich losging und sie den Preis mit nach Hause nehmen konnte. *Sie ist erstaunlich.* Frauen bei der Geburt hatten diese bestimmte Aura. Es war bemerkenswert, Zeuge davon zu werden und Brynne in diesem Zustand zu beobachten.

Die Geräusche der Monitore waren zu hören – die

Hintergrundmusik zu den klirrenden Instrumenten, als sie sich dem Baby näherten.

„Es tut nicht weh, Ethan. Ein leichtes Drücken und Ziehen hin und wieder, das ist alles. Es fühlt sich komisch an, aber es geht mir gut." Sie nickte mir ermutigend zu und lächelte. „Ich will einfach endlich unser Baby kennenlernen."

„Ich auch, meine Schöne. Ich auch."

Ich warf einen Blick über den blauen Vorhang, der Brynnes Gesicht von ihrem Bauch trennte und sah, wie aus Brynnes Bauch ein Köpfchen mit dunklen Haaren erschien. Dann sah ich das Gesicht – verzogen zu einer Grimasse. Anscheinend gefiel unserem Baby die raue Behandlung gar nicht. Plötzlich wurde es in eine Welt mit grellen Lichtern und lauten Geräuschen gezerrt. Und da waren die kleinen Schultern und die Arme. Der Rest folgte kurz darauf. Ein kleiner Körper, der noch vor wenigen Minuten in Brynnes Bauch geruht hatte.

Und einfach so war sie bei uns.

LAUREL THOMASINE Blackstone wurde am siebten Februar um 15:44 Uhr geboren. Sie wog zweitausendneunhundert Gramm und hatte eine stolze Länge von einundfünfzig Zentimetern. Sie hatte sich mit einem gesunden Schreien angekündigt und bestach durch ihre wunderschönen dunklen Löckchen auf ihrem perfekten, kleinen Kopf. Die letzten beiden Merkmale hatte sie eindeutig von ihrem Vater geerbt.

Mein Schmetterlings-Engel war ein wunderschönes Mädchen, das auf mich setzte. Ich war dafür verantwortlich, sie beim Erwachsenwerden zu unterstützen und sie bedingungslos zu lieben – zusammen mit ihrem Vater. Er würde seine Aufgabe gut machen, denn Ethan Blackstone war ein wundervoller Mann mit einem Herzen aus Gold, das mit so viel Liebe für mich und unser Töchterchen angefüllt war.

Als sie mir meine Tochter das erste Mal in die Arme legten, brachen die Freudentränen aus mir heraus. Ich konnte meine Augen nicht von ihr abwenden. Natürlich war ich über alle Maßen erschöpft und hätte einen ganzen Tag durchschlafen können, aber ich wollte nur eins tun: Ich wollte mir ihre kleinen Hände, ihre Finger und die winzigen Zehen ansehen. Und das tat ich auch – stundenlang. Auch ihre Nase, ihre Augen, ihre geschwungenen Lippen und das engelsgleiche Gesicht verzauberten mich.

Ethan hatte sie vor mir gesehen. Er hatte über den Vorhang geschaut und beobachtet, wie unsere Tochter das Licht der Welt erblickte, während meine Sicht blockiert war. Dann hatte er mir tief in die Augen gesehen und gesagt, dass wir die stolzen Eltern einer Tochter waren.

Zum ersten Mal, seit wir uns kannten, hatte ich Tränen in seinen Augen glitzern sehen.

♥

14. Februar
Somerset

„WARTE KURZ, meine Kleine. Daddy muss dich noch anziehen. Dann bring ich dich zu Mami. Sei ein gutes Mädchen für mich: Hör auf, herumzuzappeln und lass mich deinen Arm hier reinstecken – oh, verdammte Scheiße – ich schaff es nicht, dir dieses Teil anzuziehen. So ein dämliches Teil", sang er in einem beruhigenden Ton. „Wir werden dich einfach in eine Decke wickeln.

Oh ja, das werden wir tun."

Jede Nacht, wenn er mit unserer Tochter sprach, hielt ich die Luft an, um jedes einzelne geflüsterte Wort, jeden Babylaut, jedes Windelrascheln und jeden frustrierten Ton, wenn er versuchte sie in ihren Strampler zu bekommen, zu hören. Ethan widmete sich allen Aufgaben aus vollem Herzen, weil er es tun wollte. Er hieß seine Rolle als Vater genauso willkommen wie das Leben selbst. Er widmete dem Geschenk des Lebens seine ganze Aufmerksamkeit, seine Loyalität und seine Hingabe.

Seit unsere Tochter auf der Welt war, hatte ich etwas herausgefunden: Sie war ein Papakind – genau wie ich. Ethans Stimme beruhigte sie, wenn sie quengelig war; seine Stimme wiegte sie in den Schlaf, wenn sie müde war. Er war der Laurel-Flüsterer. Ich betete, dass mein Dad zu uns hinabsah. Egal, wo er auch war, ich wollte, dass er seine Enkeltochter zu Gesicht bekam.

Ethan kam mit unserem kleinen Engel ins Zimmer gehumpelt; der Gips noch immer an seinem Fuß. „Ahh, du bist wach", sagte er. Mein Mann, der auch in seinem *Ich bin gerade mitten in der Nacht aus dem Bett gesprungen*-Look wunderschön aussah. Glorreich, mit zerwühlten Haaren, Einsneunzig groß und mit einem Körper, der nur aus Muskeln bestand, hielt er unsere Kleine an seine Brust gedrückt. Das war ein wundervoller Anblick. Ich wollte ein Foto von den beiden.

Gott sei Dank hatte ich mir angewöhnt, eine Kamera auf dem Nachttisch zu haben. Ich nahm die Kamera in die Hand und schoss ein Foto von den beiden.

„Perfekt." Ich lächelte ihn an, als er Laurel in meine Arme legte. „Danke, dass du die Windel gewechselt hast."

Er machte es sich neben uns bequem und sagte: „Immer gerne." In den ersten Tagen nach meiner Entlassung aus dem Krankenhaus war mir Ethan eine große Hilfe gewesen. Die Wunde von meinem Kaiserschnitt tat noch weh und die Schmerztabletten machten mich schläfrig. Deshalb hatte er eine Routine angenommen, in der er nachts aufstand und sie mir brachte, damit ich sie füttern konnte. Dann wartete er, bis Laurel fertig war und legte sie in ihr Bettchen zurück. Manchmal brachte er sie dazu, ein Bäuerchen zu machen. Sobald er sich an die Situation gewöhnt hatte, glänze er in seiner Vaterrolle – mit einer Ausnahme: Seine großen Hände und langen Finger schafften es einfach nicht, Laurel in ihre winzigen Strampler mit den kleinen Verschlüssen und Knöpfchen zu bekommen.

„Du hattest also wieder Probleme mit dem Strampler?", fragte ich und öffnete die Klappe am Still-BH, den ich mittlerweile den ganzen Tag trug. Diese Alternative war besser, als in einer Milchpfütze aufzuwachen.

„Kann man so sagen. Es ist nicht einfach, ihre kleinen Hände in die Ärmel zu bekommen."

„Ich weiß. Ich habe dich gehört." Laurel roch die Muttermilch und peilte meinen Nippel an. Ihre süßen, geschwungenen Lippen saugten sich an mir fest. Über meiner Brust ballten sich ihre kleinen Hände zu Fäusten. „Auch habe ich gehört, wie du ihr das S-Wort vorgesungen hast."

„Scheiße", murmelte er. Ich fand seinen Blick und lachte. „Daran muss ich in ihrer Gegenwart arbeiten. Sorry. Mein dreckiges Mundwerk hat keinen Filter."

„Ich liebe deinen Mund, aber ja, sehr dreckig, und dieser kleine Engel wird alles imitieren, was du sagst oder tust. Sie ist ein Papakind."

Meine Worte brachten sein gesamtes Gesicht zum Strahlen; seine blauen Augen funkelten, als er mir sein seltenes Lächeln schenkte. „Denkst du wirklich?", hauchte er die Frage.

„Das weiß ich, Baby."

„Ich liebe euch beide so sehr", sagte er gedehnt;

jedes Wort in Emotionen getränkt. Er fand meine Lippen mit den seinen und küsste mich liebevoll. Dann lehnte er sich gegen die Kissen und wachte über uns.

♥

DER NEUE TAG war angebrochen. Ich lag allein in unserem Bett. Beim Anblick der lavendelfarbenen Rosen erinnerte ich mich daran, welcher Tag heute war und lächelte. Valentinstag. Unser Erster, um genau zu sein. Ich betrachtete, was mein romantischer Ehemann für mich vorbereitet hatte.

An der Blumenvase lehnte ein Umschlag; daneben lag eine schwarze Schmuckschachtel aus Samt. Zuerst öffnete ich die Schachtel. Darin fand ich ein weiteres Schmuckstück aus seiner Familienkollektion. Ein wunderschönes Schmuckstück – ein filigraner Schmetterlings-Anhänger mit einem großen Rubin anstelle des Körpers. Einfach perfekt und so bedeutungsvoll für mich. Ich zog die Kette über meinen Kopf und bewunderte den Anhänger. Ich würde die Kette als Erinnerung an meinen Schmetterlings-Engel tragen.

Dann streckte ich meine Hand nach dem Umschlag aus und las den Brief.

Meine Schöne,

Seit dem ersten Tag unseres Kennenlernens hast du dafür gesorgt, dass mein Leben wieder lebenswert ist. Du bist der Grund, warum ich jeden Morgen aufwache und mir sagen kann, dass ich der glücklichste Mann auf Erden bin. Durch dich bin ich zu dem Mann geworden, der ich heute bin. Ich bin in die Realität zurückgekehrt, als du in die Galerie gelaufen kamst und mich mit deinen Augen erblickt hast. Nur du kannst mich sehen. Du bist die Einzige, die in meine Seele blicken kann. Ich möchte jeden Tag vom Rest unseres Lebens mit dir verbringen und dir zeigen, wie sehr ich dich liebe. Das ist alles, was ich will und was ich brauche.

Für immer dein,

E

Ich war so gerührt, dass mir Tränen über die Wangen liefen. Ich wischte die Nässe weg, rutschte aus dem Bett und machte mich auf die Suche nach meinem liebenden Ehemann, damit ich ihm für sein Geschenk danken konnte.

28. Februar
London

„WEISST DU, welcher Tag heute ist?", fragte ich von meinem Platz auf dem Teppich.

„Natürlich weiß ich das. Ich bin gut mit Daten", sagte sie grinsend.

„Na gut, dann sag mir, welcher Tag heute ist, Missy."

„Es ist Laurels eigentlicher Geburtstermin, Mister."

Es überraschte mich nicht, dass sie es wusste. Brynne erinnerte sich immer an die wichtigen Dinge. Unsere Kleine war heute drei Wochen alt und wuchs wie Unkraut. Sie hatte ein halbes Kilo zugenommen, was gut war, da sie meiner Meinung nach bei der Geburt viel zu leicht war. Glücklicherweise war sie eine gute Esserin und genau wie ihre Mom eine Kämpferin.

Im Moment bewiesen wir Geduld, während Mami ein Fotoshooting für uns vorbereitete. Brynne zeigte Talent beim Fotografieren und machte ständig Fotos von Laurel und mir. Die Inspiration für heute war ihr durch eine Webseite gegeben worden. Sofort hatte sie mich gefragt, ob sie die Szene mit unserem Baby nachstellen konnte. Heute war es soweit.

Der erste Schritt war es gewesen, Laurel in ein Milchkoma zu stillen. Dann legte Brynne unseren schlafenden kleinen Schatz auf meinen Rücken. Dadurch machte es den Anschein, dass meine tätowierten Flügel von ihrem winzigen Körper entsprangen. Wie ein kleiner Engel. Das war sie bereits, ohne Frage, warum also diese Tatsache nicht in einem Foto verewigen?

Ihre Kamera klickte. „Wie sehen wir aus?", fragte ich.

„Du siehst wie ein verdammt heißer Daddy aus, der ein Neugeborenes auf dem Rücken liegen hat", sagte sie neckend.

„Hört sich ganz so an, als müsste ich deinen Mund mit etwas Anderem beschäftigen."

Sie lachte. „Das ist hoffentlich ein Versprechen, das du später einlösen wirst", schnurrte sie.

„Das hat mein Schwanz gehört, Baby", sagte ich mit einem Grinsen auf den Lippen und wartete auf eine sarkastische Antwort ihrerseits. Manchmal vergaß ich, dass ich niemals wusste, was Brynne als Nächstes tun würde. Ihre schnellen und intelligenten Antworten erregten mich. Wenn ich dachte, dass ich die Oberhand bei einer Unterhaltung hatte, kam sie plötzlich mit einem Comeback, das mich sprachlos machte. Das passierte ständig.

Heute hörte ich nur, wie sie scharf den Atem einsog. Ich konnte mir sehr gut vorstellen, was ihr gerade durch den Kopf ging. Ich musste mir ins Gedächtnis rufen, dass sie sich noch von einer schweren OP erholen musste. Ich würde warten müssen, bis sie mir das Zeichen gab, dass sie für meine Annäherungsversuche bereit war.

„Ich bin fertig", sagte sie unerwartet und legte die Kamera zur Seite. „Und ich weiß auch ganz genau, wer für ihr Bettchen bereit ist." Laurel wurde von meinem Rücken gehoben. Kurz darauf fiel das Schloss in die Tür und ich wusste, dass ich allein war.

Ich rollte mich auf den Rücken, starrte die Decke an und dachte daran, wie sehr sich mein Leben im vergangenen Jahr verändert hatte. Der Mann vom letzten Jahr stand nur zwei Monate davon entfernt, Tom Bennetts E-Mail zu bekommen. Der Mann von damals war jemand, den ich nicht länger erkannte. Gott sei Dank. Ich hatte kein Interesse daran, jemals wieder zu diesem leeren und bedeutungslosen Leben zurückzukehren.

Die Tür öffnete sich, Brynne kam herein und unterbrach damit meine Gedanken.

Untertreibung. Des. Jahrhunderts.

Sie stand neben dem Bett und sah mich aus ihren sexy Augen an, die heute einen Grünton angenommen hatten. Sie griff nach dem Saum ihres T-Shirts.

Ich hatte keinen Sauerstoff mehr in meinen Lungen.

Sie hob das T-Shirt, zog es sich über den Kopf und warf es von sich. Dann schlüpfte sie aus ihrer Leggings und auch das Kleidungsstück landete auf dem Boden. Nur noch in einem rosafarbenen BH und einem passenden Höschen sah ihr Körper fast wie vor der Schwangerschaft aus. Der einzige Unterschied war die Narbe auf ihrem Bauch und die beeindruckende Größe ihrer Titten.

Ich verschränkte die Hände hinter meinem Kopf und grinste sie an. Mir fehlten die Worte. Mein Mund war vollkommen ausgetrocknet, als sie hinter sich griff und ihren BH öffnete.

Mein wunderschönes Mädchen ließ mich mit ihrer Demonstration wissen, was für einen seltenen Schatz ich gefunden hatte. Ihre Liebe war so besonders und …

Wertvoll.

Brynnes Liebe war ein Geschenk, das ich niemals verlieren wollte.

Ein Geschenk, mit dem ich vom Schicksal gesegnet worden war. Sie hatte alles verändert: Meine Sichtweise aufs Leben, meine Träume und Wünsche für die Zukunft, und sie hatte mir den Glauben zurückgegeben, dass ich die Schatten meiner Vergangenheit hinter mir lassen konnte.

Brynnes Liebe hatte einfach alles verändert.

TEIL VIER

FRÜHLING

Take me down, take me down by the water, water,
Pull me in until I see the light,
Let me drown, let me drown, in you honey, honey,
In your love I wanna be batized.

-DAUGHTRY - BAPTIZED

KAPITEL 20

26. April
Somerset

Eine kleine Hochzeit im Garten, mit dem Blick auf die weite See: Die Braut und der Bräutigam sahen sehr glücklich aus. Ich zwinkerte Brynne zu und konnte nicht genug von ihrem Anblick bekommen. Sie trug ein lavendelblaues Spitzenkleid. Dasselbe Kleid, das sie auch zu der Mallerton-Gala getragen hatte. Heute bekam es seinen zweiten Auftritt als Brautjungfernkleid. Sie erwiderte mein Zwinkern, zusammen mit einem sexy Lächeln.

Hannah trug ein rosafarbenes Kleid und bei dem Anblick wurde ich an ein Foto unserer Mutter erinnert. Manchmal fragte ich mich, wie schwer es für unseren Vater sein musste, seine verstorbene Frau in der Tochter wiederzuerkennen. In all den Jahren hatte mein Vater nie darüber gesprochen, weshalb ich glaubte, dass diese Gedanken auch in der Zukunft seine eigenen bleiben würden.

Heute feierten wir einen Neuanfang und dafür war ich dankbar. Nachdem ich Brynne gefunden hatte und mir bewusst wurde, was es bedeutete, jemanden so sehr zu lieben, verstand ich endlich die Schwere seines Verlustes und warum er drei Jahrzehnte gebraucht hatte, um sich auf eine neue Liebe einzulassen.

♥

EINE GROßE Überraschung bildete die dramatische Veränderung in einer Person, von der ich nie erwartet hätte, dass sie zu einer Veränderung bereit war. Auf der anderen Seite: Es waren schon unwahrscheinlichere Dinge passiert. Aber es spielte sowieso keine Rolle, was ich dachte. Ich wusste, dass es Brynne viel bedeutete und wenn ich ehrlich war, dann war mir auch bewusst, dass sich die Entwicklung positiv auf meine Tochter auswirken würde.

Ich beobachtete meine Schwiegermutter. In ihren designerbedeckten Armen hielt sie Laurel und sie wirkte regelrecht gebannt von unserem kleinen Engel. Anscheinend hatte sie doch ein Herz. Wer hätte das gedacht? Also ich nicht. Sie sah wie eine echte … Großmutter aus.

Während des Empfangs war sie auf mich zugekommen. Der Gedanke an diesen Moment schockierte mich noch immer.

„Ethan?"

Ich drehte mich zu ihr um und verhielt mich so neutral wie möglich.

„Laurel wird quengelig und Brynne hat gemeint, dass ich sie zu dir bringen soll, weil die Kleine ein Papakind ist." Sie reichte mir meinen schlecht gelaunten Engel.

„Da hat sie nicht ganz Unrecht", sagte ich, nahm ihr Laurel ab und hielt sie mit dem Rücken gegen meine Brust gedrückt – so, wie sie es am liebsten hatte. Dann wiegte ich sie in meinen Armen. „Danke, Claire."

„Sie ist einfach bezaubernd. Ein wunderschönes Baby. Sie sieht aus wie Brynne, als sie noch so klein war", sagte sie sanft.

Ich nickte zustimmend, weil ich nicht wusste, was ich sagen sollte.

„Ich muss mich bei dir bedanken, Ethan."

„Wofür?"

„Dafür, dass du meine Tochter beschützt hast. Dafür, dass du sie so sehr liebst und dass du sie wieder glücklich gemacht hast."

Meine Augen weiteten sich. Ich konnte einfach nicht fassen, was ich gerade hörte.

„Oh, und für dieses kleine Wunder in deinen Armen." Claire umfasste Laurels kleine Hand und drückte einen zarten Kuss auf die Haut, bevor sie zu ihrem Ehemann zurückging. Ich glaubte nicht, dass meine Beziehung mit Claire jemals einen Punkt erreichte, an dem ich mich in ihrer Gegenwart wohlfühlte. Ich wollte nicht nachtragend sein. Nichtsdestotrotz schadete es nicht, sich ab und an daran zu erinnern, wie sehr sie mein wunderschönes Mädchen verletzt hatte. Noch war ich nicht bereit, ihr dafür zu vergeben. Für Brynne, und auch für Laurel, würde ich mein Bestes geben.

♥

WIR ZWEI ENTFERNTEN uns von dem Trubel. Ich hatte schon am Anfang erkannt, dass Laurel sich durch sanfte Worte und einfach davon beruhigen ließ, bestimmte Objekte wahrer Schönheit zu betrachten. Während der Hochzeitsempfang im vollen Gange war, schlüpfte ich mit meiner Prinzessin davon und brachte sie ins Haus. Auf dem Weg hielten wir immer wieder für Gemälde, Blumenvasen oder den Ausblick aufs Meer an.

Beim Betreten meines Büros trat sie mit den Füßchen um sich und entließ einen gurgelnden Laut, als würde sie mir mitteilen wollen, dass ihr alter Herr zu langsam war.

Immer wieder brachte sie mich mit ihren Baby-Albernheiten zum Lachen und dabei war sie erst drei Monate alt. Was würde das werden, wenn sie mit dem Reden anfing? *Oh, Gott ... oder mit dem Laufen?*

Ich atmete tief ein und konnte den Duft meiner Zigaretten nicht länger wahrnehmen. *Sehr gut.* Ich war entschlossen, endlich davon loszukommen. Die Letzte hatte ich in der Schweiz geraucht und ich schien den schlimmsten Teil meines Entzuges überstanden zu haben. Zudem glaubte ich, dass meine Therapie eine große Hilfe war, um mich von den Kippen loszueisen. Für eine lange Zeit hatte ich den Geruch der Nelken und Gewürze immer damit in Verbindung gebracht, noch am Leben zu sein. Jetzt hatte ich bessere Gründe, um mir dessen bewusst zu sein.

„Da ist es, meine Süße. Dein Lieblingsbild." Laurel trat mit den Beinen um sich und quietschte voller Freude, als sie das Foto von Brynne in meinem Büro betrachtete. „Du weißt, dass das deine Mami ist, stimmt's?"

Sie entließ einen fröhlichen Laut und saugte zwei Finger in ihren Mund.

„Habe ich dir schon einmal von dem Moment erzählt, an dem ich sie das erste Mal in der Galerie erblickte?"

Kurz nacheinander trat sie mir mit ihren kleinen Füßen in die Magengegend.

„Sie lief in den Raum, kam direkt auf das Porträt zu, das jetzt an dieser Wand hängt, und betrachtete es aufmerksam ... Deine Mami hatte zu diesem Zeitpunkt nicht ahnen können, dass ich das Bild bereits erworben hatte." Ich entließ ein sanftes Lachen. „Gewitzter Daddy, ich weiß, aber ich konnte einfach nicht anders. Am Ende war es die Art und Weise, wie sie mich vom anderen Ende der Galerie angesehen hat, die meine Aufmerksamkeit erregte. Sie ist so wunderschön. So wunderschön ..."

3. Mai
Somerset

„JETZT, WO ICH an der Reihe bin, kann ich sehen, was dir an Fotografie so gefällt, Baby", sagte mir Ethan, als er mehrere Fotos schoss. Ich konnte es nicht erwarten, sie mir anzusehen. Mein nackter Rücken war der Linse zugewandt und Laurel schaute ihren Daddy über meine Schulter an. Ich wusste nicht, wie lange ich diese Position noch halten konnte. Schließlich war es nicht einfach, ein drei Monate junges und zappelndes Baby zu koordinieren.

Ich hörte Ethan zwischen mehreren Klicks lachen. „Ich sehe dich, Prinzessin", sagte er zu Laurel.

„Was macht sie? Abgesehen davon, dass sie versucht, mir aus den Armen zu springen."

„Du würdest nicht glauben, wie breit ihr Lächeln ist. Es macht fast den Anschein, als würde sie für die Kamera posieren."

„Na ja, ich bin mir sicher, dass sie genau weiß, was du mit der Kamera machst. Immerhin vergeht keine Minute, in dem ihr das Teil nicht vorm Gesicht herumschwirrt."

„Ich weiß, ich weiß, aber sie sieht im Moment einfach so glücklich aus", sagte er.

Er machte ein weiteres Bild von uns. Die Idee war seine gewesen. Er hatte mich gefragt, ob er uns fotografieren könnte und ich hatte zugestimmt. Es gab nicht viel, dass ich ihm abschlagen konnte. Und ich hatte ihm angesehen, wie viel ihm diese Bitte bedeutete. Er hatte mir die Frage gestellt, kurz nachdem ich entschieden hatte, mit dem Modeln aufzuhören. Meine Ankündigung hatte ihn sehr glücklich gemacht. Ethan hatte mein Aktmodeln nur akzeptiert, weil ich ihm keine andere Wahl gelassen hatte. Jetzt war er froh, dass ich meine Modelkarriere an den Nagel hing. Er war noch immer mein anregend besitzergreifender, attraktiver, dominanter und manchmal unvernünftiger Mann, den ich vor genau einem Jahr kennengelernt hatte. Nun erfreute es ihn mächtig, dass mich kein männlicher Fotograf jemals wieder nackt zu sehen bekommen würde.

Warum hatte ich das Modeln aufgegeben?

Diese Frage war einfach zu beantworten: Ich zog keinen Nutzen mehr daraus. Die Dinge, die mich definierten, reichten tiefer als mein Aussehen. Ich war im letzten Jahr emotional gewachsen. Ich hatte gelernt, mich selbst zu lieben.

Und das Wichtigste: Ich hatte zugelassen, dass mich eine andere Person liebte.

In meinem Herzen wusste ich, dass ich diese Veränderung ohne Ethan niemals hätte machen können. Niemand konnte mir geben, was er mir täglich gab. *Nur* durch Ethans Liebe hatte ich die Tiefen meines abgeschotteten Herzens erkunden können. *Nur* durch Ethans Liebe konnte ich wieder Geborgenheit und Vertrauen fühlen. *Nur* durch ihn hatte ich die Liebe zu mir selbst entdeckt.

Mein Ethan.

„Natürlich ist sie glücklich. Sie sieht ihren geliebten Daddy."

EPILOG

28. Mai 1838

Auf diesen Seiten habe ich meine Schuldgefühle oft niedergeschrieben. Die Momente, in denen mich meine Schuld auffraß und ich mir keine Zukunft vorstellen konnte. Eine schwere Last, die ich seit Jahren mit mir herumtrage. Doch dann war eine Person in mein Leben getreten, die mich durch den Nebel geführt hat. Es wird immer Tage geben, an denen ich mich schuldig fühle. Zum ersten Mal ist mir jedoch bewusst geworden, dass mir meine Gefühle die geliebte Person nicht zurückbringen.

Darius hat mich vor mir selbst bewahrt. In dem Punkt bin ich mir sicher. Ohne seine Liebe wäre ich heute nicht mehr am Leben und mein Herz würde nicht länger schlagen.

Jemandem sein Vertrauen zu schenken, war etwas Wunderschönes. Mein Darius hat mir diese Lektion erteilt. Schon zu Beginn unserer Romanze hat er mir tief in die Seele geschaut. Er war der Einzige, dem das jemals gelungen war. Ein seltenes Geschenk, durch das ich mir mein Leben zurückholte.

Zudem hat er mir unseren wunderschönen Jonathan geschenkt.

Mit seiner Hilfe konnte ich J. loslassen. Ich weiß, dass J. jetzt an einem friedvollen Ort ist, an dem die Momente des Lebens als winzige Wellen über das Meer der Zeit rollen. In den dunkelsten

Stunden war Darius mein Licht gewesen. Mein Geliebter, der mir in meine geschundene Seele blicken konnte und mir inneren Frieden beschert hat.

M. R.

ICH LEGTE DAS Tagebuch weg und betrachtete die Meerjungfrauen-Engel-Statue, die den Blick aufs Meer gerichtet hielt. Brynne liebte diese Statue. Das ungewöhnliche Design zog nicht nur sie in ihren Bann. Jetzt kannten wir die Geschichte hinter der Statue. Sie stellte weitaus mehr als ein fesselndes Kunstwerk dar, das in ihrer gemeißelten Pracht den Garten schmückte.

Ich hatte diesen bestimmten Tagebucheintrag mehrere Male gelesen. Mittlerweile war es mir wahrscheinlich möglich, die Zeilen Wort für Wort wiederzugeben. Die privaten Gedanken einer Frau, die vor beinahe zweihundert Jahren in diesem Haus gelebt hatte. Brynne hatte die Tagebücher in einem geheimen Fach im Schreibtisch gefunden. Als sie mir die Tagebücher zeigte, musste ich sie lesen: Wie eine Zeitkapsel, die mich in eine längst vergessene Zeit brachte. Dieser bestimmte Eintrag ließ mich nicht los. Er war so bedeutend.

Ich hatte bereits am Anfang erkannt, dass ich Darius mit dem Namen Brynne ersetzen konnte. Die Wahrheit würde dieselbe bleiben.

In den dunkelsten Stunden war Brynne mein Licht. Meine Partnerin, die in meine geschundene Seele blicken konnte und mir inneren Frieden beschert hat.

~ENDE~

DARIUS - UNBÄNDIGES VERLANGEN

WENN IHR MEHR über Mariannes Tagebucheinträge erfahren wollt, könnt ihr mit meinem Buch Darius - Unbändiges Verlangen eure Neugierde stillen. Die historische Romance findet ihr auf den folgenden Seiten - ein kleiner Leckerbissen für euch. Darius und Marianne waren mein erstes veröffentlichtest Werk und nehmen einen besonderen Platz in meinem Herzen ein. Ihre Liebesgeschichte in Brynnes Liebe einzubauen, hat mir sehr viel Freude bereitet.

Somerset, 1837

‚Ti amo, mia cara'

Die feine Art der Verführung.

Darius Rourke und seine brennende Leidenschaft für eine Frau. Die sanfte Marianne ist so wunderschön wie auch geheimnisvoll. Als ihm die Möglichkeit in die Hände gespielt wird, sie zu seiner Frau zu machen, nimmt Darius diese wahr; denn er will, dass Marianne endlich allein ihm gehört.

Wird sie das aber auch?

Marianne hat ein Geheimnis. Etwas, das sie unwürdig macht, von einem Mann geliebt zu werden – nicht einmal von dem eleganten Darius. Obwohl nur er es schafft, sie vollkommen in seinen Bann zu ziehen.

Ein Blick...Eine Berührung...Ein Kuss...Eine bedeutsame Sinnlichkeit.

Dies ist eine berauschende und leidenschaftliche Geschichte über Liebende, die zusammen die Sünden und Geheimnisse des jeweils anderen erkunden. Auf ihrem gemeinsamen Pfad werden Darius und Marianne herausfinden, dass es genauso wichtig ist zu kommandieren, wie sich zu unterwerfen.

Ein Mann, der weiß, was er will...

Eine Frau, die ihn braucht, um ihren Wert zu erkennen...

‚Ti amo, mia cara'

ÜBER DIE AUTORIN

Raine hat schon im zarten Alter von dreizehn, Liebesromane gelesen. Das erste Buch, an das sie sich erinnert, war *The Flame is Love* von Barbara Cartland aus dem Jahr 1975. Man kann wohl mit Sicherheit sagen, dass sie auch niemals aufhören wird, Liebesromane zu lesen; schließlich schreibt sie jetzt auch selbst. Aber wahrscheinlich sind Raines Geschichten auf eine Art und Weise geschrieben, bei der sich Frau Cartland im Grab umdrehen würde. Allerdings weiß Raine auch, dass ein großgewachsener, dunkelhaariger und gutaussehender Held wohl nie aus der Mode kommen wird.

Noch vor ein paar Jahren hat Raine als Lehrerin gearbeitet. Jetzt verbringt sie ihre Tage als Vollzeitautorin, um euch rund um die Uhr mit sexy Geschichten zu versorgen. Raine verehrt ihren Mann. Die beiden haben zwei brillante Söhne. Und zusammen schaffen sie es, Raine wieder in die Wirklichkeit zu holen, wenn sie sich in ihren eigenen Geschichten verliert. Ihre Söhne wissen, dass sie schreibt. Aber sie haben niemals danach gefragt, eines ihrer Bücher zu lesen (Gott sei Dank). Sie liebt es, sich mit ihren Lesern auszutauschen und über die Charaktere in ihren Büchern zu chatten.

Finde Raine hier:
www.RaineMiller.com
Facebook: @rainemillerdeutsch
Twitter: @Raine_Miller
Instagram: @raine.miller2

BÜCHER VON RAINE MILLER

Auf DEUTSCH erhältlich:

CHERRY GIRL – Das Mädchen mit dem kirschroten Haar

PRICELESS – Ich habe dich gefunden

VERDAMMT REICH – Die Blackstone Dynastie

Historische Liebesromane

DARIUS – Unbändiges Verlangen

Die Affäre Blackstone

NACKT – Band 1

ALLES ODER NICHTS – Band 2

ICH SEHE DICH – Band 3

BRYNNES LIEBE – Band 4